Oorlogshelden

Eerste druk, maart 2012
© 2012 Ben Bouter

ISBN: 978-90-484-2287-6
NUR: 344

Uitgever: Free Musketeers, Zoetermeer
www.freemusketeers.nl

BEN BOUTER

OORLOGSHELDEN

Voor Johanna en Aart.

Met dank aan Peter Driesprong voor de zeer zinvolle opmerkingen bij de kladversie, Jason voor het aanleveren van bijzondere historische informatie, Eric voor de talloze correcties en bovenal met dank aan Iris, mijn redacteur, voor de talloze waardevolle op- en aanmerkingen.

Beter is het geheel blind te zijn,
dan een zaak van slechts één kant te bezien.
(Indisch spreekwoord)

1941/42

'De hersenen van Himmler heten Heydrich,' zei Göring met een glimlach. Mooi gezegd, dacht Reinhard Heydrich, ook al had hij ontzettend de pest aan Göring. Die dikke kop! Of was hij jaloers, omdat Göring een veel betere piloot was dan hij? Hij liep de trappen af van zijn fraaie landgoed vlakbij Praag. Zijn haar zat als dat van een jongetje dat net in bad is geweest, met een scheiding kaarsrecht als een waterpas. Keurig. In alles een heer. Schoon ondergoed, schone nagels, schone handen.

Die dikkop had hem de opdracht gegeven het jodenvraagstuk definitief op te lossen. Zo'n elf miljoen joden in Europa moesten verdampen door deportatie of welke methode dan ook. Alle middelen waren geoorloofd, weg is weg. Joden moet je ruimen als vuilnis, zelfs recyclen heeft geen zin, het verderf zit tot diep in hun poriën. Besmettelijk als een voortwoekerend virus. Alleen hun geld stinkt niet. Maar het blijft lastig: ze zoemen als muggen om je kop. Zodra je er een hebt gedood, gaan tien verse in de aanval. Onuitroeibaar. Alleen gif helpt. Dodelijk gif. Echt iets voor Göring om het hem dat in de maag te splitsen. De plannen lagen klaar en waren al voor een deel uitgevoerd. Deportatie naar Siberië, Madagaskar, Polen, vergassen, er waren nog genoeg mogelijkheden. Snelheid en efficiëntie, daar ging het om. Laat het maar aan mij over, vond Heydrich, jullie zullen versteld staan. Hij keek naar zijn glimmende schoenen. Boos was hij, toen de veter van zijn rechterschoen brak. Er waren geen reserve veters in huis. Geen dunne, alleen maar van die lompe gevlochten veters. Hij probeerde de veter opnieuw te strikken met het restant en kon de laatste gaatjes niet meer vullen. Twee reserve veters wil ik, schreeuwde hij tegen een bediende. Twee! En nooit meer minder.

Het ruimen van joden zou gladjes verlopen, daar was hij zeker van. Als iemand in staat was dit te regelen, was hij het wel. De rest was er te stom voor. Hij had er met Hitler en Himmler in oktober over gesproken. De eerste experimenten met gifgas waren hoopgevend. Himmler was bij een massa-executie geweest en vond het mooi, maar veel te traag. Honderdduizenden Oost-Europese joden waren door de moordcommando's gedood, maar je moet niet vragen hoeveel tijd, kogels en geld *dat kostte. Zo kon het niet langer. Het gifgas dat ze als experiment in Auschwitz op zeshonderd gevangenen uit de Sovjet hadden getest, werkte goedkoper en sneller. Mobiele gaskamers ingebouwd in vrachtauto's waren een hele vooruitgang, maar onvoldoende. Sneller en veel humaner voor de soldaten, dat wel. Het gaf minder emotionele taferelen, die massa-executies vormden een zware psychische belasting voor de jongens van Einsaztgruppe B. Sommige kerels stonden na afloop te huilen. Duitsers die janken om joden, het is een gotspe! Het verzwakte de moraal van onze troepen. En het kon anders. Moest anders. Mobiele gaskamers, goed idee. 'Maar ontoereikend, Reinhard, absoluut ontoereikend. Er moeten nog miljoenen joden worden geruimd. Aan jou de taak dat te regelen. We hebben haast.' Mooie klus, bij nader inzien.*

En Himmler, ach die Heinrich Himmler, hij had het gevoel al een eeuwigheid voor hem te werken. Hij kon zich het sollicitatiegesprek nog goed herinneren, nota bene op de kippenfarm van Himmler in Waldtrudering. Welke gek runt een kippenfarm? Betaald met het geld van zijn vrouw. Wat zegt dat over zo'n man?

Het was op 14 juni 1931, ruim tien jaar geleden. Himmler was onder de indruk van Heydrichs aristocratische uiterlijk, 'groot, blond en met scherpe goedmoedige ogen,' noteerde hij. 'Goedmoedig,' ach, een psycholoog was Himmler zeker niet. En slecht in sport, ook dat nog. Dat brilletje, die halfbakken snor, dat kleine mondje en die vrouwelijke wangetjes als hij lachte! Reinhard kon hem makkelijk bespelen, zoveel was al snel duidelijk. Hij blufte zich door die hele sollicitatie heen. Het was goed dat Lina hem tot dat gesprek met Himmler had aangezet. Haar moeder had via via een goed woordje voor hem gedaan. Ach, schoonouders uit een aristocratisch nest, het had zo zijn voordelen.

Reinhard Heydrich kreeg de opdracht een voorstel te maken over hoe de inlichtingendienst er binnen de NSDAP uit moest zien. Na het rapport werd hij meteen aangesteld als chef van het nog op te richten instituut. Hij wond Himmler om zijn vingers. Maakte Himmler nu goede sier bij Hitler door met zijn ideeën te pronken? Was wel duidelijk dat hij de bedenker was en niet die kippenboer? Het werd tijd dat hijzelf vaker recht-

streeks met de grote baas kon praten. Adolf Hitler werd afgeschermd door een kleine elite die op meer macht uit was, en dat ergerde hem. Macht wilden ze, voor zichzelf in plaats van voor het grote rijk.

Net drieëndertig was ik, dacht Heydrich, en ik voerde al het bevel over vijfenzestigduizend man. Er zijn er niet veel die dat kunnen zeggen. Nu moet ik deze klus nog even klaren: Tsjecho-Slowakije naar mijn hand zetten als Rijksprotector. "Breek hun verzet!" had Hitler gezegd. Dat zullen ze weten. Reinhard Heydrich liep naar de paardenstal van zijn fraaie slot Jungfern-Breschan, terwijl zijn vrouw Lina een wandeling maakte in hun enorme park. Zij hield van de natuur. Werkte graag in de tuin. Ze had niet voor niets cursussen gevolgd voor jachtopziener. Hij zag haar bukken om bloemen te plukken en keurde haar figuur. Prima wijf! Hij hield van strakke, ronde vormen. Niet te plat, niet teveel Rubens, met wel vol genoeg. En hij wist van wanten! Liefjes genoeg. Wat wil je ook als je vaak van huis bent!

Kort daarvoor vierde hij met een deel van zijn topmensen de executie van minister-president Alois Elias en vierhonderd andere vooraanstaande Tsjechen. Je moest meteen duidelijk maken waar je staat, je spierballen laten zien. Vierduizend van hen waren inmiddels gearresteerd. Mooie start. Angst doet wonderen. Hij kon tevreden zijn. Twee weken na zijn aantreden had hij al de bijnaam 'beul van Praag' verdiend. Hij kon er wel om lachen. Keihard optreden – niet dat weke gedoe – als graniet, anders krijg je niets voor elkaar. Eerst barsten, dan buigen. Duitsers laten niet met zich sollen! 'Nu Theresienstadt nog omtoveren in een efficiënt getto voor de joden, dan kunnen de transporten naar Siberië en Polen beginnen,' zei hij tegen zijn favoriete paard, 'Siberië heeft veel potentie. We kunnen daar een hoop werkpaarden gebruiken.' Hij gaf hem liefdevolle klopjes op zijn hals. Zijn passie voor paarden deelde hij met Lina. De teugels in handen, het beest je wil op leggen, al is het paard nog zo sterk; het parmantig laten lopen en springen wanneer jij dat wilt. De kracht van het beest benutten, zo moet een volk te mennen zijn. Desnoods met de zweep en een bit in hun bek.

Het getto, zo'n zestig kilometer ten noorden van Praag, zou snel model staan. Er zouden rijke en beroemde joden in worden ondergebracht onder redelijke omstandigheden. En later ook joodse veteranen en bejaarden. Dat maakte een sympathieke indruk. Maar in feite is het een afleidingsmanoeuvre: het werd gewoon een doorgangskamp richting Auschwitz. Aanvankelijk was Heydrich tegen het idee om getto's te creëren. Als je joden bij elkaar zet, zijn ze niet meer te controleren. Ze kunnen van alles bekokstoven. Je kunt ze beter herkenbaar maken, zodat ze door het volk gecontroleerd worden. Maar dit was anders: een eenvoudig opvangcentrum voor werk- of concentratiekampen. Ze hoefden er niet lang te blijven.

Reinhard Heydrich dacht aan zijn drie kinderen. Er lag een mooie toekomst in het verschiet. Het Duitse Rijk gezuiverd van alle joden. De kinderen zullen het beter krijgen, veel beter. De wereld zou er over een paar jaar heel anders uitzien. Hij was optimaal gemotiveerd, zijn rol was nog lang niet uitgespeeld. Hij stond pas aan het begin. Lina liep de stal in. Hij drukte haar dicht tegen zich aan en maakte de knopen van haar bloesje los. Ongeduldig. Gulzig. Niets ontziend.

1.

1954

Voorzichtig schoof Peter op zijn buik een stukje naar voren. Het stenen bruggetje voelde koud aan, maar hij merkte het niet. Hij wilde bullebakken vangen. Vandaag nog. Kees van de buren had gezegd dat ze er zwommen. Massa's. Het touwtje dat hij om het stokje had gebonden, raakte het water niet. Hij schoof een beetje op. Voorzichtig. Zijn moeder had zijn broek nog maar pas gebreid. Dagen was ze ermee bezig geweest, zoals bijna alle vrouwen in die tijd. Breien hoorde bij een voorbeeldige huisvrouw, zoals het dragen van een schort en het stoppen van sokken. Een vrouw zonder schort had het hoog in de bol of was gewoon te lui om de handen uit de mouwen te steken. Het leven was overzichtelijk toen. Geen radio, geen tv, geen krant, je wist nog hoe het zat. Hij droeg een zwarte korte broek met twee wollen bandjes die als bretels over zijn schouders vielen. Daaronder droeg hij een wollen truitje met een wit hemdje tegen het kriebelen.

Donker was het, dat water, pikdonker. Zijn blonde, lange krullen leken helemaal niet wit meer. Je kon in het donker geen bullebak zien zwemmen, maar ze zaten er wel. Kees wist het zeker en die was al twaalf. Verderop in de vaart lagen trekschuiten met stront. Hij was zelf de Veenweg overgestoken. Stiekem. Je kon makkelijk verdrinken. Oma had gisteren nog vier pasgeboren poezen verdronken in een zak met zware stenen erin. 'Merken ze niets van. We kunnen niet alle katten houden. We hebben er al zoveel. Ze zakken vanzelf naar de bodem, het is hier diep genoeg. Wat weet een poes van de dood?' Misschien heeft die bullebak wel een poes opgegeten. Hij keek stiekem nog even naar de overkant, om er zeker van te zijn dat niemand hem zag, en schoof nog een stukje op.

Achter hun huis was ruimte genoeg om te spelen, maar daar zaten geen bullebakken. Eerst had je het erf met een stenen schuur achter het huis. En dan had je eindeloze weilanden met kleine slootjes. Koeien, kikkers, vogels, koeienpoep, boterbloemen, paardebloemen, schrikdraad, hekken die de weilanden met elkaar verbonden, er was van alles. Kikkervisjes ook, die van puntjes in een soort gelatinepudding veranderden in komma's met glibberig spul eromheen. Hij had ze in een jampotje gedaan om ze beter te kunnen zien.

'Het beestje eet zijn eigen pudding op om te groeien,' had mama gezegd, 'en als het op is, kan hij zwemmen.'

Het beestje had eerst een dikke kop en dan kreeg hij achterpootjes, voorpootjes, het staartje verdween, hij kleurde groen en even later kon hij een beetje springen.

'Dat heeft de Heere mooi gemaakt, hè jongen?'

'Maar nu heeft hij geen pudding meer om te eten!'

'Nee, nu eet hij kikkervoedsel: hommels, libellen, vliegen en wespen.'

Peter vond kikkers ineens niet aardig meer.

'Maar die heeft de Heere toch ook gemaakt?'

Helemaal aan de rand van het weiland, heel ver weg, was het spoor. Zo nu en dan reed er een trein overheen. En tussen het spoor en de snelweg van Utrecht naar Den Haag, lagen de weilanden, heel veel weilanden. De snelweg brak Nootdorp en de Veenweg in tweeën, al kon je gemakkelijk naar de andere kant lopen via het viaduct. Aan de andere kant had je de grote katholieke kerk, de kleuterschool en de paardenrenbaan. Hij mocht alleen maar in de weilanden spelen als zijn zus erbij was, of een van de buurkinderen. Niet dat het er gevaarlijk was, het was een rustig, vredig dorp waar nooit iets bijzonders gebeurde. De Veenweg was lang met veel vrijstaande huizen, ver uit elkaar. Een kaasboer, kippenfarm, melkboer, fietsenmaker, ach er was van alles, maar bovenal was er rust. Mensen maakten een praatje, knikten vriendelijk als ze langs fietsten en namen hun hoed af, hielpen elkaar als het nodig was, en roddelden zoals dat hoort. Echte geheimen waren er nauwelijks. Familieruzies werden als vanzelfsprekend in stand gehouden. Je wist waar je aan toe was, wie je vrienden waren en wie je met de nek moest aankijken. En al wist je dat veel verhalen waren verzonnen – uit wrok of wrevel, of om de aandacht af te leiden – het was rustgevend het maar zo te laten. De werkelijkheid achter de façades, de vuile was, werd soms met de mantel der liefde bedekt en soms op een mestkar door het dorp gereden. 's Avonds, onzichtbaar, geruisloos. Je merkte het pas als je de volgende dag bij de slager werd genegeerd. Maar de dag daarop, als niemand het zag, werd je gezegd welke schandelijke verhalen er werden rondverteld. Hoe durven ze! Dat moeten zij nodig zeggen! Weet je wat die lui in de oorlog deden?

Gisteren was Peter nog in het weiland met Ria, z'n buurmeisje. Het was zalig zomerweer, ze zaten aan de rand van een slootje paardebloemen te plukken toen Ria ineens haar witte broekje met hartjes naar beneden deed en haar gebloemde rokje optilde. Met Ria mocht hij wel het weiland in, dat was een keurig meisje had mama gezegd. Altijd beleefd en met van die guitige ogen. 'Kijk maar, bij mij ziet het er anders uit,' zei Ria en draaide zich onbeschaamd om, zodat hij eerst haar ronde billen zag en toen haar voorkant. Haar navel, die als een tumtum op haar buik zat geplakt, en... voor de zekerheid wees ze nog even op het grote verschil tussen hem en haar. Hij had zijn gebreide broek aangehouden, hij wist heus wel wat daaronder zat. Hij was al vijf en niet gek, maar hij kon zijn ogen niet van haar afhouden, al keek hij zogenaamd meteen de andere kant uit. Of beter, hij draaide zijn hoofd van haar af, maar zijn ogen naar haar toe. Hij was nog nooit met zijn zusje in bad geweest, had nog nooit een bloot meisje gezien. Hij schrok en bloosde, voelde afkeer, maar tegelijkertijd, het was zo bijzonder, zo raar en mooi, zo fout en goed tegelijk. Hij zou zich het voorval nog tientallen jaren later herinneren, als een kostbare onthulling van een ander bestaan, een ander wezen, zo dichtbij en toch zo veraf, een wezen waarvan hij nog zo weinig wist. Spannend was het en eng tegelijk. Je kon zoiets niet aanraken, dat mocht helemaal niet. Dat was niet goed. Kijken was al fout, hij wist het zeker, al had moeder er nooit een woord met hem over gewisseld. Het mocht niet van mama en al helemaal niet van de Heere. Ria vond het prima. Die was katholiek, zoals iedereen in Nootdorp. Die mocht alles. Maar Peter was protestant. Zijn ouders waren de enige niet-katholieken van het hele dorp. Niks beelden en kruisen. 'De Heere vindt dat een gruwel,' had dominee in een preek gezegd, 'het is vreselijk in de handen van de Heere God te vallen; ze zullen branden in de hel. Eeuwig branden'. 'Brrranden'. Peter kreeg het er koud van. De dominee kon de letter R heel lang volhouden, 'de duivel gaat rond als een brrrriesende leeuw, zoekende wien hij zou mogen verslinden.' De ogen van de dominee keken dan onderzoekend de koude kerk in, alsof hij zelf op zoek was. Het liefst was Peter onder de kerkbank gekropen. De predikant stond boven de kerkgangers op een soort balkonnetje, keek langdurig rond en zei vervolgens: 'En ook hierrrr, in onze omgeving, lopen duivelskunstenaars rond. Op zoek, telkens maar weer op zoek. Misschien naar u, naar jou... En voor zijn gevoel, wees de dominee dan naar hem, naar Peter.

Maar in de kerk waren geen beelden, zoals bij Ria. Als mensen beelden in huis hebben, bezoekt de Heere de kinderen tot in het vierde geslacht. En als de Heere je bezoekt, moet je oppassen. De Heere kon maar beter wegblijven. Dat had hij tijdens het Bijbellezen van Job wel begrepen. Hij kon zijn oren niet geloven toen vader het voorlas. Die arme Job was heel rijk, hij had een vrouw en ezels, veel kamelen, koeien, schapen en kinderen, veel kinderen – net als de buren – en hij was heel aardig. Maar toen ging God hem op de proef stellen. Waarom God dat nou per se wilde, wist hij ook niet, vader had daar niets over gezegd. Dan ben je aardig voor iedereen en dan is het nog niet goed. Bijna heel zijn familie ging dood, al zijn kinderen en zijn dieren en zijn neefjes en nichtjes, hoewel, dat laatste wist hij niet zeker meer. En toen was God nog niet tevreden en heeft hij Job doodziek gemaakt. Hij kreeg bijna alle ziektes die je maar kon bedenken, schurft, cholera, de pest en ook nog melaatsheid. Misschien was hij ook nog verkouden, maar dat wist Peter niet meer zeker. 'Als de Heere straft doet hij het goed,' had vader gezegd, 'als het nodig is stuurt hij de Satan op je af.' Vader kon heel streng kijken als hij dat zei, net als de dominee. Als hij boos was, bewoog het zwarte, glimmende knoopje van zijn stropdas onder zijn grote adamsappel. 'Als het nodig is stuurt hij Satan op je af,' zei vader nog eens, harder dan eerst, en wees met zijn kromme wijsvinger naar Peter, terwijl hij hem recht aankeek. 'Satan, Peter!' Hij kwam nu dichterbij met zijn hoofd, zodat Peter de geur van spruitjes opnieuw rook, maar nu uit vaders mond. Hij hield niet van spruitjes. 'En toch ging Job niet klagen en daarom gaf God hem alles weer terug.' Vader klapte het boek dicht en glimlachte; hij vond het leuk verhalen spannend te maken. Peter was opgelucht. Ook over de Heere. Job kreeg allemaal splinternieuwe kinderen, maar zijn oude vrouw bleef. En hij leefde nog heel lang en gelukkig.

Maar Ria van de kippenfarm deed maar wat. Hij had het zelf gezien toen hij een keertje bij haar mocht blijven slapen. Dat mocht eigenlijk niet van de kerk, katholieken moest je mijden, maar omdat er geen protestanten in het dorp waren, kon vader er soms niet onderuit. Wie weet waren ze te bekeren! Ze zaten wel met z'n twaalven aan tafel, zoveel kinderen hadden de buren. Een hele lange tafel, of eigenlijk een tafel die ze konden uitschuiven en in het midden trokken ze de tafel ook nog uit elkaar en dan klapten ze zomaar van onder de tafel er weer een stuk tussen. Hij had zijn ogen uitgekeken. In het huis stond een Mariabeeld met een kaarsje ervoor en er hing een kruis aan de muur, met een treurige Christus erop gelijmd. Peter werd daar altijd een beetje somber van. Hij had vaak het idee dat Jezus hem aankeek. Het was alsof hij tegen hem sprak. 'Haal jij me er nou eindelijk eens vanaf, Petertje Smolders! Je weet toch dat het niet goed is?' Ria had hem het hele huis laten zien. Jezus was een paar maal van zijn kruis gevallen. Er zaten barsten in zijn rechterbeen en op zijn voet, dwars door het gat heen. Wie hangt Jezus nou ook aan een spijker? Er zaten ook al spijkers door zijn handen en voeten. Ria zei dat ze Jezus weleens met opzet had laten vallen om te zien of hij zou opstaan. Dat kon hij. Maar hij bleef stokstijf liggen, ook toen Ria hem met haar voet een zetje gaf. Het kruis schuurde over de stenen vloer, maar Jezus gaf geen kik. Ze moest het eens voorzichtig met Maria proberen, misschien zat daar meer beweging in. In de achterkamer stond nog een beeld van Christus, je kon hem door de schuifdeuren heen zien staan. Die durfde ze geen zetje te geven. Ze hadden de Messias van oma geërfd. De Verlosser moest in de familie blijven. Een antieke god is waardevoller dan een nieuwe.

Buurvrouw Geertje droeg altijd een leuk schort over haar jurk en een zwarte ronde bril. Haar lippen waren knalrood. 'Slangenpoep smeren ze erop,' had vader gezegd, 'alsof God de mens niet mooi genoeg gemaakt heeft.' Maar Peter vond de buurvrouw aardig, echt een mevrouw. Ze zag er ook altijd zo mooi uit. Ze leek wel een koningin. 'Nel zet jij de pan met soep vast op tafel,' zei de buurvrouw tijdens het bidden tegen de oudste zus van Ria. Tijdens het bidden! Ze hadden hun laatste kruisje nog niet geslagen of ze waren al volop aan het kletsen en aan het klieren. Dat hoefde Peter thuis niet te proberen. Bidden is spreken met God, en de Heere is altijd ernstig. Die houdt helemaal niet van grappen. In de hemel zingen ze voor de troon en er zijn gouden straten en mooie rivieren met kristalhelder water dat je mag drinken, maar lachen is er niet bij. Daar is helemaal geen tijd voor of zou het door de grote heiligheid komen? Vaag hoopte hij dat er wel knikkerputjes in de gouden straten zouden zijn. Of dat je met een step of fiets over de straten mocht rijden. Wat moet je daar anders de hele dag doen? Hij mocht nu ook al niet op zondag buitenspelen; zijn kleren konden vies worden en ze moesten wel twee keer naar de kerk. Zouden ze dan elke dag naar de kerk moeten? Soms sloeg hij in gedachte tegen een tol die zo hard wegvloog dat hij de vleugel van een engel raakte. Het bleek de vleugel van de dominee te zijn, die het meteen aan God ging vertellen. De Heere kon er gelukkig wel om lachen. God was wel aardig, wist Peter, hij had ons zomaar gratis en voor niets geschapen, misschien omdat hij zich verveelde of zo, maar hij deed het wel. Volgens Ria had God ook de negers en indianen geschapen, maar die wisten dat nog niet en daarom ging haar broer het hun later vertellen in de missie. Maar waarom God de meeste mensen naar de hel stuurde? Dan had hij ze beter niet kunnen maken! En waarom maakte God nou ongelukkige kinderen, zonder benen enzo? 'Omdat die benen uitverkocht waren,' zei Ria, 'nogal wiedes!'

Hij probeerde zich weleens een voorstelling van God te maken, maar dat lukte helemaal niet. 'Kijk maar eens heel snel naar de zon,' had vader gezegd, 'heel snel en dan meteen weer je ogen dicht.' Het was op een zondag na de kerkdienst. Ze hadden de fietsen net in de schuur gezet, achter het huis. Hij probeerde heel voorzichtig door zijn oogharen heen te kijken naar de zon en deed zijn ogen daarna weer stijfdicht. Alles werd helemaal rood. 'Nou,' zei vader 'en de zon is maar een kaarsje bij de Heere vergeleken. Daarom kan niemand de Heere zien, tenzij je in de hemel bent, dan kan het wel. Daarom wil papa later graag bij de Heere zijn. Hem zien is het mooiste dat er is. Eeuwig bij de Heere God zijn, dat is geweldig jongen. Dan zijn we als engelen. Snap je?' Hij snapte het niet. Dragen engelen dan een speciale zonnebril? Hij kon zich nauwelijks voorstellen dat de Heere er blij mee zou zijn als vader voor hem zou zingen. In de kerk stond hij het liefst naast zijn moeder.

Maar hij mocht wel altijd het laatste woord zeggen als vader klaar was met Bijbellezen. Vader had daar een speciale stem voor, net als de dominee. Het maakte hem soms bang. 'En uw hemel die boven uw hoofd is, zal koper zijn, en de aarde die onder u is, zal ijzer zijn. De Heere uw God zal pulver en stof tot regen uws lands geven; van den hemel zal het tot u neerdalen, totdat gij verdelgd wordt,' las vader en gaf toen met zijn vlakke hand een klap op tafel. 'Wat waren de laatste twee woorden? Nou?' Hij was in het begin een beetje bang dat hij niet had opgelet, en dan de straf zou krijgen die vader net had voorgelezen.

Onder het bidden zat Ria met haar ogen dicht iets voor zichzelf te mompelen. 'Ik hoef geen soep,' zei ze ineens hardop en ging toen weer verder met bidden. Intussen zette Nel de pan hete soep op het tafelzeil met rooie bloemen. Iedereen in het dorp zei dat Nel sprekend op Peters vader leek. 'Die protestant probeerde een mooie katholiek in bed te bekeren,' zeiden ze, 'met woord en zaad'.

Nel was vrij lang, had mooi golvend blond haar, lachte charmant met volle lippen en had een ronde boezem. Vierentwintig was ze nu en klaar met haar studie geschiedenis. Nog even en ze zou gaan trouwen. Een slimme zelfstandige meid die helemaal haar eigen weg was gegaan. Ze was op kamers gaan wonen in Leiden en ontmoette daar Ton, die in dezelfde periode aan de toneelschool in Amsterdam studeerde. Ton kwam uit een echt rijke familie van kunstenaars en toneelspelers. Ze organiseerden bij hem thuis culturele avonden met musici en dichters. Nel was op slag verliefd, niet alleen op Ton, maar ook op zijn hele familie. Omdat Nel al jaren niet meer in het dorp woonde, gingen de wildste verhalen rond. Afgunst heeft veel fantasie.

'Geef ons heden ons dagelijks brood,' bad de buurman hardop bij het warme middageten.

'Niet op het zeil!' schreeuwde de buurvrouw vanuit de keuken, 'dan smelt het'.

'En vergeef ons onze schulden, maar verlos ons van den boze. Amen, eet smakelijk.'

Buurman zat nu aan tafel, maar meestal zat hij in een speciaal karretje. Een rare driewieler met een kettingkast bovenop, met trappers waaraan hij kon draaien met zijn armen. Hij miste zijn rechterbeen en was kaal, maar hij kon wel gewoon praten. Volgens een deel van het dorp had hij het been tijdens de oorlog verloren, omdat hij actief was in het verzet. 'In het verzet tegen wie en wat?' vroegen de anderen. Hij zal tegen de vijftig zijn geweest, aan zijn wenkbrauwen te zien. Peter vond het een enge man. Hij was veel ouder dan de buurvrouw, had rare grote oren en keek zo gek. Je wist nooit naar welk oog je nou moest kijken. Toen Peter op een keer, na het eieren rapen, de houten biljartschuur binnenliep, hingen er wel vijf dooie konijnen boven het biljart. Helemaal kaal. Alleen aan hun poten zat nog een pluk haar. Hun koppen waren veel kleiner dan hij had gedacht en bleekrood. 'Ik sla ze gewoon dood met mijn stok,' zei de buurman. 'Kijk, met de kromme kant waar ik nu mijn hand op hou. Dan sla ik hem hard in zijn nek en dan is hij dood. Wil je het zien?' Hij tilde zijn stok op. 'Soms spartelt hij nog even, en dan sla ik hem met zijn kop tegen de muur.'

De jongens in de schuur lachten om het angstige gezicht van Peter, die het hele tafereel meteen voor zich zag. Hij werd er naar van. Een van die jongens had op een keer gevraagd of Peter door zijn ogen kon roken. 'Nee,' had hij aarzelend gezegd. Hij kon zich daar geen voorstelling van maken. 'Jawel, dat kan je wel. Doe ze maar eens dicht dan zal ik het je laten zien.' Hij deed voorzichtig zijn ogen dicht. 'Stijf dicht!' zei een jongen die er bij was. De andere jongen nam een flinke trek van zijn sigaret. 'En nu open!' Hij blies een grote wolk rook in zijn ogen. Ze moesten er hard om lachen. Het waren dezelfde jongens die bij de boerderij naast hun huis mussen probeerden dood te schieten met een buks. Soms waren ze wel een uur bezig. Als het lukte, hadden ze het grootste plezier. Voor de grap hadden ze een keer de buks op hem gericht en 'pang, pang, pang,' geroepen. Hij was meteen naar binnen gerend.

2.

De roddels over Nel en de vader van Peter gingen al heel lang door het dorp, maar of het waar was wist niemand. Roddels worden sneller verspreid dan de waarheid. Hoe het precies zat wist geen mens. Er werd nauwelijks serieus over gepraat, wel over gekletst. Bijna iedereen liet zijn fantasie en frustratie de vrije loop, wilde net iets meer details loslaten dan de ander, maar niemand was er bij geweest. Er was wel iets tussen die twee, de moeder van Nel en de vader van Peter, in elk geval geweest. Ruim voor de oorlog al, maar op de een of andere manier was het contact tijdens de oorlog opnieuw ontstaan. Volgens de roddel was Nel aan het eind van de oorlog naar een herstellingsoord voor zieke kinderen gestuurd, ergens in Tsjecho-Slowakije. Daar gingen alleen foute kinderen heen. Dat bleek pas na de oorlog. Volgens de slager had Peters vader dat geregeld. 'Die fijnen knijpen de katjes in het donker,' had hij tegen een klant in de winkel gezegd en hij besefte niet hoe freudiaans die constatering was. 'Helemaal zuiver op de graat is die man niet, je kunt die protestanten nooit vertrouwen. Ik vond het in de oorlog al een gluiperd. Volgens mij is Nel gewoon van hem, al snap ik niet hoe zo'n lekker wijf zich door zo'n fijne heeft laten beetnemen.' Hij gaf een fikse klap met zijn hakmes op de karbonade; jaloezie maakt ferme krachten los. 'Een onsje meer, mag dat?' Het was nooit een onsje minder. Er was maar één klant in de winkel toen hij het zei, voldoende om het dorp te informeren. Beppie was de lokale roddeltante. 'Het Nootdorps Bazuintje'. Niemand nam haar serieus, iedereen luisterde. 'Ach, waar rook is, is vuur en Beppie weet een hoop, al zal het wel niet waar zijn, maar ach, aan de andere kant, je weet maar nooit. Ik zeg maar zo, niet alles is gelogen, wat jij? Maar je heb 't niet van mij!' Haar zoontje kreeg een stukje worst. Altijd diezelfde vieze zure zult waar hij de eerste keer van moest overgeven. 'Dank u wel meneer.' 'Zulke rommel geef ik zelfs de beesten niet,' zei Beppie eenmaal buiten tegen de jongen en gooide het weg zodra ze de hoek om waren.

Beppie bracht soms ook vlees van de slager rond, als het erg druk was. En de slager beloonde alleenstaande Bep dan zo op zijn manier.

('t is me een schande, in verwachting maar ongetrouwd, maar ik geef die man groot gelijk, ze is een hoer...) Het was wel meer mensen in het dorp opgevallen dat de slager niet alleen het vlees van dieren keurde. Sommige vrouwen voelden zich opgelaten en anderen juist gevlijd. De moeder van Nel kwam er al jaren niet meer, anderen een paar keer per week. Ze verlieten de winkel met wat rundergehakt en een gekruid zelfvertrouwen. Ach, in een dorp met allemaal katholieken, is een protestant een heerlijk volksvermaak. De meesten mochten Peters vader wel, hij was best joviaal, eigenlijk niks op aan te merken behalve dat rare, doodernstige geloof. De familie deed nooit mee met de plaatselijke feesten, nooit eens een stevig glas bier in de kroeg, nooit eens biljarten bij de buren. Zielig voor de kinderen. En elke zondag op de fiets naar de kerk, weer of geen weer. Stakkers. En ze aten op vrijdag gewoon vlees! Wist je dat? Dat had de postbode geroken toen hij een pakje moest afgeven. Het hele dorp was intussen geïnformeerd. Speklappen, hij was er bijna zeker van. Wat wil je ook als je verder nooit iets mag? En zondags speelden de kinderen nooit buiten; twee keer op de fiets naar de kerk, dat was alle buitenlucht die ze op die dag kregen. Het dorp had met ze te doen. Maar ze zien er wel altijd fatsoenlijk uit, eerlijk is eerlijk. Die vrouw is zo handig! Twee gouden handjes, ik mag ter plekke doodgaan als het niet waar is. Een knappe vent was het wel, zeker vroeger, dat kon je wel zien. Niemand had ooit problemen met hem gehad. Hij stond bekend als eerlijk en een beetje gluiperig tegelijk. Het was niet te rijmen. Echt iets voor protestanten.

Het huis van de buren grensde aan dat van Peter, er zat alleen een muurtje tussen. De buren hadden veel schuren achter het huis vol kippen. Soms mocht Peter mee om eieren te rapen. Een beetje eng vond hij dat, dat gefladder voor zijn ogen. Eng en spannend tegelijk. En hij was dan even met Ria. Kippen waren dom. Ze liepen dom, kakelde dom en keken dom. Mislukte vogels. Wel knap dat ze eieren konden leggen. Peter schoof nog een beetje verder op de brug en schuurde met de punt van zijn schoenen over de stenen ondergrond. Het waren gelukkig niet zijn zondagse schoenen. Het touwtje raakte nu bijna het water. Ze zouden gek opkijken als hij met een bullebak thuiskwam. 'Die Peter is al een hele vent. Hij heeft laatst nog een bullebak voor me gevangen'. Hij hoopte dat mama het ook aan Ria zou zeggen. En hij kon het volgend jaar zelf op school vertellen, dan mocht hij naar de lagere school in Delft. 'Nee, die katholieke school hier in Nootdorp is niks voor ons,' had vader gezegd. 'Die mensen zouden na het eten de Bijbel eens moeten lezen. Ze weten niet eens wat dat is, een Bijbel. Ze denken dat Mozes in de ark heeft gezeten en Noach in een biezen mandje. En Maria de moeder van God! Zonder zonden, onbevlekt, en evengoed een kind van Adam! Die Maria lijkt het gouden kalf wel. Jij gaat in Delft naar school jongen, op de Brasserskade, net als je zus. Hier wonen alleen maar roomsen, maar nog even en de papen liggen op apegapen!' Gek dat het bovengebit van vader altijd bewoog als hij hard lachte. Peter lukte dat nooit.

De moeder van Peter was wel lief en niet zo zwaar op de hand. Ze kwam uit een veel lichter gezin, maar was door het trouwen bij vader gaan kerken. Er zat niets anders op. Andersom was ondenkbaar. Ze vond ze zwartgallig in vaders kerk. Zwart en gallig, dacht ze weleens. Het leven werd er zo somber door, gebogen, geknakt bijna. Alsof iedereen alleen maar slecht was, tot niets goeds instaat. De Heere ging vooral tuchtigend door het leven. Terwijl ze helemaal niet het idee had nou zo zondig te zijn. Wat deed ze nou helemaal fout? Diep van binnen was ze jaloers op de katholieken. Die luchtigheid, blijheid. 'Onze lieve heertje vindt het prima'. Het had wel wat. Met haar man kon ze er niet over praten, met niemand in de kerk eigenlijk. Als je niet snapt wat er in de Bijbel staat, moet je gewoon veel bidden. Of je moest gegrepen worden. Maar waarom grijpt God de een wel en de ander niet? Grijpt God weleens mis? Moest de hele mensheid lijden omdat Eva van een verboden vrucht had gegeten? Kan een fruithapje voor zoveel narigheid zorgen? dacht ze laatst toen ze tijdens de afwas de aangebrande pan maar niet schoon kreeg. Daar konden wij toch niets aan doen? En was dat dan zo erg, dat daarom miljoenen kinderen honger moesten lijden of gemarteld moesten worden? Ze had gelezen dat kleine meisjes vroeger in Arabië levend werden begraven, als baby al, omdat de ouders later geen bruidschat konden betalen. De profeet Mohammed had dat later verboden. Maar toch. Waarom doet God er niets aan? Als Hij nou alles kan? Als Hij nota bene almachtig is en vol liefde? Ze zette de pan weer met een laagje water op het vuur, om er even later soda in te strooien. Maar zulke vragen mochten niet, dat was vragen om moeilijkheden. Gebrek aan geloof is een zonde. Daar helpt geen soda tegen. Aanmerkingen op de Heere, een gruwel. Het maakte haar eenzaam in haar eigen kerk. 'De Heere moest haar niet, dat zou het wel wezen,' ze had het iemand in de kerk echt horen zeggen. Alsof God op hùn zat te wachten. Als God mij niet moet, dan hoef ik God ook niet, dacht ze, en schaamde zich onmiddellijk voor zoveel gebrek aan eerbied.

Oma ging al jaren niet meer naar de kerk. 'Sinds de Tweede Wereldoorlog kan ik niet meer in God geloven,' had ze gezegd. 'Zoveel joden vermoord. Hoe kan een God van liefde dat nou toestaan? Als hij zijn eigen volk al zo behandelt, hoeft de rest van de mensheid nergens meer op te hopen. We zouden zoiets als mensen eens moeten flikken. Dan werd je gewoon uit de ouderlijke macht gezet!' Peters vader had daar schande van gesproken. 'Zoiets zeg je niet over de Heere. Die vrouw is nooit echt bekeerd.' Het liefst had hij haar de deur uitgezet. Ze had een slechte invloed, helemaal op Peter. Die had steeds vaker van die rare vragen voor een kind.

Peters moeder moest haar huwelijk goed proberen te houden voor de kinderen, voor de familie, voor de buren, voor de kerk. Waar moest ze anders heen? Ze was financieel van hem afhankelijk en scheiden was sowieso een grote schande. Haar vader zag haar al aankomen! En ze hield van die man, ondanks alles. Hij zorgde goed voor haar, voor de kinderen. Er waren zoveel vrouwen die niet met hun man konden praten. Mannen zijn anders. Adam was in niets een Eva. Ze was er beter aan toe dan haar zus. Veel beter. Haar man was soms maanden weg op de grote vaart en beloonde haar zus elk jaar na zijn thuiskomst met een kind. Opvoeden was een vrouwenzaak, hij bemoeide zich niet met de kinderen. Zat liever in de kroeg als hij weer een paar weken thuis was. Ze was blij als hij weer ophoepelde en zag op tegen zijn komst. Nee, dan had zij het zelf nog goed getroffen. Haar Jaap was de beroerdste niet en ze hadden voorzichtig gedaan, twee kinderen was zat.

Dat ze de Heere niet begreep, betekende nog niet dat hij niet bestond. Dat had er niets mee te maken. Ze begreep wel meer niet. Ze kon ook niet snappen hoe het kan dat een mens kan nadenken, kan liefhebben. Hoe het mogelijk is dat uit een piepklein zaadje en een minuscuul eitje een schattig baby'tje kon groeien. Er waren zoveel wonderlijke dingen. Als ze 's avonds met haar man achter het huis op een deken in het gras lag om naar de sterren te kijken, voelde ze een grote liefde voor diezelfde God. Dat eindeloze heelal, die ontelbare sterren. En de Heere kent ze allemaal bij naam!

'Snap jij dat nou, Jaap,' zei ze bijna fluisterend, 'dat van die lichtjaren? Ze zeggen dat het licht met wel 300.000 kilometer per seconde door de ruimte gaat. 300.000 kilometer Jaap! En de aarde schijnt wel met 100.000 kilometer per uur rond de zon te draaien. Dat geloof je toch niet?'

'Je mot ook niet alles geloven wat ze in die blaadjes schrijven.'

Maar ze had het echt gelezen. Het moest wel waar zijn.

'Het is toch gek dat we nu met zo'n snelheid bewegen. Er is niet eens wind! Ik snap het niet Jaap. En toch heeft God het allemaal gemaakt. Wat vind jij?'

'Ik vind dat je nu maar eens even je kwek moet houden. Luister nou eens naar de stilte. Er is een tijd van spreken en een tijd van zwijgen, An.'

En toch draait hij zo snel, dacht Annie, of jij het nou gelooft of niet. Ik mag dan wel alleen lagere school hebben, maar ik mankeer niks aan mijn hoofd. Ze zocht naar de Grote Beer. Ze had gelezen dat er in het pannetje van de Grote Beer, honderden sterrenstelsels zaten die nog groter waren dan onze melkweg. Je kon je daar geen voorstelling van maken. Niemand wist hoe groot het heelal was. Ze ontdekten steeds weer nieuwe planeten, het bleek al maar groter. Zou God dat nou alleen maar voor zichzelf en de engelen hebben gemaakt, dacht ze, en wat doen ze dan de hele dag in zo'n enorme ruimte? Hebben engelen ook vakantie en waar gaan ze dan heen? Ze hebben niet eens familie, elke engel is weer een aparte creatie. Ze kunnen moe worden die engelen, dat had ze zelf gelezen, een engel die doodmoe was van alle inspanning, en ze vochten met elkaar, terwijl ze alle ruimte hadden! Ze moest vroeger op school psalmen uit haar hoofd leren, en kende Psalm negentien helemaal van buiten: "De hemelen vertellen Gods eer, en het uitspansel verkondigt zijner handen werk. De dag stort overvloedig sprake uit aan den dag, en de nacht toont wetenschap aan den nacht. Geen spraak en geen woorden zijn er, waar hun stem niet wordt gehoord." Zo begon die. En wat vertellen de hemelen mij? dacht ze. Dat er een Schepper is, dat staat wel vast. Dat hij knap is, oneindig, eeuwig. Een kunstenaar. Iemand die wist wat hij deed. Dus weet hij ook wat hij doet, als hij narigheid toelaat. Het kan niet anders. Het was zo overweldigend allemaal. Het maakte haar voorzichtig met vragen aan de Heere, want aan het einde van de psalm stond niet voor niets geschreven: "Houd uw knecht ook terug van trotsheden; laat ze niet over mij heersen; dan zal ik onberispelijk zijn en rein van grote overtreding." De Heere God had altijd gelijk. Wie kan het nou beter weten dan de Heere? Ze werd blij van binnen als ze aan de grootsheid van de schepping dacht, het duwde de twijfel voor een tijdje opzij. Maar een poosje later kwam de twijfel weer opzetten. Twijfel was als een bal die je onder water probeert te houden: des de krachtiger je hem onder duwt, des te hoger springt hij weer op.

Dat had ze nou altijd. Zelfs als ze een vlieg probeerde dood te slaan, dacht ze aan het wonder.

'Is het jou weleens opgevallen Jaap, hoe lastig het is een vlieg met een krant dood te slaan? Dat beestje is zo gevoelig. Als je de krant op grote afstand beweegt, heeft hij het al in de gaten. Ook als je hem van de achterkant benadert. Zou dat nou de wind zijn die hij voelt? En dat hij op z'n kop op het plafond kan lopen, Jaap, snap je dat nou? Ik las dat het door zijn zuignapjes komt, die zitten aan zijn pootjes. En weet je waarom hij zijn pootjes telkens tegen elkaar wrijft? Dat is om ze schoon te maken, want hij proeft met zijn pootjes. Daarom gaat hij eerst ergens op zitten om te proeven of het lekker en eetbaar is, en dan pas gaat hij het met een soort rietje aan zijn kop eten.'

'Stront,' zei Jaap. 'Ze vreten stront. Dus zo goed werken die proeverij-tjes met die poten niet. Ik mag blij zijn dat jij niet zulke pootjes hebt, dan kreeg ik stront te eten!'

Jaap legde zijn hand op haar buik en rolde op zijn zij naar haar toe. 'Jij altijd met die diepe gedachten,' zei Jaap en zijn hand ging langzaam omhoog. 'Ik denk dat Peter ook een denkertje is. Of een dromertje, net als zijn moeder. Misschien wordt dat jong later wel dominee.' Zijn hand gleed onder haar truitje. 'Dit heb de Heere anders ook mooi gemaakt, An. Daar kunnen geen planeten of sterren tegenop. Dat vind ik nou hemels.'

3.

Vorige week zaten ze in de mooie kamer aan de achterkant van het huis, achter de schuifdeuren. Dominee zou komen. De achterkamer werd alleen gebruikt voor belangrijke gasten. Daar stond de mooie lichtblauwe oorfauteuil die ze van oma hadden gekregen en de houten Mechelse tafel met leeuwenkoppen op de hoeken, en aan de onderkant poten van fraai gedraaid hout. Op de tafel lag een loper met een dieprood Perzisch motief en franje aan de uiteinden. Om de tafel stonden vier stoelen, op de rug en het zitgedeelte voorzien van vlechtwerk in de vorm van een honingraat. De marmeren schoorsteen was verfraaid met twee goudkleurige lampenstandaarden, op elke hoek een, met in het midden een half ronde klok met een grote wijzerplaat. Oma wond de klok elke week op als ze op bezoek kwam, met een speciaal sleuteltje dat ze vervolgens weer achter de klok legde. Als het heel stil was kon je de klok rustig horen tikken aan de andere kant van de schuifdeur. De klok maakte zich nergens druk om. Zag veel, maar zweeg. Er is geen gebrek aan tijd, maar gebrek aan leven. Peter mocht nooit spelen in de achterkamer. 'We moeten het vloerkleed heel houden'. Vader kon misschien wel diaken worden en later heel misschien ouderling. Het zou mooi zijn als hij nu al met de collectezak rond mocht. Dat leek vader Smolders wel wat, dan kon je zien wat de mensen zoal gaven voor de Heere. 'Nooit verkeerd als mijn linkeroog weet wat hun rechthand geeft,' mompelde hij en weer bewoog dat bovengebit. Het was te hopen dat hij niet hoefde te lachen als de dominee er was. Zijn vrouw zou bij het gesprek aanwezig zijn, maar mocht aan dominee geen vragen stellen. 'Hij moest eens denken dat je afkerig van de Heere bent. Hij weet net zo goed als ik dat je van lichte huize bent. Zorg voor koffie met een koekje, en doe je mooie zwarte jurk en donkere nylons aan. Een vrouw moet leren in stilheid.' Ze had ermee ingestemd. Ze kon moeilijk hun hele leven op zijn kop zetten. Een paar maanden later werd vader diaken.

Jammer dat hij niet naar de katholieke school mocht. Ria zat wel op die school, in de eerste klas. Peter had met haar mee kunnen lopen de Veenweg af, onder het viaduct door en dan was het nog maar een kilometer. Het was ook makkelijk te vinden: de school was naast de grote Sint-Bartholomeüskerk. 'Bartholomeüs was een appelsteel van Jezus,' had Ria gezegd. Peter moest er wel om lachen. Zou ze echt niet weten dat het apostel was en geen appelsteel? Ze hebben niet eens een Bijbel. 'Maar jullie hebben een stomme kerk,' had Ria gezegd. 'Die van ons is bijna honderd jaar oud en veel groter'. Daar was weinig tegenin te brengen. 'En wij hebben in de hemel de Heilige Maagd Maria,' had Ria gezegd, 'die hebben jullie lekker niet. Maria woont samen met Jezus, want Jezus wil niet trouwen, dus hij woont bij zijn moeder in. En ze hebben engelen als lijfwachten, Rafaël en Gabriël, die gaan nooit slapen of zitten, en liggen doen ze ook al niet, ze hangen maar een beetje, en boven hun hoofd zweeft altijd een grote gouden slavenarmband en die vliegt gewoon met hun mee. Knap hè?' Hij keek naar de witte strik in haar haar.

De familie Smolders fietste al jaren elke zondag, met de twee kinderen achterop, helemaal van Nootdorp naar Delft om te kerken. En dan kwamen ze altijd langs die enorme katholieke Bartholomeüskerk, in 1871 plechtig in gebruik genomen. Het werd de trots van Nootdorp, precies zoals de initiatiefnemer Hofweegen voor ogen stond. De steenrijke veenboer vermaakte zijn hele vermogen aan de parochie. Maar al de protserigheid vond vader Smolders een extra bewijs voor de dwaalleer. De kerk mocht er dan aan de buitenkant groot, maar eenvoudig uitzien, vanbinnen was het een en al pracht en praal. Soberheid en eenvoud, zoals Calvijn dat wilde, dat is de ware houding voor een christen. Het was net of hij het stuk langs de kerk extra snel probeerde af te leggen. Afkeer won het even van waardigheid. Alsof de duivel zelf zo vanaf de kerk op zijn bagagedrager zou springen. Eigenlijk moesten ze lopen op zondag, maar de katholieken klaagden niet over dat fietsen en de dominee had er begrip voor. 'Zo'n eind lopen voor de Heere, het is geen doen. Als je die laatste kilometer nou maar loopt, heeft geen mens het in de gaten. Je mag de onderlinge bijeenkomsten niet nalaten, gelijk sommigen de gewoonte hebben, daar gaat het om. Over fietsen wordt in de Bijbel niet gesproken.' 'Maar als iemand hout sprokkelde op de sabbat, moest hij wel gestenigd worden,' opperde vader nog. Hij was blij dat de dominee fietsen niet met sprokkelen vergeleek, maar wilde zijn Bijbelkennis etaleren. 'Jawel,' antwoordde dominee plechtig, 'maar op zondag gebruik je de fiets om de Heere in zijn huis te dienen, dat is toch wat anders. De heiliging van de sabbat bestaat niet uit nietsdoen, maar uit het je afzonderen voor de dienst des Heeren. Desnoods per fiets. Als je er maar met geen mens over praat.' Peter had de dominee in de achterkamer horen zeggen dat we van nature geneigd zijn de naaste te haten. Maar hij haatte Ria helemaal niet. Hij had zijn vader gevraagd hoe dat dan kon. 'Gods gedachten zijn nu eenmaal hoger,' had vader gezegd. 'En denk erom jongen, wij allemaal zijn onmachtig het goede te doen, we zijn geneigd tot alle kwaad.' Peter sloeg zijn ogen neer en kreeg een rood hoofd. Zou zijn vader hebben gezien dat Ria haar broekje naar beneden had gedaan?

Nu zwom er een bullebak voorbij, hij kon hem duidelijk zien. Een kanjer. Peter schoof voorzichtig nog verder op de brug, totdat zijn navel de rand raakte. Het touwtje hing eindelijk in het water en maakte een paar kringen die even verderop weer in het niets verdwenen. Nu moest hij gewoon wachten tot het beest zou bijten. Dat kon nooit lang duren. Hij keek nog een keer naar zijn huis om er zeker van te zijn dat niemand hem zag, maar zodra hij zijn hoofd weer omlaag deed om naar de bullebak te kijken, gleed hij hulpeloos de vaart in. Vanaf dat moment kon Peter zich niets meer herinneren. Wel dat zijn korte leventje snel aan hem voorbij trok. En dat hij zonk. Hij wist niet dat een dakdekker bij de boerderij naast hun huis hem al een tijdje had gadegeslagen. De man kwam razendsnel de trapleer af, kon hem nog net op tijd uit het water vissen en bracht hem drijfnat naar huis. Gek, maar hij zag de man die zijn leven redde, nooit meer. Hij leek die melaatsen wel die Jezus nooit hadden bedankt voor hun genezing. Peter herinnerde zich niet dat zijn moeder hem in de keuken in een teil deed om hem grondig te wassen. 'Je stonk,' zei zijn moeder, terwijl ze hem weer op schoot nam. 'Tjonge, wat waren we geschrokken. Je doet anders nooit zulke gekke dingen. Vroeger zat je als kind gewoon uren in de kinderstoel voor het raam naar de koeien te kijken. Ik had geen kind aan je. Je zat gewoon lekker te dromen. Hoe kwam je er nou bij om bullebakken te vangen? Wat zijn dat dan, bullebakken? Wie heeft je wijs gemaakt dat zulke beesten hier in de vaart zouden zitten? God jonge, je was bijna verdronken.'

'Ik heb liever dat je de Heere er buiten laat,' zei vader en hing zijn alpinopet op.

Maar toeval bestaat niet, God bepaalt alles en bestuurt alles. Dat wisten ze van *De Heidelbergsche Catechismus*. Wat had God in hemelsnaam voor met die bullebak? En waarom moest hij in het water vallen en toch niet verdrinken? Was die dakdekker daar toevallig of had God hem op zijn dak gestuurd? God maakt het soms onnodig ingewikkeld. Onnavolgbaar zijn Zijn wegen. Peters moeder zou nog duizenden van zulke vragen stellen. Ze had moeite met veel passages uit de Bijbel, preken van de dominee en die hoogmoedige nederigheid van sommige kerkgangers, ver verheven boven de mensen die God niet dienden, maar heimelijk stinkend jaloers. Uitgedost met de meest modieuze hoeden en gezeten in de voorste banken met hun naam er op. Achter de kerk zouden ze begraven worden, de mensen met geld hadden een ereplaats op het kerkhof, alsof de Heere zich liet omkopen. En waar ze zich nog het meest aan stoorde, was dat haar man zijn hoofd boog als ze in het gangpad van de kerk passeerden. Niet dat zijzelf die mensen aan durfde te kijken, eerlijk is eerlijk, maar waarom zou je je hoofd buigen voor mensen met geld? Maar echte gelovigen vragen niet, die aanvaarden. Ze kon als kind al geen vragen stellen thuis, dat was brutaal. Haar vader werd er zenuwachtig van, had geen tijd voor die onzin. 'Steek je handen maar uit de mouwen, in plaats van dat hovaardige geklets.' Ze leerde zwijgen, slikken, herkauwen; zich opvreten deed ze gelukkig niet. Ze was eigenlijk best blij en gelukkig. Al had ze graag iemand gehad tegen wie ze kon zeggen wat ze echt dacht, diep vanbinnen. De enige met wie ze goed kon praten was haar zoon, maar wat kun je zeggen tegen een kind? Ze had liefdevol in een schriftje genoteerd wat hij als kind allemaal had gezegd en als ze verdrietig was, bladerde ze er in. Als iets haar troostte, was dat het wel.

4.

Toen hij negen was mocht hij voor het eerst schaatsen. Van de buren had hij tweedehands Friese doorlopers gekregen. De buurjongens waren er uitgegroeid. Even was vader bang dat hij het als een sinterklaascadeau zou zien. 'Pas maar op voor die kindervriend,' had vader gezegd, 'bisschoppen zijn me iets te dol op kinderen. Ik heb het niet zo op de langjurken. En dan hebben de buren Kees ook nog naar zo'n internaat in Limburg gestuurd. Ze lijken wel gek. Moet dat kind soms van de verkeerde kant worden? Een broedplaats voor homo's, dat is het. Het lijkt Sodom en Gomorra wel. Volwassen kerels die niet mogen trouwen samen met jongens in de pubertijd. En dat hokt bij elkaar, dag en nacht. Laat je niets wijs maken jongen, mannen in rokken deugen niet. De man zal geen vrouwenkleed aantrekken, de Heere heeft het duidelijk laten optekenen. Al die koorknaapjes en misdienaartjes, ik vertrouw die lui niet. Laatst sprak ik in het dorp nog met de maagd van de pastoor, ja echt, zo noemen ze die, de maagd van de pastoor. Je moet katholiek zijn om dat te verzinnen. Am me hoela. Net als Beppie zeker. Die kinderen worden al vroeg met leugens grootgebracht. De duivel is de vader der leugens jongen, denk daaraan. De sinterklazen zijn gewoon potsierlijke mannetjes. Die rare muts en jas huren ze bij een feestartikelenwinkel. En heb je ooit zulke zwarte mensen gezien? Uit Spanje? Laat me niet lachen.' Toch had hij dit jaar op sinterklaasavond zijn schoen bij de kachel gezet. Voor de grap. Je kon niet weten of vader het kon waarderen, of hij er wat in zou doen. Hij had van de buren gehoord dat alle kinderen hun schoen bij de kachel zetten. Kees had zelfs twee verschillende schoenen van hem klaargezet. Ze hadden zoveel kinderen, dat het misschien niet opviel. Gelukkig kon Peters vader de grap wel waarderen. Als beloning zat er een gulden in.

Hoewel het kereltje meestal op vijf december binnen moest blijven om niet aan de heidenen te worden blootgesteld, was het dit keer prachtig weer en het ijs was dik. De volgende dag zou het dooien. Peter zat met zijn neus tegen het raam geplakt en keek naar de vaart voor hun huis waar de buren aan het schaatsen waren. 'Ach, laat hem voor één keer,' had moeder gezegd, 'nu kan het nog, morgen is het over.' Ze gingen dus schaatsen, met het hele gezin. Vader, zoals altijd, met een stropdas om, zoals alle arbeiders in het dorp. Het gaf hun het gevoel even op het kantoorklerkenniveau te leven. Zoals inboorlingen graag een bril dragen. Een klein, vet knoopje als statussymbool; de zegelring van de armen. Peter droeg een broek van een van de buurjongens; hij kreeg vaak kleren van de jongens als zij er uitgegroeid waren. Mooie truien met Noorse motieven, broeken – die moeder soms een beetje vermaakte – en zelfs schoenen, waaronder vader dan nieuwe rubberzolen zette. Daarna mocht Peter ze zelf poetsen tot ze net zo glommen als de kachel. Alleen ondergoed kreeg hij nieuw. Zijn Friese doorlopers waren oude van Kees. Ze hingen meer naast dan onder zijn schoenen, maar allengs kreeg hij de slag te pakken. De sfeer was uitgelaten. Vrolijk. Moeder schaatste in een lange, dikke rok; haar wangen rood van verrukking. Zorgeloos, even weer een meisje. En vader had zijn plusfour aan, sigaret als een stompje in zijn mond. Hij draaide achtjes en negentjes, soms samen met zijn vrouw. Vooruit, achteruit, behendig. Zijn zus was al snel met schaatsen gestopt en gleed verderop met een buurmeisje zolang mogelijk door, tot aan het bruggetje wel. Ze maakten plezier alsof de Heere nooit een zondvloed had veroorzaakt. Tot twee zwarte Pieten de schaatsen onderbonden. Peter meende een van die Pieten te herkennen; dat ze verkleed waren wist hij ook wel. Aan haar lengte en de vorm van het gezicht te zien, moest het de buurvrouw zijn. Het was duidelijk de eerste keer dat ze op schaatsen met witte schoenen stond. Een cadeautje van haar man. Haar gezicht was helemaal zwart, haar haar nog blonder dan normaal, de tanden spierwit. Buurvrouw lachte altijd. Na een paar slagen botste ze zo hard tegen vader, dat ze prompt bovenop hem viel. Het was een vermakelijk gezicht: zwarte Piet met witte schoenen onder een dikke zwarte maillot, bovenop een nauwelijks protesterende protestant. Maar moeder trok wit weg, reed meteen naar de kant en maakte driftig haar schaatsen los. Ze pakte ze op en liep met gebogen hoofd naar de overkant, naar huis. Snel, verbolgen. Was dit toeval? Was het nog steeds niet afgelopen met die twee? Was de schande van een onecht kind niet genoeg? De buurvrouw probeerde op te staan, gleed uit en viel weer – op haar billen nu – nog steeds schaterend als een tienermeisje. Vader hielp haar overeind, keek om zich heen. 'Waar is mama?' Peter wees naar huis. 'Theezetten, natuurlijk!' zei vader na een tijdje. 'Of warme chocolademelk!' Hij probeerde opgewekt te klinken, en verliet onmiddellijk het ijs. Peter en zijn zus moesten meteen meekomen. 'Anders krijgen jullie het nog te koud.'

'Kun je zien hoe listig de duivel is,' zei vader eenmaal binnen, 'stuurt hij een zwarte Piet op je af, die bovenop je gaat liggen.' Hij gaf Peter een knipoog. Het was een tactiek die vaak werkte: een grapje, de boel ontspannen, haar weer even aan het lachen maken.

'Ja, geef jij die arme duivel maar weer de schuld. Jij maakt van de duivel een afvoerbak waar je je eigen misstappen in kwijt kan. Schuif het maar weer op de duivel, alsof je zelf geen schuld hebt. Je lijkt Adam wel, die kon er ook niks aan doen. Straks ligt het nog aan mij.'

Peter kon zien dat ze gehuild had. Ze duwde vader van zich af.

'Heb jij nog steeds wat met haar? Is een onecht kind niet genoeg!'

'Niet waar onze kinderen bij zijn, An. In godsnaam niet waar onze kinderen bij zijn!'

'Van mij mogen ze het weten.'

Ze begon harder te praten, was zichzelf niet meer of juist wel.

'Heel het dorp weet het! Vrijen met je buurvrouw en ondertussen de mond vol van de Heere! Meneer de diaken!'

Dat laatste klonk als een vloek. Ze barstte in snikken uit, haar muts nog op, haar jas uit. Peter sloeg zijn armen om haar heen. Hij begreep niet precies wat er werd gezegd, maar zou later vaak aan die woorden terugdenken. Dat de buurvrouw aantrekkelijk was had hij intussen ook wel gezien – alles was mooi aan die vrouw – maar dat papa met haar zou hebben gevreeën was onmogelijk. Vaders en moeders doen niet aan seks. Vader zat er verslagen bij, als een kind dat een tik heeft gekregen. Zijn gezicht leek mager. Er volgde een lange stilte.

'Waarom moet je levenslang worden nagedragen wat je als kind hebt gedaan? Ik was twintig An, ik kende jou nog niet eens. Het is nota bene zevenentwintig jaar geleden!' Dat laatste zei hij zacht, alsof hij ook voor zichzelf de balans wilde opmaken.

'Nee, maar je was bijdehand genoeg. Ik had het willen weten voor we trouwden, niet zes jaar later!' Ze zei het onverminderd hard. Zo had Peter zijn moeder nog nooit gezien. Ze had zijn zere plek te pakken. Hij was niet eerlijk tegen haar geweest. Zij was zijn eerste liefde, hij wist het zeker, 'voordien heb ik nooit een meisje gehad, nooit, ik zweer het je,' maar heel veel later volgde de boetedoening. Ze had niet eens het idee dat hij zich ervoor schaamde. Protestanten gingen nooit met katholieken om, zeker niet de jongens uit zijn zwartekousenkerk, en toch was hij met de buurvrouw naar bed geweest. Goed, ze was toen nog niet de buurvrouw, maar als ze het allemaal geweten had, was ze niet met hem getrouwd en zeker niet naast haar gaan wonen. Ze voelde zich voor schut gezet, bedrogen, al was het ver voor haar tijd gebeurd. En nooit, nooit heeft hij haar het hele verhaal verteld. Ze had het willen weten en toch ook weer niet. Waar was het gebeurd? Wie nam het initiatief? Hoe? Hoe vaak? Denkt hij nog weleens aan haar als ze vrijen? Wist hij dat ze getrouwd was? Nou ja, 'het was maar een keer gebeurd, ze kon hem op zijn woord geloven, een keer'. Maar ze geloofde hem niet. Het bleef de achilleshiel in hun relatie. Met de buurvrouw zelf had ze geen moeite. Ze was altijd aardig, behulpzaam, een en al begrip, en mooi. Dat wel. Die concurrentie kon ze met geen mogelijkheid aan. Maar ze mocht haar wel. Een mens kan fouten maken, haar man ook. David was een man naar Gods hart en ging ook niet helemaal vrijuit en Salomo werd volop gezegend maar spaarde vrouwen zoals haar man postzegels. Ach mannen, de Heere had zelf wetten voor polygamie gemaakt, wat wil je nou? Zelfs engelen konden niet van mooie vrouwen afblijven. En God werd boos en bracht een zondvloed over de aarde. Maar dat waren andere tijden. Lang geleden. Zij leefden nu. Zij was getrouwd met Jaap. In de twintigste eeuw, dat mag je niet vergelijken. Hij had het moeten zeggen.

Hij biechtte zijn buitenechtelijke dochter op tijdens de oorlog. Ze vroeg zich af wat hij zo vaak bij de buren deed, waarom hij zo vaak van huis was. 'Wat spook jij allemaal uit?' hoe vaak had ze die vraag niet gesteld. Maar hij wilde er niet over praten. 'Ik kan het je niet zeggen lieverd, ik wil je niet in moeilijkheden brengen. Maar geloof me, het is goed, het is nodig. Ik doe het niet voor mijzelf. Hoe minder je weet, hoe beter het is, echt waar. Anders loop jij ook nog gevaar.' Maar toen Nel aan het eind van de oorlog naar Tsjecho-Slowakije gestuurd zou worden, kreeg ze er lucht van. De buurvrouw had haar mond voorbijgepraat of misschien wilde ze er gewoon open over zijn. Ze had zelf ook wel gezien dat Nel er niet goed aan toe was. Niet dat ze honger had, er was in het dorp nog wel redelijk aan eten te komen, maar ze werd mager en zag bleek. De buurvrouw had meer kinderen om voor te zorgen en in 1942 was ze weer zwanger geraakt. In dat jaar werd Kees geboren, een leuk ventje, gezond en wel. Ze begreep alleen niet waarom haar Jaap zoveel moeite deed om het allemaal te regelen. En toen, zes jaar na hun trouwen, kwam het hoge woord er uit: Nel was zijn dochter! Ze was geschokt. Ging de buurvrouw meteen met heel andere ogen bekijken, werd argwanend. Het was al lang geleden gebeurd, wel acht jaar voor hun trouwen, maar toch, buurvrouw werd een rivale, een strijd die ze nooit zou winnen. Wie gaat er nou ook wonen, naast zijn vroegere minnares? Alleen om Nel te zien opgroeien? Het waren verwarrende jaren die ze dankzij de oorlog overleefde. Er waren ergere dingen, dat hielp de pijn te verzachten.

'Zullen we *Mens erger je niet* spelen? vroeg Peter na een tijdje. Zijn moeder glimlachte en trok hem opnieuw tegen zich aan. Kinderen kunnen zo ontwapenend zijn. Zijn zus speelde ook mee. 'Mogen we elkaar eraf gooien of niet? Wat spreken we af?' 'Ik vind dat we elkaar eraf moeten gooien,' zei vader. 'Is ook goed voor de kinderen. Verliezen moet je leren. Je krijgt in het leven niets cadeau. Dus als je iemand er af kan gooien en je doet het niet, moet je er zelf van af. Afgesproken?' Hij trok zijn stropdas recht en knoopte zijn grijze vest met elleboogstukken een beetje open. In de woonkamer was het gelukkig warm genoeg. 'Afgesproken!' Maar zoals zo vaak, ontstond er ruzie. Vader was beledigd. Het was maar een spelletje als hij won, niet als hij verloor. Moeder probeerde de boel te sussen. 'Jij probeert papa altijd te verdedigen. Ik vind het niet eerlijk. Als het zo moet, stop ik ermee. Je moet, als je een nieuwe pion opzet, altijd eerst verder met die pion, zo zijn de regels. Behalve als vader zichzelf eraf moet gooien.' Zijn zus had vaders karakter: koppig. Waar Peter en moeder inschikkelijk waren, gaven zus en vader geen duimbreed toe. Granieten koppen voor een ander, maar uiterst buigzaam voor zichzelf. Het spel werd gestaakt. Zijn zus ging boos naar boven, naar haar slaapkamer op de zolder. Naar bed gaan was in de winter de enige optie. Weggestopt onder de dekens. Het huis had een houten puntdak met pannen, niets was geïsoleerd. IJsbloemen op het dakraam. Mooi, dat wel. Hij probeerde die bloemen weleens met zijn vinger weg te wrijven, een stukje, om te zien hoe ze weer aangroeide in een nieuwe vorm. 's Winters sliepen zus en Peter met handschoenen aan en een muts op. Hete kruik mee. Heel soms kropen ze bij elkaar in bed.

Het duurde lang voordat de radio werd toegestaan in huize Smolders. Vader was tegen 'alweer zo'n list van de duivel,' maar gaf zich uiteindelijk gewonnen. Distributieradio werd bijna stiekem in huis gehaald. Er kwamen zelden mensen van de kerk over de vloer en al helemaal niet onaangekondigd: veel te ver weg! En de radio hing aan de muur, vlakbij de gordijnen. Je kon het kastje met een beweging onzichtbaar maken. 'Dan hoeven de kinderen niet bij de buren te luisteren,' gaf de doorslag. Een slimme zet van moeder. Ze kon het verleden niet uit haar gedachten krijgen. Telkens als ze die volle rode lippen zag, dacht ze aan de man die ze gekust had. Zij mocht haar eigen lippen niet eens stiften, haar nagels niet lakken. Tanden poetsen mocht nog wel, maar ook een crème was nergens voor nodig. Handcrème was al een geschenk. 'Vrouwen, zijt uw eigen mannen onderdanig; zij zullen ingezien hebben uw kuisen wandel in vreze; uw versiersel zij, niet hetgeen uiterlijk is, bestaande in het vlechten van het haar, en omhangen van goud, maar de verborgen mens des harten, in het onverderfelijk versiersel van een zachtmoedigen en stillen geest, die kostbaar is voor God.' Hoe vaak had ze die tekst al moeten aanhoren? En op sommige momenten kon ze dat argument goed gebruiken, tegen de buurvrouw. Zo werd de buurvrouw soms als een schaakstuk in het spel gebracht. 'De liefde is niet afgunstig,' zei vader dan, 'lees de apostel Paulus er maar op na.' Hij had altijd het laatste woord. De Bijbel was een handig zwaard dat vader goed kon hanteren als het hem uitkwam. Hij was er bedrevener in dan zij. Ach ieder had zo zijn wapens.

Ze vond het heerlijk naar hoorspelen te luisteren. Kranten op de grond, met pinda's erop. Pellen tijdens 'Paul Vlaanderen' of 'Sprong in het heelal,' of luisteren naar voetbal op de radio terwijl ze zat te breien. Het ritme van klikkende breipennen, zo vredig, zo veilig. Heerlijke momenten. Vader en Peter, liggend naast elkaar op de grond, en zus die wat aan het borduren was. Warme chocolademelk, kachel aan en Nederland tegen België, dan waren Nederlandse protestanten en katholieken weer heel even een. Als ze hadden gewonnen, vierden ze met de buren feest. Nationalisme won het even van het geloof.

5.

Later, Peter zat al in de vierde van de lagere school, was hij nog steeds
op Ria. Niet dat hij echt met haar 'liep,' ze waren gewoon vrienden.
Ze zochten samen kievitseieren, bestudeerden kikkers of liepen zomaar in de wei achter hun huis. Soms hield ze zijn hand vast en één
keer gaf ze hem zomaar een zoen op zijn wang. En zo nu en dan spraken ze over God. Hij was bang dat Ria werd verdoemd. De kans was
groot. Hij leerde op Bijbelles dat we allemaal verdorven zijn en on-
bekwaam tot enig goed, geneigd tot alle kwaad, en dat gold helemaal
voor de roomsen. Ria en Nel in de hel, hij had er van gedroomd en
werd met pijn in zijn benen wakker. Hij hoorde ze roepen om hulp,
maar hij kon geen geluid uitbrengen. Het duurde wel een minuut of
tien voor hij zijn bed uit durfde. Hij moest proberen Ria te bekeren
nu het nog kon. Hij schrok gisteren toen ze weer zoiets eigenaardigs
deed, net als toen met dat broekje. Ze waren met een paar jongens
uit de buurt een eind gaan wandelen naar de paardenrenbaan in het
dorp. Je kon van de weg af een deel van de baan zien. Bijna niemand
van de kinderen had een fiets, lopen was de gewoonste zaak van de
wereld. Langs de hele Veenweg tot op de hoek van de Kerkweg was
de brede sloot met hier en daar een ophaalbrug of een stenen brug
naar de huizen of boerderijen die aan het water lagen. Mooie grote
huizen soms, van rijke boeren of dokters. Huizen met een bordes en
met zuilen aan de voorkant. Vaak liep Peter in gedachte zo'n huis binnen. Het kon niet anders of die mensen moesten heel gelukkig zijn.
Ze hadden alles. Als de deur openstond omdat de bakker aan de deur
kwam als hij voorbij liep, gluurde hij ongemerkt naar binnen. De
gang was al groter dan hun hele achterkamer. En door het raam van
de voorkamer zag je een grote lamp aan het plafond met honderden
stukjes glas of misschien wel kristal. Het meisje dat er woonde had
zelfs een eigen paard. Hij had haar weleens zien rijden en was op slag
verliefd. Haar hals, die staart, die rechte rug, het op en neer gaan van
haar lijf. Later, veel later, toen hij het portret van Sylvette David zag,
geschilderd door Picasso, moest hij aan haar denken. Zo elegant, zo
onbereikbaar. Als hij ooit zou trouwen... Maria-Louise heette ze. In

gedachte had hij hele tochten met haar gemaakt, door weilanden, over het prikkeldraad heen, en langs het strand van Scheveningen. Samen op een paard, hij met zijn wang tegen haar rug, terwijl haar lange paardenstaart zijn hoofd streelde. Zijn handen stevig om haar middel. Door de bewegingen van het paard kon hij haar heupen voelen of verbeelde hij het zich maar? Hemelse heerlijkheid. Als dit eens eeuwig kon duren! Hij kreeg kriebels in zijn buik bij het idee.

Zoals altijd lagen er trekschuiten met stront in de sloot. Boten die met een lange stok werden getrokken of geduwd. Een paar van die schuiten zaten tot de rand toe vol met koeienpoep. Gier. Wie in zo'n schuit viel, kon stikken door opstijgende gassen, al kon je nog zo goed zwemmen. Het stonk al als je er langs liep. Een penetrante geur die lang aan je kleren kleefde. Johnny, een jongen uit de buurt, probeerde indruk op Ria te maken door langs de rand van de schuit een rondje te lopen. 'Durf je niet,' had Ria gezegd. Maar hij deed het. 'Harder!' zei Ria, maar door de koeienpoep was de rand glad. Te glad. Johnny rende het tweede rondje, zwaaide nog even en gleed midden in de gier. Hij kon nog net naar de rand van de schuit zwemmen, probeerde zichzelf op te hijsen, maar zijn hand gleed weg. Hij viel achterover; kopje onder. Bij de tweede poging kon hij zich optrekken. Hij sloeg zijn rechterbeen om de rand van de schuit, maar zijn voet glibberde terug. Peter, de andere jongens en Ria stonden aan de kant. Als standbeelden op een rij. 'Je been verder over de rand!' Ria raakte in paniek, voelde zich schuldig. 'Verder Johnny!' Ze rende over de brug naar de schuit aan de overkant. 'Verder!' Hoe Johnny er uiteindelijk was uitgekomen, kon Peter zich niet herinneren. Was hij nou door iemand geholpen? Wel wist hij nog, dat Johnny ongelooflijk stonk. Johnny durfde niet naar zijn eigen huis aan het eind van de Veenweg en liep helemaal mee terug naar de kippenschuur bij Ria. Daar stonk het immers altijd. Niemand zou merken dat Johnny er was geweest. Ria pakte de brandspuit en zei dat Johnny stil moest blijven staan, dan kon ze zijn kleren schoonspuiten. Maar de kracht waarmee het water eruit spoot was zo groot, dat ze meteen een paar kippen tegen de wand plakte. Paniek in het kippenhok. Sommige kakelaars glipten naar buiten; Ria had de deur op een kier laten staan, zodat de slang erdoor kon. Peter struikelde over een paar van die fladderaars en belandde op zijn knieën in de kippenstront, alsof één jongen onder de poep niet genoeg was. Johnny rende het hok uit. 'Niet naar het huis!' schreeuwde Ria, 'maar naar achter' en ze sleepte de slang achter zich aan het hok uit. Achter het kippenhok was ruimte genoeg. Ze opende de slang nu behoedzamer en spoot de smurrie van Johnny's kleren en zijn hoofd. Gelukkig was hij zijn bril in de gierschuit verloren, anders was die nu van zijn hoofd geblazen.

'En nou moet je je kleren uittrekken,' zei Ria resoluut, 'anders blijf je stinken.'

Maar Johnny was al twaalf, hij zat bij Ria in de klas.

'Als jij je omdraait!'

'Dan kan ik je toch niet schoonspuiten.'

Peter snapte wat zijn moeder bedoelde toen ze over haar ondeugende ogen sprak.

'Dan spuit Peter toch!'

Maar daar was geen sprake van. Die was druk in de weer om de kippenstront van zijn eigen knieën te verwijderen. Met een beteuterd gezicht trok Johnny zijn blouse en hemd uit, maar hield zijn onderbroek aan.

'Uit die broek! Anders roep ik mijn moeder en vertel ik waarom je in de gierschuit bent gevallen.'

Er zat weinig anders op. Daar stond die stoere vent piemelnaakt, net als Adam destijds in het paradijs. En opnieuw waren er een slang en een vrouw in de buurt. Ria spoot keihard in zijn kruis, en gierde van het lachen. Johnny moest nog even in zijn blootje wachten, terwijl Ria droge kleren van een van haar broers ging halen. Hij wilde net zijn natte blouse voor zijn naaktheid houden, toen hij achter op het erf geluiden hoorde. Hij kon geen kant op. Of toch? Samen met Peter vluchtte hij het dichtstbijzijnde kippenhok in. Meteen maakten die vervelende namaakvogels weer een hels kabaal. 'Aan de achterkant van het hok is nog een deur,' wist Peter. Hij rende langs de kippen, trok voorzichtig aan de deur en bleef stokstijf staan. 'Wat kon ik anders doen? Ik had geen keus,' hoorde hij zijn vader zeggen. 'Anders waren er nog meer gestorven.' 'Maar zijn er anderen gestorven door mij? dat is mijn vraag. Heeft u mensen verraden om mij naar Tsjecho-Slowakije te laten gaan? Hoe fout was u in de oorlog? Hoe fout? Zeg het!' Hij trok de deur iets verder open en zag zijn eigen vader met Nel van de buren. Haar gezicht was rood van opwinding. Ze schrok van het onverwachte bezoek en rende langs Peter heen door het kippenhok naar buiten. Vader stond er hulpeloos bij, frummelde wat aan zijn alpinopet, maar vermande zich. 'Ik zal het je uitleggen, jongen. Je moet het nu maar weten, je bent per slot van rekening al elf. Nel is ook een beetje jouw zus, dat is het. Ik weet zo gauw niet hoe ik het anders moet zeggen. Ze is jouw zus en toch ook weer niet. Toen papa nog niet getrouwd was… nou ja… ik zal maar zeggen… toen ik mama nog niet kende toen… toen had ik weleens een vriendin. Snap je jongen? En daarom moet pappa af en toe met Nel praten over moeilijkheden die ze heeft, snap je? Dat kan niet zo makkelijk bij ons thuis, dat vindt mamma niet prettig, en in het huis van de buren gaat ook niet. Daarom praten we soms hier. Maar denk erom dat je het aan niemand vertelt, ook niet aan mamma. Het is ons geheim, begrepen? Jij bent pappa's jongen en Nel is ook een beetje pappa's meisje. Ze is als een dochter, dat is het.' Hij sloeg heel even zijn arm om Peter heen en stapte toen snel het kippenhok uit.

Peter was in verwarring. Eerst die scène na het schaatsen en nu dit. Wat was er met zijn vader aan de hand? Hoezo was Nel ook een beetje zijn zus? Hoe kan iemand nou een beetje je zus zijn? Papa was toch ook niet een beetje zijn vader? En waarom zei Nel 'heeft u mensen verraden om mij naar Tsjecho-Slowakije te laten gaan?' Hij liep nog even terug naar de deur waar zijn vader en Nel door naar buiten kwamen en zag voor het eerst de ruimte daarachter. Er stond een bureautje en een kapotte leren stoel op het beton. Het bureautje was helemaal leeg. Het hok was iets kleiner dan hun achterkamer, maar het werd duidelijk niet gebruikt om kippen te houden. Hij liep die onbekende ruimte in en keek om zich heen. Door de houten wanden kwam een vleugje licht naar binnen. Aan de bovenkant, bijna tegen het dak aan was een raam dat je alleen maar kon openen als je op een stoel ging staan of met een lange stok. Aan de buitenkant was het raam hem nooit opgevallen. Hij begreep ook niet waarom er in een kippenhok een bureau stond en een stoel. En er was niet eens een deur naar buiten. Hij trok zo zachtjes mogelijk een lade van het bureau open. De bovenste lade was leeg. De tweede ging wat stroever open. Er lag een boek in, dat hij voorzichtig pakte. Op de voorkant en binnenin stonden rare tekens die hij niet kende, niet begreep. Merkwaardige letters van een andere taal. Hij legde het boek weer terug, schoof de lade dicht en liep het hok uit.

6.

Op de lagere school had Peter het naar zijn zin. Hij was een van de beste leerlingen, al dwaalde hij in gedachten vaak door de grote, hoge ramen naar buiten. 'Peter is een dromer,' hoe vaak had zijn moeder het niet gezegd. Straks, in de pauze, zouden ze weer 'een-twee-drie-vier-vijf-zes-zeven-jij-moet-mij-een-zoentje-geven' spelen. Hij keek dan stiekem door zijn oogharen, zodat hij precies op tijd kon stoppen bij Marijke. Dan gingen ze met hun ruggen tegen elkaar aan staan, de armen in elkaar geklemd. Hij voelde dan voorzichtig haar warme lijf tegen het zijne, en vervolgens moesten ze hun hoofden draaien. Als ze dezelfde kant opkeken, mocht hij haar zoenen. Of zij hem. Het was hem al een paar keer gelukt met Marijke en met Ada. Hij vond het spannend, zoenen. Bij Ada voelde hij de warme lucht uit haar neus op zijn gezicht. Heel even. Bij Marijke voelde hij niets. Wel haar lippen, die waren zacht, maar geen adem. Misschien hield zij haar adem in als ze zoenden. Hij had wel langer willen zoenen, maar dat hoorde niet bij het spel. Later misschien. Hij was verlegen, maar hij kon goed leren en goed toneelspelen. Dat hielp. Op het toneel, voor de klas, durfde hij alles. Of hij nu een dominee speelde of een kippenboer. Elke zaterdag, na zwemles in het Sportfondsenbad, voerde hij met zijn vriendje een zelfgeschreven toneelstukje op. Meestal hadden ze alleen maar een verhaallijntje bedacht en improviseerden dan. Repeteren deden ze eigenlijk nooit. Het scoorde goed, zeker bij de meisjes. Zaterdag was een mooie dag. Ze liepen vanaf school helemaal naar het Sportfondsenbad, keurig in een rij, twee aan twee, maar ontspannen. Ze kletsten wat, maakten grappen of zongen liedjes. Het was een kwartier lopen, meer niet. Hij was ietsje langer dan de meeste jongens, en moest in het diepere deel van het bad beginnen. Eerst stonden ze met de hele klas een tijdje aan de kant te rillen, armen over elkaar. Waarom was het altijd koud in dat zwembad? Waar hij erin moest springen, stond het water ver boven zijn navel. De eerste les al. Niet dat hij watervrees had, gek genoeg had hij aan die bijna verdrinking geen angst voor water overgehouden, maar hij was de eerste les liever in ondiep water begonnen. Over het bad waren wat lijnen gespannen, met daaraan banden van kurk. Daar moest je op je buik op gaan liggen om de schoolslag te oefenen. Je kon natuurlijk niet laten merken dat je bang was. Zeker niet, omdat ze gemengd zwommen. Peters vader vond dat ongepast voor een christelijke school, maar hijzelf vond het spannend om de meiden in badpak te zien. Jolanda had al kleine borstjes. En ze was niet de enige. En na afloop van de les mochten ze nog even vrij zwemmen. In de vierde klas had hij geprobeerd Marijke onder water te zoenen, maar dat had de badjuf gezien. Dat was een tante Sidonia met een harde, schelle stem, die zelf nog nooit een mannenlip had gevoeld. Gehunkerd, dat wel. Likjes van een hond was het maximaal haalbare, een teef, ook dat nog. Hij werd voor straf uit het zwembad gehaald en moest een tijdje in de kou aan de kant blijven staan. Armen strak langs zijn lichaam, het gezicht recht vooruit. Maar na het zwemmen was er toneel! Peter had met zijn vriendje afgesproken dat hijzelf voor badjuffrouw zou spelen. Hij had Marijke's badmuts en badpak geleend. Die was nog wel een beetje nat toen hij het in de wc aantrok, maar het was wel spannend om haar lijf tegen zijn eigen lichaam te voelen. Met haar badpak aan en badmuts op was hij van achteruit de klas naar voren gelopen, als badjuf Sidonia. Met haar schelle stem zei hij: 'Jullie krijgen vandaag les op het droge. En hou jij je mond nou eens dicht Pepco! Ga allemaal op je buik op je tafel liggen. Nu! Ik zei nu! (hij tuitte zijn lippen op dezelfde rare manier als juf Sidonia dat deed als ze "Nu draaien" zei) Wie niet luistert, kan meteen in de hoek gaan staan. Benen omhoog, daar gaat ie: "Buig, spreid, sluit". Het was een idioot gezicht, al de kinderen met hun buik op tafel. Zelfs meester Jongejan had tranen in zijn ogen van het lachen. Bij Marijke was de afdruk van de inktpot zichtbaar op haar blauwe bloes, en Wim ging zo hard tekeer met zijn schoolslag dat hij prompt van zijn tafeltje afkukelde. 'Badjuf, ik verdrink!' gilde hij. 'Dan moet je nú draaien,' zei Peter. Later, tijdens de echte zwemles in het Sportfondsenbad, werd er vaak gegniffeld als badjuf Sidonia haar aanwijzingen gaf. Het arme mens had geen idee waardoor dat kwam.

1941/42

'Tsjechen hebben hier niets te zoeken, tenzij ze verduitsen,' zei Heydrich. 'Foute mensen die niet bereid zijn een Duitser te worden of daar gewoon ongeschikt voor zijn, moeten hier weg. In het Oosten aan de IJszee is plaats zat. Of we zetten ze tegen de muur, of, nog beter, onder de douche! Wat vind jij schat?' Ze zaten bij de open haard, Lina en Reinhard. De kinderen lagen al op bed. Ze waren vaker met z'n tweeën, hij wilde geen vrienden, mocht van zichzelf geen vriendschap sluiten. Ze kon zich nog goed herinneren hoe hij, toen ze nog in Berlijn woonden, haar hoofd in zijn handen nam en zei: 'Hebben we wel vrienden nodig, Lina? Jij bent mijn beste vriend! We hoeven met niemand iets te delen.' Maar Lina was vaak alleen met de kinderen. De helft van de week was Reinhard in Berlijn. Vroeger zag ze hem wekenlang niet. Hij mocht dan geen behoefte hebben aan vriendschap, zij had dat wel. Ze dacht met plezier terug aan de turnvereniging die ze had opgericht voor eenzame 'Gestapo-vrouwen' zoals zij. Reinhard had een sporthal en sportleraar ter beschikking gesteld. Lief! De vrouwen kwamen – konden moeilijk de uitnodiging afslaan – en stonden er verlegen en stijfjes bij. Met veel moeite kreeg de sportleraar ze een beetje los. Lina bedacht een list. Na het sporten konden ze gebruik maken van een gezamenlijke doucheruimte voor wel dertig personen. Geen vrouw durfde het initiatief te nemen. Lina trok haar sportkleren uit en, waar iedereen bij stond, maakte ze haar zwarte bh los en deed ze haar degelijke onderbroek met pijpjes uit. Het was doodstil, terwijl de andere dames naar haar stevige, spierwitte billen keken. In haar blootje stapte ze onder de douche. Iedereen bleef als bevroren, tot een kleine Berlijnse snel haar kleren uittrok en naast haar kwam staan: het ijs was gebroken. Als tienermeisjes spetterden ze elkaar nat en Lina genoot. Naakte lijven maakten de afstand tussen elkaar kleiner. En ze hoefde zich niet te schamen: stevige borsten en geen putjes op haar benen, de buik nog strak met alleen maar een ronding rond haar navel. Reinhard vond dat mooi, zacht, lief. 'Jouw tarwehoopje doet leven!' zei Reinhard als hij haar streelde, al gebeurde dat steeds minder vaak. Later organiseerde ze voor vrouwen danslessen en trad ze zelfs met een groep op als 'de revuemeisjes'. Dat was toen. Maar Reinhard had geen enkele vriend. Wilde geen enkele vriend. Vrienden *zijn onhandig, strategisch gezien. Riskant. Hij stond er om bekend dossiers bij te houden van talloze collega's: je wist nooit wanneer je ze ermee kon pakken of chanteren. Vertrouwelijke gegevens verlenen je macht. De inlichtingendienst had hij immers zelf opgezet als een geperfectioneerde imitatie van de Britse geheimendienst. Zo schakelde hij vroeger in Berlijn al luxe prostituees van 'Salon Kitty' in om hoge diplomaten uit te horen. Hij had veel ervaring met bordelen, kwam er vaak, en richtte daarom zelf de chique salon op om diplomaten in de val te lokken. Gesprekken werden gewoon opgenomen. In alle kamers hingen microfoons en camera's, mooi verborgen achter schilderijen, lampen of spiegels. In kamers waar hij de liefde bedreef, moest alles acuut worden uitgeschakeld, stel je voor! Maar als het moest zou hij Hitler zelf verraden! Obers, hoeren, wat maar nuttig was werd ingezet, je kon nooit te veel weten. Hij hield alles bij, stond bekend om zijn uitgebreide archief met systeemkaarten in elke gewenste kleur. Weten, is macht. Volgens sommigen was zijn relatie met Lina vooral zakelijk. Ze hadden drie kinderen, maar het was algemeen bekend dat hij het bed liever met andere vrouwen deelde. Veel andere vrouwen.*

Lina beantwoordde zijn vraag 'wat vind jij schat?' met een klopje op zijn dijbeen. Een echte reactie werd niet gevraagd. Hij had daar helemaal geen behoefte aan. Terwijl Lina een blok hout op het vuur gooide, dacht Reinhard aan de toespraak die hij had gehouden voor de hoge ambtenaren van zijn protectoraat. Hij had hardop geoefend, Lina was een goede coach, gaf altijd nuttige tips: 'Dit moet je anders zeggen, dat moet je langzamer, nadrukkelijker doen.' Zijn schelle stem werkte niet in zijn voordeel. De wapenfabrieken in Tsjecho-Slowakije moesten weer op volle toeren draaien en ook de agrarische productie moest snel omhoog. Ik heb de arbeiders en boeren nodig, dacht hij, het heeft geen zin ze helemaal tegen me in het harnas te jagen. Ik verhoog het voedselrantsoen en de salarissen, dat maakt ze ijverig en mak. Dat gedonder met stakingen en sabotage was nu grotendeels voorbij. Hij keek nog even naar de tekst van zijn succesvolle toespraak en gooide de papieren in het vuur. Ze vatten onmiddellijk vlam. Toespraken kende hij vanbuiten. Hij had het papier helemaal niet nodig gehad. 'We moeten de Tsjechen niet zo kwaad maken dat ze geen uitweg zien, dat ze een grote opstand als enige optie beschouwen. Maar besef wel, ons Duitse rijk laat niet met zich spotten. Wij zijn hier de baas!' De toespraak had succes. De productiviteit schoot omhoog, wapenfabrieken draaiden weer op volle toeren en het verzet was vrijwel gebroken.

Heydrich was op stoom, al binnen een maand na zijn aantreden. Hij was al een paar maanden in Praag toen de familie arriveerde. Lina was niet blij toen hij haar belde dat hij naar Praag moest. 'Ik had liever gehad dat je postbode was geworden,' zei ze kwaad, 'ik zie je bijna nooit. Onze gesprekken lopen via de telefoon.' Ze meende het. In elk geval op dat moment. Ze dacht terug aan de brieven die hij schreef toen ze verloofd waren. Ook toen was hij vaak van huis. 'Als ik even een adempauze heb Lina,' schreef hij, 'zijn mijn gedachten bij jou. Ik merk hoezeer ik je liefheb. Ik kan me nauwelijks voorstellen dat het ooit anders is geweest.' En een maand of acht later schreef hij enthousiast 'Meneer Himmler, de Reichsführer van de S.S., verzekerde mij dat ik na ons trouwen, maandelijks 290 RM zal verdienen'. Een paar maanden later trouwden ze.

Hij beloofde haar dat ze niet alleen met de kinderen in Berlijn zou achterblijven. Zodra het kon, zou ze overkomen. Ze voelde zich als een prinses toen ze Praag voor het eerst zag. Het leek zo mooi, zo vredig, een sprookje. Een betoverende stad. Ze behoorde al snel tot de elite, bezocht belangrijke recepties en feesten, ze werd met groot respect behandeld, kon zich sieren in fraaie avondjurken en sieraden dragen zoveel ze wilde. Ze was de grand madame. Kende alle prominenten, Himmler natuurlijk en Goebbels, Speer en ze mocht zelfs kennismaken Hitler zelf. Ze had genoeg personeel, waar nodig knapten gevangenen uit concentratiekampen het zware werk op: het landgoed, het park, het moet er tiptop uitzien. Himmler wist van wanten, hij had zijn eigen paleis door gevangenen uit Sachsenhausen laten restaureren, duizenden hadden eraan gewerkt. Lina behandelde de gevangen hard en arrogant, zo blijkt uit vele berichten.

In de visie van Reinhard Heydrich, was de basis gelegd voor de ideale SS-staat. Zijn invloed en macht groeiden. 'Ik wil Hitler en anderen laten zien hoe het moet.' Hij voelde de handdruk die hij een paar jaar geleden van Hitler kreeg, nog steeds branden in zijn hand. Het was toen dat hij een afscheidsbrief aan zijn kinderen en Lina schreef, voor het geval hij in de oorlog zou omkomen. 'Hoffenlich braucht mein Panzerschrank

nie diesen Brief hergeben... er Führer unseres grössen Deutschlands, des-
sen Händedruck von heute Abend noch in meiner Hand brennt, hat
die Grosse Entscheidung schon getroffen. Morgen früh 4.45 beginnt der
Vormarsch der deutschen Armeen, um 10h ist Reichstag.' De brief werd
niet bezorgd. Hij bleef in leven. Natuurlijk! De geschiedenisboeken zul-
len naar mij en Tsjechië verwijzen als model voor een superrijk. Doe
het zoals Heydrich in Tsjechië! Hij was ervan overtuigd dat het zo zal
gaan. Op 19 november 1941 kreeg hij symbolisch de zeven sleutels van
de Kroningskamer van de Tsjechische president. Op 24 november opende
hij het kamp in Theresienstadt. Alle niet-joden waren uit het fort van de
vestingstad verwijderd om de weg vrij te maken voor joden uit Tsjecho-
Slowakije zelf. Het begon met kunstenaars, intellectuelen en musici. Waar
eerder rond de 7000 Tsjechen leefden, werden nu 50.000 joden gehuisvest.
Alleen al in 1942 sterven er 16.000, waaronder velen van de honger. Die
hoeven we in elk geval niet meer te transporteren, scheelt tijd en geld. Het
land lag aan zijn voeten. Hij was in zijn element.

7.

Godsdienstles ging steeds moeizamer. Was hij tot de vijfde nog een volgzame leerling met zo nu en dan een vraag, nu had hij meer vragen dan de leraar prettig vond. 'Jij brengt anderen in verwarring,' had de godsdienstleraar gezegd, 'ik moet maar eens met je ouders gaan praten.' Maar hij kon niet anders, zijn vragen waren uit oprechtheid geboren. Alleen een vlo kan leven zonder vragen. Zo ging een les over de zondeval. God had de mens uit de hof van Eden verdreven en stelde vervolgens 'cherubim tegen het oosten des hofs,' met een zwaard. Dit om te voorkomen dat de mens alsnog van de boom des levens zou eten en eeuwig zou leven. Hij vroeg waarom de mens dan niet gewoon aan de zuid-, west- of noordkant de hof binnenging? Daar stonden immers geen engelen. Of stond er misschien al een hek om de hof? En waarom had de Heere die boom des levens nou in de tuin gezet als ze toch al eeuwig zouden leven? En wat nou als Adam stiekem wat zaad van die levensboom had meegenomen? Of gewoon wat vruchten van de levensboom voor onderweg? Was de zondeval dan weer opgeheven? Waarom dan zo ingewikkeld doen met een offer enzo? Jezus moest helemaal naar de aarde komen om zijn leven te geven, terwijl God gewoon vruchten van de boom des levens kon uitdelen. Of je zette gewoon zo'n boom in je eigen tuin. Hij begreep het niet. Waarom hadden de andere kinderen nooit vragen? Alsof iedereen alles als vanzelfsprekend beschouwde. De godsdienstleraar dacht daar anders over. Hij bewonderde Peters kennis van zaken, hij had een tien voor godsdienst, maar haatte die brutale vragen. 'Denk jij soms dat je het beter weet dan de Heere God?' zei hij streng. 'Kinderen, we hebben hier een jongen in de klas die het beter weet dan de Heere zelf! Een kind met een zeven voor handenarbeid (de godsdienstleraar had dat speciaal uitgezocht, het was Peters laagste cijfer) weet alles beter dan de Maker van het hele universum! Heeft onze knappe jongeman misschien ook de hele Heilige Schrift geschreven? Was hij er bij toen de Heere de aarde grondvestte? Kun je mij misschien zeggen hoe zwaar de zon is? Hoe de hersenen werken van een onbeschaamde knaap?' Zijn stem werd steeds heftiger. Hij liep op Peter af, die voelde dat zijn hele lichaam bloosde. De bruine tabakvingers van de meester trilden. Het viel nu pas op dat hij van die enge, lange nagels had en dat zijn ringvinger een nagel miste. 'Er was niet alleen een sluwe slang in de tuin van Eden, maar er zit er ook een hier voor me in de klas!' Het hoofd van de leraar was nu vlakbij, zijn adem stonk naar een mix van tabak en goedkope jenever. Peter had bij het schoonmaken van de klas een klein flesje met drank in zijn lade gevonden. Hij had diepe groeven in zijn voorhoofd en wangen, zoals veel boeren in het dorp. In zijn linkeroog was een adertje gesprongen. Was dat van boosheid? Of had hij dat al langer? De leraar gaf met zijn vlakke hand een klap op Peters schoolbank waardoor de inkt uit het potje omhoog floepte en draaide zich plotseling om. 'Ga achter mij satan!' zei hij, zoals de dominee dat kon doen in een preek, en beende terug naar het bord, zijn hoofd opgeheven als een overwinnaar, maar de rug gebogen als van een gewond dier. Het was doodstil in de klas. Geen kind durfde adem te halen. Dat de man driftig kon zijn wisten zij ook wel, maar nog nooit had zijn woede zich zo duidelijk op één persoon gericht. Niemand zou verbaasd hebben opgekeken als de leraar daarna in elkaar was gezakt door een hartaanval. Hij bleef stilstaan bij het bord, met zijn rug naar de klas. Was dat om te bidden? Om tot zichzelf te komen?

Godsdienstles was meestal geen pretje, maar de meester had het thuis ook niet makkelijk. Zijn dochter was gehandicapt, dat had de Heere zelf zo geregeld. Waarom Heere, waarom ik? waarom kinderverlamming? Hoe vaak had hij dat niet in tranen gevraagd? Zijn vrouw maakte hem verwijten. Zij deelde thuis de lakens uit. 'Dat wijf van Jan,' werd ze in de wandelgangen door collega-leraren genoemd. En zijn oudste zoon, de jongen waar hij altijd zo trots op was, waarvan hij hoopte dat hij begaafd zou zijn, in elk geval in iets, om te laten zien dat de Heere leed en zegen over één gezin kan uitstorten, dat kind werd van de ambachtsschool gestuurd omdat hij er te stom voor was en ging al lang niet meer naar de kerk. Hij was op de grote vaart gegaan om het huis te ontvluchten. De jongen vertelde bij terugkomst stoere verhalen in de kroeg over zijn vele liefjes hier en daar. De meester hoopte, bad, dat de verloren zoon ooit weer op het rechte pad zou komen. Waarom moest juist hij, de godgeleerde, zo door God worden dwarsgezeten? Omdat hij net zo goed was als Job misschien? Is dat het Heere? Maar op school, tijdens godsdienstles, was hij, Jan van Hofstede – theoloog – de baas! Het is niet mis om de spreekbuis van de Heere te zijn. En nu kwam zo'n vlegel met beschamende vragen, vragen waarover hijzelf nimmer had nagedacht en waarop hij het antwoord moest schuldig blijven. Een kind dat vele malen slimmer was dan hijzelf ooit was geweest of worden zou, zette hem voor aap voor kinderen van zijn eigen kerk. De kerk waar hij als ouderling nog enig aanzien had. Een jongen uit een strenger nest, ook dat nog. De man begreep wat Kaïn gevoeld moest hebben, onmacht die in haat veranderde omdat hij niet kon tippen aan zijn rechtvaardige broer.

Peter stelde minder vragen, maar had er almaar meer. Zijn ouders werden gewaarschuwd dat ze moesten oppassen met dat ventje, hij dreigde langzaam van God af te drijven. Hij was brutaal, respectloos... zoals hij over de Heere God sprak! Het leidde tot een strengere aanpak van vaders kant; zoonlief zou dominee worden, al was het maar om de kans op vaders hemelvaart te vergroten. Over het voorval met Nel in het kippenhok werd met geen woord meer gesproken. Misschien moest hij het er eens met Nel over hebben, voor haar hoefde hij nu niets meer geheim te houden. Hij was zes jaar toen Nel trouwde, maar kon het zich nog goed herinneren. Ze waren even gaan kijken bij de buren toen Nel en de hele familie door trouwauto's werden opgehaald. Mee naar het stadhuis vond mama geen goed idee. Hij kon zich herinneren dat Nel er heel mooi uitzag, in een echte lange trouwjurk, en voor het eerst zag hij ook Ton, haar man, in een statige gestreepte broek en een pandjesjas met lange slippen. Ze reden weg in een grote, rode Amerikaanse auto, met het dak open en Ton achter het stuur, gevolgd door een paar zwarte auto's voor de familie. Dat was al weer zes jaar geleden. Nel was intussen veel meer dan een buurmeisje.

Zijn moeder herkende veel in Peter, had medelijden met hem. Ze durfde niet te zeggen dat ook zij het niet begreep. Dat zou vader haar kwalijk nemen, en mèt hem moest ze verder.

Ondanks de reprimande thuis, kon Peter het soms niet laten. De vraag moest eruit. Zoals tijdens een les over de drievuldigheid.

Volgens de godsdienstleraar de belangrijkste waarheid uit de Bijbel, samen met het verzoenende offer van Jezus. Het was dan wel een mysterie, de drie-eenheid, maar ook een onloochenbaar feit. Als je dat niet geloofde, zoals joden en mohammedanen, was er geen redding mogelijk. Het zag er voor een groot deel van de wereld somber uit. Daarom wilde hij het goed begrijpen. Hij wilde niet verdoemd worden, al begreep hij de Heere steeds minder. 'God is een drie-enig God. Hij is God de Vader, God de Zoon en God de Heilige Geest. Dat zijn drie personen, maar nochtans is het maar één God. Ze zijn alledrie aan elkaar gelijk, alle drie almachtig en ongeschapen en zij hebben eeuwig in de Godheid bestaan,' doceerde de godsdienstleraar. Hij maakte dat duidelijk door drie lucifers te nemen, die tegen elkaar te houden en vervolgens aan te steken. Het werd één vlam. Even later haalde hij de lucifers uit elkaar: het werden drie afzonderlijke vlammen. 'Zo is het met de drie-eenheid ook,' legde hij uit. 'Ze zijn een, en tegelijkertijd kunnen ze apart functioneren'. Waarop Peter als in een impuls zijn vinger opstak en verbaasd vroeg: 'Maar als u er een uitblaast, blijven de andere twee branden. Ze zijn dus niet gelijk.' Hij schrok van zijn eigen vraag en had geen idee wat voor gevolgen die kanttekening zou hebben. Het was er uit voor hij er erg in had. Het leidde tot grote hilariteit in de klas, en grote woede bij de leraar, die prompt zijn vingers aan een van de drie lucifers brandde. En zo lag het ontkennen van de drie-eenheid ineens dicht bij de hel. Peter werd de klas uitgestuurd. 'Er wordt in deze klas niet gespot met heilige zaken,' sprak de leraar, meer uit onmacht dan uit overtuiging. Zijn grijze baardje trilde. Hij was niet gewend tegengesproken te worden, deed dit werk al twintig jaar en had nog nooit zo'n vlegel in de klas gehad. De jeugd van tegenwoordig, je zou ze! Nou wilde hij het mysterie eindelijk een beetje inzichtelijk maken, en dan kreeg je dit. 'Eruit! Peter Smolders. Eruit!' Zijn stem en wijsvinger trilden en een belletje bruingekleurd speeksel ontsnapte uit zijn mond. Peter schoof met overdreven waardigheid zijn stoel naar achteren en pakte kalm zijn tas. Een merkwaardige rust overviel hem. Voor het eerst voelde hij zich boven zoveel drift verheven. Was die man dan helemaal gek geworden? Als normale vragen niet mogen, dan niet! Hij was al twaalf en geen klein kind meer. Nog even en hij ging naar het gymnasium. Wat dacht die sufferd van een leraar wel. Het lijkt wel of al die kerkmensen hun hersens niet gebruiken, ze praten elkaar na als domme gansjes. Kuddedieren zijn het, stomme schapen! Jezus had hen goed getypeerd. Hij liep de lange gang door, langs de toiletten en het lokaal van de vijfde, de houten trap op naar de bibliotheek. Eenmaal boven trilde zijn hele lichaam, hij was boos en verdrietig tegelijk. Er was gelukkig niemand in de bieb. Hij liep meteen naar de kast met kerkboeken en pakte *de Nederlandsche Concordantie des Bijbels* van Abraham Trommius, de zesde grondig herziene editie. Peter wist precies waar het grote, zwarte boek stond, hij had er vaker in gezocht naar woorden als 'hel' en 'dood'. Van wat er over de hel stond was hij ook helemaal in de war geraakt. Als laatste tekst werd Openbaring 20:14 genoemd waar staat: 'en de dood en de hel werden geworpen in den poel des vuurs; dit is de tweede dood.' Hoe kan de hel nou in een poel des vuurs worden geworpen als het zelf een poel des vuurs is? Wordt die poel dan dubbel zo groot? En hoe kun je de dood verbranden? Een dode kun je cremeren, maar de dood zelf toch niet? Hij begreep er niks van. Het woord des Heeren leek wel een boek met allerlei stomme raadseltjes. Alsof de Heere niets beters te doen had dan verwarring te stichten. Daarom had je natuurlijk katholieken, en lichte en zware protestanten en de hemel mag weten wat voor opvattingen nog meer. Maar hij had er thuis met geen woord over gesproken. Hij wilde weten hoe vaak het woord drie-eenheid in de Bijbel voorkwam en of het ergens in de Schrift werd uitgelegd. Maar hoe hij ook zocht, het woord 'drie-eenheid' kwam nergens in de concordantie voor. Nergens! Hij kon het niet geloven, bekeek de bladzijde wel drie of vier keer. Zelfs het woord 'drie' was niet in de Abraham Trommius te vinden. 'Drievoudig' wel, een keer, in Prediker. Maar dat ging over een drievoudig snoer dat niet snel wordt verbroken. Het leek wel of zijn hele wereld instortte. We worden gewoon voor de gek gehouden!

Hij fietste verbouwereerd naar huis. Eerst de hele Brasserskade af, dwars door de weilanden en langs de speeltuin en dan bij zijn oude kleuterschool de Kerkweg op, langs de paardenrenbaan om vervolgens de Veenweg op te rijden. Hij had het stuk nog nooit zo snel gefietst.

Tegen de wind in nog wel, al fietste hij iets langzamer toen hij langs het monumentale pand van het paardenmeisje reed. Het zweet stond op zijn rug. Gek eigenlijk, dacht hij onderweg, het is een en dezelfde weg naar huis, maar de weg heeft drie verschillende namen. Zou het dan toch kloppen? Maar waarom staat er dan niks over in de Bijbel? Hoe leg je thuis uit dat je, nota bene bij godsdienst, de klas bent uitgestuurd? En dat Trommius nergens het woord 'drie-eenheid' vermeldt? Over de belangrijkste leerstelling van de kerk, werd in de Bijbel niet gerept. Hij moest het in elk geval aan vader vragen. Die kende de Bijbel bijna uit zijn hoofd. Die zal er wel wat op weten te vinden. Hij reed iets te hard het erf op en gleed uit op het grind. Ook dat nog: een kapotte broek.

Vader was verbijsterd. Zijn zoon, zijn enige, de klas uitgestuurd bij godsdienstles. Wat moest de godsdienstleraar wel van hun gezin denken? De vader die met hem lachte en heel soms voetbalde, die hem leerde dammen en bidden was boos, hels, omdat zijn zoon godslasterlijke vragen stelde. Vragen stellen mag, zolang ze uit de Catechismus komen, maar als ze daarin niet te vinden zijn, moeten het wel duivelse verzinsels zijn. Vader was in alle staten. Zijn zoon had hem diep teleurgesteld. De jongen had het hoog in zijn bol. Intellect als een strik van de duivel. Verneder de hoogmoedige, het stond niet voor niets in de Schrift. Tucht zou hem leren. Het leverde Peter, behalve een ouderwets pak slaag, een week huisarrest op. Zijn vader greep hem in zijn kraag en nam hem mee naar de schuur achter het huis. Hij stikte bijna, maar wilde niet protesteren, dat zou vader nog kwader maken. Diep vanbinnen voelde hij een afkeer van zoveel onbegrip. Vanaf nu zou hij er bovenstaan, zich niet meer laten intimideren door mensen die in sprookjes geloven. Als vragen stellen niet mag, zijn er blijkbaar geen antwoorden. 'Waarom wil je je vader te schande maken? Jij altijd met die brutale vragen. Wat moet de Heere wel van jou denken? Dat je twijfelt aan zijn heilige drie-eenheid! Het grootste mysterie Gods! En mijn zoon hoont het weg met een grapje. Hoogmoedig rotjong dat je d'r bent! God zal de hoogmoedigen vernederen!' en hij gaf hem een klap in zijn gezicht en een flinke duw waardoor Peter in het kolenhok viel. 'Ga in dat hok maar eens over je zonden nadenken. Jouw ziel is net zo zwart. Ik wil je vandaag niet meer zien. En verder kom je deze week de deur niet meer uit!' Woest gooide hij de deur achter zich dicht en schoof het verroeste slot in de beugel. 'En die kapotte broek betaal jezelf,' hoorde hij door de dichte deur, 'van je zakgeld.' Peter hoorde zijn vader terug naar huis lopen, met stevige passen. Hij hoorde dat de keukendeur met een klap werd dichtgesmeten. Nooit eerder had vader hem een klap in zijn gezicht gegeven. Nooit eerder werd hij opgesloten in het kolenhok. Nooit eerder moest hij enige schade vergoeden. Hij begreep die plotselinge boosheid niet. Boosheid om een vraag. Een serieuze vraag over de Allerhoogste. Hij staarde gekrenkt voor zich uit, maar even later veranderde een glimlach zijn gezicht. Haat, veranderde in medelijden. Hij moest zijn tijd uitzitten, zijn tijd in dit geloof, deze kerk, dit gezin. Niemand kon hem het recht ontnemen na te denken, vragen te stellen. Het liefst had hij de ruit in de schuur met een zware hamer kapotgeslagen en was het weiland in gevlucht, weg van zijn ouders, weg van alles. Maar in plaats daarvan staarde hij door de ruit en keek naar de mussen op het erf. Wat is er zo erg aan het stellen van vragen? dacht hij. De discipelen mochten Jezus van alles vragen, die werd helemaal niet boos. Hij was nog het meest teleurgesteld in zijn eigen vader, had verwacht, gehoopt dat hij het hem meteen duidelijk zou uitleggen. Hij nam zich voor hem nooit meer iets te vragen. Nooit meer.

Mussen vochten met elkaar, maakten ook al ruzie. 'Niet één van deze zal op de aarde vallen zonder uw vader. Vreest dan niet; gij gaat vele musjes te boven.' Hij merkte er weinig van. Het koekoeksjong gooit de pasgeboren musjes uit het nest, zo over de rand, zodat ze op de grond een langzame dood sterven, dacht hij. Net als veel mensen. En dat allemaal 'niet zonder uw vader'. Hij keek om zich heen in de schuur. Op de werkbank lagen een paar latjes kaarsrecht naast elkaar, het gereedschap hing keurig aan de wand; hamers, zagen, beitels, een nijptang, een waterpas, je kon zo gek niet bedenken of het hing er, naar grootte gerangschikt. De vorm van elk stuk gereedschap was op het houten bord getekend, zodat je meteen kon zien waar het moest hangen en of er iets miste. Orde, overzicht, regels. Alle spijkers op lengte in doosjes, schroefjes van dezelfde maat bij elkaar. Zelfs krom geslagen spijkers werden in een apart doosje bewaard: je kon nooit weten of je ze nog nodig had. Daarom konden vader en de gods- dienstleraar vragen niet verdragen, ze raakten erdoor in de war. Liever onbegrijpelijke regels, dan logische vragen. Nadenken leidt tot chaos, reproduceren wat anderen zeggen, tot rust. Een vorm van rust, die hèm juist onrustig maakte.

Zowel vader als moeder waren handig en ook zijn zus kon timme- ren en behangen. Hij was de enige met twee linker handen. In alles anders. Godzijdank.

8.

De vader van Peter stormde de keuken in, kwaad op zijn zoon en vooral boos op zichzelf. Waarom moest uitgerekend zijn eigen kind met zo'n vraag thuiskomen? Moest die wond door zijn eigen bloed en vlees worden opengehaald? Hij wilde het vergeten, verstoppen. Het leven gaat verder, maar nu zag hij het weer voor zich, die avond waarop hij twee mannen had uitgenodigd voor een gesprek over de Heilige Schrift. Het was niet zijn initiatief, hij was onder druk gezet door die laaghartige NSB-er van de kabelfabriek, een collega nota bene. Maar wat kon hij doen? Hij stond met zijn rug tegen de muur. Had geen keus. Hij liet de mannen binnen om een uur of zes 's avonds, februari 1942, hij wist het nog precies, het was al donker. Twee vriendelijke mensen, de jongste zal rond de twintig zijn geweest, met blonde golvende lokken en de ander was van zijn eigen leeftijd, in de dertig. Ze hadden een Bijbel in hun jaszak. Hun werk was verboden, zo maar bij mensen aanbellen en praten over God, Hitler haatte het. Mensen die de Duitse legers niet steunden, geen Hitlergroet brachten, het was demoraliserend voor het volk. Duitsland heeft niets aan lafaards, slappelingen, mensen die te beroerd zijn te vechten voor hun land. Peters vader was het daar van harte mee eens. De koningin regeert bij de gratie Gods; de Israëlieten, Gods eigen volk, vochten talloze keren met omliggende naties; David, een man naar Gods hart, was een man van oorlog; de tien stammen vochten soms tegen de twee stammen en Christus zelf had gezegd 'ik ben niet gekomen om vrede te brengen, maar het zwaard!' En kreeg de legerhoofdman Cornelius niet de geest van God, terwijl hij een soldaat was? God zelf gaf hem zijn zegen. Waarom staat zo nadrukkelijk in de Schrift dat hij legerhoofdman was? Alsof dat toeval was. Zo zat dat! De overheid draagt het zwaard niet tevergeefs, hoeveel bewijzen heb je nodig? Die lui spotten met de Bijbel. Deze mensen verloochenden Christus, waren valse profeten, de dominee was er zeker van, en nu liet híj ze binnen.'

Als het dan toch moet, ga ik meteen in de aanval, dacht hij, die bijbelverdraaiers geloven niet in de drie-eenheid, ik zal ze krijgen. Hij gooide het direct op tafel, nog voordat hij ze een stoel had aangeboden: 'Jullie loochenen de drie-eenheid, het is een schande dat jullie je christenen noemen.' Hij had die zin voorbereid, maar voelde zich niet op zijn gemak. Hij had ze nooit moeten binnenlaten. Hoe kon hij dit later uitleggen, de antichrist in je eigen huis, in de mooiste kamer! De oudste antichrist zat nota bene in de mooie blauwe oorfauteuil, op zijn uitnodiging! Maar hij was gedwongen, zat in de val. De iets oudere, die een lange visgraten overjas droeg met een grijze sjaal, zei eenvoudig: 'mijnheer Smolders, ik ben graag bereid te geloven dat God deel uitmaakt van de drie-eenheid, maar kunt u mij alstublieft laten zien waar dat in de Bijbel staat? Als het in de Heilige Schrift staat, zal ik het niet tegenspreken. Het woord van God is voor mij de hoogste autoriteit op aarde.' Dat had hij niet verwacht. Hij pakte vol zelfvertrouwen de grote Statenvertaling die als een pronkstuk op de kast stond, maakte de goudkleurige slotjes open, legde het zware boek op de Mechelse tafel en bladerde wel tien minuten terwijl het zweet op zijn voorhoofd stond, maar vond het niet. Wel een paar minder duidelijke teksten waarop ze meteen een antwoord hadden, maar de drie-eenheid zelf – het woord, de definitie – hij vond het niet. Hij veegde met zijn rode zakdoek de druppels van zijn voorhoofd en keek op de klok die op de schoorsteenmantel van de mooie kamer stond. Het tikken dat hem anders zoveel rust gaf, maakte hem nu nog nerveuzer. Ergens in Johannes moest het staan, maar waar? Was het de brief? Het evangelie? Heere help mij, het gaat om niets minder dan uw heiligheid; hij bad in stilte, maar de bladzijde viel niet op de juiste plek open, zoals hij had gehoopt. God zelf liet hem aanmodderen: dat krijg je er van Smolders, als je mensen verraadt. Hij moest ze de deur wijzen, zo snel mogelijk, had zijn plicht gedaan. Die lui keken maar een beetje rond, met die schijnheilige sereniteit. De jongste droeg ook nog zo'n verwijfde, gekleurde vlinderstrik. Die ijdelheid! Hij kreeg de zenuwen van de rust die zij uitstraalden. Arrogante Farizeeërs, verdraaiers van de Schrift. Hij had ook ouderling Konterman moeten uitnodigen, die had ze alle hoeken van de kamer laten zien. Zijn Bijbelkennis was zo mogelijk nog groter dan van de dominee zelf. Maar goed, ze waren binnen geweest, hij had met ze gepraat, dat was de opdracht. Van Raalte kon tevreden zijn. 'Neem me niet kwalijk heren, ik zie net dat het al bijna half zeven is, ik heb helaas geen tijd meer. Maar ik kom hier zeker op terug.' Hij probeerde zijn stem niet te laten beven. Hij voelde zich vernederd, dubbel vernederd. Ze hadden hun jassen nog aan, hij had niet gevraagd of ze die uit wilden doen. Hij deed het licht van de achterkamer uit en deed de deur naar de gang open. Hij deed het licht in de gang niet aan, als een stilzwijgend gebaar van afkeuring, en liet ze in het donker uit. 'Tot ziens dan, meneer Smolders. En laat het ons weten als u het gevonden heeft. En mocht u 1 Johannes 5:7 in gedachte hebben gehad, dan mag ik u er misschien op wijzen dat die tekst niet in de oudste handschriften voorkomt. Hij is later, ten onrechte, toegevoegd in een poging de leer te staven,' zeiden ze en stapten het donker in. 'Vervloekt!' mompelde hij, 'vervloekt! die schriftplaats was het! Donders. Alsof de duvel er mee speelt!'

Hij voelde zich verslagen en opgelucht, keek nog even stiekem achter het gordijn van de voorkamer de weg af. Hij zag alleen maar schimmen. Honderd meter verderop, meer zal het niet geweest zijn, hoorde hij Van Raalte 'halt!' schreeuwen, 'halt, of ik schiet!' Hij schrok. Zouden de buren het ook gehoord hebben? Ze stonden even met elkaar te praten, Van Raalte en de twee mannen, in het schijnsel van de lantaarnpaal. Even later liepen ze voor hem uit. Hij had het pistool waarschijnlijk op hen gericht, hij kon het in het donker niet goed zien. Die schoelje had ze vast en zeker gearresteerd. Dat was hij dus van plan. Hij had ze eenvoudig op staan wachten. Hij deed het gordijn weer goed toen ze helemaal uit het zicht waren verdwenen, na de laatste lantaarnpaal die vanuit hun huis te zien was, en plofte op de stoel in de hoek bij de kachel. Zo zat hij een tijdje in het donker met zijn ogen dicht. Hij had zich laten beetnemen door valse profeten en door een NSB-er. In de achterkamer tikte de klok, alsof ook zijn uur had geslagen. Hij kwam overeind en knielde vervolgens voor dezelfde stoel, zijn handen en hoofd op het zitvlak. Maar hij kon niet, voor het eerst in zijn leven kon hij niet bidden. Wat moest hij de Heere zeggen? Vergeef mij? Zijn bovenlijf schokte. Hij snikte als een kind. Heere help! Hij liet het licht in de voorkamer uit en schoof het gordijn nog een keer open. Aan de overkant brandde licht. Zouden ze het gezien hebben? Hij liep terug naar de achterkamer, deed het licht aan, en sloeg de tekst op. Daar stond het! Zwart op wit!

Wat er daarna met die mensen was gebeurd wist hij niet, wilde hij niet weten. Misschien konden ze vluchten. Hij hoopte het, niet zo zeer voor die valse profeten, maar voor zichzelf, zijn geweten. Mensen die werken der duisternis beoefenen, die God zelf verloochenen, verdienen geen ander lot, maar niet door hem. De geschiedenis bleef hem achtervolgen, niemand wist er verder van, mocht er ooit van weten, al wist hij wel dat er mensen waren die hem van verraad verdachten. Hadden die lui aan de overkant het gehoord en er met anderen over gepraat? Je weet hoe dat gaat in een dorp. Een katholiek dorp. Misschien hadden ze, net als hij, stiekem staan gluren om te zien wie hij op bezoek had. Ach, er werd in het dorp zoveel beweerd. Maar soms werd hij er kopschuw van als mensen die hij niet kende, hem nastaarden en vervolgens elkaar iets toefluisterden. Hij wist niet zeker of het over hem ging, misschien verbeeldde hij het zich alleen maar, maar het schuldgevoel was er niet minder door. Hij had het verraad van Judas altijd met afgrijzen gelezen. Een lafaard was het. De Zoon verraden met een kus! Maar dit waren mensen die de Christus verloochenden, die hem degradeerde tot een schepping, tot alleen maar een zoon van God, alsof niet God zelf naar de aarde was gekomen om voor ons te sterven! 'Ontvang ze nimmer in uw huis,' de dominee had het zelfs vanaf de kansel gepreekt, maar verraden, dat was een judasstreek. En toch had hij het gedaan, hij had deze mensen in de armen van een NSB-er gedreven. Uit angst. Of was het uit moed? Uit liefde? En nu kwam zijn eigen zoon thuis met hetzelfde argument: het woord stond zelfs niet in de Trommius! Hij wist het, had het later zelf ook nog uitgebreid nagekeken bij een ouderling van de kerk. En dat van Johannes klopte ook, de dominee had het schoorvoetend toegegeven, de meeste vertalingen lieten het gedeelte daarom weg. Hij had er al weer spijt van dat hij de jongen zo hard had aangepakt. Hij had zijn schuldgevoel gekoeld op een innocent kind en voelde zich opnieuw een lafaard. Maar hij was ook bang, bang dat Peter de verkeerde kant op zou gaan, de kerk zou verlaten of, nog erger, dat hij God zelf de rug zou toekeren. Een jongen die zo goed kon leren, die wel dominee kon worden. Een zoon die alles wat hij zelf in zijn jeugd had willen zijn, kon waarmaken. Peter zou hem met terugwerkende kracht weer glans, respect geven. De verrader zou het vol trots willen zeggen: 'mijn zoon is dominee in de grote kerk!' Hij zou voorin zitten, langzaam naar zijn plaats lopen, schrijden als een vorst, als de anderen al zaten. In gedachte hoorde hij de kerkmensen al fluisteren 'dat is de vader van onze dominee.' Hij zou doen of het de gewoonste zaak van de wereld was, natuurlijk, wat wil je met zo'n opvoeding, zo'n geweldig voorbeeld? Zijn vader was ook al de beste op de lagere school, maar kreeg de kans niet. We hebben die man altijd onderschat. Hij zou ze vriendelijk toeknikken met de waardigheid van een gezegende arbeider. Altijd gewoon gebleven. Vroom, nederig en daardoor zo hoog verheven. Zelfs in het dorp zou achting als wierrook op hem neerdalen: vader van een dominee, die man moet wel pienter zijn. Hij zou op zondag voortaan langzaam langs de katholieke kerk fietsen, waardiger dan ooit, zodat iedereen hem goed zou zien. In Delft zouden ze hun hoed voor hem afnemen.

Na het avondeten, toen vader naar de kabelfabriek was, haalde moeder hem uit het kolenhok. Ze had gehuild, hij kon het zien. 'Kom, ik heb wat eten voor je bewaard. Vertel het maar niet tegen je vader. Wat was er nou toch allemaal aan de hand?' Ze gaf hem een nat washandje waarmee hij zijn gezicht en handen kon schoonmaken. Hij dacht er eerst aan niets te zeggen. Waarom werd alles toch altijd verkeerd uitgelegd? Hij nam met moeite een paar happen van de andijviestamppot. Zijn moeder had een kuiltje met jus in het midden gemaakt, omdat hij dat lekker vond. Vroeger maakte hij een dijk van andijviestamppot en goot de jus dan in het midden als een meer. En dan, vlak voor de eerste hap, maakte hij de dijk voorzichtig open met zijn vork; via de dijkdoorbraak liep de jus dan langzaam op de rest van het bord. Zo ongeveer was het gegaan in 1953 dacht hij, een dijkdoorbraak als het begin van een ramp. Ineens barstte hij aan het tafeltje in de keuken in snikken uit. 'Ik wil helemaal niet lelijk zijn tegen God of jullie of wie maar ook,' het kwam er met horten en stoten uit, 'maar ik snap het gewoon niet. Het lijkt wel of je alleen maar deugt als je alles voor zoete koek slikt. Je bent al verdacht als je je hersens gebruikt.' En hij vertelde het hele verhaal. Van de lucifers, het stomme gelach van de kinderen in de klas, de boosheid van de godsdienstleraar, en dat nergens in de Trommius het woord 'drie-eenheid' voorkwam. Van de kapotte broek die hij zelf moest betalen. Ze ging later nog even bij hem op bed zitten. 'Je moet het je vader maar niet kwalijk nemen. Hij bedoelt het niet zo kwaad. Hij is bang dat je het geloof de rug toekeert. En hij is misschien kwaad op zichzelf, omdat hij het je ook niet kan uitleggen. Papa gelooft alles wat de dominee zegt – wij als gewone mensen zijn er te dom voor, de Heere God heeft het aan theologen geopenbaard, niet aan arme mensen zoals wij. Hij vergeet dat de discipelen gewone mensen waren. Maar hij is er gelukkig mee. Sommige mensen willen dat er voor hen wordt gedacht, snap je?' Ze haalde haar hand liefdevol door zijn krullen. 'Eerlijk gezegd, maar dat moet echt tussen ons blijven, mama begrijpt ook niet alles. Ik heb zelf zoveel vragen. Ik snap je wel.' Ze gaf hem een zoen op zijn voorhoofd en toen barstten ze samen in snikken uit, zijn hoofd in haar handen.

Later had ze er spijt van. Dat had ze een kind nooit mogen toevertrouwen, maar het borrelde op als een heetwaterbron in IJsland, het moest er uit. Hij sliep die nacht als een roos en droomde dat de baard van de godsdienstleraar door drie lucifers in de brand vloog. Naar de kerk en school mocht wel, al moest hij verder voor straf binnen blijven. 'Laat uw ja ja zijn, en uw nee, nee.' Vader voelde zich verplicht zich aan die norm te houden en vergat dat zijn Schepper meer dan eens zijn straf herzag. Nooit is vader er op teruggekomen. Peter was diep teleurgesteld in zijn echte en hemelse vader.

Toen hij de volgende dag Nel na het eierrapen tegenkwam en vroeg of zij de drie-eenheid begreep, keek ze hem aan alsof Abraham Trommius zelf uit de hemel was neergedaald. Ze had er nog nooit van gehoord, en het kon haar ook helemaal geen bal schelen. 'God is God,' zei Nel, 'en daar kan ik me al geen voorstelling van maken. Wat maakt het nou uit of hij drie in één of gewoon één is? Weet jij wat een Geest is? Nou dan. Een God die nooit een begin heeft gehad, er altijd geweest is? Snap jij het? Dan kan je God toch niet begrijpen? Misschien is hij wel net zo één als Ton en ik een zijn. Weet ik veel. Of de kerken hebben het idee gewoon van de Egyptenaren of de Hindoes gepikt. Die hadden dat al veel eerder. Wij katholieken hebben zoveel van de heidenen gepikt. Wat maakt dat nou uit? Mij kan het helemaal niets schelen, al dat getheoretiseer, al die wijsneuzen die precies weten wat God wel en niet denkt; ik weet niet eens of God bestaat. De tijd heeft al zoveel exegeses achterhaald. Wat weten we nou helemaal zeker? Alle geloven zijn gewoon een vergaarbak van mensen die zoeken naar de waarheid, met telkens weer nieuwe vondsten, nieuwe illusies. Laat ze. Hindoes hebben wel een paar miljoen goden, voor ieder wat wils. Als ze zich daar nou lekker bij voelen. Van mij mag het, als ze mij maar met rust laten.' Ze kneep hem liefdevol in zijn wang. 'Lekker joch ben je toch'. Hij rook de heerlijke geur van haar parfum en snoof het diep op, zoals hij weleens stiekem aan haar suède jasje had geroken als het bij de buren op de kapstok hing. Die simpele woorden gaven hem lucht. Dat was het prettige van Nel, die kon grote vraagstukken vaak tot iets simpels terugbrengen. Want als ze één zijn zoals man en vrouw, dan zijn ze dus niet hetzelfde. Net als hij en zijn vader één waren of juist helemaal niet. Vader en zoon zijn toch nooit gelijk? Hij had geen zin meer er nog langer over na te denken, je komt er toch nooit uit. Geloven bleek een vermoeiende bezigheid. Hij kreeg steeds minder zin om zich ermee bezig te houden, en tegelijkertijd liet het hem niet los. 'En wij zijn ook een beetje één,' zei Nel ineens en ze sloeg haar arm om hem heen. 'Je bent ook een beetje mijn broer. Een twee-eenheid, mag dat ook?' Hij werd er verlegen van dat zijn mooie buurmeisje zomaar haar arm om hem heen sloeg. Nel trok hem dichter tegen zich aan. Het duizelde hem een beetje. Nooit eerder had hij een jonge vrouw zo dicht tegen zich aangevoeld. Ja, zijn moeder, en meisjes op school, maar dit was anders, alsof hij verliefd op haar was. Zoiets. Wat hem betreft had het uren mogen duren. Die geur, dat zachte lijf. Hij had nooit geweten dat een vrouwenlichaam zo zacht kon zijn. 'Hoe oud ben jij nu? Twaalf? Nou, ik ben negenentwintig. Ik vind het heerlijk, een broer van twaalf. Ik vind je lief.' Ze gaf hem een zoen op zijn wang. Hij bloosde. 'Wanneer kom je nou eens bij ons in Delft logeren? Zou Ton ook heel leuk vinden. Je weet toch dat Ton toneelspeler is? En jij speelt ook graag toneel, toch? Dat hoorde ik van je moeder. Ton zou het enig vinden. Misschien mag je wel een keer met hem mee naar de toneelschool. Hij geeft daar les, dat weet je toch? Zal ik het eens aan vader vragen?'

9.

Ondanks de problemen bij godsdienstles, was de zesde klas van de lagere school een feest. Zijn vaste leraar, hoofdonderwijzer Jongejan, hield van toneel en kon het goed met Peter vinden. Hij gaf ook les in Frans en Engels, speciaal voor leerlingen die naar het lyceum zouden gaan. Toen hij al op het Christelijk Lyceum in Delft zat, mocht hij zelfs een keer met Jongejan en zijn vrouw mee naar een toneelvoorstelling in de Rotterdamse Schouwburg. Als enige van zijn vroegere school. Zijn moeder had speciaal een nieuwe lichtgrijze broek bij C&A gekocht en zijn trui zorgvuldig gewassen. Maar toen ze later een colbertje van de buren kregen – een van de jongens was er uitgegroeid – had ze de mouwen nauwgezet ingekort, op de ellebogen suède stukken genaaid en het geruite jasje een paar centimeter ingenomen. Het stond hem geweldig, maar Peter wilde onder geen beding de sombere en vette stropdas van vader dragen, en dus mocht hij er zelf een uitkiezen bij een herenmodezaak in Delft. Mama had zijn bruine schoenen wel drie keer opnieuw gepoetst en gewreven. 'En doe schoon ondergoed en schone sokken aan. Je weet nooit of je een ongeluk krijgt en nog in het ziekenhuis belandt. Ik heb het al voor je klaargelegd.'

Hij zat naast de meester en zijn vrouw op de negende rij, vol trots. Voor het eerst in een echt theater met dieprode stoelen, een zaal vol met flatteus geklede mensen. Hij keek vol bewondering naar de mensen op het balkon en naar het grote rode gordijn van het toneel, het gordijn dat straks open zou gaan voor echte toneelspelers. Ze stonden nog even op voor een man en een vrouw die hen wilden passeren om op dezelfde rij plaats te nemen. Een kleine, stevige vrouw met vuurrode lippen en rode nagels, zoals de buurvrouw, en met een heerlijke geur. Ze knikte naar Peter en even later gleed ze aan hem voorbij, gevolgd door een lange man met een spierwit overhemd en een glanzende schedel. Alleen aan de rand van zijn hoofd, rondom, droeg hij lang grijs haar. 'Is de dirigent van het Filharmonisch,' vertrouwde mevrouw Jongejan hem fluisterend toe, 'en zijn vrouw is actrice.' Niemand hield zijn jas aan, zoals in de kerk, maar er waren speciale garderobes waar je je jas kon afgeven in ruil voor een bonnetje. Hij genoot zelfs van het geroezemoes, dat afnam toen de lichten in de zaal doofden. Het stuk begon. Het gekuch hield op. Ze keken naar *De Plaatsbekleder*, het opzienbarende toneelstuk over de rol van paus Pius XII bij de jodenvervolging tijdens de Tweede Wereldoorlog. Het stuk zou veel stof doen opwaaien. Het werd gezien als een aanklacht tegen de katholieke kerk. Peter vond het schokkend en begreep niet helemaal waarom meester Jongejan hem nou juist had uitgenodigd om dit stuk te zien. Was dat omdat hij in Nootdorp tussen katholieken was grootgebracht? Wilde Jongejan hem duidelijk maken hoe fout de roomsen waren in de oorlog? Maar waren de hervormden en gereformeerden zoveel beter? Of dacht Jongejan dat Peters vader in de oorlog mensen had verraden? Wilde hij duidelijk maken dat zijn vader niet de enige was? Peter begreep de bedoeling niet, maar keek aandachtig naar de theatervoorstelling. De paus, pontificaal uitgedost, sprak schamper over de jodenvervolging. De plaatsbekleder liet geen enkel protest horen, vond dat de joden hun verdiende loon kregen. Hadden ze Christus maar niet moeten doden!

Het was stil in de zaal. Aan de rechterkant naast hem zat een dikke, oudere man met een flinke baard en een klein brilletje. Hij had meteen bezit genomen van de armleuning en schoof in een ongemerkte beweging de arm van Peter opzij. Hij had een zwart pak aan met een zwart vest, zwarte schoenen en zwarte sokken, en hij haalde moeizaam adem. Was het een jood? Zo zagen joden die hij bij geschiedenisles op foto's had gezien er vaak uit. Peter haalde zijn linkerarm meteen van de leuning, om ruimte te maken voor mevrouw Jongejan. Hij kon zich niet voorstellen dat het echt zo was gegaan, en ook niet dat zijn eigen vader er iets mee te maken zou hebben. Toch braken in de kranten felle discussies uit over de rol van kerken in de oorlog. Juist door het zwijgen van zijn vader werd Peter steeds nieuwsgieriger.

'Het Vaticaan was al vroeg op de hoogte van de gruweldaden die door de nazi's werden bedreven,' schreven de kranten. 'Meer dan veertig procent van de Duitsers was toen katholiek, en maar liefst een kwart van de SS was rooms.' Toen Peter later Kees, zijn buurjongen die voor priester studeerde, daarmee in de biljartschuur confronteerde, zei die met een glimlach: 'En wist je dat vijfenvijftig procent van de Duitsers toen protestant was? Ja, dat had je niet gedacht hè? van al die broeders en zusters van jou. Protestanten protesteren niet meer jongen, die volgen de overheid in nederige gehoorzaamheid. Ze is Gods dienares hè. Bevel is bevel. Zelf denken hoort niet bij de massa. Blijf je kop gebruiken Peter, vertrouw niet op de hersens van anderen. Schiller zei het al "Eng ist die Welt, und das Gehirn ist weit". Mijn leraar filosofie zei dat nog mooier: "Denken maakt jong, want denken doet twijfelen. En twijfel plaatst ons telkens weer aan het begin van ons leven". Het is me uit het katholieke hart gegrepen. Protestanten weten zeker, katholieken twijfelen. Nou jij.' Hij gaf hem een vriendschappelijke klap op zijn schouder. 'Twijfelen, wijn en lachen jongen, dat zijn de ingrediënten van een goed katholiek.' Hij hield zijn keu nu bijna recht boven het laken om een effectbal te demonstreren. De ivoren bal rolde eerst een klein stukje naar voren en rolde daarna weer terug, alsof hij twijfel zichtbaar wilde maken.

Het was verwarrend. De paus had op 8 december 1939 aan aalmoezeniers van oorlogvoerende landen, waaronder Duitsland, geschreven dat ze vertrouwen moesten hebben in hun legerleiding. 'Oorlog is een manifestatie van de wil van de hemelse vader die altijd het kwaad ten goede keert. Strijd als strijders onder de vlaggen van je land en voor de kerk,' schreef de paus. 'Maar het gaat in dit stuk helemaal niet om de paus,' zei Jongejan op de terugweg in zijn Volkswagen Kever tegen zijn vrouw. 'De paus staat in dit stuk gewoon model voor alle mensen die niets hebben gedaan om de oorlog te voorkomen of om het volk van God te beschermen'. Peter zat achterin, zag in de verte de donkere weg bij vliegveld Ypenburg. Het was zijn eerste bezoek aan een theater. De trappen, de hal, de mooi aangeklede mensen, de chique rode stoelen in de zaal, het geroezemoes voordat het doek openging, het was betoverend. Toneelspeler worden, dat wilde hij, het stond nu vrijwel vast. 'Jawel, maar de paus kòn wat doen,' opperde zijn vrouw. Ze had een mooie, beetje hese stem en was in alles een echte dame. Ze kon deftig praten, zonder uit de hoogte te doen. Hij had tijdens de voorstelling naast haar gezeten en werd in het begin afgeleid door de mooie slanke handen die op haar schoot rustten. Terwijl de joodse man naast hem voortdurend friemelde met zijn vingers, lagen die van haar in alle rust op haar schoot. 'De meeste mensen stonden machteloos. Bovendien, als de paus Hitler had afgewezen, zou dat de katholieken aan het denken hebben gezet. Mensen met autoriteit hebben meer invloed dan gewone burgers. De paus had de katholieken de weg moeten wijzen, maar de zogenaamde plaatsbekleder van Christus was eerder een Judas, sorry dat ik het zeg.' Haar volume werd luider, ze maakte zich kwaad. Peter boog zich iets voorover om haar beter te kunnen verstaan. Soms miste hij door het motorgeronk een paar woorden. 'Hij heeft de katholieken en de joden verraden. Dat is wat het stuk volgens mij wil duidelijk maken.' Ze haalde iets uit het tasje dat op haar schoot stond.

'Wil je een pepermuntje Peter?'

'Maar er zaten ook katholieken in het verzet, lieverd. Ik weet niet of de paus zoveel kon doen. In alle geloven zitten goeie en slechte mensen, en bovendien, de meeste Duitsers hadden geen idee wat er echt aan de hand was. Waren alle joden uit het Oude Testament goed omdat ze tot het volk van God behoorden? Soms gingen joden van de tien stammen hun broeders en zusters van de twee stammen te lijf. Absalom bestreed zijn eigen vader. Ook daar had je goeie en slechte mensen. Het is allemaal niet zo eenvoudig. Ook verraders waren van alle gezindten.'

Peter schrok van die laatste opmerking en bleef strak naar buiten kijken. Hun discussie duurde vrijwel de hele rit vanuit Rotterdam naar Nootdorp. Hij luisterde geboeid, maar vond het ook verwarrend. Hij kende de feiten onvoldoende; het prikkelde zijn nieuwsgierigheid naar de grote vraagstukken van het leven. Hij vond het al een eer dat ze de discussie in zijn bijzijn voerden, hij werd blijkbaar voor vol aangezien en dat gaf hem een gevoel van trots. Het stuk hield Peter lange tijd bezig. Dat applaus na afloop, mensen die gingen staan. Hoe graag had hij daar willen acteren, op dat toneel, in welke rol dan ook. Hij wist dat hij het kon; een keer, ooit, zou dit ook zijn toneel worden, zou het applaus als een warme douche over hem heen komen. Spelen wilde hij, ontroeren, mensen aan het huilen maken, aan het denken zetten. Toneel was zijn thuis, hij wist het zeker nu. Bijna zeker. Hij zag de beelden van die avond weer voor zich. Was dit de wil van God? Om zijn eigen volk uit te roeien, omdat ze ruim negentienhonderd jaar geleden Christus hadden gedood? Trouwens, hadden zij dat wel gedaan? 'Zijn bloed kome over ons en over onze kinderen,' hadden de joden en overpriesters geschreeuwd. Maar moesten daarom nu nog mensen worden vermoord? Moeten alle Nederlanders worden vergast, omdat hun voorvaders eeuwen geleden aan de slavenhandel hadden meegewerkt? Had de Heere Hitler en zijn eigen vader gebruikt om Zijn wil uit te voeren? Hij vroeg zich af of dit stuk de wereld zou veranderen. Dit was meer dan toneel, het was een aanklacht tegen de paus, tegen Hitler, tegen God, tegen zijn vader. Hij moest vader met feiten confronteren. Het kon hem steeds minder schelen wat zijn vader en de Heere er allemaal van vonden. Op de een of andere manier had hij het gevoel dat hij medeverantwoordelijk was. Elke vader werpt een schaduw over zijn zoon, er is geen ontkomen aan. Succes en falen, ze infecteren ook de kinderen. Soms zo duidelijk zichtbaar als een tatoeage in de nek, onuitwisbaar.

Het gesprek met Kees bracht hem nog meer in verwarring. Dat de paus fouten maakte, was een ding, maar volgens Kees deden de protestanten precies hetzelfde. 'Ik heb kopieën van een telegram van de Duitse kerkenraad van de Evangelische Kerk gezien. Dat is de grootste protestantse kerk van Duitsland. Alweer protestants, Peter! Het telegram is gedateerd op 30 juni 1941 en gericht aan meneer Hitler zelf. Weet je wat daarin stond? Hou je maar even vast, anders val je meteen van je geloof.' Hij stond over het biljart gebogen, klaar om de volgende demonstratiestoot te geven, maar hield even in. Hij wilde Peter biljartles geven, 'is een sport voor mensen met hersens, mensen die in schema's kunnen denken.' Hij zette zijn stok nu op de grond, op het rubberen dopje. 'Weet je wat er stond Peet? Moge de Almachtige God uw land steunen. De overwinning zal aan ons behoren. In al haar gebeden is de kerk met u. Zoiets was het. Ja, ook dat waren jouw protestantse jongens! Nou jij weer,' zei Kees. Hij keek Peter glimlachend aan en voegde eraan toe: 'die evangelische knaapjes van jullie waren nog roomser dan de paus.' Hij sloeg Peter opnieuw op zijn schouder en barstte in een geweldige schaterlach uit waardoor het knoopje van zijn overhemd – net boven zijn navel – opensprong en zijn witte hemd daaronder zichtbaar werd. 'Kijk, en dit is nou een driebandenstoot, snap je? Over rood. Probeer jij het nu maar eens, en pas in hemelsnaam op voor het laken, anders wordt die ouwe boos.'

10.

Vroeger, toen zijn vader hem nog naar bed bracht, zaten ze op hun knieën op het zeil voor zijn bed en dan bad vader met een eerbiedige stem. Hij kreeg soms tranen in zijn ogen als hij over de Heere sprak, dat hij, als een zondaar, een eenvoudige werker van de kabelfabriek, toch door hem was aangeraakt. Dat de Heere bereid was naar hem te luisteren. Jaap, nog minder dan een stofje aan een weegschaal, een onbeduidende arbeider, een man die niet verder kwam dan de lagere school, tot niets goeds in staat, onwaardig in elk opzicht. En dat zijn zoon voor hem gestorven was aan het kruis, 'geleden jongen, ondraaglijke pijnen, spijkers door zijn handen, hangend aan een kruis met een kapotte rug; en dat allemaal voor mij, voor ons, ik kan het niet bevatten.' En dan huilde vader en Peter huilde mee, al was dat meer om vader dan om de Heere. En 's winters, als vader delen van de psalmen in het gebed verwerkte, zat hij bibberend naast hem, met zijn geblokte flanellen pyjama en geruite pantoffels aan, en dan keek hij naar de ijsbloemen op de ruiten. De maan scheen daar prachtig doorheen, alsof God zelf even aanwezig was. Vader leek soms in vervoering te raken door zijn eigen gebeden, alsof hij met het gebed opsteeg tot God. Toen moeder op een avond naar boven sloop omdat vader lang wegbleef, pleitte ze voor een meer humane aanpak. Voortaan mocht hij hartje winter in bed liggen tijdens het bidden, onder de dekens. 'Moet die jongen longontsteking krijgen'. Vaak sliep hij al, terwijl vader nog op zijn knieën voor Peters bed aan het bidden was.

Hij dacht weleens aan die momenten terug, met een beetje heimwee, weemoed, maar ook met verbazing. Bewondering ook wel, dat iemand zo kan geloven. Zijn vader ging, zoals iedereen trouwens, in het zwart naar de kerk om zijn zondigheid te bevestigen. Peter schaamde zich soms, dacht in het begin dat God hem afkeurde omdat hij zich niet thuis voelde in die verstikkende vroomheid. Hij vond het eerder logisch dat de Schepper zich met zijn schepping bezighield. Hij zou zich moeten schamen als hij de mensen aan hun lot overliet, dat doet zelfs een onfatsoenlijk mens niet met zijn kinderen. Als God het zo nodig vond ons te maken, dan moest hij ook de problemen maar oplossen die door zijn ontwerp waren ontstaan. Fabrieksgarantie, hij had het echt gedacht tijdens een kerkdienst, en later in gebed om vergeving gevraagd om zulke duivelse gedachten.

Soms lag hij voor het slapen nog te piekeren als hij door het bovenraam de sterrenhemel zag. Kan een mens ooit weten wat waarheid is? Is waarheid niet altijd plaats- en tijdgebonden? Het universum is zo groot. Wie zijn wij om te weten hoe het zit? Hij keek minuten lang naar de maan en dacht aan de woorden van de dominee. 'Ons geloof is als de maan, als het niet groeit, neemt het af.' Hij had die woorden meteen begrepen, dankzij het zolderraam. In gedachten bezocht hij de maan en de sterren, maakte een praatje met de poolster. 'Hoe lang schijn jij al? En heb je God al gezien?' En dan droomde hij over verre reizen door het heelal met de snelheid van het licht. In gedachte ging hij op de fiets vanaf het begin van de melkweg naar het eind, alsof hij even bij tante Maike thee ging drinken. Veenweg, melkweg, wat is het verschil? Als hij thuis, aan het begin van de melkweg zou opstappen en dan met de snelheid van het licht zou doorfietsen naar tante Maike aan het eind van die weg, kwam hij honderdduizend jaar later aan. En dan waren er miljoenen van zulke stelsels. Die oneindigheid maakte hem gering en groot tegelijk. Hij, Peter Smolders uit Nootdorp, maakte deel uit van een oneindig heelal. Hij bestond uit atomen die nooit zouden vergaan, die eeuwenoud waren en die in zijn lichaam tot nieuwe unieke vormen waren geboetseerd. En dat ging altijd maar door. Hoe kan een mens ooit weten wat waarheid is, als hij zo kort in deze vorm bestaat, in zo'n klein hoekje van het oneindige heelal? Spreekt vader met grote stelligheid om zijn onzekerheid te overstemmen? Alsof een eendagsvlieg zijn visie geeft op de eeuwigheid. Was hij moslim geweest als hij in Egypte was geboren? Zou hij als een monnik in een boeddhistisch klooster zijn opgegroeid als hij in Tibet was verwekt, met een trotse vader die hem als klein kind zou hebben afgestaan? Bepalen je ouders en het land waar je bent geboren wat waar is en wat niet? Wordt niet elke visie gewogen op de weegschaal van onze eigen opvoeding en cultuur? Op het gym hielden die vragen hem bezig. Vanaf de eerste klas al. Hij zou er graag met zijn vader over hebben gesproken, maar hij zag dat vader gebukt ging onder de twijfels van zijn zoon. Het deed vader pijn, de vragen waarop hij geen antwoord wist maakte hem onrustig. Niet omdat het hem aan het denken zette, het was de vrees dat hij niet in staat was zijn eigen kind in het geloof op te voeden, bang om wat gemeenteleden en de dominee ervan zouden denken. Hij wilde niet falen als vader. Als hij ergens zelfrespect aan ontleende, was het wel aan zijn devotie. 'Arglistig is het hart, meer dan enig ding, ja dodelijk is het; wie zal het kennen?' De dominee had het vanaf de kansel gezegd, terwijl hij vader Jaap aankeek met dat zonderlinge brilletje op de punt van zijn neus. Jaap wist het zeker, die woorden waren rechtstreeks voor hem bedoeld. Hij voelde zich schuldig. Was wel door God aangeraakt, maar nog niet echt door hem gegrepen. Het kon nog, zijn wegen zijn ondoorgrondelijk, het hangt van genade af, niet van verdienste. Jaap boog deemoedig het hoofd. Niet velen waren zo zondig als hij.

'Geloven heeft met weten en vragen niets van doen'. Zijn vader zei het toen hij Peter op een mooie zomerdag naar bed bracht. Iets dat hij al jaren niet meer deed. Na het gebed had hij nog zin in een praatje, ging bij hem op bed zitten en sprak zacht en rustig. 'Het gaat om vertrouwen jongen, je moet de Heere vertrouwen. Wij zijn als een mier, die vraagt ook niet waarom je met een stokje in zijn mierenhoop prikt. Hij aanvaardt dat en gaat verder met zijn werk. De Schrift zegt dat God de wereld alzo heeft liefgehad, dat hij zijn eniggeboren zoon heeft gegeven, opdat een iegelijk die in hem gelooft, niet verderve, maar eeuwig leven hebbe. Eeuwig leven jongen, door alleen maar te geloven. Is dat al teveel gevraagd? Wie gelooft met het hart, kan zijn knieën makkelijk buigen.' Hij zag de diepe rimpels in zijn voorhoofd en het grijze haar aan zijn slapen. Het leek wel of vader steeds ernstiger werd. Er werd minder gelachen. Zijn oren leken groter en er groeiden lange zwarte haren op de randen, die Peter er in gedachte telkens uittrok. Rond het midden van zijn oor zaten plukken haar, zoals aan de rand van slootjes in het weiland achter het huis. De kapper werkte het bij, wist hij, maar in de acht weken erna vochten de haren als onkruid terug. In zijn neus, op zijn neus en op zijn oren. Vader gaf hem een aai over zijn bol. Peter zag dat hij de tranen uit zijn ogen veegde toen hij zachtjes, op zijn dikke sokken, de zolderkamer verliet. De rechtersok was bij de hiel helemaal versleten. Hij zag de witte achterkant van vaders voet er doorheen. Even later hoorde hij gebonk en een vloek: vader was de laatste treden naar beneden gegleden. Zondeval, dacht Peter.

Hij had de indruk dat zijn vader echt steun had aan het geloof, maar vaak ook, dat hij er juist onder gebukt ging. Kinderlijk geloven, zonder vragen, je zag het bij alle gezindten, in alle eeuwen. Het leek het belangrijkste fundament van alle kerken. Angst en troost, macht en onderwerping, waren dat niet de bouwstenen van grote kathedralen en andere godshuizen? Leerstellingen werden waarheden, exegeses feiten, en met die feiten werden anderen verworpen of, nog erger, bestreden. Zo nodig met wapens. Dat gevoel van superioriteit ten opzichte van anderen had tot kruistochten en slavernij geleid; geloof maakt meer kapot dat je lief is, hij las het laatst nog op een bushokje. Het liefst was hij niet meer naar de kerk gegaan, voor de lieve vrede thuis ging hij mee, één keer op zondag. Vader had de strijd opgegeven, de laatste dienst op zondag mocht Peter thuisblijven.

Zijn liefde voor toneel, werd sterker. Misschien was het Jongejan daar wel om te doen. 'Ik zie jou later wel op dat grote toneel staan, Peter. Je kunt het. Je moet gewoon naar de toneelschool gaan. Je talenten niet verkwanselen,' zei hij in de pauze van het stuk. 'En dan krijgen mijn vrouw en ik een vrijkaartje bij je eerste grote voorstelling. Spreken we dat af?' Dat was een onorthodoxe opvatting voor een hoofdonderwijzer van een christelijke lagere school. Laat vader het maar niet horen, dacht hij. Toneel is van de duivel. Alleen zijn moeder wist dat hij mee was naar het stuk. Ze had vader gezegd dat hij bij Jongejan op visite was gevraagd. Toneelspelers zijn viezeriken, vader wist het zeker. Allemaal ijdelheid en goddeloos vermaak. Ze knijpen de katjes niet alleen in het donker, maar ook in het volle licht. Gelukkig was Nel ook dol op toneel. Getrouwd met een echte acteur nota bene. Nog even en hij ging een weekeinde bij haar logeren. Alsof hij naar een andere planeet mocht. Na lang tegensputteren was vader eindelijk akkoord gegaan.

1942

Ik haat bureaucratie, dacht Heydrich. Je moet je administratie goed op orde hebben, geen twijfel, maar actie daar gaat het om. Hij moest er om lachen. Actie. Het was hem een paar keer bijna noodlottig geworden. Ruim twee jaar geleden volgde hij de opleiding tot jachtvlieger bij de Luftwaffe. Niet omdat hij uitblonk in vliegen, maar omdat hij dan alléén verantwoordelijk was voor de machine, voor zíjn actie. Hij zag het weer voor zich, dat moment dat hij in Noorwegen met zijn Messerschmitt over de kop sloeg bij de start. 31 mei 1941. Zijn vliegtuig was ernstig beschadigd, hijzelf had alleen maar last van zijn arm. Een beetje te veel gas, kan gebeuren. Maar het versterkte zijn gevoel onoverwinnelijk te zijn. Hij zat in zijn luie stoel, staarde naar zijn glimmende laarzen en schoot opnieuw in de lach. Nog geen maand later beschadigde hij een vliegtuig bij het binnentaxiën van de hangar. Nee, Reinhard jongen, jij bent voor het geluk geboren. Niet kapot te krijgen. Ook hier in dit achterlijke land niet. Als je een aanslag op je leven hebt overleefd, heb je niks te vrezen. Jij hebt minstens één beschermengel. Hij klakte even met zijn hakken tegen elkaar. Mooi geluid. Op dat moment rende zijn oudste zoon Klaus de kamer binnen, met zijn armen wijd, alsof hij zelf een vliegtuig was. Hij hield zijn blonde koppie schuin, strekte zijn armen en vingers – zijn rechter omhoog en de linker omlaag – om een bocht te maken. Zijn geblokte armen staken mooi af bij zijn grijze pull-over zonder mouwen. Hij tuitte zijn lippen om het geluid van de vliegtuigmotor te imiteren. Acht was hij nu.

'Weet jij dat papa een keer met zijn vliegtuig is neergestort? Boem!'

'Waarom dan?'

'Waarom dan? Omdat die stomme Russen op papa schoten. Lafaards! Maar toen maakte papa een noodlanding, kijk zo'.

Hij deed zijn zoon na, armen wijd, rende door de kamer en liet zich vallen op het antieke Perzische tapijt (was dat nog van de joodse eigenaar?) zijn neus tussen de bruinrode motieven van ijskristallen. Klaus' vliegtuig stortte prompt bovenop vader. 'Maar wáár deed papa dat? Dat is belangrijk Klaus.' Reinhard draaide zich op zijn rug nadat hij Klaus liefdevol met zijn arm van zich af trok. 'Waar? Precies tussen twee fronten in jongen! Je moet altijd je verstand gebruiken.' Het klonk niet overtuigend. In werkelijkheid wilde Heydrich de Russen een lesje leren, maar het omgekeerde gebeurde. Hij werd in de val gelokt en moest na de noodlanding twee dagen en nachten onderduiken, voordat hij te voet, naar de Duitse linies kon terugkeren. Het was een forse misrekening. 'En zo overwinnen wij alles Klaus. Alles!' Hij zat naast zijn zoon op het tapijt, zijn armen om zijn schouders, en gaf de jongen een zoen op zijn wang. 'Alles, Klaus!'

Reinhard dacht terug aan zijn eigen jeugd. Net een half jaar oud was hij toen hij hersenvliesontsteking kreeg. Het had zijn dood kunnen worden. Zijn ouders organiseerden een nooddoop – moeder was streng katholiek – maar hij overleefde het. Een wonder! Een teken? Hij zou alles overleven! God had een plan met hem, zijn moeder wist het zeker. Hij was kerngezond, blonk op het gymnasium al uit in sport, of het nu schermen, zwemmen, hardlopen, voetballen, zeilen of paardrijden betrof, Reinhard was overal goed in. Niet geliefd, wel bewonderd en gevreesd. Zo moest ook Klaus worden, een super-Germaan. Hij kietelde zijn zoon, die bijna niet meer met lachen kon stoppen en rollebolde met hem over het tapijt dat al slijtplekken vertoonde. Het waren spaarzame, kostbare momenten die Lina heel gelukkig maakten. Misschien speelde Reinhard even de spanning van zich af, want ook al was hij zakelijk, koel misschien wel en berekenend, er waren ook momenten van stress. Zoveel joden ruimen was geen sinecure.

Hij had net zijn topbijeenkomst achter de rug. 20 januari 1942, een historisch moment. Onder zijn voorzitterschap als hoofd van de Sicherheitsdienst, met niemand minder dan Adolf Eichmann als notulist, had hij een vergadering belegd met veertien topmannen. 'De Führer heeft mij gevraagd een eindoplossing te vinden voor de Europese joodse kwestie,' zo opende hij de vergadering. Hij kon er met genoegen op terugkijken. Hij had het goed voorbereid. Er waren lijsten opgesteld met een nauwkeurige becijfering van het aantal joden dat moest verdwijnen, 865.000 uit Frankrijk, 160.800 uit Nederland, 5.000.000 uit de Sovjet-Unie, enzovoort, alles bij elkaar zo'n elf miljoen. Joden die nog konden werken zouden naar het oosten worden vervoerd, waar een groot deel een 'natuurlijke' dood zou sterven. De rest zou snel en efficiënt naar vernietigingskampen worden afgevoerd. Dan had je maar weinig barakken nodig. 'Je kan de meesten al een paar uur na aankomst vergassen, zoals we eerder hebben getest: heet ze welkom door mensen in witte jassen met stethoscopen om, dat wekt vertrouwen. En dan mogen ze douchen.' Er werd niet eens om gelachen, het plan was door en door serieus. 'Het scheelt ook een boel emotionele taferelen voor onze jongens.' Ze waren het roerend met elkaar eens.

Heydrich was de juiste man op de juiste plaats. Eind 1942 waren al vier van de elf miljoen joden door de goed geoliede machine vermoord.

11.

Kees, de oudste broer van Nel, studeerde voor priester op het grootseminarie en kwam tijdens de vakanties thuis. Peter zat inmiddels in
Delft op het christelijk gymnasium. Diep vanbinnen had vader de
hoop al opgegeven, maar toch. 'Als de Heere je niet pakt, nou ja, het
kan altijd nog. Zijn wegen zijn voor ons te wonderbaarlijk. Mozes
werd opgevoed aan het hof van Farao om later de leider van Gods
volk te worden. Oh, de diepte van Gods wijsheid. Wie weet wat hij
met mijn zoon voorheeft?' De tranen biggelde langs zijn wangen. Om
zijn zoon te behoeden, koos hij voor een strengere aanpak. Je moet
je kinderen tuchtigen en de roede niet sparen. Verplicht mee naar
de kerk, al was het dan maar één keer op zondag. De dominee had
ook gestudeerd en geloofde juist daarom in God. Misschien waren
het gewoon de puberteitsjaren, en zou de soep niet zo heet worden
gegeten als ze werd opgediend. Dat idee hield vader op de been. Oma
had veel begrip. Ze had niet meer dan een paar klassen lagere school
doorlopen, maar was een wijze vrouw. Soms gaf ze alleen maar een
knipoog als vader hem weer eens de les wilde lezen. 'God heeft alles in
zes dagen geschapen. Dat staat in de Bijbel. En voor de Almachtige is
niets onmogelijk. Ik snap niet dat je daaraan twijfelt. Hij had het ook
in een uur kunnen doen, in een seconde desnoods. God had die zeven
dagen helemaal niet nodig. Wie zijn wij om de Bijbel te weerspre-
ken?' probeerde vader aan tafel. Hij ging harder praten, als hij onzeker
werd. Zoals veel mensen hun onnozelheid overschreeuwen. Normaal
werd er tijdens het eten niet veel gesproken. Dat hoort niet, is slecht
voor de spijsvertering. Net als drinken tijdens het eten: je spoelt de
vitaminen weg. Soms was de stilte ondraaglijk. Je hoorde alleen het
prakken, smakken en kauwen.

De predikant had vader er voorzichtig op gewezen dat kinderen op
school heel andere dingen leren dan er in de Bijbel staan. Zelfs op
christelijke scholen. Al werd de evolutie daar niet als vaststaand feit
onderwezen, Darwin is als gif voor die jonge hersenen. De dominee
had er voor gevochten om die verwerpelijke leer uit het lespakket te
krijgen, maar het was hem niet gelukt. De kinderen moesten met

allerlei theorieën kennismaken, en dus ook met deze. Het zou als theorie en niet als feit worden onderwezen op de christelijke scholen. 'Maar als er nou botten gevonden zijn die miljoenen jaren oud zijn?' probeerde Peter. 'Niks miljoenen jaren oud! Dan klopt die tijdmeting niet! Alsof voor de Almachtige ook maar iets onmogelijk is. Willen die duivelskunstenaars die zich geleerden noemen het beter weten dan de Heere?' reageerde vader kwaad. 'Alsof het maaksel tegen de Ontwerper en Maker zou kunnen protesteren!' Hij schoof zijn stoel woest naar achteren, stond op van de tafel en beende als een verongelijkt kind de kamer uit. 'Miljoenen jaren oud,' mompelde hij nog en liep via de keuken de tuin in. Zijn klompen stampten woest op het grint. Op de vlucht voor nieuwe argumenten.

Hij zag die warme blik van oma. Oma zei weinig, ze had ook de argumenten niet, maar die wijze lichtblauwe ogen die een beetje schuin stonden. Ze keek vaak omhoog als ze tegen hem sprak. Op een dag zei ze: 'Ik begrijp ook lang niet alles. Dat is alleen maar mooi. Er moeten vragen over blijven, anders wordt het leven saai. Dus blijf vooral vragen stellen en wees blij als je zo nu en dan een antwoord vindt.' Ze keek hem heel even aan met een warme glimlach van verstandhouding, het grijze haar met een kam bijeengehouden.

Zijn zus vond dat Peter het hoog in zijn bol had. Niet dat ze zich echt voor de Bijbel en de kerk interesseerde, het hoorde erbij zoals een paraplu bij de regen. Handig. Ze dacht er niet over na, voldeed aan de verplichtingen zoals een kip eieren legt. Ze werkte bij iemand van de kerk, zat op het zangkoor van de kerk, had alleen maar vrienden van de kerk, ging trouwen met iemand van de kerk, las alleen de blaadjes van de kerk en deed, als het enigszins mogelijk was, boodschappen bij kerkmensen met een winkel. Het hield het leven overzichtelijk. 'Door al die vragen kom je nog eens in het gekkenhuis.' Ze had talent voor zuiltjesdenken en werd nerveus als ze een andere visie overwoog. Haar gekrompen horizon gaf haar ruimte, zoals een goudvis kilometers per dag kan afleggen in dezelfde benauwde kom. Het haar in een knot of in een vlecht, hoedje op naar de kerk en absoluut geen lippenstift of nagellak. Ze stond daar mijlenver boven. Vol trots op haar bescheiden bleekgezicht, keek ze neer op vrouwen die zich aanstelden als een hoer.

Ze wist hoe Izebel aan haar einde was gekomen. Soberheid gaf haar allure, sombere grijze jurken waren haar luisterrijke pauwenstaart. Zalig zijn de armen van geest. Eenvoud was haar pronkjuweel. Amsterdam was Sodom en Gomorra en de bioscoop de etalage van de satan. Haar kleine polsstok verlamde haar niet, hij diende eerder als steunpilaar. Ze wilde zo snel mogelijk weg uit Nootdorp, dat duivelse gat, naar de veilige haven van haar toekomstige echtgenoot. Een dorp vol gelijkgezinde zielen. 'De Heere vergelijkt zijn volgelingen niet voor niets met schapen. Je moet je afkomst nooit verloochenen. Jouw vader werkt gewoon als arbeider op de kabelfabriek, werkt zich nog eens dood om jouw studie te bekostigen en meneer gedraagt zich alsof hij van adel is. Waarom ben je ineens zo deftig gaan praten? Verbeeld je maar niks mannetje. Je denkt zeker dat je het beter weet dan onze dominee!' Ze begreep hem niet; hij haar wel. Soms.

12.

De middelbare school was voor Peter een openbaring. Hij maakte kennis met kinderen uit andere milieus en kwam steeds vaker bij zijn halfzus Nel, en bij Ton. Ze woonden in een groot huis aan Oude Delft, een statige gracht in de Prinsenstad. Vaak dwaalde Peter wat door de stad, onder de indruk van de Nieuwe Kerk, waar leden van het koningshuis lagen begraven, en dan de Boterbrug over richting Oude Delft waar Nel en Ton woonden. Hij liep langs Het Prinsenhof waar Willem van Oranje in 1584 werd doodgeschoten en had soms het gevoel dat het nog maar net gebeurd was. Peter zag daar een tijdje geleden het toneelstuk Elckerlyc waarin God iedereen (elckerlyc) ter verantwoording roept. 'Moet je echt een keer zien,' had Ton gezegd, 'en Nel en ik gaan met je mee. Het is hier vlakbij.'

Elckerlyc ondernam een tocht langs vrienden, familie, materie, zelf-kennis, deugd en nog een paar contemplatieplekken om uiteindelijk zuiver voor God te verschijnen. Het stuk werd in de middeleeuwen benut om de biecht te promoten. Alleen daardoor kon je God rein in de ogen kijken. Wel mooi, dacht Peter, die biecht, maar was vergeving door een priester voldoende? En in hoeverre is de biecht misbruikt om vertrouwelijke gegevens door te spelen? 'Ja, eerwaarde priester, ik heb stiekem in de Bijbel gelezen. Ik weet dat ik de Heilige Schrift niet in huis mag hebben, en dat ik er niet in lezen mag, maar ik kon het niet laten. Nieuwsgierigheid won het van angst.' 'Geeft niets lieve kind, lever het boek bij mij in, bid tien weesgegroetjes en ga op je knieën de trappen van de Sacré-Coeur op. God zal je vergeven'. Om dan even later op de brandstapel te belanden. Philips de Tweede was daar goed in en meneer Calvijn kon er ook wat van. Het moet heerlijk zijn een zondaar te zien lijden. Hemelse heerlijkheid, het opperste geluk. Je kijkt neer op zielen die eeuwig moord en brand schreeuwen, je slaat je vleugels uit en vliegt een rondje met een andere heilige langs Gods troon. Een heerlijk vooruitzicht. Zij krijgen hun verdiende loon. Rondom de hel staan hemelse bankjes opgesteld waarop de heiligen een prachtig uitzicht hebben op het lijden. Ultramoderne verrekijkers zijn in een rij geplaatst, zodat je de slechte tante Jo van dichtbij kan zien creperen en ondertussen zingen de engelen een lyrische psalm. God is goed, God is groot en bovenal barmhartig. Soms sloeg Peters fantasie op hol. Vooral tijdens donderpreken.

Hoe konden dienaren van de Allerhoogste zoiets doen? Mensen op de brandstapel binden! Ze moeten gedacht hebben de goede God een handje te helpen, door al een begin te maken met wat hij later eeuwig met zondaars zou doen. Vanuit de hemel kijken de engelen neer op een verrukkelijk kampvuur, een heerlijke, rustig stemmende geur van pruttelende zondaars, die als parfum het heelal vult. Hij schrok wakker uit zijn droom toen de dominee de Statenbijbel op de grond liet vallen. Het galmde door de kerk. Meteen werd een nieuw gezang ingezet uit de oude bundel. Dominee werd er niet jonger op en zijn Parkinson haalde soms rare fratsen uit. Hij kon er nu wel om lachen. Het geeft aan waartoe godsdienst kan leiden, dacht Peter, mensen gaan lijken op de God die ze aanbidden, en hij schopte een steentje de gracht in. Griekse goden, katholieke goden, gereformeerde goden, ze hebben allemaal bloed aan hun handen. En toch zou er iets kunnen zijn, iets waarvan hij het bestaan niet wist. Hij hoopte nog steeds op iets hogers, een macht die het allemaal beter zou maken. Geloven had plaats gemaakt voor hopen. Wellicht tegen beter weten in.

Even later stond hij voor de deftige deur van hun huis aan de historische gracht. In zo'n monumentaal pand woonde zijn eigen halfzus! Het gaf hem een gevoel van trots. Hij kon zich nog goed herinneren dat hij daar voor het eerst kwam, zijn eerste jaar op het gymnasium. Hij stapte verbaasd de grote hal binnen met een marmeren vloer en grote ornamenten aan het plafond. Alsof hij het paleis van de koningin betrad. 'Loop maar even naar boven Peter,' zei Nel toen, 'Ton zit in de studeerkamer. Dan kom ik zo met thee. Goed? Heerlijk dat je er bent!' Het trappenhuis met bordes leidde naar de eerste etage. Op de trap lag een rood tapijt. Zijn halfzus moest wel rijk zijn. Peter keek naar zijn rommelige broek en ongepoetste schoenen. Kon hij zo wel naar boven lopen? Nel was niet meer gewoon een buurmeisje. Hij stapte een enorme studeerkamer binnen en veegde ongemerkt opnieuw zijn voeten voordat hij op de brede houten planken durfde te stappen. De kamer was groter dan hun hele voor- en achterkamer.

Aan de rechterkant was een grote wand met misschien wel duizend boeken over kunst, muziek en veel literatuur. Achter de lichtgroene bank waarop Ton de krant zat te lezen, hing een onduidelijk felgekleurd en levensgroot schilderij met woeste vormen. 'Van Karel Appel gekregen,' zei Ton toen hij zag dat Peter aandachtig naar het schilderij keek. Tegenover de stijlvolle ramen die uitkeken op de gracht en de Kolkbrug, knisperden houtblokken in een grote marmeren schouw. Peter wist wel dat er zulke fraaie huizen bestonden, een groot deel van Oude Delft bestond uit grote, rijke panden, maar nog nooit was hij bij zo iemand binnen geweest. Hij voelde zich onwennig en meteen thuis. Zo wilde hij later leven. Niet per se met die rijkdom, maar met die sfeer van boeken en kunst. Hier werd geleefd, nagedacht, een wereld van verwondering in plaats van onzekere stelligheid. Intussen was hij er kind aan huis. Kwam al jarenlang geregeld over de vloer.

Ton was een joviale man met een aanstekelijk gevoel voor humor. Lang en mager, en met een donkere, enthousiaste stem. Helemaal als hij over kunst en muziek begon. Hij droeg een ruime, bruine manchester broek en een blauwe coltrui. Gek dat hij nu een echte toneelspeler in de familie had. 'Hou je van klassieke muziek?' vroeg Ton op een keer. 'Eerlijk gezegd niet zo, is meer voor oude mensen, toch? Ik hou meer van modern. Ik vind de Beatles goed.' Hij zei het schoorvoetend. De Beatles mocht niet van thuis. Moest nog even aftasten. Bang om uitgelachen te worden. 'Leuk, ik ook. Erg goed zelfs. Luister eens naar dit, wat vind je hiervan?' Hij zette *Le sacre du printemps* van Igor Stravinski op en Peter was diep geraakt. Een totaal nieuwe ervaring. Meeslepend, indrukwekkend, spannend, totaal nieuw en anders dan verwacht. Soms tegen vals aan, op zoek naar de grenzen van een nieuwe klankkleur. Het was zijn eerste kennismaking met klassieke muziek. Het stijve-harken-imago was in een klap verdwenen. Dat was nog eens wat anders dan psalmen. Nooit had hij geweten dat muziek zo indringend kon zijn, je zo kon ontroeren en blij kon maken. Hij werd opgetild naar een totaal andere dimensie toen hij de compositie voor het eerst hoorde. Een onbegrijpelijk, maar fascinerend stuk. 'Neem ook *De Vuurvogel* maar mee. Niet meteen oordelen, gewoon onbevangen luisteren. Het liefst een keer of vijf en dan bepalen of je het mooi vindt. En als je het niet mooi vindt, is het ook goed. Het blijft ten slotte ook een kwestie van smaak.' Hij stapte een verrukkelijk leven binnen. Alsof zijn ouderlijk huis aan de andere kant van de aarde was, eeuwen geleden. Hoeveel koffie, thee en fris had hij er al gedronken? Zomaar tussendoor of tijdens de lunch.

'Zo, leuk dat je komt logeren broertje!' Nel kwam binnen met een dienblad met twee kopjes koffie, een cola en een schoteltje met chocolaatjes, zette het op een tafeltje en liep hartelijk op Peter toe. 'Laat me je even zoenen. Is het er eindelijk eens van gekomen om te blijven slapen. We gaan leuke dingen doen het weekeinde en lekker kletsen. Heb je zin?' Ze zag er weer stralend uit in een vlotte witte broek met rode centuur, rode hakken en een witte blouse. 'Mens durf te leven!' Nou dat deed ze. Zo voorzichtig en schichtig als zijn echte zus het leven versleet, zo uitbundig was Nel. De een had de dood al op de hielen, de ander bruiste van leven. 'Is vader nog steeds in hemelse sferen of is hij al weer nedergedaald?' Ze zei het spottend met een toefje sympathie. 'Ik weet het niet. Ik geloof dat ik zelf nog ergens halverwege zweef. Of nee, ik ben bijna geland geloof ik.' Hij werd soms heen en weer geslingerd tussen een beetje geloven en helemaal niet. Geloven zoals vader deed had afgedaan, het godsbeeld dat kerken hadden geboetseerd stond hem tegen. Wraakzuchtig, streng, nooit tevreden of hopeloos zielig aan een kruis. Maar het gemak waarmee anderen God lieten verdampen, ging hem te makkelijk, te snel. Alsof afkeer tot een beter inzicht leidt. Hij wilde niet op gelovigen neerkijken, ook op vader niet. Hij vond hem zielig, bekrompen, maar het was verklaarbaar. En heeft niet iedereen recht op zijn eigen kleingeestigheid? Wat benauwend is voor de een, is veilig voor de ander.

'Ach niets is waar of onwaar, dat maakt ons denken ervan,' declameerde Ton, 'een kleine variant op *Hamlet*. Ik ben het met hem eens.' Hij stond met zijn handen in zijn zak bij de boekenkast en haalde *Hamlet* eruit. 'Ons denken maakt van vragen antwoorden en van verzinsels feiten. Het is maar hoe je er tegenaan kijkt, wat je wilt geloven. De wens is de vader van de gedachte en dat geldt ook voor het geloof, zo zie ik het. De een zegt dat God een verheven schepper is, kijk maar naar een spinnenweb, onwaarschijnlijk dat het beestje helemaal uit

zichzelf een web kan maken en spannen, een web dat ook nog eens ij-
zersterk is, dat stormen kan doorstaan. Miraculeus, wat een schepper!
En dan heeft hij die spin ook nog het vermogen gegeven zelf lijm aan
te maken, lijm waaraan de spin niet blijft plakken, maar zijn prooi wel.
Het is toch wonderlijk! Draden en lijm, uit een en hetzelfde geheimzinnige lijf. Dat zo'n griezel zulke kunstwerken kan maken! Efficiënte
schoonheid, bedacht door een geniaal Opperwezen in het universum.
En de ander denkt aan die oogstrelende vlinder die in het web ver-
strikt is geraakt, vecht om er uit te komen, maar het vernuft van de
ontwerper maakt het hem onmogelijk. Hij sterft een vermoeiende
dood in het adembenend gecreëerd web. Die prachtige twee compo-
nentenlijm werkt als de strik van een jager. Het beest probeert uit alle
macht los te komen, maar de lijm is geen prutswerk. De Almachtige
zelf heeft het gecreëerd. De spin wacht tot het beestje doodop is en
rolt er nog een paar van die mooie kleverige draadjes omheen. De
magnifiek geschapen vlinder, sterft een verstikkende dood in het in-
genieus ontworpen web. Even later eet de spin het tedere lijkje op.
Snap je? De een ziet de intelligentie en schoonheid van de schepping
en de ander ziet er iets heel anders in: eten of gegeten worden. Het
web is een prachtig moordwerktuig. Zie daar de rechtvaardiging voor
oorlog, in datzelfde kunstwerk. Zo is het leven, je kunt alles vanuit
een verschillend perspectief bekijken. Aan ons de keus. Ik vind het
allemaal best, maar kom me niet aan met waarheden die in beton zijn
gegoten. Volgens mij zitten die dilemma's mooi verborgen in stukken
van Shakespeare. Daar moet je trouwens een keer mee naar toe, naar
Hamlet. Een vriend van mij speelt de titelrol, dus ik versier wel een
paar vrijkaartjes. Leuk?' Hij wierp het boek op Peters schoot. 'Eerst
even lezen!' Het was een paarse pocket, een vertaling van Bert Voeten,
de editie die ook door de acteurs zelf zou worden gebruikt. Voor het
eerst hield hij een compleet toneelstuk in zijn hand.

Hier kon hij zeggen wat hij echt vond. Waar hij aanvankelijk bang
voor was, gebeurde juist niet. Geen visie werd veroordeeld, je mocht
geloven wat je wilde, wat je voor juist hield. Geen angstig overeind
gehouden dogma's, aan alle kanten gestut, totdat ze aangevreten door
de tijd en achterhaald door de feiten zouden omvallen. Hij was thuis.

13.

Naar de kerk ging Nel al lang niet meer en Ton was nooit kerkelijk geweest. 'Vind je dat erg? Dat je niets meer zeker weet?' vroeg Ton even later en roerde in zijn koffie. Hij vroeg het zonder oordeel, zonder standpunt, gewoon omdat hij echt geïnteresseerd was. 'Ja, ik mis het wel een beetje,' zei Peter uiteindelijk. 'Ik heb er nog niets voor terug.' 'Wat zou je er voor terug willen hebben? Nieuwe onzekere waarheden?' vroeg Ton. 'Ik zal je een mooi verhaal vertellen.' Hij zat in zijn leren leunstoel en vouwde zijn ene been dwars over het andere, zijn enkel bij zijn knie. Hij droeg zwarte Botticelli schoenen zonder veters en sokken in de blauwe kleur van zijn coltrui. Om zijn pols droeg hij een plat horloge met een lichtblauw leren bandje. Vertellen kon Ton. Die dictie, de pauzes. 'Ik denk dat ik het verhaal ken,' zei Nel, 'ik ga intussen even wat anders doen. Denk je aan je tijd schat?' Ze liep energiek de kamer uit. 'Ik ben een aantal keren in India geweest om boeddhistische kloosters te bezoeken,' ging Ton onverstoorbaar verder. 'Ik heb daar iets mee. Niet omdat ik geloof dat boeddhisten het bij het rechte eind hebben, ze zijn niet beter, leven niet gelukkiger en hebben dezelfde onzekerheden, maar die rust die dat gebied uitstraalt, dat boeit me. Misschien omdat het zo totaal anders is dan onze eigen cultuur. Ik weet het niet. Ik was met een vriend in Ladakh, hoog in de bergen, waar veel gevluchte Tibetanen wonen. Wacht, ik zal je wat foto's laten zien.' Hij liep naar een kast en zocht naar een fotoboek. 'Je hebt ze nog niet ingeplakt, schat! Ze zitten in die schoenendoos onderop,' riep Nel vanuit de keuken. 'Wacht maar even, ik kijk wel. Mannen kunnen niet zoeken. Vertel jij intussen maar verder.' Ze had de doos in een greep en haalde er stapeltjes uit waaromheen elastiekjes zaten.

'Ik mocht een les bijwonen, in zo'n klooster dus, en ik was onder de indruk van de leraar: een monnik van een jaar of zestig, met zo'n eeuwigdurende vredige glimlach. De kinderen in de klas waren allemaal heel kort geknipt, speels en vrolijk. Ze gaan op heel jonge leeftijd naar het klooster, beginnen de dag om half zes in de ochtend en studeren tot de nacht valt. Het lijkt Spartaans, maar ze ademen alleen maar speelsheid en levensvreugde uit. Je ziet ze vaak ravotten in grappige roodbruine gewaden. Pas op hun twintigste kunnen ze een klooster-gelofte afleggen. Tot die tijd mogen ze het klooster verlaten, maar in Ladakh zijn weinig alternatieven. Het gebied ligt aan de westelijke grens van de Himalaya, met bergpassen tussen de 3000 en 5000 meter hoogte. Je ziet daar eindeloze vlakten waar boeren achter een simpele ploeg het land bewerken, terwijl ze monotone klanken voortbrengen. Voor de kinderen is er weinig toekomst. Het klooster is vaak de enige hoop op een beter bestaan. Niet dat die kloosters daar rijk zijn, ze leven van schenkingen, maar de kinderen krijgen wel een gedegen educatie die ze verder kan brengen.'

'Hier heb je ze'. Nel legde een stapeltje foto's op tafel. 'Willen jullie nog thee of wil je iets fris?' Het werden bier en cola.

'Je vindt in Ladakh zowel moslims als boeddhisten. Ze leven respect-vol naast elkaar. Daar kunnen we nog wat van leren Peet. We moesten een heel eind door kale vlaktes lopen om het klooster te bereiken. En vervolgens moesten we een flinke klim maken, de kloosters liggen bijna allemaal op een berg. Maar voor we zover waren, dat vergat ik bijna, passeerden we een paar kale monniken die langs de weg, in het veld, aan het werk waren. Ik was er niet helemaal zeker van, maar het leken vrouwen. Gek, maar omdat ze kaal waren en een ruim vallend gewaad droegen, was het verschil niet meteen helder. Ik kon het niet laten om even naar ze toe te lopen, maar ze waren duidelijk mensen-schuw. Ze woonden aan de voet van de berg in heel eenvoudige cellen. Niet dat er tralies voor zaten, maar het waren kleine ruimtes. Ik ben er niet in geweest, maar je kon door de ramen de sobere inrichting zien. Later hoorden we dat deze vrouwen uit Tibet waren gevlucht en onderweg talloze keren waren verkracht door de Chinezen.' Hij pakte een foto uit het stapeltje. Peter zag ernstig kijkende vrouwen. Jong nog, zo te zien. En inderdaad helemaal kaal, al kon je de don-kere gloed van het haar nog zien. 'We kwamen onaangekondigd in het klooster. Ik schat dat er een dertig monniken zaten. Je kon zo het klooster binnenlopen, vrijwel alle vertrekken waren open. Geen monnik keek verbaasd, ze reageerden gewoon vriendelijk. Ik vroeg aan een van hen die goed Engels sprak waar de wc was. Dat bleek gewoon een houten schuurtje te zijn met een flink gat in de grond. Diep daaronder zag je alle drollen van de monniken liggen. Het was nogal onwennig om boven zo'n gat te hangen, een beetje zoals je dat in Franse wc's hebt, maar dit gat was veel groter. Je kon erdoorheen vallen. Maar wat me opviel was, dat al die drollen dezelfde kleur hadden en een vaste vorm. Gek hè? Het zal wel door het voedsel komen. Ze eten natuurlijk allemaal hetzelfde. Terwijl ik nog boven dat gat hing met mijn broek naar beneden, hoorde ik ineens iemand op een grote trom roffelen en ik hoorde een monotoon gezang. Er was nergens papier te zien, dus ik heb mijn broek maar weer opgehesen en liep op het geluid af. In een wat grotere ruimte met aan het eind een boeddhabeeld achter een soort sluier, liepen zo'n dertig monniken achterelkaar, rond houten banken waarop plankjes lagen met teksten erop. In het midden stonden houten tafels met een bruinrood kleed erop. In de hele ruimte hingen veel kleurige doeken en sjerpen in de vorm van – hoe zal ik het beschrijven – hele grote stopdassen, anders uitgevoerd dan de gebedsvlaggen die je overal in de dorpjes ziet. Langer, als een grote stropdas ja, dat is het wel. De meeste monniken liepen op blote voeten en maakten telkens dezelfde monotone geluiden. O, wacht, ik heb daar ook een foto van.' Hij zocht in het stapeltje van een foto of vijftig en viste er een uit. 'Kijk, zie je. Dat was de sfeer. Zo nu en dan riep de leider weer iets – een oude man die wat fraaier was uitgedost in een deels geel en voor een deel roodbruin gewaad en met een kleurige prinscarnaval muts op – en dan herhaalden de anderen dat meditatieve geluid.' Hij deed het lage, brommende geluid van een contrabas na, een en dezelfde toon die lang werd aangehouden. 'Dat was de hoofdtoon, waaraan zo nu en dan een nieuwe begintoon werd toegevoegd. Ik had natuurlijk geen idee wat ze zongen, maar het schijnt dat ze dan heilige teksten opzeggen. Ook de kinderen moeten veel teksten uit hun hoofd kunnen reciteren. Het was een indrukwekkende ervaring.

Ik woonde een les bij in een heel sober lokaaltje. De kinderen zaten op de grond met hun vlakke handen tegen elkaar, terwijl de vingers omhoog wezen. Kijk zie je, op deze foto kun je dat goed zien. Misschien deden ze dat uit respect voor de leraar. Er stond een eenvoudige houten stoel voor hem klaar, oud en een beetje kapot; zonder armleuningen. Geen idee hoeveel leraren al op die stoel hadden gezeten. In de hoek stond een oude grijze kast, zoals wij die vroeger ook op school hadden. Dat was alles. Verder was het lokaal helemaal kaal. Kale muren, en een kale vloer. In de hoek stond een onduidelijk apparaat dat nog het meest leek op een kapotte ventilator. De monnik ging zitten en vroeg aan de leerlingen die links van hem zaten de klas te verlaten en buiten op de binnenplaats te wachten. Ze konden daar niet zien wat zich in ons lokaaltje afspeelde. Vervolgens vroeg hij de kinderen die in de klas bleven met aandacht te kijken, en nam een touwtje met aan het eind een knikkertje eraan vast. "Wat is dit?" vroeg hij op een heel goedmoedige toon. In alle rust. De kinderen waren gemiddeld twaalf jaar oud en leefden al jaren in het klooster. Ze kenden zijn manier van lesgeven. "Een touwtje met onderaan een knikkertje", zei de oudste leerling aarzelend. "Uitstekend geantwoord", reageerde de leraar en grinnikte op dezelfde aimabele manier als waarop hij sprak. Hij liep vervolgens met het touwtje en het knikkertje naar de hoek van de klas waar het apparaat stond. Daar maakte hij het touwtje met het knikkertje vast aan het apparaat en zette dat aan, waardoor het touwtje met duizelingwekkende snelheid werd rondgedraaid. Het zag er nu duidelijk uit als een grote ronde schijf. Hetzelfde effect als wanneer de motor van een propellervliegtuig wordt gestart. Vervolgens liet hij de kinderen die buiten stonden te wachten binnenkomen. "Gaan jullie maar achterin zitten." Ze deden dat meteen. "Wat zien jullie hier? Kijk heel goed." Het was doodstil. Allemaal keken ze met volledige alertheid, alsof ze hun ogen voor het eerst gebruikten. Na een halve minuut durfde de jongste een poging te doen. "Een ronde schijf?" opperde de jongen voorzichtig. "Denk je dat of weet je dat?" "Ik denk het". "Kijk dan nog wat langer. Ik wil graag dat je het zeker weet." Het jongetje zweeg, maar een ander riep: "Het is een schijf, een discus, ik weet het zeker." "Hoe zeker?" vroeg de leraar. "Gewoon zeker". "Wie van jullie is het met hem eens?" Van de nieuwe ploeg stak vrijwel iedereen zijn hand op, maar het jongste knaapje bleef twijfelen en fronste onzeker zijn wenkbrauwen. Vervolgens zette de leraar het apparaat stil en vroeg: "Maar wat blijkt het te zijn?" "Een touwtje met een knikkertje," zei de jongste nu. Trots dat hij had getwijfeld. De kinderen van de eerste groep gniffelden. "Wat leren we hieruit?" Het was nu doodstil in de klas. Er werd diep nagedacht. "Denk hier maar eens vijf minuten over na." Na vijf minuten ging de leraar bij hen op de grond zitten. "Niets is wat het lijkt", zei hij. "Daar moet je je altijd van bewust zijn. Je ogen kunnen je bedriegen. Onze waarnemingen zijn mindervalide, gebrekkig. Soms denk je iets te zien dat er niet is. En meestal zie je niet de werkelijkheid. Je mag dus nooit snel conclusies trekken door wat je ziet. Onzekerheid is onze bondgenoot." Hij sprak duidelijk en zonder enige stemverheffing. "Ik heb jullie gisteren verteld over atomen", ging hij verder. "Stel je nu voor dat dit knikkertje de kern is van een waterstofatoom. Dan beweegt het elektron zich op een kilometer afstand van deze knikker. Tussen de kern en het elektron is helemaal niets. Leegte. Ruimte. Atomen zijn sowieso voor 99,9 procent leegte. En alles wat je ziet bestaat uit atomen! Wijzelf, onze kleren, het klooster, de maan, het heelal, alles. Dus 99,9 procent van wat je van mij ziet, bestaat niet. Het lijkt veel meer dan het is. Dat geldt voor alles wat je ziet. Als je alle ruimte, lucht, van een mens zou wegnemen, en alleen echte stof overhoudt, is de mens maar een miljoenste mm3 groot. Die lange meneer daar ook", en de leraar wees naar mij. "Meneer, u bent voornamelijk lucht voor ons!" zei hij en moest weer grinniken. "Dat is wat ik wilde laten zien met deze knikkerproef. Alles is relatief. Wij zijn minder dan een touwtje met een knikkertje, maar lijken veel meer. Veroordeel iemand dus niet om wat hij meent te zien. Misschien ziet hij een andere werkelijkheid. Waarheid is niet per se voor iedereen hetzelfde."

De klas was sprakeloos en ik ook,' zei Ton. 'Maar de climax moest nog komen. Vervolgens pakte de leraar een flinke steen, en vroeg: "Wat is dit jongens?" Waarop een van de kleine monniken zei: "Dat is geen steen. Maar dat zijn bewegende atomen die de indruk geven dat het een steen is". "Precies zei de leraar" en gooide de steen naar de jongen. "En toch moet je er rekening mee houden".'

Ton stond op en legde de foto's terug in de doos. 'Ik moest aan dit verhaal denken toen jij het over een gemis aan zekerheden had, snap je? Wat staat nou voor honderd procent vast en wat niet? Ik zou het niet durven zeggen, maar eerlijk gezegd vind ik dat ook helemaal niet erg. Onzekerheid geeft ruimte. En verder zijn alle theorieën slechts woorden. Woorden, woorden, woorden die mensen als waarheden zijn gaan zien totdat ze uiteindelijk in hun woordenbrij verzuipen.' Hij keek op zijn horloge. 'Mijn hemel, ik had allang weg moeten zijn. We spelen vanavond in Rotterdam. Als ik eenmaal aan het kletsen ben. Ik ben ervandoor Peet, ik zie je morgen!'

14.

De vrijheid die Peter vroeger als kind voelde als hij in zijn kinderstoel over de weilanden keek, werd ingesnoerd door het verstikkende koord van de kerk. Maar die ruimte kwam nu weer terug, alsof de touwen van schijnzekerheden losser kwamen te zitten, van hem afvielen. Zijn blikveld werd oneindig veel weidser. Grenzeloos, zo voelde het. Hij maakte weer deel uit van het heelal.

Hij kon het goed vinden met zijn klasgenoten, kwam bij hen over de vloer en ontdekte dat 'christelijk zijn' heel anders kon worden opgevat dan thuis. En sommige kinderen zaten alleen maar op het christelijk gym, omdat die school in de buurt was en erg goed bekend stond. Ze hadden niets met het geloof. Zoals Annemiek, die naast hem zat. Hij had stiekem zijn ogen geopend tijdens het ochtendgebed en zag dat ook zij haar ogen openhield. Haar vader was plastisch chirurg en had zijn eigen dochter schitterend vormgegeven. Annemiek woonde, net als Nel, aan Oude Delft, verderop, niet ver van het oude Weeshuis. Ze wilde later naar het conservatorium. Als hij van school naar Nel fietste, reed hij vaak een stuk met haar op. Een keer was hij met haar naar binnengegaan. Een huis met veel kamers, veel ruimte. Strak en modern ingericht, geen eikenhout zoals thuis, geen lopers of gehaakte kleedjes op de tafel. Ze waren alleen. In de voorkamer stond een prachtige, witte huiskamervleugel waarop ze, op zijn verzoek, een stuk van Chopin speelde. Hij vond het spannend, vooral omdat hij haar onbeschaamd mocht aanstaren. Die handen, die hals, dat haar, die mond. Hij had vaak van haar gedroomd. Ze wilde dat hij naast haar kwam zitten, op hetzelfde krukje, zodat hij met zijn rechterhand telkens dezelfde twee toetsen kon aanslaan. Zijn linker belandde op haar dijbeen, als vanzelf. Zij speelde door alsof ze niets in de gaten had. Hij hield zijn hand roerloos op die plek, wist niet goed hoe nu verder. Soms bewoog het been, als ze een pedaal bediende, en dan veerde zijn hand mee. De rokken van Annemiek waren meestal wat korter dan op school gebruikelijk was, en nu lag zijn hand op de grens van rok en been. Zij beroerde de hoge, hij de lage tonen. Ongelovige, zwoele Annemiek. Ze leek op te gaan in de muziek, alsof hij er niet was, en juist dat vergrootte de spanning. Ze sloot haar ogen, waardoor haar wenkbrauwen en wimpers nog gracieuzer leken. Het was haar spel, ze wist de juiste snaar te raken. Hij was niet de eerste jongen die zo naast haar zat, dat bestond niet. Of dacht zij misschien hetzelfde van hem? De gesprekken over kunst, muziek, het leven. De gladde zachtheid van haar huid. De stelligheid waarmee ze alle religie als zeepbelfilosofieën beschreef. 'Je weet toch wel wat Marnix Gijsen schreef? "Denk nooit dat je de waarheid vast hebt. Het is telkens een nieuwe leugen". Dat vind ik zo mooi gezegd.' Annemiek kneedde hem langzaam tot een man. Leerde hem nieuwe facetten van zichzelf kennen. Denkbeelden waarbij hij nooit eerder had stilgestaan. Aantrekkingskracht die hij niet eerder zo sterk had gevoeld. Haar zelfstandigheid, onafhankelijkheid misschien wel, de ruimte die haar ouders haar lieten. Door haar stelde hij zijn koers bij. Annemiek was in alles vrij. Ze masseerde zijn ziel, ongemerkt, ongewild misschien wel. Wat voor haar vanzelfsprekend was, openende voor hem een nieuwe weg. Ze luisterden samen naar muziek, naast elkaar op de witte leren bank, ogen dicht. Bij hem voelde ze zich thuis, als bij een broer die ze helemaal vertrouwde. Hij kon luisteren, begreep, vulde aan. Aan hem durfde ze haar onzekerheden te vertellen: zijn mijn benen niet te dik, mijn mond niet te groot? Mooie Annemiek vond steun bij hem, hij warmte bij haar. Hij was verliefd, zij was daar in het geheel niet mee bezig. Zo groeiden ze samen, bijna volwassen, uit elkaar.

Soms fietste hij nog even langs haar huis, als hij bij Nel op bezoek was geweest. Aan de overkant van de gracht. Dan stopte hij en probeerde een glimp van haar op te vangen. Stond soms wel een kwartier aan de overkant te loeren. En dat terwijl ze meestal gewoon naast hem zat op school. Maar hoe was zij als hij er niet bij was, hoe bewoog ze thuis? Wie waren haar ouders? Er ging een golf van geluk door hem heen als hij haar zag, heel even, toen ze langs het hoge raam liep. Op een dag keek ze naar buiten, naar de overkant van de gracht. Hij bukte zich en friemelde wat aan zijn kettingkast. Toen hij weer voorzichtig opkeek was ze weg. Hij fietste naar huis met een gelukzaligheid die alleen verliefdheid kan baren. Zo ging ze maanden met hem mee. Mooie, ongelovige Annemiek, die moest lachen als hij serieus over engelen sprak, en over de duivel als de oorzaak van alle kwaad. 'Je gelooft niet in Sinterklaas, maar wel in engelen!' Ze moesten er samen om lachen. 'Ik geloof het niet, zíj geloven het. Thuis!'

Thuis wees vader op voorhand argumenten af als die in strijd leken met de Catechismus. Het raadplegen van een andere vertaling dan de Statenvertaling 'op last van de Staten-Generaal, volgens de Nationale Synode gehouden te Dordrecht in de jaren 1618 en 1619' was al een ernstig vergrijp. God had er persoonlijk op toegezien dat dit het zuivere woord was. Andere Bijbelvertalingen deugden niet.

Erbij horen, was belangrijker dan zelfstandig denken. Dat gold voor politieke partijen, kerken en zelfs voor sportclubs. Echte vrijdenkers kwam je zelden tegen. Vreemd genoeg was die ruimte begonnen op het christelijk gymnasium. Er was ook geen duidelijke kledingcode. Van moeder mocht hij gympen aan, vader vond dat ongepast. Maar op school waren ook wat dat betreft geen strenge regels. Jongens met lang haar, meisjes met rokken tot op de knie of hoger in plaats van tot aan de enkels, het werd getolereerd. Vader vroeg zich bezorgd af waarom de school het predikaat 'christelijk' had gekregen. Peter was blij dat er geen gym in de buurt was voor de strenge lichting van vader. Zo moest de klas zich nu verdiepen in de vraag of God de mens had geschapen of de mens God? Thuis zou die vraag heiligschennis zijn. Vanzelfsprekend heeft God de mens geschapen, dat staat immers in Genesis. In zes dagen schiep hij in feite alles. Geen discussie. 'Zes dagen van vierentwintig uur. Dat staat er toch?' Hij hoorde het vader nog zeggen. Maar op school vroeg de godsdienstleraar: 'In de Bijbel staat: "In den beginne schiep God den hemel en de aarde", wanneer was dat, "in den beginne?"'

Bij Nel en Ton thuis werd daarover vrijuit gediscussieerd. Als je zelf geen vragen had, stelde Ton of Nel die wel. Zinvol maar niet cynisch. Eerder in een poging feiten te scheiden van vastgeroeste opvattingen. Zo had Peter de vraag wanneer 'in den beginne' was, een paar weken geleden tijdens het eten opgeworpen. Voor het eerst zat ook Ria aan tafel. Ze logeerde een paar dagen bij Nel en ging 's avonds stiekem uit met een vriendje uit Delft. Haar vierde. Ze zag er sexy uit in haar geblokte minirok en halfhoge hakken, zat op de huishoudschool en ging bijna elk weekeinde wel naar een dansfeestje. Haar nylonkousen waren doorzichtig zwart, met aan de achterkant een naad om haar mooi gevormde kuiten te accentueren. 'Wie mooie benen wil houden, moet ze door mannenogen laten masseren,' zei ze en deed haar rokje nog wat omhoog om de jarretel te laten zien.

'Waarom zou "in den beginne" niet miljarden jaren geleden kunnen zijn?' vroeg Nel zich tijdens een lunch hardop af. 'In het begin van wat? Als God er altijd geweest is, zoals de kerkmensen geloven, dan was er geen begin. Geen tijd. Je kunt nooit zeggen dat God in de eerste duizend jaar van zijn bestaan dit of dat deed. Er waren geen eerste duizend jaar, Hij was er altijd al. God heeft dus geen leeftijd. Tijd begon pas vanaf zijn eerste actie. Pas dan kon je iets markeren om van daaruit te rekenen, toch? Of maak ik een denkfout?'

'Ga door,' zei Ton, 'en geef mij dan even de nieuwe haring aan als je wilt. Moet je even proberen jongens, is van de visboer hier vlakbij. Top! En altijd vers. Sorry Nel, ga door, je was net zo lekker bezig. Ja, en de uitjes graag.'

'Dus "in den beginne" moet slaan op het begin van zijn daden om hemel en aarde te scheppen,' ging Nel verder, en legde een paar stukken makreel op haar bruine boterham met roomboter. Gek, ze geloofde niet meer, maar vrijdag bleef visdag. 'En wat hemel is, is al lastig, want God zelf woonde al ergens in het universum voordat hij de hemel schiep. Dat was dus geen hemel. Had God de ruimte waar hij altijd al geleefd had dan ook zelf geschapen? Of was hij er altijd al en die ruimte ook? Dan was er dus een ongeschapen ruimte! God kon toch niet bestaan zonder een ruimte waar hij zich ophield? Die ruimte kan dus niet de hemel zijn, want die moest nog geschapen worden. Dan is God dus later naar zijn eigen hemel verhuisd.'

'God in een hemelbed, is het nou goed?' zei Ria. 'Heeft God eigenlijk slaap nodig? Lijkt me leuk, stilte in de hemel, want God doet een tukkie.' Ze schoof de haringen op het bordje naast haar door naar Peter en trok haar neus op.

'Waar wil je heen?' vroeg Ton, terwijl Ria haar botenham besmeerde met een flinke laag pindakaas en er vervolgens hagelslag overheen strooide. Ze keek Peter even aan en deed haar wenkbrauwen omhoog alsof ze zeggen wilde 'kan jij die onzin nog volgen?'

'Nou,' ging Nel onverstoorbaar verder, 'we moeten dus uitgaan van twee vaststellingen, als ik de gelovigen een beetje kan volgen, een bepaalde ruimte die geen begin heeft gehad, maar er altijd al was, en God die nooit is ontstaan maar er ook altijd was, in die ruimte. Dat "in het begin" slaat dus op een activiteit die God startte met betrekking tot de aarde en de hemel. Ik heb het nog eens nagekeken, maar er staat niet 'aan het begin van de zes scheppingsdagen,' maar gewoon "in den beginne". Misschien schiep God in het begin – wat dat dan ook betekent in de tijd – hemel en aarde, en slaan die zes scheppingsdagen op het inrichten van de aarde voor mens en dier. Na dat begin. Dan kunnen hemellichamen en de aarde best miljarden jaren oud zijn. Trouwens, de hele cyclus van vierentwintig uur bestond niet aan het begin van de schepping, dat was pas daarna, en bij God is duizend jaar als een dag, toch? Als je het überhaupt al als een echte geschiedenis moet lezen, wat volgens mij helemaal niet de bedoeling is. Mensen nemen alles veel te letterlijk. Wat denk jij Ton?'

'Jemig,' zei Ria, 'doen jullie altijd zo geleerd? Ik kom hier voor de gezelligheid hoor. Kennen jullie die mop over de gelofte van armoede? Kees heeft niet genoeg geld om die af te leggen!' Ze moest er zelf het hards om lachen.

'Ben ik een theoloog?' zei Ton. 'Trouwens, die jongens spreken elkaar ook tegen. We weten er geen bliksem van, het zijn maar woorden jongens. We weten niet eens zeker of Shakespeare alle stukken zelf heeft geschreven. Woorden zijn nog geen feiten omdat ze in een boek staan. Het enige dat ik zeker weet is dat de haring weer heerlijk was. Hoe was de pindakaas Rietje? De volgende keer moet je toch eens een haring proberen, desnoods met wat chocolade vlokken.' Hij trok haar plagerig naar zich toe. 'Je hebt gelijk, we houden erover op. Wie alles serieus neemt, houdt zichzelf voor de gek.'

Na het eten deed Peter samen met zijn zus en Ria de afwas. Ton zette een jazzplaat op. 'Heb je niks van Elvis, Ton?' riep Ria vanuit de keuken. En tot haar verbazing klonk even later *Love Me Tender* van haar eigen Elvis. Ze trok Peter mee de kamer in, deed haar armen om zijn schouder en zei: 'Pak jij me maar bij mijn heupen. Een lekker langzaam nummer om op te slijpen. Kom op meneer de geleerde. Dansen moet je, dat vinden vrouwen sexy.' Ze trok hem dichter tegen zich aan. Hij voelde de brede leren riem van haar minirok tegen zijn lijf en probeerde haar bewegingen te volgen. Hoewel, van bewegen was nauwelijks sprake. Het was een dans die zich op de vierkante meter afspeelde. 'Romantisch!' zei Ria en deed haar armen nu helemaal om Peters nek, haar hele lijf tegen Peter aan geplakt. Ton sloeg het met een glimlach gaande en Nel kwam met een theedoek over haar schouders en een fototoestel in haar hand uit de keuken.

'Protestant slijpt katholiek,' zet ik onder de foto, zei Ton.

'Wacht even,' zei Nel zodra het nummer was afgelopen, 'een jongen die kan slijpen is topper, maar nu het echte werk.'

Ze liep naar de platenspeler en zette hard *Rock and Roll Music* van de Beatles op. 'Kom op Ton, we zullen ze een lesje leren' en ze zwierden met wilde bewegingen de hele kamer door. Vervolgens pakte Nel Peter bij de hand en Ton Ria. Opnieuw dansten vier onstuimige 'tieners' de hele kamer door en ploften aan het eind van het nummer op de bank. 'Hè, hè, toch nog normale mensen!' zei Ria terwijl ze hijgend naar de keuken liep, 'je moet eens met me mee naar een fuif, Peet!'

Ton pakte zijn krantje en las een artikel waarin stond dat Henk van Ulsen graag *Het dagboek van een gek* wilde spelen. Hij moest er om glimlachen. Als er een acteur is die dat briljante, maar lastige stuk zou kunnen spelen was Henk het wel. Als hij dat eens mocht regisseren! Hij vond het een feest en een eer met zo'n acteur te kunnen werken. In Nederland volkomen onderschat door het grote publiek. Hij liep met de krant naar de keuken.

'Hé Peet, dit is wat voor jou. Henk van Ulsen gaat misschien *Het dagboek van een gek* spelen. Wist je dat die man voorbestemd was om dominee te worden? Hij werd acteur! En weet je wat hij zei? "Het beroep van acteur en dominee liggen niet zo ver van elkaar af." Wat wil je nog meer! Je moet een keer met me mee naar de toneelschool. Echt.'

Onwillekeurig dacht Peter aan de avond hiervoor, toen ze thuis met zijn allen aan tafel zaten. Vader hield zijn vork vast alsof hij aan het hooien was en prakte alles door elkaar. Midden op tafel stond een grote pan op een pannenlap om het tafelzeil te sparen. 'Mag ik er een mes bij?' had Peter voorzichtig geopperd. Zijn moeder vond dat geen punt, maar vader was beledigd. 'Als meneer zijn ouders te min vindt, zoekt hij maar een ander kosthuis. Je bent hier potverdikke niet bij de koningin,' en hij leunde nog dieper op zijn onderarm om de hooivork in zijn mond te proppen. De jus liep langs zijn kin. Misschien deed hij dat met opzet om zijn zoon duidelijk te maken dat nederigheid en bescheidenheid grote waarden zijn. Zou het thuis bij Henk van Ulsen in Kampen ook zo zijn gegaan? Hij vond het wel een mooi idee. Hij moest leren meer te observeren in plaats van zich te ergeren. Wie weet moet ik ooit zo'n vadertype op de planken zetten! En zo zweefde hij steeds meer als waarnemer boven zijn afkomst.

Meteen na het eten gisteren, thuis, was het zijn beurt om te helpen met de afwas. Voorzichtig pakte hij de borden van het tomado afdruiprek.

'Ik heb vroeger bij een mevrouw gewerkt waar ik de tafel moest dekken. Mooi servies, mooi tafelkleed, mooi zilveren bestek. Maar vader vindt dat te werelds. Doe maar gewoon dan doe je al gek genoeg. En een iegelijk die zichzelf verhoogt, zal vernederd worden. Je vader had het thuis erg arm. Die mensen hadden vaak geen schoenen om aan te trekken. Hij meent het niet zo kwaad. Toen we trouwden dacht ik dat ik hem wel kon veranderen. Misschien komt dat nog. Ik zal met mijn verjaardag de messen er eens bij leggen. Kijken wat er gebeurt. En blijf je vader eren jongen, dat heeft hij wel verdiend. Ooit zal je trots op hem zijn.' Ze zei het tegen beter weten in. Ze hoopte diep vanbinnen dat hij acteur zou worden, zou gaan leven, zoals zij als kind altijd danseres had willen worden. Wat zij nooit mocht, kon haar zoon nu meemaken. Tijden veranderen. Ooit zou ze in het theater zitten, met of zonder haar man, en haar zoon bewonderen. Haar tijd zou nog komen of misschien ook niet. Als hij het maar beter zou krijgen, anders, vrijer. Zij was noodgedwongen van een lichte kerk naar een zware gegaan – wat kun je anders dan je man in alles volgen? – en had spijt als haren op haar hoofd. Ze was al blij dat ze in een katholiek dorp woonde, temidden van mensen die durfden te leven. Ze moest haar tijd uitzitten, er was geen andere keus. Peter wist niet dat zijn moeder zo dacht, maar voelde wel dat ze vaak aan zijn kant stond. Diep vanbinnen leefde ze voor hem. Ze was bereid haar leven voor hem te offeren. 'Ik leef voor mijn kinderen,' hij had het haar op een keer tegen oma horen zeggen, 'en het meest nog voor Peter.' Als ze alleen maar op haar gevoel was afgegaan, was ze bij haar man weggegaan. Ze had bijna geen ruimte zichzelf te zijn, zou het liefst met de buren zijn meegegaan naar de katholieke kerk. Hoewel, als het er op aan kwam, zou ze het niet doen. Die beelden, die poppenkast, het was zo tegen de Bijbel. Maar nu had ze na elke kerkdienst een naar gevoel. Nooit werd ze er blij van. Ze had soms de neiging midden in de dienst op te staan en gewoon te schreeuwen. Ze had met niemand een band, maakte nauwelijks een praatje. De enige met wie ze goed kon opschieten was de buurvrouw en met Nel. Maar ook al had ze de buurvrouw vergeven, vergeten kon ze het niet. Ze twijfelde aan haar man, ze was tweede keus, hij was veel liever met haar getrouwd, ze wist het bijna zeker. Zoiets voel je als vrouw. En het nare was, ze begreep hem nog ook. De buurvrouw was altijd vrolijk, zag er prachtig uit, maar het was een oneerlijke concurrentie. Zij mocht niet eens vrolijke kleren aan, stel dat er iemand van de kerk op visite komt! Daarom moest Peter het beter krijgen, een vrije wil, ruimte om echt te leven, dan was haar eigen bestaan niet helemaal voor niets geweest.

15.

En nu logeerde hij voor het eerst bij zijn halfzus. Zijn moeder zou hem zo eens moeten zien. Hij was intussen vaak bij Nel en Ton geweest, wekelijks bijna, maar geslapen had hij er nog nooit. Ton was net naar de voorstelling vertrokken en het leek Nel een leuk idee om met haar broer Japans te gaan eten.

'Hier in Delft zit een goeie,' zei ze.

Nel deed haar gifgroene jack aan, Peter droeg zijn groene jagersjas, en ze liepen richting Het Heilige Geestkerkhof. Ze gaf hem een arm en rook weer naar Red Door. Gek dat hij met zijn volle zus nauwelijks een band had en met zijn halfzus zo goed kon opschieten.

'Heb jij nou ook het gevoel alsof we een paar eeuwen terug leven? Ik vind Delft zo'n heerlijke stad, er is volgens mij bijna niets veranderd hier, je proeft en ruikt overal de historie.'

'Heb ik ook,' zei Nel en groette een bekende, 'al wen je eraan als je hier woont. Heb je enig idee wie hier in de Oude Kerk begraven liggen?' Ze stonden even stil bij de achterkant van een monumentaal gebouw, met hun rug naar de gracht. 'De kerk is veel minder bekend dan de Nieuwe Kerk waar de Oranjes liggen, maar hier liggen Piet Heyn, Maarten Tromp, Johannes Vermeer en Antonie van Leeuwenhoek. Kerels uit de zeventiende en achttiende eeuw. Leuk hè? Wat zouden die gasten gek opkijken als ze nu tot leven kwamen.'

Ze streek met haar hand over de stenen van de Oude Kerk, alsof ze de historie wilde voelen en Peter deed ongemerkt hetzelfde.

'Moet je je voorstellen, van Leeuwenhoek had zelf microscopen gemaakt, we hebben het over zestienhonderd en nog wat, om bloed- en zaadcellen te onderzoeken. Hij onderzocht zaadcellen en zag dat ze zich als visjes voortbewogen. Het kon volgens van Leeuwenhoek niet anders of de man bracht het leven dus over in de schoot van de vrouw. De vrouw zorgde alleen maar voor de voeding van het sperma. Hij had het ei van Eva nog niet onder de microscoop gehad moet je maar denken. Als we die man nu zouden laten zien hoe DNA-onderzoek in elkaar zit, of je zou hem voor de tv zetten! Er is zoveel gebeurd de

laatste honderd jaar. Mannen als Aristoteles en tal van denkers na-
dien zagen de vrouw als een handige zak om zaad in te storten, zodat
zijn kind tot ontwikkeling kon komen. De vrouw was een neutraal
lichaam, een ding dat gelukkig geen invloed had op de eigenschap-
pen van het kind dat ze alleen maar mocht baren. Daarom was een
dochter krijgen vervelend: weer een baarzak. Zaadfabrieken, daar had
je wat aan! En moet je kijken hoe groot die kerken toen waren. Neem
nou deze. Dat zou nu niet meer kunnen. Nog even en er worden kerken gesloten in plaats van gebouwd.'
    'Ben je daar blij mee?'
    Ze liepen verder over de ongemakkelijke historische keien die al
door zoveel groten der aarde waren vertrapt of gestreeld.

'Ik vind het prima. Je hebt er geen idee van hoe groot de macht van
de kerk altijd geweest is en daar hebben ze weinig goeds mee gedaan.
Corruptie, onderdrukking, godsdienstoorlogen, het martelen en vermoorden van andersdenkenden, brandstapels, het is geen fraaie balans. Je had er natuurlijk goeie tussen, die echt geloofden, die het
leven van mensen mooier wilden maken en daar ook veel voor hebben
gedaan, zendelingen die zich hebben opgeofferd om mensen te bevrij-
den van honger en ellende, maar dat kom je in alle kringen tegen, ook
onder humanisten en atheïsten. Maar in de hele geschiedenis borrelt
het in de kerken als moerasgas, met stank als resultaat. En net als met
dat gas, is de basis vaak zuiver, grote denkers hadden meestal goeie
ideeën, het zijn de volgelingen die er baatzuchtig mee aan de haal
gaan. Daar zou je eens een scriptie over moeten schrijven weet je dat,
over de macht van de kerk of over de rol van de kerk in de oorlog,
nog beter. Noem mij een of twee ingrijpende oorlogen die niets met
religie te maken hadden. Ik geloof niet dat er twee zijn. Mooi thema
Peet, dan val je vanzelf van je geloof. Nou ja, behalve vader dan. Maar
die zit van kind af aan vastgeroest in een familietraditie. Breken met
de kerk is breken met de familie, breken met een zijden draad naar
de hemel, de kwetsbare illusie bij God te mogen zijn. Hij kan niet
discussiëren, wil niet discussiëren, uit angst dat iemand die draad
doorknipt. Het is zijn enige houvast, denk je niet? Ik zou anders niet

weten waarom hij bij die strenge dominees blijft kerken. Het lijkt wel een soort boetedoening omdat hij zelf niet helemaal jofel was in de oorlog. Tenminste, dat denk ik. Ik zou zo graag eens in die man z'n hoofd kijken.'

Ze waren op de Nieuwe Langendijk en stapten het restaurant binnen. Het was er gezellig druk, er zat een groepje Japanse toeristen en bijna alle tafels waren bezet. Studenten, hoogleraren, kunstenaars, het zat allemaal gezellig door elkaar. De echte Delftenaren gingen naar de Chinees. Aan sommige tafels werd verveeld gezwegen, aan andere geanimeerd gepraat. Nel had een tafeltje aan het raam gereserveerd. Wat een heerlijk mens toch die zus van mij, dacht hij, mooi, energiek, blij en nog slim ook. In haar omgeving leek altijd de zon te schijnen. Mensen deden meestal aardig tegen haar, haar hele uitstraling was een wolk van positiviteit en oprecht genieten. Nooit opzichtig en toch zo duidelijk aanwezig. Gek, ze nam veel ruimte in, maar gaf anderen ook veel bewegingsvrijheid. Je voelde je bij haar nooit overweldigd of benauwd en toch had ze zo'n sterke aanwezigheid. Hoe kan zo'n vrouw in hemelsnaam door mijn vader zijn verwekt, een man die bijna niet durft te bestaan en onopvallend door het leven sjokt? Dat zijn zaad ooit heeft kunnen zwemmen! Hoe traag moet de snelste zijn geweest? Die van Leeuwenhoek had dat zaad eens moeten onderzoeken. Alle tijd!

'Heb je weleens rauwe vis gegeten? Moet je echt eens proberen. Sashimi, ik ben er dol op. Zal ik gewoon wat bestellen? En we eten met stokjes, goed?' 'En twee witte wijn,' zei Nel tegen een slanke Japanse in kimono (zijn al die Japanse vrouwen slank?) die hete doekjes bracht waarmee ze hun handen konden verfrissen. 'Tenminste, je drinkt toch wel wijn?'

Het werd zijn eerste keer. Hij vond het wel een mooi moment. Ze vroeg honderduit over zijn school. Zelf had ze de hbs gedaan in Voorburg en was daarna geschiedenis gaan studeren.

'Waarom geschiedenis?'

'Ach, dat deden veel meiden toen. Je moest wat en geschiedenis was vrij makkelijk. Geschiedenis of rechten, dat was zo'n beetje de meidenkeuze van toen. Ik wist niet echt wat ik wilde. De universiteit was toen ook de aangewezen plek om een geschikte partner te vinden.'

'En hebben de gebeurtenissen tijdens de Tweede Wereldoorlog er wat mee te maken? Ik bedoel, jij was tien toen de oorlog begon toch?'

'Weet ik niet. Ik was tien ja, maar ik ben me van die oorlog niet zo bewust geweest, behalve aan het eind. Ik was ziek toen, en toen heeft jouw vader er voor gezorgd dat ik naar Tsjecho-Slowakije kon om aan te sterken. Mij leek dat helemaal niks, maar ik werd min of meer gedwongen. Nou ja, eigenlijk is het ook mijn vader, al blijft dat een gek idee. Ik voel eigenlijk helemaal niks voor die man.'

Ze deed een beetje groene wasabipasta in een bakje met soja en vermengde het goedje met behulp van de twee stokjes, zodat de donkerbruine kleur haar glans verloor en lichtbruin kleurde.

'Ik was sowieso een schande. Een onecht kind in die tijd! Maar daar wist ik toen nog niets van. Ze hebben het me pas vlak voor mijn trouwen verteld, al had ik altijd al wel het gevoel dat er iets niet klopte. Ik werd op school geplaagd omdat ik zo op die protestantse buurman leek, maar ik had geen idee waar ze het over hadden. Ik had eerder het karakter van mijn moeder en later ging ik ook uiterlijk op haar lijken.'

Ze pakte weer handig een stukje rauwe zalm van de schaal en doopte dat in het sojabakje terwijl ze zei: 'En mijn zogenaamd echte vader deed nooit aardig. Hij was al met mama getrouwd toen ze met jouw vader in het hooi had gevreeën. Ze was eigenlijk nooit uit liefde met die man getrouwd, dat huwelijk was ook al 'een moetje' en dan kwam dit er nog bij. Moeder wist eerst ook niet dat ze van jouw vader zwanger was natuurlijk. Ze was wel vaker zwanger.' De zalm gleed haar mond in alsof het beest er zelf plezier in had. 'Maar toen ik in het begin echt op hem leek, werd het wel duidelijk. Ik weet niet eens of ze het mijn stiefvader ooit heeft opgebiecht, maar dat was later ook niet meer nodig.'

Peter deed haar na. Goot wat soja in het bakje, deed er een flinke hoeveelheid Wasabi bij en probeerde het met behulp van de stokjes te mengen. Nel zag het niet en nam opnieuw een stukje zalm.

'En jouw vader zat ook met een probleem. Een strenge protestantse jongen die vreemd gaat met een getrouwde vrouw die katholiek is en die ook nog woont in een door en door katholiek dorp. Ik hoorde later dat jouw moeder van niets wist toen ze trouwde. Hij heeft het jarenlang geheim gehouden.'

Hij schrok toen er twee jonge mensen binnenkwamen. Bloosde zonder zeker te weten of zij het was. Draai je maar niet om, dacht hij. Annemiek zwaaide en liep naar hun tafeltje, samen met een jongen die zeker een jaar of vier ouder was dan zij. Ze groetten elkaar. Hij verlegen, zij geanimeerd. Peter was blij dat hij met zijn zus was. Ze liepen naar een tafeltje achter hen. Hij voelde de rest van de maaltijd haar ogen op zich gericht. Heeft hij haar dijbeen al gevoeld? Meer? Is dat haar vaste vriend? Zou hij ooit nog bij haar thuis, samen met haar, achter de piano zitten?

'Maar dat gesprek in het kippenhok dan?' Hij wierp de vraag meer op om het gesprek gaande te houden. Niets is erger dan elkaar aanstaren, terwijl je wordt bekeken. Niet dat Nel het type was dat zou blijven zwijgen, maar toch, zolang hij de regie maar had. Misschien kwam ze straks weer langs op weg naar de wc. Vrouwen moeten minstens een keer. 'Ik hoorde je zeggen dat er door jou misschien anderen waren gestorven. Zo was het toch? Dat jij naar Tsjecho-Slowakije kon, ten koste van anderen? Ik begreep het niet.'

Hij keek naar zijn stukjes zalm en tonijn. Nel had hem voorgedaan hoe je de stokjes moest gebruiken. Ze was er zelf bedreven in, maar bij hem schoten die dingen kruislinks over elkaar. Dat was niet te zien gelukkig, althans niet door Annemiek, die er ongetwijfeld heel ervaren in was. Hij probeerde een stukje tonijn van de schaal te pakken. De stokjes kruisten weer over elkaar, maar de tonijn bleef hangen en plofte even later in het bakje met soja. De spetters verspreidden zich over het kraakheldere tafelkleed. Hij legde zijn servet over de spetters. Wat je niet ziet, bestaat niet.

'Ik geloof dat ik gewoon een mes en een vork vraag,' zei hij.

'Niks mes en vork, ben je gek, je moet die onderste gewoon stil houden, kijk zo, je laat hem rusten op je middelvinger, en met je wijsvinger en duim beweeg je de bovenste. Dat stond trouwens op het papiertje waar die stokjes in zaten. Had ik moeten zeggen. Sorry.'

Ze kon er zelfs een rijstkorrel mee oppakken. 'De kleinste Japanner kan het!' plaagde Nel.

'Ja, die kan ook Japans praten!'

'Probeer het nou maar, het is veel leuker met stokjes.'

Aan een tafel naast hen speelde zich hetzelfde af.

'Goed, als jij me het verhaal van het kippenhok vertelt.' Het moest een keer ter sprake komen, en dit leek het goede moment. Annemiek zat een paar tafeltjes verder. Hij vond die onzekerheid over de rol van zijn vader onaangenaam. Kinderen willen helderheid, al is die schokkend. Hij had een paar keer voorzichtig geprobeerd er thuis over te praten, maar voor zijn moeder was het een pijnlijke kwestie en vader zelf maakte zich er met de opmerking 'dat vertel ik je nog wel eens' van af. Een echt foute vader was het waarschijnlijk niet, anders zou hij dat op allerlei manieren hebben gemerkt, maar er was iets niet in de haak en het stoorde hem dat daarover geheimzinnig werd gedaan. Nel nam een hapje van een Jakobsschelp en staarde even voor zich uit.

'Nee, niet door mij, maar door jouw vader. Ik weet niet of ik dit zeggen moet Peet. Soms is het beter iets niet te weten. Sommige feiten maken je vrij, maar er zijn ook antecedenten die als een zware rugzak aan je kleven. Wat je weet, moet je meeschouwen.'

'Maar ik wil het weten. Ik vind onduidelijkheid veel erger. Een rugzak vol vermoedens, vol vragen, dat is pas zwaar. Je kunt er nooit iets uithalen. Feiten kun je nog stallen, parkeren, accepteren, weet ik veel, maar vermoedens groeien alleen maar. Als vader fout was in de oorlog, wil ik het weten. Het lijkt wel of ik de enige ben die niet van alle feiten op de hoogte is, dat is erger dan de waarheid weten.'

Er viel een lange stilte.

'Hoe vind je de vis?'

'Heerlijk zacht. Maar dat van die mierikswortel had je wel even mogen zeggen; ik dacht dat ik in brand stond.'

Ze moest erom lachen.

'Alleen als je me nu de waarheid over vader zegt, vergeef ik het je.'

'Alweer chantage? Goed dan, ik geloof niet dat hij echt fout was in de oorlog.' Ze keek nu weer ernstig, terwijl een stukje rauwe tonijn tussen twee stokjes zat geklemd en haar bewegingen geduldig volgde.

Zoals een vis in de bek van een reiger, spartelde de tonijn vrolijk rond tot hij achter haar rode lippen voorgoed verdween. 'Hij deed het voor mij. Niet omdat hij met de Duitsers wilde samenwerken. Dat geloof ik niet. Daar was hij veel te bang, te laf voor. Wist jij dat we vier joden in het kippenhok hadden verborgen? In dat achterste deel waar ik dat gesprek met vader had? En vader wist daarvan. Weet ik zeker. Hij moet het geweten hebben. Als hij fout was geweest, had hij ze makkelijk kunnen verraden.'

'Vier joden?'

'Ja. Ik wist er natuurlijk ook niks van. Ik weet niet eens of mijn stiefvader het wist. De deur die naar het achterste deel van het kippenhok leidt, was toen onzichtbaar door een verplaatsbaar kippenhok. Je kon bij binnenkomst niet zien dat er nog een ruimte achter was en mijn stiefvader was bang van kippen. Een kippenboer ja. Mama vertelde me dat allemaal later. Aan de achterkant was dus een extra kippenhok getimmerd en dat hok wàs de deur. Je moest met je hand in dat hok met kippen om je vinger in een gat te kunnen steken – een gat zo groot als een duim – om die deur open te kunnen trekken. Aan de andere kant van de deur, waar die familie verborgen was, hoefden ze alleen maar tegen de deur te duwen. Als mijn stiefvader weg was liet mijn moeder de familie soms buiten om zich even op te frissen. In de biljartschuur hadden we stromend water. En heel soms konden ze 's avonds, met donkere kleren aan, een wandelingetje maken achter het huis.'

Annemiek stond ineens naast hem. 'Heerlijk hè? Mijn lievelings eten. Het liefst rauw.' Ze liep meteen weer door richting wc. 'Leuke griet,' zei Nel en ging direct door met haar verhaal, terwijl Peter Annemiek tot het eind toe zo onopvallend mogelijk volgde. Ze had een kort rokje aan, met een zwarte maillot eronder, wat haar benen extra lang maakte. 'Mijn broer heeft smaak, zie ik wel. Mooie meid!' De wijn werd bijgeschonken. 'Zal ik nog een flesje voor u openmaken?' Ze hielden het bij een fles. 'We hadden toen ook al honden thuis en die sloegen meteen aan als er onbekenden kwamen. Aan de achterkant van het hok was verder niets te zien. Helemaal bovenin was er ruimte opengelaten voor de frisse lucht. Door klopsignalen gaf mijn moeder aan of de kust veilig was of niet. Gek, maar ik heb er als kind nooit iets van gemerkt. Kees is in de oorlog geboren. Hoe mijn moeder het heeft klaargespeeld om ook die mensen nog te eten te geven, weet ik niet, maar ze vond zelf dat vier monden erbij makkelijk kon. Ik vind mama een echte oorlogsheld. Maar ze moesten vrij plotseling bij ons weg, omdat het niet meer veilig was. Het schijnt dat een NSB-er ze op het spoor was. Hoe dat precies zit weet ik ook niet, en ik weet ook niet of ze de oorlog hebben overleefd, ze zijn feitelijk maar een paar maanden bij ons geweest, en er is na hun vertrek inderdaad een inval gedaan.'

'Zal ik u nog even de dessertkaart brengen?' vroeg het Japanse meisje met een grappig accent. Ze namen gebakken ijs in tempuradeeg, met wat vers fruit.

'Er zijn maar weinig joden gered in Nederland,' ging Nel verder, 'dat maakt het voor mij zo dubbel: mijn moeder verborg een joods gezin en mijn echte vader heeft mensen verraden. In het midden sta ik, een kind dat in de oorlog extra verzorging van de Duitsers kreeg.'

'Misschien heeft vader ze alleen maar niet verraden, omdat jij zijn dochter was. Anders zou hij ook je moeder hebben verraden. Ik heb hem nooit iets aardigs over joden horen zeggen.'

Annemiek passeerde weer hun tafeltje en legde in het voorbijgaan heel even haar hand op zijn schouder. 'Goh, wat hebben jullie voor lekkers als toetje? Ga ik straks ook bestellen!' Nel volgde haar even terwijl ze terug naar haar tafeltje liep. 'Als ik een jongen was zou ik op slag verliefd worden,' zei ze. 'Woont zij niet ook op Oude Gracht? Ze komt me bekend voor. O, wacht even, haar moeder is violiste bij het Rotterdams Filharmonisch en haar vader chirurg, toch? Tjonge, dat is wel een stuk geworden!' 'Is een klasgenootje,' zei Peter. 'Niet lelijk voor een gymnasiast... grapje!' Zelfs haar lachrimpels waren aantrekkelijk.

'Maar goed, toch zijn er later opnieuw joden in dat kippenhok verborgen, na die huiszoeking. Mijn moeder zag dat ze dat hok helemaal niet hadden opgemerkt. Ze hebben van alles overhoop gehaald en ook in dat kippenhok gekeken, maar niemand kwam op het idee de achterkant te inspecteren. Het bleek dus een goede schuilplaats. Hoeveel

joden er daarna precies hebben gezeten heb ik dom genoeg nooit gevraagd. Maar waar ik niet goed mee overweg kan is, dat ik mijn leven
te danken heb aan een collaborateur. Mag je ter wille van je eigen kind
anderen de dood in jagen? Ik vind dat een vreselijk idee. Een beetje
zoals het voelt als je het enige familielid bent dat uit een brandend
huis is gered. Je leeft, maar je voelt je daar schuldig over. Daar ging
dat gesprek toen over. Ik was helemaal overstuur. Ik moest en zou
weten hoe het zat, maar hij wilde niet het hele verhaal vertellen. "Dat
gaat mee mijn graf in", zei hij. Ik was woest. Nu haal je je van alles in
je hoofd, maar de echte feiten ken je niet. Wat heeft hij te verbergen?
Snap je? Als het oké was, kan hij dat toch gewoon uitleggen? Als hij
niemand heeft verraden, prachtig, gelukkig. En als het wel zo is – en
ik ben daar bijna zeker van – is daar misschien wel begrip voor op te
brengen. Maar die zwijgzaamheid, die schijndevotie, dat zogenaamd
lijden onder zijn eigen verleden, zonder rekening te houden met het
lijden van anderen. Ik heb hem wel eens gekscherend Jaap de Zwijger
genoemd. Maar genoeg joh, zalig hè, dat ijs.'

Ze nam de laatste hap en veegde haar mond af met het servet, waarna ze snel weer even haar lippen stiftte en het resultaat controleerde
met een uitklapbaar spiegeltje.

'Misschien moeten we samen proberen om het er uit te krijgen.
Als jij het probeert via vader, kijk ik of ik mama aan de praat kan
krijgen. Weet je trouwens of de mensen die hij verraden zou hebben,
vermoord zijn? Wat ermee is gebeurd?'

'Geen idee, en dat is misschien wel het ergste. Wie weet zijn ze vergast, van honger gestorven zodat ik kon opknappen. Iets dat je niet
weet kan je vaak langer bezighouden dan wat je wel weet. Ik weet ook
niet of het één persoon was of dat het meerdere mensen waren.'

Wie was de jongen waarmee Annemiek die avond uit eten ging?
Het hield hem nog lang bezig, maar hij durfde het niet te vragen.
Maanden later vertelde ze hem dat haar neef door een scooterongeluk
om het leven was gekomen. 'Weet je wel, die jongen met wie ik bij de
Japanner was.'

16.

Nel voelde geen enkele band met de vader van Peter. Ze vond hem vooral zielig, niet omdat hij nou zo zielig deed, maar dat gebukt gaan onder het leven, onder de last van de zonde, dat taboe om te genieten omdat God dan boos zou worden. Wat moet je met zo'n God? Naar de hel ermee! Ze kon zich daar wel over opwinden. Alsof je het toegangsbewijs voor de hemel alleen maar krijgt door nu als een treurwilg door het leven te gaan. Als God zo dol is op geknakte mensen, hoop ik dat de hemel helemaal niet bestaat. Lachen daarboven!

Wel had ze vluchtig met haar moeder over het slippertje gepraat. Het was geen geheim dat haar moeder een ongelukkig huwelijk had. Niet alleen omdat het 'een moetje' was, maar ook omdat haar ouders haar in zijn armen hadden gedreven. 'Die lui van de kippenfarm zijn bemiddeld, dan heb je later geen zorgen.' Alsof geld de sleutel tot geluk was. Ze begreep het wel, de ouders van moeder waren straatarm en hadden niet eens schoenen om aan te trekken. In de wintertijd liepen ze op blote voeten in de sneeuw. En nu had hun dochter de kans met een rijke kippenboer te trouwen. Hij was gek op haar, zo'n mooie meid waar elke jongen verliefd op was, wat wil je ook. Maar de moeder van Nel voelde helemaal niets voor die man, totdat ze in een gekke bui, en op aandringen van haar vader, kievitseieren met hem ging zoeken. Op zijn initiatief ja, natuurlijk. Alsof moeder zich zou interesseren voor een ei! Maar 'doe het nou, is leuk, doe het desnoods voor ons, een rijke kippenboer, je weet nooit waar het goed voor is,' gaf het laatste duwtje. Om haar vader een plezier te doen. Vooruit dan maar, één keertje dan. Ze waren ver weg in het weiland en het was heerlijk lenteweer. Zij woonde in een stad, vlakbij het centrum, een stad zonder weilanden. Ze vond het overweldigend, had niet gedacht dat die vlaktes zo groot waren, en van dichtbij zo anders, zo gevarieerd en zo mooi. Hij had wat drank meegenomen en wat broodjes met onbekende lekkernijen. Het was gezelliger dan ze had gedacht. Hij wist veel van de natuur. Had mooie ogen, dat wel. Kon best leuk vertellen eigenlijk. Ze had een boer heel anders ingeschat, jongens van het platteland, welke stadsmeid keek er niet op neer? En hij sprak niet met een raar accent. Je kon aan de buitenkant niet eens zien dat het een boer was! Zo anders dan verwacht. Zonder pet ook en met schone nagels. Hij had zelfs doorgeleerd. 'Wist je dat een kievit net doet of hij kreupel is, als zijn nest wordt bedreigd? Hij doet dan of hij een makkelijke prooi is voor een vos of een wezel.' Hij deed zo'n vogel na, midden in de wei. Ze moest er vreselijk om lachen. Had helemaal niet gedacht dat hij zo gek kon doen. Liep rondjes om haar heen met een slepend been, alsof hij aan het baltsen was. Ze moest vaak aan dat moment terugdenken als hij uit zijn invalidenwagentje stapte. Hij gaf haar complimentjes. Veel complimentjes. Eerst vond ze het gespeeld, overdreven, ze was dat van huis uit niet gewend, maar later kreeg ze het gevoel dat hij het meende. Het maakte haar blij. Zo zelfverzekerd was ze niet. Wie vindt zichzelf nou mooi op die leeftijd? Twijfel hoort bij het volwassen worden. Maar hij vond haar kleren mooi, haar ogen, mond, haar lach. Ze werd er onzeker van, zoveel schoonheid kan een mens niet dragen. Hij had zelfs een cadeau voor haar gekocht: een gouden armband met kleine bloedkoralen. Rood, de kleur van passie, van liefde. 'Mag ik hem bij je omdoen?' Ze gingen er even bij zitten, hij had een plaid meegebracht, zo attent. Nooit eerder had de moeder van Nel sterke drank gedronken – het was 1930 en ze hadden het thuis arm – en… hij liet de kurk knallen… dat zoiets bestond… Champagne! Voor haar! Het leek wel limonade, bruisende limonade. Ze had dorst. Het bubbelde in het glas, in haar hoofd, in haar buik. De fles was leeg toen ze teruggingen. Heeft hij haar gedragen? Ze werd wakker in een bed. Zijn bed. Ze heeft hem dat altijd kwalijk genomen – had hij nog wat extra's in die drank gedaan? Maar er was verder niets gebeurd, echt niet, hoe kwam ze erbij? Zoiets zou hij nooit doen. Nooit. Hij had haar mee naar huis genomen en op bed gelegd om even bij te komen, dat was alles. Nou ja, hij vond haar mooi. Had haar rok en blouse uitgedaan, omdat ze anders zouden kreuken. En ja, je bent een man, niemand is van staal. Maar het was niet de bedoeling, geen opzet. Echt niet, ik zweer het je. Ik wist niet dat je niet tegen drank kon. Wat moest ik anders? Je in het weiland achterlaten soms? Het overkwam hem. Je hebt ook zo'n goddelijk lijf! En je lachte naar me, je protesteerde helemaal niet. Ik dacht dat je het fijn vond. Je bleef maar lachen. Je vond het helemaal niet erg, alleen maar lachen. Hoe kon ik dan weten… Hij had er spijt van, min of meer. Ze moest trouwen om schande in de familie te voorkomen. Na een paar maanden, toen het helemaal duidelijk was. Wat moest ze anders? Er trouwden zoveel meisjes omdat het moest. Ze wilde graag kinderen, als meisje al: moeder worden van een groot gezin, een droom. Ze zou vooral moeder zijn. Haar genegenheid schenken aan haar kinderen. En ze zou haar kinderen vrij laten, geen gunsten vragen met verstrekkende gevolgen. Een partner kies je, weloverwogen, uit liefde, niet uit berekening. En hij was ook wel aardig, veel aardiger dan ze had gedacht. Misschien meende hij het wel, was het geen opzet. Hij bleef ook daarna attent. Wilde hun kindje graag, sprak nooit over weghalen, en haar laten zitten met het kind al helemaal niet. Wat had ze te vrezen?

Haar vader was blij met de kippenboer. Had hij het stiekem gehoopt? Is dat wat een vader wil voor zijn dochter? Geld? Een mooie bruiloft?

Na de geboorte van de oudste zoon bekoelde de relatie. De natuur was zijn enige interesse. En na de verovering sloegen bewondering en adoratie om in jaloezie. Hij was achterdochtig. Ze mocht niets. Met wie sprak je daar? Waarover? Wat wil die man? Waar was je? Kan ik je wel vertrouwen? Waarom die blouse als je uitgaat? Alweer naar de kapper, voor wie doe je dat allemaal? Het liefst had hij haar in een glazen kast opgesloten met een slot erop waarvan alleen hij de sleutel had. Hij zou de deur openen en het cadeau uitpakken wanneer hij het wilde en dan zou ze zich geven, blij even bevrijd te zijn. Maar daar was ze de vrouw niet naar, dan kende hij haar niet. Ze gedoogden elkaar, zij voldeed aan de huwelijksplicht om narigheid te voorkomen, om opnieuw moeder te worden, maar een pretje werd het niet meer; en hij zorgde goed voor het gezin, in financiële zin dan. Met de opvoeding en het huishouden bemoeide hij zich weinig, steeds minder. Hij had zijn schietvereniging en biljartclub, en was vaak op pad voor zaken. Hij werd bewonderd om zijn mooie vrouw. De bofkont! Vrienden van hem behandelden haar met het grootste respect. Vrienden met wie hij steeds vaker uitging, ook naar het buitenland, voor zaken. Ze vond dat prima. Lekker rustig. Al was ze verdrietig als ze rare telefoontjes kreeg van onbekende vrouwen. Zodra ze merkten dat zij het was, hingen ze weer op. Twee keer vond ze een briefje in zijn colbertje. Ze had er om gehuild, maar liet het zo. Hij zou het ontkennen, een verhaal verzinnen. Ruzie maakt het leven niet leuker. Hij doet maar. Het had zo zijn voordelen. Ze leidden steeds meer hun eigen leven. De kinderen waren allemaal moederskinderen, met vader hadden ze, behalve de oudste, weinig. Ontzag, dat hadden ze wel, want als het er op aan kwam was hij de baas. Hij kon bij vlagen onredelijk zijn, maar meestal liet hij de boel met rust. De kinderen zorgden voor de kippen, hij voor de gouden eieren en de slacht. Ze kreeg voldoende huishoudgeld, ruim voldoende. Ze hadden het steeds beter, financieel. De kinderen mochten allemaal studeren als ze dat wilden.

En met de buurman had ze een merkwaardige band. Hij was vooral attent. Ze hadden samen een kind, al had ze nooit gedacht dat het meteen raak zou zijn. Hoe kan een vrouw zich tweemaal laten misleiden? Waarom vallen vrouwen telkens weer voor dezelfde foute mannen? Maar met Nel was ze heel gelukkig. Het was de onuitgesproken band tussen hen. Ze was van het uitstapje naar Tsjecho-Slowakije erg opgeknapt. Dat had hij toch maar voor elkaar gebokst. En Peters vader bewonderde Nel heimelijk. Er waren momenten dat hij verdrietig was omdat Nel de Heere niet zocht, maar soms – al durfde hij dat niet echt onder ogen te zien – soms was hij daar blij om. Het liefst had hij haar ronduit erkend als zijn dochter en haar trots aan de buitenwereld getoond. Op de kabelfabriek zouden ze heel anders tegen hem aankijken als ze wisten dat ze zijn dochter was. Ze zouden hem er stilletjes om bewonderen. Zoveel katholieke schoonheid uit een protestant! Maar waarschijnlijk was dat de duivelse kracht die in ons zit, die ons wil verlokken tot een makkelijk leventje van aanzien. Toonde Satan Jezus ook niet alle koninkrijken? Blijf sterk Jaap, geef niet toe aan die valse begeerte. Je dochter is een vrucht van de zonde, dat is al erg genoeg. Dat is niet iets om mee te pronken. Verboden vruchten toon je niet. Vecht voor je echte zoon en dochter, sta de duivel geen plaats toe!

Hij had al een beetje geaccepteerd dat hij de hemel zelf niet zou halen – al zijn uw zonden als scharlaken, hij wist het wel – maar ook voor God zijn er grenzen. Als de kinderen er dan maar kwamen. En de buurvrouw.

1942

Lina vond het leven op het slot aangenaam, al was het grote landhuis met dertig kamers niet op de winter berekend. Het was niet voor niets het voormalige zomerverblijf van Weense joden die nu waarschijnlijk in Zwitserland woonden. In de zomer was het er heerlijk, maar 's winters kon het er koud zijn.

Ze was gelukkig. Min of meer. De kinderen hadden ruimte om te spelen, het was er rustig, heerlijk in de natuur, weg van alle gejaagdheid. Ze was in verwachting van de vierde; deze plek bood de kinderen een uitgelezen toekomst, al voelden ze zich soms eenzaam.

Ze dacht terug aan haar eerste ontmoeting met Reinhard op het bal van de roeivereniging. Negentien was ze toen. Waar blijft de tijd? Drie dagen later vroeg hij haar ten huwelijk. Drie dagen, ze was volkomen verrast. Wat wist hij van haar, van haar familie?

Reinhard stuurde de aankondiging van zijn verloving (zonder verdere uitleg) ook aan het meisje waarmee hij vaak was uitgegaan. Zíj was ervan overtuigd dat ze verkering hadden, en nu kwam ineens deze notificatie. Ze begreep er niets van, was verdrietig en vervolgens beledigd, voelde zich geschoffeerd. Het kreeg een vervelend staartje, al begreep of vermoedde Lina dat pas veel later. De vader van het meisje had veel invloed bij de marine, waar Reinhard intussen als Oberleutnant zur See was aangesteld. Reinhard moest voor de ereraad verschijnen maar stelde zich arrogant op, was zich van geen kwaad bewust. Empathie was niet zijn sterkste kant. Was medelijden niet gewoon een teken van zwakte? Hij had al met zoveel meisjes het bed gedeeld, dat daar zo zwaar aan werd getild. Wat dachten die meiden wel? Hij kletste zich eruit. Niet lang daarna werd hij, toeval of niet, toch ontslagen uit de krijgsmacht. Werkeloos, in crisistijd. Lina stimuleerde hem opnieuw. Hij moest bij de SS solliciteren, daar zat toekomst in. Het lukte, maar verdiende slecht. Er was maar een weg: zo hoog mogelijk in de hiërarchie. Sinds zijn sollicitatie bij Himmler, ging zijn salaris de goede kant uit.

Het huwelijk met Lina ging door, op 26 december 1931 trouwden ze. Twintig was ze. Reinhard zevenentwintig. Ze keek naar hem op, wat wil je van een meisje van twintig? Reinhard wist wat hij wilde, kende geen twijfels. Een echte man. Ze herinnerde zich de geboorte van Klaus als de dag van gisteren, en een jaar later kwam Heider. Net getrouwd en ze hadden meteen al weinig tijd voor elkaar. Een kleine vijf jaar later diende Silke zich aan. Ze voelde aan haar buik. Er zat een beweeglijk kind in, maar Reinhard had nauwelijks tijd om het schoppen te voelen. Hij vrijde ook minder met haar, alsof de buik hem afstootte, terwijl bij de eerste... ach tijden veranderen. Ze zag er nog goed uit, misschien wel mooier dan ooit, maar... het zou allemaal wel goed komen, als de ergste drukte nou maar voorbij was. Ze keek naar het verrukkelijke park bij hun huis. Hier konden de kinderen echt gelukkig worden, maar in de oorlog weet je het nooit. Ze konden zomaar weer worden overgeplaatst. Het was niet het gezinsleven dat ze zich had voorgesteld, maar ach, bij wie gaat alles zoals in dromen gehoopt? Wat wist je nou helemaal van het leven? Ze was een kind nog toen ze trouwden, al voelde het toen heel anders. Reinhard was vooral getrouwd met zijn werk. Ze wist het, had er vrede mee, min of meer. Het was in het grote belang. Zo wilden beiden leven, in dienst van het Rijk, in dienst van een betere wereld. Jonge mensen met idealen!

Zeven hectare park rondom het huis, wat wilden ze meer? En dan hadden ze ook nog 125 hectare bos en landerijen tot hun beschikking. En een eigen zwembad! Om er ook in de winter behaaglijk te kunnen wonen, zou er centrale verwarming worden aangelegd. Er waren wel openhaarden, maar het vroeg extra personeel om die allemaal brandende te houden. Hout genoeg, dat was het probleem niet, maar werknemers. Reinhard zou wel iets verzinnen, al leek hij nergens tijd voor te hebben. Hij was ook nu amper thuis. Zevenendertig was hij, in de kracht van zijn leven, met een geweldige carrière, maar wat de kinderen betreft stond ze er alleen voor.

Terwijl ze hun kleine dochter Silke op schoot nam, dacht ze weer even aan dat moment terug, zesentwintig december 1931, wie trouwt er nou op de verjaardag van haar vader? Al was de trouwdag zelf een prachtig feest, plechtig, statig. Met boven het altaar een luisterrijk groot hakenkruis van dennentakken – wat wil je, het was december! – en buiten de kerk een enorme erehaag van makkers die de Hitlergroet brachten, terwijl op het orgel het Horst-Wessellied klonk. Het was indrukwekkend, helemaal omdat Reinhard de dag ervoor nog tot SS-Sturmbannführer was benoemd. Hoe mooi kan de start van een huwelijk zijn! En nu, Silke *was al weer bijna drie! Ze kon zich nog goed herinneren hoe Reinhard reageerde op hun dochter. Hij wilde alleen maar zonen, maar toen Silke ter wereld kwam kende ze haar man niet terug. Hij droeg haar trots op zijn arm door het huis, zong liedjes terwijl hij haar wiegde, gaf haar met een vertederd gezicht de fles. Alsof zijn vadergevoelens nu pas helemaal tot bloei kwamen. Misschien ook wel door wat hij allemaal had meegemaakt, gezien. Zoveel narigheid gaat je niet in de koude kleren zitten. Hopelijk zou hij zich vanaf nu wat meer als een verantwoordelijke vader gaan gedragen. Vaker thuis zijn, tijd met hen doorbrengen. Samen lachen, spelen en weer eens met Lina op de bank een boek lezen met zijn arm om haar heen. Of met aandacht met haar knuffelen, zonder die gehaastheid. Met meer tederheid en wat minder hartstocht of misschien met hartstocht als gevolg van tederheid. Ze was toch geen ding, geen beest? Ze hadden hem nodig. Zij, en de kinderen. Wat is een gezin zonder man, kinderen zonder vader?*

17.

Peter was intussen druk bezig met zijn scriptie over de vraag of God de mens had gemaakt of dat de mens God had bedacht. 'We doen dit elk lustrum jongelui,' zei Hulscher, de leraar maatschappijleer, een paar maanden geleden, 'en ik wil een paar dingen weten (hij schreef *omni* op het bord terwijl hij sprak): hoe dacht men in de klassieke *Oudheid* over dit vraagstuk, hoe in *Middeleeuwen* en hoe *Nu*, in onze tijd. Vervolgens wil ik jullie conclusie: wat denk jezelf, *Ik*.'

Peter kon het goed met Hulscher vinden, al kon hij heel driftig zijn. Dan werd zijn bovenlip blauwrood en trilde het even in de klas. In feite had hij het zelf maar een keer meegemaakt toen een leerling opperde dat de jodenvervolging misschien wel was verzonnen. Hulscher kon zeker een minuut lang geen woord uitbrengen, maar reageerde professioneel. We gaan die vraag onderzoeken, zei hij, we gaan op excursie naar Auschwitz, jij, ik en nog twee leerlingen die je zelf mag kiezen, en vervolgens schrijf jij een verslag met jouw conclusie. Die conclusie bespreken we hier in de klas.

Hij was een van die docenten waarmee Peter na de les vaak nakaartte. Hulscher had in een concentratiekamp gezeten, veel familieleden verloren en hield niet van absolute visies. 'Ik hou niet van gestolde waarheden, verpakt in dogma's met een heilig zegel erop. Waarheden zijn me iets te vaak herzien. Of eigenlijk, iets te weinig. Dat verdedigen van onhoudbare kletskoek, ik heb het te vaak gezien. Uitroeptekens worden zelden vraagtekens. Waarom hebben we de moed niet om te zeggen dat we het gewoon niet weten? Is dat niet de enige waarheid?' Hij was bevriend met kunstenaars en zelf een zeer belezen toneelfan. Ton kende hem goed. Ook Hulscher had vaker tegen Peter gezegd dat hij geknipt was voor de toneelschool.

Annemiek keek Peter verbaasd aan bij de vraag of God wel of niet was bedacht. 'Dat zal hem verbazen,' fluisterde ze, 'bedacht natuurlijk!' 'Wat zei je, Annemiek?' vroeg Hulscher meteen. Hij was, zoals altijd, in het pak. Dit keer een lichtbruin pak met een fijn donkerbruin streepje. Een maatpak, mooi getailleerd. Nooit een combinatie, altijd een goed gesneden maar onopvallend pak en een notabele stropdas.

De enige leraar ook, die overhemden met dubbele manchetten droeg. Witte, altijd witte. 'Ik vroeg mij af of dat wel kan op een christelijke school,' reageerde Annemiek, 'zeggen wat je echt vindt. Zeggen dat Hij bedacht is.' 'Goeie vraag!' Hij liep naar haar toe. 'Je schrijft wat je echt vindt, Annemiek. Ik heb niets aan zogenaamd gewenste antwoorden. Een gymnasiast wordt geacht zelfstandig te denken. Jullie zijn de elite van de nieuwe maatschappij. Alleen dan zien we een ontwikkeling in het denken van onze leerlingen. Voorgeprogrammeerde zekerheden, in beton gegoten stelligheid, ze behoren bij de kleuterschool, niet hier. De antwoorden gaan niet naar je ouders, niet naar de dominee, maar ze komen in een boekje – onze *omnibus* – met een overzicht van de laatste twintig jaar. Interessant voor de leerlingen na jullie, om een maatschappelijke trend te ontdekken. Jullie visie kan geciteerd worden, maar altijd anoniem. De enige die de afzender kent, ben ik. En dat blijft zo. En je weet het, ik ben betrouwbaar als de Nederlandse bank. Niet omkoopbaar! Al stel ik pogingen daartoe bijzonder op prijs... mijn gironummer is... Hij liep weer terug naar zijn tafel en ging op de hoek ervan zitten met zijn benen nog op de grond. Hij droeg bruine Crockett&Jones. 'Overigens, een aantal vooraanstaande Europese theologen gelooft niet meer in God. Het is maar dat je het weet. De meeste theologen wel. Amerikanen geloven per definitie, dus die hoef je niet serieus te nemen. Dat is cultuur, geen overtuiging.' 'En u?' Peter schrok weer van zijn eigen vraag. 'En ik? Mag ik die vraag beantwoorden nadat jullie je scriptie hebben ingeleverd? Maar ik zal hem beantwoorden. Dat lijkt me redelijk. Al eis ook ik anonimiteit!' Hij zei het laatste met een lach.

Peter bracht uren in de Delftse bibliotheek door, vaak samen met Annemiek. Hoe werd daarover in de klassieke oudheid gedacht en hoe spraken filosofen over God? Is de God van de Bijbel een verzinsel van joden, zoals de Griekse goden door Grieken zijn bedacht? God als een fantasierijke verklaring voor aardbevingen, onweer, leed, regen en droogte? Wat kan je anders verwachten van een tijd waarin de wetenschap nog in de kinderschoenen stond? Zon, maan en onweer, het zijn goden, logisch!

Kees had er ooit op het seminarie een scriptie over geschreven. En tot zijn verbazing hield deze vraag mensen al eeuwen bezig. Aan de ene kant was er sprake van schepping, van een of meerdere scheppers, zonder dat je dan iets weet van het karakter van de schepper, van zijn plannen, ideeën. Wat kan je concluderen op basis van de natuur? Aan de andere kant was er de God van zijn vader, een strenge God die mensen eerder veroordeelt dan liefheeft. Een God die je uitkiest of verwerpt, de onberekenbare God van willekeur. Dat was weer een andere God dan die van de buren, die het meest voelden voor een lieveheer die een en al begrip is, behalve als je de moederkerk had verlaten. Het karakter van God werd op talloze manieren ingekleurd, zoals een kameleon zijn kleur aanpast aan de omstandigheden. Mensen projecteerden hun eigen wensen en normen op een zelfverzonnen hogere macht. Wat nou als er meerdere scheppers zijn? Waarom niet? Waarom gaan mensen die in schepping geloven altijd uit van één schepper? Wie weet zijn er twee, drie, of veel meer goden die een strijd voeren over onze hoofden heen.

Voor Ton was het duidelijk dat alle goden door mensen zijn bedacht. 'Niemand kan het bestaan van God bewijzen, het is een kwestie van geloof. Van opvoeding misschien wel of van cultuur. Ieder maakt zijn eigen totempaal, creëert zijn eigen godsbeeld. God is wat mensen ervan maken. God is een reddingsvlot dat mensen hebben bedacht om zich drijvende te houden. En de touwen van religie houden de boomstammen bij elkaar. Zodra de touwen losser komen te zitten, maakt het vlot steeds meer water: God verdwijnt in de diepte van vertwijfeling en mensen houden angstvallig een boomstam in de buurt vast, tot ze ook die moeten loslaten.'

'Geloofde Plato wel of niet in een Schepper? Wat denk je?' vroeg Kees. Kees was twaalf jaar jonger dan Nel, ook blond maar klein van stuk en met een blozende kop: het uiterlijk van een levensgenieter, iemand die graag de bloemetjes buiten zet. Vierentwintig was hij en Peter achttien. Ze zaten in de slaapkamer van Kees aan een klein houten bureautje met uitzicht op de weilanden. Overal lagen stapels papieren en boeken. Peter keek uit het raam en zag op het erf de buurman in zijn karretje met achterop een kooitje met twee konijnen erin. Hij reed naar de biljartschuur. In de verte reed een gele trein over het spoor. Peter draaide zich om en ging op de stoel zitten die met de rugleuning naar het raam was gekeerd.

Kees was bijna afgestudeerd aan het grootseminarie in Rolduc en wilde het liefst als missiepater gaan werken in Suriname of een ander warm land. Hij hield van studeren. Was niet het type om met zijn handen te werken. Natuurlijk hielp hij weleens in de kippenfarm, maar niet van harte. Hij las liever een boek, en op Rolduc was een enorme bibliotheek. In de missie trok hem vooral het avontuur, andere culturen, weg van het westerse materialisme, zolang er elders maar goeie wijn werd geschonken.

'Ik heb eigenlijk geen idee,' zei Peter. 'Ik heb nog niet veel van Plato gelezen. Eigenlijk alleen maar Symposion, over de liefde als krachtbron van het universum en Phaidoon waarin hij de discussie beschrijft die Socrates voerde, voordat hij de gifbeker moest drinken. Ik vond het wel grappig hoe hij aan zijn eigen dood probeerde te ontsnappen door de onsterfelijkheid van de ziel te bedenken. Ik heb het een tijdje geleden gelezen in zo'n Prismapocket. Hij stelde dat alles een tegendeel heeft en uit het tegendeel ontstaat, toch? Klein ontstaat uit groot en groot uit klein, het sterke uit het zwakke en andersom en licht uit duisternis en duisternis uit licht. Want als je over groot spreekt, kan dat alleen maar bij de gratie van wat kleiner is. En diezelfde redenering gaat op voor zwak en sterk, rechtvaardig en onrechtvaardig, warm en koud, licht en duisternis. En dus ook voor de dood. Want de dood komt automatisch voort uit leven. Je kunt pas zeggen dat iets dood is, als het levend was. Zo was het toch? En als alles uit het tegendeel ontstaat, zwak uit sterk en sterk uit zwak, licht uit duisternis en duisternis uit licht, en dood uit leven, dan moet leven ook wel uit dood ontstaan. Ziedaar de geboorte van Socrates' onsterfelijkheid! Maar volgens mij ontstaat dood door de afwezigheid van leven, en niet uit leven. En komt duisternis door de afwezigheid van licht en niet uit het licht. Dat lijkt alleen maar zo als je ziet dat het avond en nacht wordt.'

Kees ging niet op zijn betoog in, maar herhaalde eenvoudig zijn vraag, terwijl hij zijn duimen achter zijn witte bretels stak: 'Maar denk je dat Plato in een Schepper geloofde? Dat was mijn vraag.'

'Geen idee.'

'Weet je nog wanneer hij leefde?'

'Tjonge, zit ik hier examen te doen of zo? Ergens rond 500 voor Christus?'

'427 voor Christus werd hij geboren, beste Peter en hij stierf toen hij tachtig was, in Athene. Sommige dingen zijn het waard exact onthouden te worden.'

Hij liet beide witte bretels met een klap schieten, stond op en pakte een boek uit zijn uitgebreide bibliotheek. Het viel hem nu pas op dat hij korte, dikke vingers had en dat hij een zegelring droeg met een lichtblauwe steen. Zijn buik hing al een beetje over zijn broekrand, waardoor zijn broekspijpen langer leken dan ze in werkelijkheid waren. Bretels vond hij een betere oplossing dan afslanken. Overal lagen stapels boeken. Daarom had hij nu de grootste slaapkamer in het huis van de buren, al stonden er ook boeken van hem in Rolduc.

'Cicero, de Romeinse staatsman en filosoof, leefde al weer een stuk later. Ergens rond zestig voor Christus. En die maakte een grappig vergelijk. Hij zei: "Als de wereld door een toevallige botsing van kleine deeltjes is veroorzaakt, kunnen ook de letters van de Annalen van Ennius door toeval in een vergaarbak bij elkaar zijn gekomen. En dan hebben die letters toevallig een gedicht van vijftien boekdelen voortgebracht. Maar ik betwijfel of door dat toeval ook maar een goede versregel zou kunnen ontstaan." Geestig hè? Dat vergelijk maakte indruk. Maar de Epicuristen vonden die redenering onzin. Door toeval kan alles ontstaan, als toeval maar genoeg tijd krijgt. Als iets kàn, zàl het ook gebeuren. Ook al duurt het miljarden jaren voor het zover is. Toeval is een kwestie van tijd. En tijd is er. Het staat wel vast dat het universum meer dan veertien miljard jaar gelden is ontstaan, en wie weet nog veel eerder. Maar kom op, genoeg gekletst, we gaan een wandeling maken, alles op zijn tijd! Ga je mee? Dan zal ik je onderweg nog een mooi verhaal vertellen van een leraar op het seminarie.'

Hij deed een colbertje aan, dat niet meer kon worden dichtgeknoopt. Zodra hij de deur van zijn slaapkamer opendeed, glipte er een klein wit hondje binnen. 'Hé, Keesie, ga je mee wandelen met de baas?' Het hondje plofte op het bed, draaide zich op zijn rug en liet zich uitgebreid aaien. 'Blijf maar lekker liggen jongen,' zei Kees, 'je bent nog luier dan de gemiddelde herdershond.'

Toen Peter de trap af wilde lopen, kwam de buurvrouw net naar boven met een mand vol wasgoed. Ze groette hem hartelijk, zoals altijd. Zag er charmant uit, zoals altijd. Zou ze ook 's nachts lippenstift op hebben? 'Ga lekker naar buiten jongens, het is prima weer. Moet je de was eens ruiken!' en ze duwde een theedoek onder Peters neus. 'Heerlijk hè?' En opnieuw toonde ze die innemende lach. Wat kan een mens tegen zo'n aanblik beginnen? Ze moet in de oorlog ook de was van de joden hebben gedaan, dacht hij. Hoe voelt dat? Een hemd dat door haar is aangeraakt, dat ze tegen haar wang heeft gehouden om de zachtheid te voelen, onder haar neus om de buitenlucht te ruiken. Een hemd, door haar lippen gestreeld.

18.

Peter liep samen met Kees de Veenweg af richting het spoor. De buurman van de andere kant, was de koeien aan het melken. Hij mocht dat als klein ventje ook een keer proberen. Een boerenknecht spoot toen warme melk in Peters gezicht, gewoon als plagerij en om te laten zien dat melken heel eenvoudig was. Hij trok aan de uiers, heel voorzichtig, maar er gebeurde niets, waarna hij de straal in zijn gezicht kreeg. 'Trekken en knijpen,' luidde de instructie, maar hij had geen boerenvingers, bang om het beest pijn te doen. Soms dronken ze de melk rechtreeks van de koe. Hij had niet veel koeien, de buurman van de andere kant. Hij was, zoals de meeste boeren in die tijd, maar een keuterboertje ('keutelboertje,' zei vader altijd). Maar leuk was het wel, zo'n boerderij naast het huis. Altijd wat te kijken, altijd wat te doen. 's Zomers liepen de koeien gewoon buiten, als mooie zwartwitte objecten op het groene gras onder een blauwe hemel. Zou God vroeger schilder zijn geweest? Peter kon er als kind uren naar kijken. De koeien straalden tevredenheid uit. Later, toen hij al wat ouder was, dacht hij aan Max Dendermondes boek *De wereld gaat aan vlijt ten onder*. Misschien was dat wel waar. Wilden we teveel, terwijl gelukkig zijn, zo simpel kan zijn. Hoeveel is er nou echt nodig om gelukkig te zijn? Als het koud werd gingen ze de stal in, dan zag je de damp uit die machtige neusgaten komen, terwijl ze kauwden op het hooi. Gras en hooi, hoeveel is er nodig om gezond en sterk te zijn; melk te maken? Ze hadden geen boeken, geen radio, geen theater en toch leken ze volmaakt gelukkig. Volkomen onverschillig ook. Of er nu mensen stonden te kijken of niet, kauwen, poepen en paren, ze deden het open en bloot, zonder enige gêne. Is dat de basis voor geluk? Had hij ooit een dier gezien dat zich schaamde? Dat verantwoording moest afleggen voor zijn daden? Kan een hond of een kat blozen?

Na het hooien hadden ze als kinderen veel plezier in de hooiberg. Het was een sport om via het hooi aan de buitenkant van de hooiberg, naar boven te klimmen.

'Weet je nog dat ik hier naar beneden donderde en op de rand van de hooiwagen terechtkwam? Of was jij toen nog te jong? Had ik potverdikke mijn arm gebroken. Moest ik een paar dagen in het ziekenhuis in Voorburg blijven. En de dag daarvoor had ik nog met Truus liggen vrijen in het hooi. Tjonge, wat een stuk was dat, die Truus. Heb je die ooit gekend? Echt niet? Van drie huizen verderop? Man, hoe is het mogelijk. Het feestbeest van het dorp. Dat heb je als je niet aan feesten doet jongen. Jullie protestanten grijpen ook overal naast. We hadden een vast plekkie in het hooi op een paardendeken. Niemand die je kon zien. Van het celibaat was nog geen sprake hè, alles op zijn tijd. Sinds Truus snapte ik die engelen wel die naar de aarde kwamen om de mooie vrouwen te nemen. Die arme hemelse jongens konden alleen maar toekijken. En ik dacht, voordat mij straks hetzelfde lot ten deel valt... trouwens, een beetje herder moet over alles kunnen meepraten, ik zag het als een soort stagelopen, wat is er mooier dan een priester die van alle markten thuis is? In de hemel zijn geen vrouwen Peet, dus zolang we nog op aarde zijn.' Hij gaf Peter een vriendelijke klap op zijn schouder. 'Jammer dat ze naar Rotterdam is verhuisd. Geen idee wat er van haar geworden is. Fotomodel, bordeelhoudster, non, of misschien een slonzige moeder van vijf kinderen met uitgezakte borsten en billen, die haar dochters verbiedt met jongens om te gaan. Het ligt allemaal dicht bij elkaar. Keuzes maak je niet altijd zelf, die ontstaan. Door toeval, een ongeluk, samenloop van omstandigheden. Het is al toeval dat je geboren wordt, toch? Als mijn zaadje, nou ja, vaders zaadje waaruit ik ben ontstaan, als dat zaadje net iets trager was geweest, had ik nooit bestaan. Dan was ik niet een ander geweest, want een ander is een ander. Ik was er niet geweest, zo eenvoudig is het. Tussen bestaan of niet bestaan, zit maar weinig verschil, hoogstens een paar honderdsten van een seconde. Toeval jongen, bijna alles is toeval. Het snelste zaadje monde uit in deze jongen, een vent die helemaal niet van hardlopen houdt! Mooi toch? Het toeval wil dat het zaadje dat de race won, een vent heeft gevormd die een broertje dood heeft aan bewegen. Snap jij het? En misschien had het zaadje na mij ooit de Olympische spelen gewonnen. Ik vind dat wel mieters. En zo wil het toeval dat ik priester word. Omdat ik hersens heb en in een katholiek gezin ben geboren. Het kan toch gek lopen. Permanente onthouding in dienst van onze Lieveheer, ja, kun je zien hoe diepgelovig ik ben, daar kan je vader nog een puntje aan zuigen! Maar je moet maar denken, in Suriname nemen ze het niet zo nauw. De vrouwen daar weten vaak niet eens van wie hun kind is. Mooi toch? En als ik pastoor word, kan ik altijd nog ene Truus in dienst nemen als huishoudster, wat jij Peet. Eentje die dag en nacht herderlijke zorg nodig heeft. Een goeie priester staat altijd klaar voor zijn kudde. Wist jij dat David een mooi jong slapie had om een beetje warm te blijven? Een man naar Gods hart, begrijp je? En dan heb ik het nog niet over de wijze Salomon: duizend vrouwen! De Bijbel is een mieters boek jongen, je kunt er alle kanten mee uit.' En weer was daar die aanstekelijke schaterlach. Zijn buik deed vrolijk mee.

'Waarom is Nel tijdens de oorlog eigenlijk in Tsjecho-Slowakije geweest?' vroeg Peter plompverloren, terwijl ze de boerderij passeerden. De confrontatie met de buurvrouw had die vraag weer actueel gemaakt. Wat vond Kees, wist Kees? 'Gewoon om aan te sterken, niks bijzonders. Sommige kinderen gingen naar boeren in Groningen of weet ik waar, en andere zwakke types gingen naar het buitenland. Kwam wel vaker voor. Nel was toen een jaar of veertien, vijftien. Ze zat in een soort kolonie ergens in de buurt van Praag, vlak voor de bevrijding door de Russen. Volgens mij is ze er goed van opgeknapt. Mijn zus mag er zijn of niet soms? Na de oorlog is ze door iemand thuisgebracht. Ze was met NSB-kinderen mee. Had jouw vader geregeld, echt iets voor jouw vader, maar dat wist Nel natuurlijk niet, en al helemaal niet wat NSB-kinderen waren. Dat merkte ze later toen ze in Praag was. Lekkere vent die vader van jou. Maar goed, misschien heeft ze haar leven er wel aan te danken. Wie zal het zeggen? Maar ze praat er met mij eigenlijk nooit over. We hebben het thuis sowieso nooit over de oorlog. In het hele dorp niet eigenlijk. Alsof het te pijnlijk is om achterom te kijken. Men wil vergeten; aan lessen trekken zijn ze nog niet toe.'

'Hoezo, door iemand thuisgebracht?'

Weet ik veel. Het schijnt dat er gevangenen uit het concentratiekamp Sachsenhausen naar het landgoed van Heydrich werden gebracht om daar te werken. Maar het fijne weet ik er ook niet van. Het waren gevangenen in elk geval, allemaal mannen, die voor die

Heydrich moesten werken. Dat is die schoft die joden massaal heeft vermoord. Gelukkig hebben ze hem later zelf overhoop geschoten. En op de een of andere manier heeft ze die lui ontmoet. In Praag. Allemaal buitenlanders, als ik het goed heb. Joden misschien die hadden geboft. Anders moet je het Nel maar vragen. Maar wie haar thuisbracht, weet ik ook niet. Misschien gewoon een militair of iemand van de politie. Ik weet wel dat het een Nederlander was en dat die man zich rot schrok toen hij zag waar ze woonde. Ze stonden voor onze twee huizen en die man was helemaal de kluts kwijt. "Woon je aan de linker of aan de rechterkant?" had hij gevraagd, alsof dat wat uitmaakt. Ja, ik was drie toen, ik was er niet bij, dus dat heb ik van Nel.'

Kees stak intussen een sigaar op. 'Rook jij nog steeds niet?' vroeg hij en nam meteen een flinke trek. 'Groot gelijk man, nooit aan beginnen. Maar wat is een pastoor zonder sigaar, zeg nou eerlijk? Die krijgt er zoveel aangeboden. Het is een teken van naastenliefde om dat niet af te slaan,' en hij blies de rook de hemel in. Peter kneep zijn ogen een beetje samen en staarde in de verte de Veenweg af. "Woon je aan de linker of aan de rechterkant?" herhaalde hij in zichzelf. Links woonde zijn vader en rechts woonde Nel, die in het kippenhok joden verborgen hield. Zou die man dat geweten hebben? 'Hallo, ben ik in beeld?' Kees bewoog zijn hand voor Peters ogen. 'Ik had het over een verhaal dat op Rolduc werd verteld. Wil je het nog weten of niet? Je zegt het maar, ik vertel het voor jou.'

Ze waren nu bij een kroegje vlak na het spoor.

'Laten we hier eerst maar wat drinken,' opperde Peter.

Aan de bar zat een boerenknecht en verder niemand. Het was er donker en somber. 'Hé Kees! Ben je al pater? Man, dat jij kiest voor een leven zonder wijven! Zo ken ik je niet! Sinds wanneer ben jij geheelonthouder?' De knecht leek een beetje aangeschoten, en zijn pet zag er uit alsof hij in de olie van een tractor was gewassen. 'Nee, dan een leven zonder drank Joep, dat zou voor jou het beste zijn. Dan kon je eindelijk zelf een vrouw onderhouden.' Ze kenden elkaar blijkbaar goed. 'Ach, die wijven maken je straatarm. Neem van mij maar een neut en geef je vriend er ook een. Ben jij d'r soms eentje van Smolders hier van de Veenweg? Hoe bestaat het! Dat jochie dat toen bijna verzopen is? Nou, je ken beter zuipen dan verzuipen, wat jij Kees? Wat was je daar ook al weer aan het zoeken? Bullebakken, niet? Had die halve paus dat gezegd? Laat je vooral niks wijsmaken door die aanstaande heilige daar. Mannen met jurken zijn nooit te vertrouwen, wat ik je brom.'

Ze kozen een tafeltje aan het raam met uitzicht op de weilanden en bestelden allebei een biertje.

'Wanneer moet jij je werkstuk eigenlijk af hebben?'

'Eind volgende week, hoezo?'

'Het is wel interessant om ook wat over latere denkers te schrijven. Heb je weleens van Thomas van Aquino gehoord? Wat zit je me nou waterig aan te kijken? Nee dus. Omdat hij niet van jullie protestantse club was? Man, een beetje denker was vroeger katholiek. Wat dat betreft is er weinig veranderd!'

Gek, het was Peter nooit eerder opgevallen, maar als Kees lachte had hij aan de linkerkant een kuiltje in zijn wang. Rechts niet.

'Thomas was een katholieke theoloog die zich in de werken van Aristoteles had verdiept. Hij heeft ze ook vertaald. Dat heeft zijn kijk op God sterk beïnvloed. En een van zijn beroemdste werken is *Summa Theologica*. Dat moet je in je werkstuk stoppen. Maakt indruk. Hij noemt daarin vijf wegen die bewijzen dat God de Schepper en Ontwerper is. Ik zal je thuis een boek meegeven dat daarover gaat. Ik had het nota bene in mijn handen, maar ben het vergeten mee te nemen. Waar het op neer komt is, dat de natuur doelmatig is. Althans in zijn visie. Zelfs hemellichamen, levenloze dingen dus, dienen een doel. Zonder zon geen leven op aarde, en toch is de zon een levenloos ding. Een levenloos ding dat niet denken kan, geen plannen kan maken, en dat toch een doel dient. Zoals een pijl uit een boog een doel wil raken. Maar een pijl kan dat doel niet zelf bedenken. Schiet zichzelf ook niet af. Dat doet de mens die de boog bedient. Snap je? Er is dus intelligentie nodig om levenloze dingen doelmatig te maken. En de intelligentie die planeten laat bewegen, is God. Juist het feit dat de zon een ding is en toch doelmatig, pleit voor het bestaan van een ontwerper. Aardig bedacht toch?'

Hij bestelde meteen een tweede biertje, terwijl Peter nog maar een paar slokken genomen had. Joep probeerde van de barkruk te stappen, en verliet even later wankelend het café. 'Hé, sinterklaas, doe je moeder de groeten,' lispelde hij en sloot met moeite de deur.

'Een ander van zijn vijf wegen is, dat iets niet uit niets kan voortkomen,' vervolgde Kees, terwijl hij de man nog even nastaarde, 'er moet dus altijd iets hebben bestaan, dat iets kon veroorzaken. Ik vind dat een rare redenatie, want dan moet God ook door iemand gemaakt zijn en krijg je een soort repeterende schepping, maar goed, ik heet ook geen Thomas. Niet zo gek overigens dat deze geleerde door paus Johannes XII heilig is verklaard. Al moet ik er eerlijk bij zeggen, dat filosofen van nu zijn argumenten onzinnig vinden.'

'Wat vinden ze onzinnig?'

'Darwin nietwaar. Toeval kan ook voor nieuwe vormen zorgen, zonder dat er van intelligentie sprake is. Of denk jij van niet? Denk maar na. Zaten alle diersoorten die nu leven, ook in de ark van Noë? Of Noach zeggen jullie van de protestantenclub geloof ik. Altijd een beetje eigenzinnig, maar goed, er zijn nu veel meer hondenrassen dan Noach in zijn ark stopte, eens? En veel meer katachtige. Misschien had Noach dus een paar wolven meegenomen, waaruit de teckel en de chiwawa zijn voortgekomen. De huispoes en de panter uit een leeuw die meeging. Dan zijn al die variaties van honden en katten in een paar duizend jaar ontstaan, want de vloed heeft volgens de Bijbel nog maar zo'n vierduizend jaar geleden plaatsgevonden. Kan je nagaan wat er in miljarden jaren mogelijk is. Alles! Simpel toch?'

Ze hoorden gerinkel als teken dat de spoorbomen dichtgingen. 'Wacht even,' zei Kees, 'even kijken of die dronkelap niet op het spoor staat. Hij zal niet de eerste zijn.' Ze liepen naar buiten en zagen dat Joep de andere kant was uitgelopen. 'Er zijn er zolang ik leef al twee door de trein meegesleurd,' zei Kees, 'waarvan er een dronken was. De ander heeft zich van het leven beroofd. Dan moet je wel heel wanhopig zijn. Het lijkt me een vreselijke dood. Maar goed, waar waren we? Geloof jij in evolutie?' Ze liepen weer naar binnen en Kees bestelde opnieuw een getapt biertje.

'Ik weet het niet. Wat zijn feiten en wat veronderstellingen? Misschien zijn die veranderingen waar jij het over had, alleen maar mogelijk binnen een soort. Dat kan in de schepping zijn ingebouwd, toch? Net zoals je zwarte, gele en witte mensen hebt.'

'Goed, maar mijn vraag was, kan toeval voor nieuwe vormen zorgen? Hoewel, zorgen is een beetje gek geformuleerd. Dat impliceert al dat het geen toeval is. Laat ik zeggen, kan toeval tot iets doelmatigs, iets zinnigs leiden?'

'Ik vind het al lastig om te weten wat toeval is en wat niet. Toeval betekent onvoorzien. Maar onvoorzien door wie? Wat voor ons onvoorzien is, kan God misschien wel voorzien.'

19.

Er stapten twee meiden van een jaar of twintig, gierend van het lachen, het café in. Ze kwamen duidelijk niet uit Nootdorp. Aan hun haren te zien waren ze met de fiets. De blondste droeg een strak, wit truitje op een strakke spijkerbroek en de ander een zwarte blouse met een ruime decolleté – met duidelijk zichtbaar een zwarte bh – op een korte, licht gele rok met daaronder zwarte laarsjes. Stadse meiden. Ze zochten een plek en kozen een tafeltje dat uitkeek op het spoor, bij de openslaande deuren. Verder was er niemand meer. Ze bestelden een broodje kroket en een kop koffie.

'Man, het is al kwart over een. Ik heb eigenlijk ook wel trek. Wat vind je van een uitsmijtertje? Je bent de zoon van een kippenboer of niet. Wil je een uitsmijter met ham of met kaas? En wil je er een glas melk bij?' vroeg Kees.

'Doe mij maar gewoon een broodje kaas en een glas melk.'

Kees liep naar de bar om de bestelling te doen en ging, zodra hij terug was, meteen anders zitten. Nu met uitzicht op de schuifdeuren. Hoe hij het celibaat wilde volhouden was een raadsel. Hij was in elk geval geen toonbeeld van een priester, en hij had ook niks met jongens. Op het grootseminarie werd wel over het ongehuwd priesterschap gesproken, maar niet gedebatteerd. Het is zoals het is. Wij zijn geen Hendrik de Achtste die zijn eigen kerk begon om te trouwen en te scheiden met wie hij wou. De paus is de baas. Althans, dat was de visie die tijdens de lessen werd geuit. In de wandelgangen heette het: 'de paus is het hoofd, maar wij zijn het nekkie'. Het draait om ons. En wetten zijn mooi, maar je moet nooit leven naar de letter. Tijdens de les werd het celibaat eenvoudig verklaard: Jezus was niet gehuwd, dus wij ook niet. Wij willen hem in alles volgen. Maar Kees was vooral door familietraditie geroepen tot het priesterambt. Het was zoiets als troonopvolger zijn, er was geen ontkomen aan. Maar roeping, dat viel wel mee. Wat hem riep was het idee naar een ver land te gaan en daar de mensen een beetje verder te helpen. Armoede en analfabetisme bestrijden, zodat jonge mensen de kans kregen hun leven zinvoller te maken. Ondanks zijn luchthartige bravoure, was hij erg begaan met kansloze kinderen. Maar altijd ongehuwd blijven stond voor hem helemaal niet vast. Dat hele celibaat was ook totaal niet Bijbels, dat wist Kees van een van zijn medestudenten. Die zei op een keer tijdens de les: 'Maar in 1 Timotheus zegt Paulus toch dat iemand die streeft naar het bisschopsambt, de man van één vrouw moet zijn? Hoe moet ik dat dan begrijpen?' Daar werd luchtig overheen gestapt door te stellen dat de bisschoppen in Bijbelse tijden door concilies nieuwe regels konden opstellen. 'Lees Handelingen vijftien daar maar eens op na. Petrus was tijdens dat concilie als eerste paus de voorzitter, en zo gaat het nog steeds. Het geloof is niet dogmatisch of statisch. Geloven is een werkwoord, het beweegt en de kerk beweegt mee.' Pas later las hij in Mattheüs dat Petrus een schoonmoeder had. Er was dus nog hoop. Tegen de tijd dat ik echt priester ben, zal het wel anders zijn, dacht Kees.

'Wacht even, we moeten het nog even hebben over de latere filosofen,' zei Kees met een mond vol spiegelei. Het eigeel liep langs zijn kin. Hij had het eerst niet in de gaten en veegde het toen snel weg met een papieren servet. Een van de meiden lachte een beetje. 'Ja, het gele water loopt me uit de mond bij zoveel schoons,' grapte Kees. 'Als ik jullie als vriendin had, zat ik gebakken!'

'Daar weet je helemaal niks van,' reageerde die met de zwarte blouse en leunde wat voorover, haar armen onder haar borsten gevouwen. Kees kreeg wat hij wilde: een praatje met mooie dames. Daar was hij verdraaid handig in.

'Waar komen jullie vandaan?'

'Uit Maastricht.'

'Waar uit Maastricht?'

'We studeren daar. Mijn ouders wonen in Leidschendam, vandaar.'

'Maastricht, wat grappig. Ik heb een deel van mijn gymnasiumopleiding in Kerkrade gevolgd, op Rolduc. Ken je dat? Ik studeer daar nu op het grootseminarie. Een beetje respect dus, want je spreekt nu met een knappe jongeman die bijna priester is, al heb ik met dit uitzicht de neiging mijn roeping te herzien.' Hij keek even nadrukkelijk naar haar boezem. Haar houding bleef gelijk. Ze keek geamuseerd. De ander veegde onzichtbare pluisjes ter hoogte van haar boezem weg alsof ze onbewust wilde zeggen, hoe vind je die van mij? 'En dit is mijn vriend en buurjongen. Ook al een geleerde die een scriptie schrijft over de vraag of God echt bestaat of dat Hij door mensen is verzonnen. Zo zeg ik het toch goed Peet?'

'Verzonnen,' zeiden ze allebei spontaan.

'Nou dan weten we dat ook weer. Je scriptie is hiermee geschreven Peet. Mag hij de dames misschien met naam en toenaam als autoriteit vermelden bij de bronvermelding?'

Ze schoven aan bij het meidentafeltje, en vervolgens vertelde Kees smeuïge verhalen, tot grote hilariteit van de dames. Peter dacht dat het daar op Rolduc vooral streng en serieus was, maar dat bleek dus mee te vallen. Er werd veel meer lol getrapt dan op zijn eigen school. Tenminste, als Kees niet overdreef, wat waarschijnlijk wel zo was. Rolduc was in de tijd dat Kees daar het gymnasium deed een katholiek seminarie, waar pientere knaapjes intern woonden. Het was de kweekschool voor priesters op een groot landgoed dat al sinds 1104 een grote rol heeft gespeeld in katholiek Nederland. En alles aan de gebouwen was statig en hoog. Hoge gangen, hoge klaslokalen, een hoge eetzaal, hoge studiezalen, hoge slaapzalen, hoge idealen. In de slaapzalen was het vaak keten geblazen.

'We sliepen in een chambrette,' vertelde Kees, 'met een aardig clubje jongens. Onze schone jonkvrouwen weten wat een chambrette is? Nee? Tja, er sliepen bij ons ook weinig vrouwen. Jammer, jammer, jammer. Mochten jullie een onbedwingbaar verlangen hebben dat eens mee te maken, dan kan ik tijdens de vakanties wel wat regelen misschien. Ik geef jullie hierbij mijn kaartje. Gastvrijheid en bescheidenheid zijn mijn sterkste kanten.' Hij gaf ze zijn visitekaartje. Peter kon een lach niet onderdrukken 'Maar een chambrette is een zaal waarvan de slaapruimtes zijn afgescheiden door gordijnen. Dat beperkt de privacy, en dat is precies de bedoeling. Maar ik verzeker jullie, tijdens de vakanties ben ik, indien gewenst, de enige gastheer. Goed, je hebt in een zaal dus meerdere chambrettes. Ben ik een beetje duidelijk?' De meiden knikten met een bemoedigende glimlach. 'Ja, ik zag het meteen, jullie zijn bloedmooi en reuze slim; een beetje herder ziet dat meteen,' vervolgde hij, 'nou ja, normaal was de deur dicht, maar er werd natuurlijk gesurveilleerd. En je wist nooit wanneer die rokken binnenkwamen. De deurklink maakte nauwelijks lawaai en je kon die priesters niet horen aankomen. Op andere plekken wel, omdat daar de houten vloer kraakt, maar bij onze chambrette niet. Daar had een slimmerik iets op bedacht door een stuiver op de klink aan de binnenkant te leggen. We waren dus volop aan het dollen: kussengevechten, een tennisbal overgooien van chambrette naar chambrette, schuine moppen declameren – ik zal straks een goeie vertellen – of een paar jongens dood kietelen, bij gebrek aan dameslijven, nou goed wij deden alles wat jongens met hersens in hun vrije tijd doen, en het was een rot herrie, maar toch hoorden we die stuiver over de parketvloer rollen. Althans, Sjef hoorde dat en waarschuwde snel de anderen. Iedereen was meteen doodstil en dook het dichtstbijzijnde bed in. Sommigen lagen dus met zijn drieën in een bed en dat was toevallig ook zo in het eerste bed van de eerste chambrette. Het was muistil toen we de dienstdoende priester hoorden binnenkomen. Hij had die stuiver natuurlijk ook horen rinkelen. De priester stapte driftig binnen en trok woest het gordijn van het eerste chambrette open: "Dat is potverdikke niet wat men onder de drie-eenheid verstaat. Morgenochtend om half negen melden in mijn kantoor. Alle drie. En nou als de donder naar je eigen nest." Daarna liep hij woest de kamer uit en we hoorden zijn voetstappen verstillen in het gangpad. Na een minuut stilte fluisterde Sjef: "Is die dombo weg?" "Nee, vriend", zei de priester, "die staat hier naast je". Was hij stiekem op kousenvoeten teruggelopen.'

De meiden hingen aan zijn lippen. Hij kon smakelijk vertellen – helemaal toen hij de priester nadeed met een zachte 'g' – en er zelf nog smakelijker om lachen.

'Waarom wordt een man in hemelsnaam priester?' vroeg het meisje met het witte, strakke truitje.

'Omdat hij geen non wil worden,' reageerde Kees onmiddellijk. 'Dat zou voor sommige studenten overigens een beter keuze zijn. Nicht of non, wat scheelt het, niet? Maar wacht nou even, want het mooiste verhaal van Rolduc is dat van de gevallen bisschop. Dat moet ik toch nog even vertellen. Jullie zouden trouwens hele goeie nonnen zijn, dan meld ik me meteen bij het dichtstbijzijnde klooster en graaf een onderaardse gang. Maar luister, ik was er zelf niet bij, het was voor mijn tijd, maar ik heb het van diverse jongens gehoord. Willen jullie nog wat drinken?' Ze namen allemaal een kop koffie. De café-eigenaar zette het langzaam op tafel en bleef even staan luisteren. Zijn gezicht droeg sporen van een ruig verleden. 'Het was bij de viering van 850 jaar Rolduc. Dat werd door de bisschop zelf opgeluisterd. Zijne eminentie kwam in vol ornaat binnen, mijter op zoals ook onze heilige Nicolaas draagt op vijf december. Er was op het podium een troon voor hem klaargezet, want onze kerkvorst verdient een koninklijke ontvangst, en als hij het niet verdient, dan eist hij het wel. Maar de troon voor onze eminentie was door een paar priesterstudenten op scherp gesteld. Je moet maar denken, onze lieveheer werd ook niet altijd op handen gedragen en een beetje beproeving maakt een bisschop alleen maar sterker. De brave bisschop gaat dus met alle waardigheid zitten alsof hij de paus zelf is'. Kees stond op om het tafereel al pratend na te spelen, tot grote hilariteit van Peter, de meiden en de barman. Het was een briljante theatervoorstelling. 'Maar de troon glijdt langzaam achterover en voert de bisschop mee in de val. De Sinterklaasmuts glijdt voor zijn ogen, omdat zijne eminentie voorover buigt om, als goed katholiek, een beetje tegenwicht te geven. Tevergeefs. De engelen vangen hem niet op en de heilige geest had vakantie dus de troon dondert tergend langzaam van het podium en de eminentie glijdt op zijn achterste met de benen omhoog. Je kon nog net het lage kruis van zijn lange witte onderbroek zien. Volgens sommige waarnemers voorzien van gele plekken. Sinds die tijd heet de man de gevallen gele gulp van Geleen, want daar kwam de brave borst vandaan.' En opnieuw was er die bevrijdende roomse schaterlach. Een van de meiden had tranen in haar ogen van het lachen. 'Je moet maar denken, onze opleiding tot priester is ook een beetje een theateropleiding. Dat vinden mensen nou eenmaal leuk. Mooie gebouwen, mooie gewaden, mooie vrouwen en een lelijke priester die de beminde gelovigen een beetje aan het huilen en aan het lachen kan maken.'

De voorstelling was voorbij. Kees had zijn act weer opgevoerd. De dames applaudisseerden en gaven de mannen een dikke zoen als af-scheid. Ze liepen mee naar hun fietsen en zwaaiden ze uit. Kees had zijn beloning binnen, maar Peter keek zodra ze uit het zicht waren weer ernstig. Dat verhaal over Nel, Tsjecho-Slowakije en de man die haar had teruggebracht, kreeg hij niet uit zijn hoofd.

'Weet jij wat voor mensen door mijn vader verraden zijn?' vroeg hij, alsof er intussen niets gebeurd was.

'Wat kan jou dat nou schelen man. De oorlog is in 1945 afgelopen, en het is nu 1966. Jouw vader is heus de kwaadste niet. Hij zal het alle-maal met de beste bedoelingen hebben gedaan, zoals de meeste men-sen. Als hij het al heeft gedaan. Er wordt zoveel gezegd. Probeer van het leven te genieten en wees niet zo zwaar op de hand. Jullie protes-tanten moeten eens leren de bloemetjes buiten te zetten. Bloemetjes zijn een schepping jongen; kleuren, geuren, verschillende vormen, dat geloof je toch? Nergens in de Heilige Schrift staat dat lachen en genie-ten verboden is. Jezus veranderde water in wijn, weet je nog? In wijn! Nota bene zijn eerste echte wonder. En dat nadat er op die bruiloft al volop gedronken was. Jullie veranderen water in azijn, het is aan de gezichten van al die kerkgangers te zien. Hou toch eens op met dat zwartgallige gedoe! Hoeveel zwart heeft de lieve Heer nou in zijn hele schepping gebruikt, hoeveel zwart, Peet? Kleur is de boodschap! Zelfs na die vervloekte vloed, maakte jouw God een regenboog met zeven kleuren. Zwart is de kleur van de dood. Kleur je leven nou eens in met geel en rood en laat die oorlog lekker zitten.'

'En dat zegt een aankomend priester! Welke kleur heeft het pak van een priester? Ik heb het helemaal niet over kwalijk nemen of niet, en ik ben al helemaal niet somber, maar ik wil snappen wat er toen is ge-beurd. Is dat zo gek? Nel is naar Tsjecho-Slowakije gestuurd om aan te sterken ten koste van anderen, terwijl jullie joden probeerden te red-den. Wie zijn die anderen? Jij wil misschien geen antwoorden, steek jij je kop in de aarde, zwarte aarde trouwens, maar het was ook niet jouw vader die erbij betrokken was. Jij wordt er niet op aangekeken, ik wel.'

'Goed, goed, rustig maar, ik wist niet dat het je zo bezighield. Hoezo word je er op aangekeken? Bedoel je die vetkuiven die je soms wat uitjouwen? Dacht je dat die mij niet uitscholden als aankomend priester? Ik was homo, mietje, een zacht gekookt ei, weet ik veel wat ze allemaal hebben geroepen. Vanaf de lagere school ben ik gepest omdat ik te dik was en te slim. Maar ik had later meer meisjes dan al die pukkelkoppen bij elkaar. Het zijn gewoon domme nozems die niet hebben leren nadenken, daar moet je je niks van aantrekken. Maar ik weet ook niet wie hij heeft verraden, òf hij heeft verraden. Waarom vraag je het hem zelf niet? Of wil hij er niet over praten?'

20.

Het was zijn laatste jaar als gymnasiast en hij had de suggestie van Nel opgevolgd om de rol van religie in de Tweede Wereldoorlog als onderwerp te nemen. Een gedurfd onderwerp voor een christelijk gym, maar zijn docente geschiedenis vond het een origineel thema. 'Als je het maar goed documenteert,' was haar commentaar. Hij had er drie maanden de tijd voor. Hij besloot zelf bronnenonderzoek te doen, en een aantal deskundigen te interviewen. 'Dan moet je professor Penders nemen,' zei Kees. 'Ik heb van hem kerkgeschiedenis gehad, en hij is gepromoveerd op de katholieke kerk in de Tweede Wereldoorlog. Beter kan je niet hebben. Ik zal het hem wel vragen. Het is een leuke, goudeerlijke vent die niet bang is stevige uitspraken te doen. Hij zit bij ons op het grootseminarie. Als je het leuk vindt, ga ik met je mee.' Zijn docente had ook een prof in gedachte, Dr. Diependael, die veel over de rol van de protestantse kerken wist; een oud rector van de school. Hij wist niet zeker of hij het bij deze interviews zou laten. Misschien kwam hij door deze gesprekken nog wel op andere ideeën. Praten met gewone burgers bijvoorbeeld, en met zijn eigen vader. Hij zou wel zien.

Op een woensdag kon hij terecht bij professor Penders in Kerkrade. Kees zou er bij zijn. Hij nam de trein vanuit Den Haag Centraal. Na het interview zou hij naar Maastricht gaan. Ton gaf daar les op de toneelschool en had Peter uitgenodigd. 'Kun je kijken of het wat voor je is.'

Hij vertrok wat later op de ochtend, dan was het niet zo druk. Hij zocht een coupé waarin weinig mensen zaten. Voor de zekerheid had hij *De Lof der Zotheid* meegenomen van Erasmus. Leek hem een mooie voorbereiding op het gesprek met een vooraanstaande katholiek. Hij had zich sowieso suf gelezen de laatste tijd, de grote denkers uit de tijd van de Reformatie bestudeerd, mannen die het geloof wilden zuiveren van beelden, bijgeloof en traditie, met de beeldenstorm als resultaat. Vanaf dat moment ontstond er een nieuwe tijd, een tijd van Verlichting waarin niets meer als vanzelfsprekend werd beschouwd.

Er werd openlijk getwijfeld aan het bestaan van God en het nut van religie. Wat voor hemzelf spectaculair leek, had eeuwen voordien al plaatsgevonden. Hij had zich erover verbaasd dat zijn vragen dezelfde waren die denkers al honderden, misschien wel duizenden jaren bezighielden. Spinoza, Kant, Hume, wie dacht er niet over na? Hij genoot van mooie uitspraken zoals die van Immanuel Kant die een nieuwe universele morele wet had uitgedacht, met als uitgangspunt dat je moet handelen volgens een gedragsregel die je als universele wet zou willen. 'Wat,' zo moet je vragen volgens Kant, 'als iedereen hetzelfde zou doen?' Een variant op wat Jezus al zei 'behandel anderen zoals je zelf behandeld wilt worden.' Maar hij had vaak moeite om in de trein te lezen, werd snel afgeleid door het kijken en stiekem luisteren naar anderen. Ik zal nou maar eens een bladzijde omslaan, dacht hij dan, anders denken ze dat ik helemaal niet zit te lezen. Het was net als in de wachtkamer bij de dokter. De meeste mensen staren maar een beetje voor zich uit, soms begint iemand voorzichtig een gesprek. Maar een boek lezen in de wachtkamer was hem nooit gelukt. Een beetje nietszeggend bladeren in de oude tijdschriften die er lagen, daartoe bleef het beperkt.

In de coupé die hij uitkoos was het rustig. Hij koos een plek waar hij de enige was, hoewel er vier zitplaatsen waren. Ook aan de andere kant van het gangpad zat nog niemand. Hij opende Erasmus om wat te doen te hebben. Doen alsof je bezig bent. Over drie minuten zou de trein naar Eindhoven vertrekken, daar moest hij overstappen naar Heerlen en dan met een boemeltrein naar Kerkrade. Vlak voor vertrek kwamen er twee oudere vrouwtjes tegenover hem zitten, hoewel de banken aan de andere kant van het gangpad nog steeds niet bezet waren. Dametjes van rond de vijfenzeventig. Indisch. Ze groetten hem vriendelijk en vroegen of hij het goed vond dat ze de bank tegenover hem bezetten. De kleinste van de twee had kromme vingers van de reuma en droeg speciale schoenen die veel weg hadden van leren klompen, met aan de zijkant extra ruimte voor een eigenwijze teen. Ze had haar lippen met aandacht gestift en haar haar geverfd. Lippen die vroeger waarschijnlijk vol en rond waren, waren nu dun, maar met de lippenstift had ze eenvoudig het oude model getekend, inclusief het golfje dat vroeger fier aan de bovenkant zat. Ook de vorm van haar wenkbrauwen werd ondersteund door een bruin potloodlijntje, misschien om de mooie lijn van vroeger te onderstrepen. Niet zo nadrukkelijk als bij geisha's, maar toch kwam het gekunsteld over. Hoewel, je bent nooit te oud om je te verzorgen. Aan haar lach te zien, had ze haar eigen tanden nog, niet spierwit, zoals bij goedkope gebitten, maar roomwit en net niet helemaal gelijkmatig; anders dan het ziekenfondsgebit van vader, waarbij splinternieuwe kaarsrechte tanden detoneerden met de rimpels eromheen. Zoals bij een verveloos oud herenhuis, waarvan alleen de voordeur is vervangen door een moderne versie uit een flatgebouw. Martha heette ze. De ander was ook klein. En grijs. Ze kon moeilijk lopen. Alle twee leken ze volop van het leven te genieten. Een vriendelijke glimlach was voldoende om ze open te breken. Hij kwam er al snel achter dat ze in het Jappenkamp hadden gezeten. Die met het grijze haar was nooit getrouwd en woonde nu bij haar zus in. Martha had haar man in het kamp in de dood verloren. Ze hadden hem aan zijn armen opgehangen en zijn kuiten met roestige ijzeren staven doorstoken: hij overleefde het niet. Daar kwam ze na de oorlog achter. 'Bevrijd, zonder m'n vrijer,' zei ze lachend. Maar vroeger in Indonesië hadden ze een geweldige tijd. Prachtig land, heerlijk eten, veel bedienden, zon, eigen zwembad. Vader was juwelier. Ze droegen allebei ringen van achttien karaat goud, dat gele goud, met briljant, zoals je bij veel Indische mensen ziet; mannen en vrouwen. Na de dood van haar man kwamen Martha en haar zus Els uiteindelijk in Den Haag terecht, en woonden vanaf die tijd samen. Levenslustige, kwebbelende en lachende zussen, na zoveel dood.

'Hoe kan een mens na zoveel ellende zo vrolijk zijn?' vroeg Peter.

'Ach, het kan altijd erger. We leven nog, zijn redelijk gezond en doen vaak leuke dingen. Je moet niet bij de pakken neer gaan zitten, dat helpt niks. Oude mensen die zeuren worden extra lelijk,' giechelde ze, 'en veel lelijker moeten we niet worden.' Ze spraken dat mooie Nederlands met een Indische tongval. Hun benen raakten net niet de grond. Martha wriemelde aan haar rok terwijl ze sprak. Misschien kwam de emotie telkens na zoveel jaren weer boven zodra ze erover vertelde, misschien zelfs wel heftiger dan vroeger. Sommige mensen, zoals zijn vader, wilden helemaal niet meer over de oorlog praten. Doen alsof het nooit heeft bestaan, als overlevingsstrategie. Bang voor de beelden van toen en bang voor de gevolgen daarvan nu. Maar je hersenen hebben de filmpjes en herinneringen wel opgeslagen. Zodra dat laatje met memoires opengaat, floept de emotie met volle kracht mee als een Siamese tweeling. Je kunt emoties niet wissen, net zo min als gedachten, of je je nu van het bestaan bewust bent of niet. Als je zelf niet huilt, zullen je organen wenen, had zijn moeder eens gezegd. Herinneringen en emoties zoeken altijd een uitweg, soms een gruwelijke zoals bij mensen die zichzelf van het leven beroven. Peter was altijd verbaasd dat ouderen u tegen hem zeiden, terwijl hij nog maar achttien was. Dat diep gewortelde respect voor iemand die je nog niet kent. 'De Jappen dachten dat God hen hielp,' zei Els ineens, de grijze zus die ongehuwd was gebleven. Ze had tot nu toe het minst gesproken en keek uit het raam, alsof ze de Japanners opnieuw langs de spoorlijn zag. 'Nou daar zijn ze dan wel achter gekomen. Heeft u weleens van kamikaze gehoord?' vroeg ze. Ze keek Peter in gedachten verzonken aan, zoals een slaapwandelaar die met open ogen niets bewust ziet. Hij had wel gehoord van piloten die zich de dood in vlogen voor keizer en vaderland.

'Jawel, dat was later. Maar hoe het is ontstaan? Weet u wat het betekent, Kamikaze?'

Hij zag haar donkere ogen nu op zich gericht, alsof ze half uit haar droom was ontwaakt. Hij had geen idee en schudde zijn hoofd. Hij zag vliegtuigen op steden neerstorten.

'Godenwind, dat betekent het, godenwind. Kami staat voor goden en kaze voor wind. Dat stamt uit de dertiende eeuw, toen de mongolen Japan aanvielen.' Ze sprak langzaam en zacht. 'Die kwamen tot twee keer toe met een enorme vloot naar het eiland Kioesjoe om de Japanners te verjagen. En tot twee keer toe zorgde een storm (kaze) ervoor dat ze er niet in slaagden het eiland in te nemen. Dat schreef men toe aan de kami, de sjinto-goden. En zo was de mythe van kamikaze geboren. Lang leve de goden en de godenwind!' Ze glimlachte als iemand die denkt aan een illusie uit zijn kindertijd. Ze keek Peter nu vriendelijk aan, weer helemaal terug in het heden. 'De sjinto-goden konden door een enorme wind voor een onoverwinnelijk Japan zorgen. Nou dat hebben ze geweten. De goden en de wind hielden de atoombommen niet tegen. Niks kamikaze. Zelfmoord! Godenwind, laat me niet lachen. Misschien dat de goddelijke keizer winden liet, maar die boden in elk geval geen bescherming.' Ze keek eerst met een verongelijkte frons tussen haar wenkbrauwen en begon daarna weer vriendelijk te giechelen. 'Wilt u een pepermuntje?' Ze haalde een klein rolletje King uit haar slappe, bruine tas, waarin hij ook een flesje au de cologne zag. Heel even kon hij dat diepe verdriet in haar ogen zien. Ze kon niet begrijpen dat mensen zo wreed konden zijn, hoe lieve vaders in sadisten konden veranderen.

'De keizers wil werd wet,' ging ze verder en gaf het pepermuntje een plaats achter in haar mond. 'Hij moest aanbeden worden, was het hoofd van de staat en van de religie, en alles wat de man zei was heilig en boven discussie verheven.' Ze keek nu weer naar Peter, zonder die ontwapenende glimlach. In een oogwenk zag hij hoeveel triestheid er in dat lijf en hoofd was opgezogen.

'De mensen moesten 's ochtends in hun handen klappen in de richting van de zon en vervolgens buigen naar het oosten, in de richting van het paleis van de keizer. Hij was een god in de gedaante van een mens. Kunt u zich voorstellen wat daar het gevolg van was, meneer Peter? U hebt godzijdank de oorlog niet meegemaakt, maar wat Hitler in Duitsland deed, gebeurde ook in Japan. Men dacht dat het land van de godenzoon het centrum van de materiele wereld was. En dat centrum moest over de hele aarde worden uitgebreid. "Vraag niets, maar wees onderworpen aan de goddelijke voorzienigheid", dat leerden de Japanners. De godenwind, zou overal en altijd helpen. Het land van de onoverwinnelijke zon. Een god op de troon en een kamikaze als extra militaire steun. Tot de atoombom viel. Toen viel ook dat geloof.'

Ze stopte ineens met praten, beet het pepermuntje in stukken alsof ze daarmee de val van het geloof wilde onderstrepen, en staarde opnieuw voor zich uit. 'Ik denk soms dat de Jappen daarom ook zo gemeen waren in die kampen. Ze voelden zich ver boven ons verheven. Zij waren ook een beetje godenzonen. Met hetzelfde superioriteitsgevoel als de Duitsers destijds. Als het ene volk of het ene ras zich boven het andere verheven voelt, gaat het mis jongen. Neem dat maar van deze taaie pinda aan.' Ze zei het ernstig, terwijl ze uit het raam keek. En een ogenblik later zei ze: 'Neem me maar niet kwalijk dat ik zoveel heb gekletst. Dat is een ouwe wijvenkwaal. Helemaal als een oud wijf vrijgezel is.'

'Heeft u enig idee hoe Japan sinds die tijd over goden denkt. Ik bedoel...'

'Ik snap wat u bedoelt. Logische vraag. Die mensen waren, zoals zo vaak, diep teleurgesteld in de keizer, en in hun religie. Er is geen god en geen boeddha, maar slechts hard werken en een doodgewoon mens als keizer. Dat werd de algemene opvatting. Maar veel religieuze gewoontes en bijgeloof zijn gewoon gebleven. Mensen willen ergens in geloven. Een strohalm verandert in een totempaal, een heilige vader of een kruisbeeld of god mag weten wat nog meer. We willen dat kinderen in sinterklaas geloven omdat we zelf niet zonder illusies kunnen. Tegen de tijd dat we die goedheiligman als kind hebben begraven, toveren we een nieuwe tevoorschijn. Of dat nou ons sterrenbeeld, een filmheld of een boeddhabeeld is, we hebben blijkbaar enig houvast nodig. Op het graf van sinterklaas bloeien telkens weer nieuwe kinderlijke geloven.'

'Ik geloof dat we er bijna zijn,' zei haar zus en zette haar tas op haar schoot. 'Wat een zware gesprekken. Zo jong en dan al zo serieus. Ik zou maar vooral plezier maken meneer. Ellende komt vanzelf, daar hoef je niks voor te doen. U studeert zeker nog? Gymnasium, toe maar! Vandaar die vragen. Nou geniet er maar van, van elke dag. Van je jeugd. Het is allemaal voorbij voor je er erg in hebt.' Ze stonden op om alvast naar de uitgang te lopen. 'Het leven stelt weinig voor meneer. Ik wil niet zeggen dat je jeugd de mooiste tijd van je leven is, dan kun je er op je twintigste maar beter meteen een eind aan maken, maar als je van elke dag een beetje kan genieten, ben je een gelukkig mens. Heeft u al verkering? Mijn zus hier zoekt nog een vrijer, toch Els?' Ze moesten er om giechelen. 'Nou fijne dag nog meneer, en vergeet die ouwe wijvenpraat maar!'

21.

De trein naar Heerlen zou over zestien minuten op perron drie vertrekken, dus hij had nog even tijd. Dan toch maar even Erasmus *Lof der Zotheid*, al had hij net zo lief even voor zich uitgestaard. Hij sloeg het boek open, maar kon zich niet concentreren. Heeft Erasmus gelijk als hij zegt dat juist verhalen die duidelijk in strijd zijn met de waarheid, het snelst worden geloofd? Els had gelijk. Hoe kunnen intelligente mensen een keizer als godheid vereren? Waarom slaan voetballers een kruisje als ze het veld opkomen? Waarom denken mensen dat een of ander vaag sterrenbeeld je karakter bepaalt? Mensen die geloof in God belachelijk vinden, kinderachtig zelfs, zijn als vanzelfsprekend overtuigd van de invloed van sterrenstelsels op je persoonlijkheid en knielen devoot voor hun wekelijks horoscoop. Had Erasmus gelijk? Helpt het omdat je gelooft dat het helpt? Geloven is zoiets als blijven drijven op een zelf verzonnen vlot, had Ton gezegd.

Hij moest denken aan de bewijzen die zijn vader had gezien. 'De hand van God, Peter, echt, het kan niet anders. Zo wonderlijk! Het kan geen toeval zijn dat die dakdekker jou uit het water haalde. God heeft een plan met jou. Luister naar zijn stem.'

In elke religieuze groepering wemelt het van de mensen die onloochenbare bewijzen hebben gezien dat God hen helpt. Na tientallen jaren extreme armoede, en duizenden gebeden, vinden ze op een keer tien dollar en danken God voor zijn gulle hand. Extreme moslims blazen zich op in een winkelcentrum, hun beloning zal groot zijn. Hij kon het niet volgen. Hij hoorde het laatst nog van een vrouw die graag een tweede hond wilde, maar het niet mocht van haar man. Totdat haar vader stierf en er een paar dagen na zijn begrafenis een hondje het erf op kwam lopen. Ze pakte het hondje op en sloeg haar ogen op naar de hemel: een geschenk van vader! Haar man wilde haar niet kwetsen – hoe onzinnig hij het ook vond – en het hondje bleef. Was het een slimme truc van de vrouw? Wist ze dat dit het argument was om haar man te overtuigen of geloofde ze het echt? Het hondje bleek trouwens een loeder van het zuiverste water. Ik dank God op mijn blote knieën dat ik niet geloof, zei haar man.

Hij had nog alle tijd om een kroket uit de muur te trekken en verbrandde bijna zijn mond. Hij hield het boek van Erasmus voor zijn mond, en liet de hitte ontsnappen. Je kon zo'n kroket het beste eerst wat opendrukken zodat de hitte kon ontkomen en dan pas een hap nemen. Hij stopte het boek weer in zijn tas en liep al kauwend naar de trap om het derde perron te bereiken. De trein was nog niet gearriveerd. Duurde nog zeker tien minuten. Een jongen en meisje van zijn leeftijd zoenden elkaar hartstochtelijk. Zij droeg een lange zigeunerjurk en korte witte laarsjes en hij een strakke oranje broek. Hij had graag even zijn plaats in genomen en dacht onwillekeurig aan de verhalen van Kees in de hooiberg. De twee leken zich totaal niet bewust van hun omgeving, alsof ze in de gang van hun eigen huis stonden. Hij streelde haar billen, zonder enige gêne. Is dat het mooie van de liefde? Dat je even alles om je heen vergeet? Twee ouderen sloften voorbij en keken even later om, heimwee? Een non in het zwart bleef op een afstand staan toen zij de twee had opgemerkt en pakte de figuur die op haar buik bungelde vast. Zij streelde teder de Christus aan het kruis.

Hij pakte toch maar weer even het boek. Erasmus kon zo prachtig de draak steken met kerk en geloof. Vooral met de katholieken in de zestiende eeuw. Hij moest even hardop lachen bij het stuk over religieuzen en monniken, terwijl hij zo ging staan dat hij het stel in zijn ooghoeken kon begluren. "Zij achten zich hoog boven anderen verheven en minachten ook elkaar. Verre van zich in te spannen om aan Christus gelijk te worden, is het hun veeleer te doen aan elkaar ongelijk te zijn. Ze noemen zich Benedictijnen, Minstenbroeders en Augustijnen, alsof het te min is christen te heten. Velen hechten zozeer aan hun kinderachtige, door mensen geschapen gewoonten, dat zij een hemel nog een schrale beloning achten. Ze wijzen op hun buik, die dik is van het eten van vis. Of een ander zal optellen hoe vaak hij heeft gevast. Nog een zal met een monnikskap aankomen, zo vuil en grof, dat geen schipper hem zou willen dragen. En een ander met een tong die onbruikbaar is geworden door onafgebroken zwijgen. Maar ze zullen op Christus stuiten met de vraag: Heb ik de erfenis van mijn vader beloofd aan monnikskappen, schietgebedjes, langdurig vasten of aan het betrachten van liefde?" Hij had wel lef, Erasmus. Zou professor Penders het boek hebben gelezen?

Vlak voordat een paar mensen wilden instappen, probeerde een man met een roodwitte stok uit te stappen. Het trappetje van de trein was vrij hoog ten opzichte van het perron. Iemand probeerde de man te helpen. 'Oprotten,' zei de blinde, 'moet ik soms mijn poten breken?' 'Ja,' zei een ander meteen 'je ken ze beter niet hellepe. Ze weten krek wat ze motten doen. Die lui zijn heel zelfstandig. Je mag alleen maar in actie komen as ze er nadrukkelijk om vragen.' De blinde zwaaide verder met zijn stok, liep naar de kiosk en bestelde een koffie. 'Blinde honden ken je ook beter niet aaien,' hoorde hij nog zeggen, 'dan haal je ze uit hun consecratie.'

In Heerlen moest hij weer even wachten op het treintje naar Kerkrade. Ook hier was het rustig. Hij liep naar de tijdschriftenkiosk en bladerde wat in *Elsevier* en *De Telegraaf*, meer uit verveling dan uit serieuze belangstelling. 'Laat de KVP Cals vallen…' stond er op de voorpagina, en 'Schmelzer moet kiezen'. Die katholieken toch, de ene keer domineren ze de oorlog en de andere keer de vaderlandse politiek. Religie zit diep in de samenleving verankerd, dacht hij, maar of dat een voordeel is? Het lijkt wel of we aan het begin van een nieuw tijdperk staan. Provo, het Tweede Vaticaans Concilie, *De Volkskrant* die ineens niet katholiek meer wil zijn; zouden mensen zich van religie gaan afkeren? Hij had als voorbereiding op het gesprek ook *De Nieuwe Katechismus* gekocht die in opdracht van de bisschoppen van Nederland was uitgebracht. Er stonden standpunten in die wat afweken van die van het Vaticaan. Ook al zo opmerkelijk. Hij vroeg zich af hoe de kerk van nu over hun aandeel aan de Tweede Wereldoorlog dacht. Zouden ze het opnieuw doen? Zou de plaatsbekleder van Christus een tweede Hitler steunen? Wat gebeurt er nu in katholieke landen? Hij had in het register van *De Nieuwe Katechismus* meteen gezocht naar 'oorlog' en vond de bekende argumenten: zelfverdediging mocht, de overheid draagt het zwaard niet tevergeefs, en Christus heeft oorlog en doodstraf niet met zoveel woorden afgeschaft; anders zou dat veel duidelijker uit het evangelie blijken. Aan de andere kant moest Petrus zijn 'zwaard doen wederkeren op zijn plaats; want allen die het zwaard nemen, zullen door het zwaard vergaan.'

Net toen hij de kiosk uit wilde stappen met *De Volkskrant* onder zijn arm, stapten er twee fraaie hippies binnen. Op het gymnasium waren er ook steeds meer jongens met lang haar en meisjes met zigeunerjurken. Het trok hem wel aan. Niet dat hij er thuis de ruimte voor kreeg, maar leven in een commune, samenwonen in plaats van trouwen, vrije seks, liefde, vrede, het had allemaal iets mystieks, iets betoverends. Provoceren lag niet in zijn aard, maar een minder materialistische maatschappij, een spirituele samenleving met respect voor andersdenkenden, het was aantrekkelijk. Misschien zou dat de nieuwe religie worden: niet werken om rijk te worden, maar om te leven. Liever kunst, boeken en tijd, dan twee auto's en een zestigurige werkweek. Witte fietsen! Het meisje stond nu pal naast hem en had een zoetige geur. Ze straalde rust uit, of was dat maar een illusie? Hij had best even met haar willen praten, zoals hij dat met alle bijzondere mensen wilde, maar zij merkte hem helemaal niet op. Ze kocht het tijdschrift *Bres* en een flesje water, betaalde met geld uit een gebreide portemonnee en verliet de winkel. Het maakte hem nieuwsgierig. Hij pakte het laatste exemplaar van *Bres*, hoewel het omslag er onaantrekkelijk uit zag en kocht ook een flesje water. Gek toch, hoe snel je door iemand beïnvloed kon worden. Even later bladerde hij het tijdschrift door. Hij las een stuk over de invloed van sterrenbeelden op je karakter en dacht aan het betoog van Els in de trein. Hij had gelezen dat we allemaal uit atomen van sterrenstof afkomstig zijn. We zijn geboren uit gestorven sterren, mooi idee, maar om nou te zeggen dat de dag van je geboorte je karakter bepaalt. Alsof de opvoeding en je genen minder belangrijk zijn dan de dag van je geboorte. Aan de andere kant kon de maan ook getijden veroorzaken.

Hij stapte in de stoptrein naar Kerkrade en liep een coupé binnen waarin wel acht hippies zaten, misschien op weg naar een festival voor love and peace, terwijl hij een afspraak had om met een katholieke hoogleraar over de oorlog te praten. Hij herkende het stel dat hij had zien zoenen op het perron. Hij hield het tijdschrift *Bres* zichtbaar voor zijn buik en ging achterin zitten. Een paar jongens en meisjes hadden een gitaar bij zich en begonnen wat muziek te maken. De sfeer was vrolijk, niet uitgelaten, maar dromerig vrolijk. Hij voelde zich er wel bij thuis, hoewel zijn kleding afstak. Ze hadden allemaal ongeveer hetzelfde aan, sommigen liepen op blote voeten. In de poging origineel te zijn, waren ze hetzelfde: jongens met een haarband en een rafelige broek en meisjes met een zigeunerinnenjurk en lange kettingen om, het haar een beetje onverzorgd. Zo had elke groep zijn eigen code. Als een van hen liever een pak en stropdas wilde dragen, sloot de code hem buiten. Grappig toch, dat vrijheid altijd beperkt wordt door groepsdruk. Of triest. Mensen van adel praten hetzelfde, kleden zich volgens vaste codes en gaan liever naar de plee dan naar het toilet, allemaal om zich als groep te onderscheiden. 'Eet smakelijk,' is zo ongeveer de ergste zonde, adellijk eten is per definitie smakelijk. Hij vond het wel vermakelijk als mensen hun waardigheid aan dat soort zaken ontleenden, zonder zelf ook maar iets verhevens gepresteerd te hebben.

Een van de jongens demonstreerde de hippe groepscode door met zijn gitaar op de rand van de rugleuning te gaan zitten, blote voeten op het zitgedeelte. Hoezo, zitten op het zitgedeelte, wie bepaalt dat? Het meisje dat eerder stond te zoenen met de jongen van het perron, lag nu languit op de bank met een ander. Vrije liefde, vrije seks, vrije drugs: de nieuwe definitie van vrijheid. Er veranderde niets toen de conducteur binnenkwam. Of toch, er gingen drie meisjes om hem heen staan. Ze gaven hem bloemen. De man kon er wel om lachen. Twee van hen bleken geen kaartje te hebben. Dat leidde tot een rumoerige discussie. Het meisje dat net nog met een jongen op de bank lag, kwam dansend naar de conducteur, sloeg haar armen om zijn nek en gaf hem een zoen. Het bleek een goede strategie, de man droop blozend af. 'Love not war' zongen ze en klapten daarbij in hun handen. En ander meisje kwam dansend op Peter af. Ze hadden hem tot nu toe niet opgemerkt maar werden steeds uitbundiger. Ze pakte hem bij zijn middel en trok hem mee naar het middenpad. 'Kom op, je heupen doen niet mee,' zei ze met een Limburgs accent, 'het kan veel losser.' Ze streek met haar hand door zijn haar, pakte hem bij zijn heupen en trok hem verleidelijk traag haar kant uit. Hij deed verlegen mee en daarna wat uitbundiger. De anderen hadden het nauwelijks opgemerkt. Die waren met zichzelf of met hun gitaar bezig. Toen ze eenmaal in Kerkrade waren kreeg hij een dikke zoen op zijn mond als afscheid. Allemaal dankzij *Bres*. Mooi blad.

22.

Kees had hem opgewacht bij de ingang van Rolduc, een imposante oude abdij met een enorm complex eromheen. Al sinds 1104 was dit het centrum van het roomse leven in Limburg. Ze liepen naar de tweede etage van een bijgebouw, door een gang met strenge witte muren, een oude houten drukpers en klassieke kunst aan de muur. Het was er stil, hij hoorde de houten vloer kraken onder de piepende spekzolen van Kees, en bemerkte dat de hakken van zijn Bommels door de hal galmden. Hij probeerde eerst zijn voorvoet neer te laten komen en daarna voorzichtig zijn hakken en voelde zich een beetje belachelijk. Kees droeg weinig elegante schoenen met een brede leest en liep met zijn voeten een beetje naar buiten gericht: een aankomende priester die in alles van plan was zijn eigen route uit te stippelen.

Hij moest even denken aan de verhalen van Kees. In dit strenge opleidingscentrum voor priesters, werd dus veel meer lol getrapt dan je zou denken. Raar ook wel, al die ongehuwde mannen en jonge jongens bij elkaar. Het ene moment word je gezoend door een aantrekkelijk hippiemeisje en het andere moment sta je temidden van celibatair levende priesters. Of zou zijn vader toch gelijk hebben, en was dit een broedplaats voor homoseksuelen? Hij kon het zich niet voorstellen. Hoe lang zouden deze jonge mannen bestand zijn tegen meisjes met een vrije seksuele moraal? Of was het waar dat veel jongens voor priester gingen studeren omdat ze homoseksueel waren? In de veilige armen van de kerk, kon het, al mocht het niet. Buiten het seminarie een uitzondering, erbinnen op zijn minst herkend en gedoogd. Droegen ze daarom als priester van die zwarte pakken met een wit boord? Zwart, om de dood van Christus te symboliseren en daarmee hun eigen 'dood onder de vele zonden,' en wit, als teken van hoop, opstanding, redding, zuiverheid. Het hele woord priester leek al zo onlogisch. Wat hadden ze met de priesters van Israël gemeen? Hoewel, van de Griekse les wist hij dat het woord was afgeleid van 'presbuteros,' en dus gewoon 'ouderling' betekende. Misschien gaf 'priester' hen wat meer heiligheid mee dan 'ouderling,' een heilige uitstraling om verborgen zonden te maskeren. Was het dat?

Professor Penders zag er strenger uit dan hij had gedacht. Hij droeg een grote, dikke donkerbruine bril en had woest haar, wenkbrauwen die als een treurig afdakje boven zijn oogleden hingen en een onduidelijke scheiding. In gedachte was Peter zijn wenkbrauwen aan het couperen. Zou de man het zelf niet in de gaten hebben of was hij trots op dat woeste uiterlijk? Zoals mannen die hun borsthaar als een struik uit het overhemd laten pieken om hun mannelijkheid aan de wereld te tonen. Hij was gekleed als priester, in een zwart pak, met daaronder een zwart overhemd met een wit priesterboordje. Het had iets weg van de kleding die rechters dragen, alsof zij bepalen wat goed is en fout.

Penders gaf een weke hand, zo'n hand die alleen maar papier en pen heeft vastgehouden en had zijn mond vol met pijp, zo'n strakke rechte die hij met zijn tanden vasthield. Hij probeerde ondanks het obstakel 'welkom' te zeggen, maar de 'm' lukte niet. Twee van zijn vingertoppen waren bruin van de tabak, zijn nagels zagen er heel verzorgd uit, zonder rimpels ook. Zijn werkkamer was ordelijk en eenvoudig. Ruim, wit, en met antieke donkerbruine meubels. Christus keek vanuit de muur op hen neer. Het bureau was opgeruimd en op de tafel lagen stapels papieren. Tegenover Christus hing een grote zwart-witfoto van de paus, alsof die twee elkaar in de gaten hielden.

'Zo jongen, dus jij gaat een scriptie schrijven over kerken in de Tweede Wereldoorlog. Hou je het een beetje gezellig? Er waren ook goede katholieke bij hoor!'

Zijn stem klonk zwaar, donker en hij sprak nadrukkelijk articulerend, zoals dominees meestal doen als ze op de preekstoel staan, maar met een Limburgse melodie. Hij stopte op zijn gemak tabak in het pijpje, deed hem opnieuw in zijn mond en hield het uiteinde even met zijn tanden vast, terwijl hij zijn bovenlip optilde. Zijn tanden waren lichtbruin. Luchtig doen over grove nalatigheid. Hij was benieuwd. Hij pakte de bloknoot uit zijn tas, had zich voorgenomen stevig te starten, maar voordat hij over 'De Plaatsbekleder' kon beginnen was Penders hem voor.

'Wist jij dat de protestanten en lutheranen al in 1933 pamfletten en boekjes publiceerden over het jodendom?'

Hij had intussen zijn pijp aangestoken en wees met het natte mondstuk naar Peter.

'Ik heb hier een stukje uit een Catechismus voor de protestantse jeugd. Zul je leuk vinden.'

Hij stopte de pijp weer in zijn mond en nam een paar flinke trekken, maar de vlammetjes bleven uit. Vier nieuwe lucifers later kwam er rook uit zijn schoorsteen. Hij vervolgde zijn betoog eerst met de pijp nog in zijn mond, haalde hem er even later weer uit en gaf een stapeltje papieren aan Peter.

'Er staat in dat Jezus nooit een jood geweest kan zijn. Maar dat joden Jezus wel tot op de huidige dag vervolgen. Niet best van die joden dus. Dat schreven de protestanten in 1933 snap je? Maar nou komt het mooie, er staat ook in dat Arische mensen bij Jezus antwoord vonden op hun diepste vragen, zodat Jezus vooral de Heiland van de Duitsers werd. Grappig toch, in 1933 in jullie eigen Catechismus voor de jeugd? Nou ja, grappig. Misschien is opmerkelijk een beter woord.'

Hij leunde nu voorover en nam nog een paar flinke trekken om de tabak brandende te houden.

'En heb je weleens gehoord van meneer Kittel, een lutherse theoloog? Nee, zie ik. Jammer. Toch eentje van jouw richting min of meer.' Penders leunde nu weer achterover. Het hele spel leek er op gericht om Peter, ook non-verbaal, te intimideren. 'De man heeft een woordenboek over het Nieuwe Testament gemaakt. Goed boek, maar zijn kijk op joden was een beetje onfris en dan zeg ik het erg eufemistisch, maar ach, wij katholieken zijn altijd heel mild voor protestanten, ook al hebben ze de moederkerk verlaten. Hij vond eigenlijk dat ze vernietigd moesten worden, maar omdat dat niet lukte via de Spaanse Inquisitie en ook niet bij de pogroms door de Russen, moest er een andere manier worden gevonden. Ik herhaal het maar even, want ik word niet graag onjuist geciteerd, dit zei de lutherse theoloog Kittel. Ook een van jouw cluppie dus. Nou ja, ik dacht, voor jij over De Plaatsbekleder begint…'

Hij sloeg zijn armen over elkaar en blies de welriekende geur van toffeetabak omhoog naar de paus, als een offergeschenk, en leunde opnieuw achterover met een gezicht van 'deze slag is de mijne'.

Kees kuchte en schuifelde ongemakkelijk op zijn stoel. Hij had deze aanpak niet verwacht. Even later sloeg hij zijn benen over elkaar, om zichzelf tot rust te manen. Zijn grijze broek kroop omhoog langs zijn kuiten, zodat een stukje kuitenwit tussen zijn sok en broekspijp uitpiepte. Vlezige, witte kuiten die het zonlicht niet vaak hadden aanschouwd, net als de kuiten van vader. Even glad als een vrouwenbeen. Peter had geen zin in een antwoord op de vraag welke kerk het meest schuldig was. Hij voelde zich evenmin verwant aan de protestanten. Het ging hem om de feiten en het waarom. Hoe kon het gebeuren dat de meeste kerken Hitler steunden? Is er intussen iets wezenlijk veranderd of zou het morgen weer zo gaan? Dat was het doel van zijn scriptie. Het ergerde hem dat Penders de schuldvraag wilde doorschuiven. En hij haatte die neerbuigende toon.

'Ja, dat had je niet verwacht hè?' Penders leunde weer naar voren en keek Peter nu met een ontspannen glimlach aan. 'Maar luister jongen, ik plaag je maar, ik maak bewust theater, je weet toch dat de mensen die het hardst schreeuwen het minst gelijk hebben. Daarom maak ik zoveel lawaai. De protestanten waren veel moediger dan wij, eerlijk is eerlijk. De gereformeerden namen het in 1941 duidelijk op voor de joden en waren veel actiever in het verzet. Er zijn heel wat predikanten gevangengenomen en dat was niet voor niets. En tientallen zijn omgekomen. Jullie waren beter dan wij. Veel beter als ik eerlijk ben. Het wapen van de lafaard is vergif. Daarom begon ik maar meteen met het sproeien van giftige citaten. Een oude discussie techniek die de Grieken al gebruikten en waar Hitler groot mee werd. Velen van ons waren laf. Dat is de zure waarheid. Maar aan de andere kant... er is moed voor nodig om lafheid toe te geven.' Hij glimlachte weer en nam opnieuw een paar forse trekken. 'Tja, dat is weer een andere discussietechniek: ga door het stof, vergroot je fouten, dan gaan anderen je weer verdedigen. Je oogst respect, zolang je stof op je eigen hoofd blijft strooien. Onthoud dat Peter, het kan je later van pas komen. Wij priesters moeten dat vaak doen. Of we het nou menen of niet, het helpt. Maar goed, in Duitsland legden de meesten van jullie een eed van trouw af aan Hitler. De kerk kent meer lafaards dan moedige mensen, dat is van het begin af zo geweest. De discipelen lieten

Jezus in de steek toen hij werd gearresteerd. Alleen Petrus, onze eerste paus, en Johannes bleven hem volgen. En juist door die moed, kwam Petrus in moeilijkheden. Dat verloochenen staat centraal, niet zijn moed om in Jezus' buurt te blijven. Zo zie je maar. Geschiedschrijving is selectief. Een moedig man als Petrus is in de ogen van velen vooral een lafaard die Jezus verloochende. De andere discipelen krijgen dat stempel niet, omdat ze al thuis waren. Velen die niets deden, werden later helden.'

Peter haalde diep adem als aanloop voor zijn vraag, maar Penders maakte een gebaar van wacht nou even, ik ben nog niet klaar.

'Onze eigen Von Papen sloot in drieëndertig al een concordaat met de paus. En paus Pius XI deed in 1932 al anti-semitische uitlatingen. Zoals in de hele samenleving had je goede en slechte mensen. Of, misschien moet ik dat anders zeggen, goed of slecht moet Onze Lieve Heer maar beoordelen, je had laffe en moedige mensen. Dat is het. Ik ken katholieken die hun leven riskeerden omdat ze in de ondergrondse werkten, en protestanten die met de Duitsers samenwerkten en andersom. Na de oorlog waren veel mensen moedig met de mond, het zijn de types die in het café graag spannende verhalen vertellen. Mij is opgevallen dat echt moedige mensen vaak zwijgen.' Hij zweeg nu zelf ook. 'Willen jullie nog wat drinken of een sigaar, Kees?'

Hij opende een kistje met lange, dikke sigaren. Kees nam een Cubaanse. Penders gaf hem een vuurtje. Peter nam een glas 7up en dacht meteen aan zijn vader. Was hij destijds laf of moedig? Hij schaamde zich een beetje voor die vraag. Vorige week hoorde hij van mama dat vader darmkanker had met uitzaaiingen naar de lever. Hij ging gewoon naar de dokter omdat hij zich slap voelde, mankeerde nooit wat, en kwam verslagen thuis. Gek, maar nu hij ernstig ziek was, leek het ongepast hem als laf te bestempelen. Mensen met terminale kanker deugen altijd, alsof alle lofprijzingen nog net op tijd mee moeten met de hemelpost. Vader moest zo snel mogelijk opgenomen worden voor verder onderzoek. Misschien had opereren nog zin. Iedereen was van slag. De dood loerde en hoewel je weet dat het iedereen kan treffen, kwam dit als donderslag bij heldere hemel. Vader zelf had het idee dat het allemaal in Gods hand was, 'niets gebeurt buiten zijn wil om,' maar Peter was er niet zeker van of hij zichzelf probeerde te troosten. Troosten waarmee? Met een God die ervoor zorgt dat je kanker krijgt? Was dit Gods straf? Hoe lang zou vader nog te leven hebben? Hij kon het idee dat het geheim mee het graf in zou gaan niet verdragen. 'Ik heb in de oorlog ook fouten gemaakt jongen, we moeten het daar nog een keer over hebben. Ik weet niet of ik er spijt van heb, maar het was niet goed.' Vader zei dat nog voordat Peter naar Rolduc ging. Misschien omdat hij hem over de scriptie had verteld en het idee had geopperd om ook gewone mensen te interviewen. Het was een oprisping waar hij waarschijnlijk al weer spijt van had.

'En u, tot welke van de twee behoorde u? Laf of moedig?' vroeg Peter en nam meteen een slok van de bruisende drank. De vraag aan Penders was eruit voor hij er erg in had, misschien omdat de situatie met zijn vader hem de moed gaf direct te zijn. Hij kreeg er een kleur van. Kees proestte wat sigarenrook uit. Was dat van het lachen of van schaamte? Kan je zoiets vragen aan een hoogleraar, een priester? En wat zou hij zelf hebben gedaan? Hij behoorde zelf niet tot de moedige types. Was eerder een vluchter dan een vechter. Er voor uitkomen wat je echt denkt, zo makkelijk is dat niet. En mensen hebben de neiging verantwoordelijkheid af te schuiven: Het moest, was een bevel, ik was niet verantwoordelijk.

'Niet moedig genoeg jongen, ik was niet moedig genoeg. Mag ik het daarbij houden?' Penders leek even aangedaan. Hij liep naar een kastje in zijn kamer en haalde er een fotolijstje uit. 'Kijk, Peter, deze vrouw was moedig. Volkomen onopvallend maar heel moedig. Het is mijn moeder, die in de oorlog is opgepakt omdat ze als koerier-ster werkte voor de ondergrondse. Ik moest dat van anderen horen. De meeste moedige mensen bleven zwijgen, ook na de oorlog. Het verklaart mijn theater aan het begin Peter. Het was het gif van een lafaard. En dit meen ik echt.'

Bij het afscheid kreeg Peter een stapeltje documenten mee. 'Daar mag je vrij uit citeren,' zei Penders, 'en ik verzeker je, het is niet al-lemaal roomse reclame. En doe me een lol, stuur mij een kopie van je scriptie. Ik ben er bijzonder in geïnteresseerd!'

Ze liepen de imposante witte gang weer door met prachtige boog-ramen. De sfeer van een klooster. 'Hoe vond je hem?' vroeg Kees. Ze stapten nu op de schuine droptegels van de vloer onderaan de trap. Mooi rustiek, die schuine zwartwitte vloer met strenge lijnen, temid-den van bogen en pilaren in Islamitische stijl. 'Hij vertelde mij een keer dat het zwijgen van de paus zo gek niet was. Een strategische keuze. Protesten hadden een averechtse uitwerking. Kijk maar naar de protesten van Nederlandse kerken. Nergens hebben de joden meer te lijden gehad dan in Nederland. Misschien was zwijgen veruit de beste tactiek. Je moet de vijand niet uitdagen.' Hij tikte met zijn wijsvinger wat as van zijn sigaar en nam meteen weer een trekje. Was dat onbe-wust om het rookgordijn groter te maken? Ze liepen nu het park in. Hij kon zich niet voorstellen dat Kees dat echt meende. Het klonk als een Bulgaarse gids die tegen Ton zei, op de vraag waarom Bulgaren het land niet uit mochten: 'velen hebben dat vroeger wel gedaan en ze werden er diep verdrietig van. Onze regering wil ze tegen zo'n teleur-stelling beschermen.'

'Straks ga je nog beweren dat zwijgen een moedige daad was. Je probeert gewoon de cognitieve dissonantie voor jezelf op te heffen. Wat niet klopt met je ideaalbeeld, maak je kloppend. Ik had je hoger ingeschat.'

In de trein naar Maastricht moest hij er even om glimlachen. Hij had dat van die cognitieve dissonantie pas gelezen. Iedereen heeft de neiging om zijn beeld of overtuiging weer kloppend te maken, ook al wijzen de feiten anders uit. Je wilt bevestigd worden in je opvatting om jezelf een desillusie te besparen. Mensen proberen teleurstellingen te voorkomen door zichzelf wat wijs te maken. Iedereen maakt onbe-wust zijn eigen rookgordijn, zijn eigen reddingsvlot.

23.

De ingang van de toneelschool leek op een oude abdij. Een sfeervolle historische plek in een knusse Bourgondische stad. Peter had niet hoeven zoeken, had vanaf het station gewoon een taxi genomen. Hij liep de gang door, meldde zich bij de receptie en ging daarna naar de eerste etage, naar de kamer waar Ton hem opwachtte. 'Goed dat je er bent! We beginnen over tien minuten dus je bent mooi op tijd. Wil je nog wat drinken?' Ton droeg een lichtgekleurd jasje met een blauwe coltrui eronder en een zwarte corduroy broek met zwarte schoenen. Hij liep energiek de kamer uit en kwam even later terug met een flesje chocolademelk en een glas pompelmoes. 'Is het er eindelijk eens van gekomen. Ik ben benieuwd wat je ervan vindt. Sonja neemt je na afloop mee de stad in, want ik heb hierna nog een les. Goed? Je kent haar nog niet, maar het is een leuke griet en Maastricht moet je echt even zien. Zij kent de stad op haar duimpje.'

De werkkamer zag er eenvoudig uit, geen frivoliteiten. Een beetje zoals de meeste kleedkamers in theaters. Als er geen publiek bij is, blijkt het een vak, hard werken. Glamour ontstaat pas wanneer je als toeschouwer in de zaal zit. Achter het toneel ziet het er uit als een magazijn of loods met touwen, kabels en smalle doorgangen. Het gaat om de illusie vóór de gordijnen, dat is precies wat Peter zo aantrok. Die metamorfose zodra je zichtbaar in de spotlights staat. Van het ene op het andere moment zijn mensen in de ban van een illusie, een bedacht verhaal dat appelleert aan je eigen emoties, verlangens of rauwe werkelijkheid. Een acteur voelt die betrokkenheid van het publiek, die wisselwerking maakt het zo anders dan film.

Aan de muur hingen een paar zwartwit foto's met Ton als acteur in de vele stukken die hij gespeeld had. Op een van de foto's stond hij als een geestelijke in het stuk *De Opvolger* waarin alweer de kerk en de Tweede Wereldoorlog een rol speelden. 'Dat is wel een leuk verhaal,' zei Ton toen hij hem naar de foto zag kijken. 'We speelden dat stuk onder andere in Tilburg, 1963 was dat geloof ik, en de toenmalige directeur van de schouwburg had de gewoonte om alle Tilburgse kloosters op te bellen als de zaal niet helemaal was uitverkocht. De fraters kregen dan een flinke korting. En dus zaten er uitgerekend bij dit stuk een paar rijen paters in de zaal. Zal ik nooit vergeten. En herken je deze foto?' Hij keek naar een bijna onherkenbaar geschminkte Ton. '*Lucifer* van Vondel. Ik speelde de engel Rafaël, die een uiterste poging doet om Lucifer tot andere gedachten te brengen. Vondel is toch wel besproken op school? dat mag ik toch hopen!' Ton pakte de foto met lijst van het haakje en hield hem even in zijn hand. Zijn ogen fonkelden van enthousiasme. 'Prachtig hoe Vondel – de Nederlandse Shakespeare – de jaloezie van engelen verwoordt. Jaloers op de mens die wel een boom des levens heeft, die zich kan vermenigvuldigen, terwijl engelen nooit een nageslacht zullen hebben, geen seks, geen vrouwen, geen echte familie; en dan moeten ze de mens nog gaan dienen ook! Is God dan helemaal gek geworden?' Bij de laatste zin liep hij gespeeld dreigend op Peter af. 'En zo beraamt Lucifer de val van de mens. Je ziet het jongen, ik ben dan wel niet gelovig, maar ik heb wel voor engel gespeeld, al had ik Lucifer nog mooier gevonden.'

Ton was een joviale kerel, veel bekender dan Peter wist, een graag geziene regisseur en acteur. Een man die hield van het natuurlijke spel. Een publiekstrekker in het theater en bekend van de tv. Maar bovenal een interessante, erudiete man met wie je onbedaarlijk kon lachen en filosoferen.

'Overigens, je moet straks maar niet schrikken van de lesmethode, want het gaat er hier anders aan toe dan op een middelbare school.' Ze gingen weer even zitten op twee doodgewone stoelen die prima pasten in een bedrijfskantine. Geen design, geen glitter, hier werd gewoon gewerkt. 'Weet je wat ik de eerste les met de nieuwe groep heb gedaan? Ik had jou weleens willen zien onder die omstandigheden, luister: ik liet ze allemaal, jongens en meisjes, hun kleren uittrekken. Schrik je van hè? Studenten van achttien tot twintig jaar, sommigen van de grote stad en anderen van een dorp, zoals jij. De groep bestond toen nog uit een man of vijftien. Alleen het ondergoed mochten ze aanhouden. Nog steeds zin in de toneelschool?' Hij nam een slok van zijn pompelmoes en keek Peter met een brede grijns aan en ging weer staan. 'En in die outfit liet ik ze koninklijke waardigheid uitbeelden. Nee, maak je geen zorgen, je moet niks, je hoeft alleen maar te kijken, en vandaag houden ze alles aan. Dat was alleen maar de eerste keer. Iedereen vond het doodeng natuurlijk en ik zou het zelf ook niks vinden, maar ik wilde ze meteen duidelijk maken dat je je nergens voor moet schamen op het toneel. Als je je schaamt, kun je niet spelen. Voor gek staan, gebeurt alleen als je je rol niet goed speelt. En je leert vanuit je fantasie, verbeelding te spelen. Als je je koning voelt, kan je die zelfs in je ondergoed spelen. Als dat lukt, straal je des te meer waardigheid uit als je in volornaat bent. Nou ja, als je dat de eerste les al duidelijk maakt, scheelt dat weken gedoe.' 'Had je ze gewaarschuwd, ik bedoel, wisten ze… 'of ze in hun ondergoed moesten? Nee natuurlijk niet. Dat was de grap. Anders hadden ze allemaal sterrenondergoed aangetrokken of boxershorts. Nee, geen sprake van, ze moesten zich ellendig, onwennig en een beetje beschaamd voelen, want juist dat gevoel moesten ze overwinnen. Kom op, we gaan naar de les.'

Ze liepen naar een soort gymnastieklokaal met een klein podium. Ongezellig. In niets een theater. Het decor bestond uit een houten wand met een deur erin, dat was alles. In de ruimte voor het podium stonden vier rijen met rode theaterstoelen. Langs de kant een paar tafels en losse decorstukken. Een kale ruimte, heel anders dan hij had verwacht. Het viel sommige studenten in het begin tegen dat ze in zo'n ruimte les kregen, ze hadden het zich heel anders voorgesteld, maar later zou blijken dat de repetitieruimten van alle toneelgezelschappen saai en ongezellig waren. Repeteren is werken, zoeken, zwoegen.

'We gaan vandaag een deur openen,' zei Ton tegen de groep, 'meer hoeft niet. Jeroen, jij begint.'

Een krullenkop van een jaar of twintig met een kapotte spijkerbroek, wit T-shirt en gympen beklom het toneel, keek even naar de zaal en vroeg 'die deur?' terwijl hij naar de deur in de houten wand wees. Daarna deed hij zijn hand weer onverschillig in zijn zak.

'Die deur of zie jij een andere?'

Er zaten vier jongens in het lokaltje en drie meiden, allemaal op de eerste rij. Peter was achterin gaan zitten, nadat hij ze allemaal wat verlegen een hand had gegeven. Jeroen liep recht op de deur af, opende die, liet hem openstaan en liep weer terug. Hij trok een gezicht alsof hij zeggen wilde, 'zit ik daarom nou op de toneelschool?'

'Blijf daar maar even staan, Jeroen. Hebben jullie enig idee waarom hij die deur opende?' vroeg Ton aan de rest van de leerlingen. 'Kon je zien wat zijn motief was? Waar dacht hij aan? Waarschijnlijk aan helemaal niets. Als je een slechte acteur wilde nadoen, heb je goed gespeeld, maar die onverschilligheid bevalt me niet. Een handeling boeit alleen maar, als er een innerlijke basis voor bestaat. Als ik vraag of je de deur wilt openen, verwacht ik dat je er over nadenkt waarom. Heb je slecht geslapen ofzo?'

'Sorry,' zei de jongen. 'Mag ik het overdoen?'

'Stel je voor dat het 's nachts twee uur is en pikdonker,' ging Ton verder, zonder op zijn excuses te reageren. 'Je hebt eng gedroomd en hoorde vreemde geluiden. Zou er buiten een vent rondlopen? Niet zo lang geleden was er in de buurt een moord gepleegd. 's Nachts. Je durft bijna niet te kijken, maar uiteindelijk besluit je de deur te openen en naar buiten te gluren. Hoe open je dan die deur? Moet de deur dan niet eerst van het slot af? Hoe draai je dat slot open? Opendraaien maakt geluid, dat kan de mogelijke misdadiger buiten horen. Dat moet aan je te zien zijn. Zit er ook nog een extra slot op de deur? Zit er een kijkgaatje in? Snap je wat er bij betrokken is een deur te openen? Ik wil hier op school geen onverschilligheid zien. Als je dit op een filmset had gedaan, had ik je meteen naar huis gestuurd, al was je een figurant. Dus aan de slag nu, en anders ga je maar wat anders doen. Ik haat gemakzuchtige toneelspelers. Ik wil passie zien!'

Hij had Ton niet eerder boos gezien, schrok van zijn aanpak en vond het gênant dat hij er bij was. De studenten zaten er ontspannen bij, aandachtig, dat wel. Later begreep hij dat die jongen er wel vaker met zijn pet naar gooide. De kans dat hij het volgende jaar nog zou halen, was klein. Veel talent, maar weinig passie. Dit was misschien wel zijn laatste waarschuwing.

'Bedenk eens wat mogelijkheden jongen, een acteur zonder fantasie speelt als een robot, een lopende band werker.' Ton ging weer even zitten en pauzeerde zeker een minuut, terwijl de jongen op het podium het liefst in rook was opgegaan. 'Stel, je zit al een tijdje op de bank en kan je maar niet concentreren op de nieuwe roman die je hebt gekocht,' begon Ton weer. 'Vandaag komt je vriendin na drie maanden terug van een rondreis door Australië. Ze kan elk moment aanbellen. Je probeert je aandacht bij het lezen van een boek te houden, maar het lukt niet. En ineens gaat de bel. Hoe open je die deur? Snap je dat een deur openen een verhaal vertelt. Dat verhaal wil ik zien, al ken ik het verhaal helemaal niet. En pas als ik een verhaal vermoed achter dat wat ik zie, ben ik geboeid. Was ik duidelijk?'

'Nogmaals sorry, u heeft gelijk.'

'Goed. We proberen het nog een keer. Laten we zeggen dat de deur nu leidt naar een ziekenhuiskamer. Je vader ligt op sterven of is misschien al dood. Je weet dat niet zeker. Je weet ook niet of artsen met hem bezig zijn, of er familie is. Je leeft al jaren in onmin met je vader. Je hebt eigenlijk een hekel aan die man omdat hij je vroeger als klein kind vernederde. En daardoor verloor je ook het contact met je moeder en twee broers. Maar vader is rijk. Je moet iets ondernemen nu het nog kan. Om je schuldgevoel te verminderen en om de erfenis veilig te stellen. Ik wil zien hoe je naar die deur gaat en hem opent. Vervolgens ga je door de deur en kom je even later weer die kamer uit. Ik wil kunnen zien wat daar binnen is gebeurd. Leeft hij nog? Was je familie er? Of was hij er helemaal niet? Is het de verkeerde kamer? Is hij verplaatst? Hoe dan ook, wij moeten kunnen zien wat daarbinnen is gebeurd. Je moet je voorstellen dat bij films zo'n scène van in- en uitgaan, wel een paar weken eerder of later kan worden opgenomen dan de scène die zich binnen afspeelt. De acteur moet dat in zijn hoofd hebben als hij die deurscène speelt. Zoniet, dan klopt het hele verhaal niet. Ga je gang, Jeroen.'

Jeroen liep nu naar de deur, ging met zijn hand richting de knop, maar trok zijn hand weer terug. Ga ik naar binnen of niet? leek hij te denken. Wat ga ik zeggen? Hoe pak ik het aan? Na een halve minuut liep hij kordaat naar binnen. Even later kwam hij de deur uit, trok een triomfantelijk gezicht en balde zijn vuist. 'Mooi gelukt,' leek hij te zeggen. Daarover ontstond een discussie. Wat concludeerden de leerlingen uit de manier waarop Jeroen weer de kamer uitkwam?

Sommigen vonden hem te triomfantelijk. 'Maar hoezo te triomfante-lijk? Wat weet je over zijn karakter? Bestaan er geen mensen die, met de achtergrond die ik heb geschetst, triomfantelijk de kamer uitko-men? Was je triomfantelijk Jeroen?' De jongen vertelde uitvoerig zijn motivatie, zijn innerlijke motief. Hij had zijn les geleerd.

Het was duidelijk wat Ton wilde onderstrepen. Je doen en laten op het toneel moet voortkomen uit een innerlijk motief en het moet echt zijn. Dan pas kun je het publiek boeien. Het gaat niet om gesticule-ren, maniertjes, maar om de gedachte erachter. Idioten denken dat je pas toneelspeelt als je voortdurend in beweging bent en met je handen wappert. Ik wil natuurlijk spel, geen poppenkast! We gaan nog een oefening doen. Sonja, wil jij even op het toneel gaan staan?'

Een echte schoonheid stapte nu het toneel op. Donker kort haar, gemiddelde lengte, slank en met een expressief gezicht, met ogen die je verplichten te kijken, ogen zoals je bij vrouwen uit India ziet. Zo'n meisje dat elke jongen kan krijgen. Ze keek even naar Peter, die met-een zijn ogen neersloeg, alsof hij betrapt was. Wie zou niet in zulke ogen verdwijnen? Ging zij hem de stad laten zien? Hij had het gevoel dat hij opsteeg, even loskwam van zijn stoel.

'Ik wil een beroep doen op je verbeelding, je fantasie. We hadden het in een vorige les over de magie van het woord 'als'. 'Als' maakt voor een acteur alles mogelijk. Als jij een kip was met maar een vleugel, hoe zou je dan bewegen? Nee, ik ga je dat niet vragen, maar ik haal even een vorige les terug. Die 'als-vraag' maakt dat je fantasie alle ruimte krijgt. En dat is een van de gereedschappen van een goed acteur: fan-tasie. Wat ga je doen? Je bent ergens in slaap gevallen. Op de grond. Je mag zelf bepalen waar. In een park, op het strand, in een bankgebouw waar je net hebt ingebroken, in je cel, in het huis van een onbekende man met wie je in een dronken bui bent meegegaan. Wat je aan hebt mag je ook zelf bepalen. Nee, hou maar aan wat je aan hebt, maar in je verbeelding mag het in je blootje zijn of in een avondtoilet. Denk maar even na wat je wilt laten zien. Verplaats je in de 'als-situatie' die je in je fantasie zelf creëert.'

Peter was benieuwd, maar had ook met haar te doen. Ze ging op de grond liggen en maakte de situatie al snel duidelijk. Ze was aangespoeld op een strand en ontwaakte uit een half bewusteloze toestand. Ze veegde wat zand van haar lippen, benen en handen, was in verwarring. Wat was er gebeurd? Waar was ze? Je zag dat haar handen niet op een vlakke ondergrond rustten, maar op los zand, terwijl haar benen op nat zand lagen. Hoe hij dat kon concluderen wist hij ook niet, maar voor hem was dat de werkelijkheid. Hij hoorde de golven af en aan op het strand rollen.

24.

Later vertelde Sonja hem dat ze dat niet bewust deed, maar dat haar fantasie haar lichaam stuurde. Dat had ze in de loop van het eerste jaar geleerd. 'En als je van binnenuit, vanuit je fantasie speelt, moet je pas in tweede instantie nadenken over wat je doet. Want niet alles wat je voelt is duidelijk voor het publiek. Je moet wel gecontroleerd spelen.' Ze zei het terwijl ze een lik van een ijsje nam. Zelfs haar tong was mooi. Sonja vond het leuk om hem intussen iets van de stad te laten zien. Een ongedwongen, gezellige meid die niet koketteerde met haar schoonheid. Ze deed hem aan Nel denken.

'Maar heb je nou niet de neiging ook in het dagelijks leven te spelen, je te bewust te zijn van wat je doet?'

Ze had daar geen last van, zei ze. 'Toneel is toneel. Dat is een vak. Maar ik geloof wel dat, als je maanden met een indringende rol bezig bent, dat het dan moeilijk is je daarvan los te maken. Maar de ene acteur kan zich ook veel sneller inleven dan de ander. Ik ken een actrice die Ophelia speelde in Hamlet – die vrouw werd uiteindelijk gek hè? – en ze ging wel tien minuten voor ze die waanzinscène moest spelen in een donker hoekje achter het toneel zitten om zich in te leven. Maar je hebt er ook die zich binnen een minuut in een ander kunnen verplaatsen. Ik kan het meestal wel snel.'

Ze zwaaide hartelijk naar een jongen die op een opoefiets langskwam, omkeerde en haar omhelsde. Ze kreeg twee dikke zoenen op haar wang en zoende terug. 'Hoe is het schat?' vroeg hij. 'Ik zie je morgen! Ik heb haast!' Hij gaf Peter snel een hand en fietste weer weg.

'Is Pierre,' zei ze. 'Derdejaars, en speelt nu al mee in een film. Wordt echt een goeie.'

'Is hij je vriend?'

'Omdat hij me een zoen gaf? Ben je gek joh, dat is bij ons op school heel gewoon. Moet je niks achter zoeken. Toneelspelers zoenen allemaal en zijn allemaal 'schat'. Stelt verder niks voor.'

Ze fietsten samen naar het Vrijthof, zij achterop haar eigen oude damesfiets, haar handen om zijn heupen. Dwars door de oude stad, via Grote Staat – waar je natuurlijk niet mocht fietsen – hup het Vrijthof op met rechts de schouwburg en aan de overkant de Sint Servaas. Een plein met net zo'n heerlijke sfeer als het grote plein in Delft. Ook hier ga je terug in de tijd. Een paar eeuwen wel. Ze liepen richting de schouwburg waar alle beroemde acteurs en actrices hadden opgetreden. Als vanzelf. Naar huis.

'Waarom ben je naar de toneelschool gegaan?' zei hij, terwijl ze de trappen opliepen. Hij vroeg het uit belangstelling maar ook om maar wat te zeggen. Stilte maakte hem onzeker. Het was de eerste keer dat hij echt alleen met een meisje op pad was, meestal maakte hij deel uit van een groep. Nou ja, met Annemiek was hij vaker alleen geweest, maar dat was anders: een klasgenoot. Ze liep ietsje voor hem uit. Dat lijf! Hoe ziet dat er in bikini uit? Hij sloeg twee treden over om weer op gelijke hoogte te komen.

'Als kind al gewild, zolang ik me kan herinneren. Ik kom helemaal niet uit een artistiek milieu of zo. Mijn vader is vertegenwoordiger en mijn moeder gewoon huisvrouw. Maar toen ik *De Veroordeelde* op tv zag, met Ko van Dijk onder andere, was ik definitief verkocht. Dat was in 1959, twaalf was ik toen. Dat helemaal in de huid van een ander kruipen, even een ander zijn met alle gedachten en emoties, ik vind dat zo boeiend. Ik heb het gevoel dat ik op het toneel al mijn emoties en gedachten vorm kan geven. Soms huil je op het toneel je echte tranen weg, alsof er een ventiel opengaat om je eigen verdriet weg te laten stromen. Heerlijk! En op de een of andere manier ging me dat als kind al makkelijk af. We speelden op straat al toneelstukjes met een kleed op de grond, en hadden een jampotje neergezet waar mensen geld in konden stoppen. Grappig hè? Ik had bij het afscheidsavondje van de lagere school ook de hoofdrol, ik vond het vanzelfsprekend. Zoals de een als kind al achter de piano kruipt, zo kroop ik in de huid van een ander. Ik werd prinses, zigeunerin, schooljuffrouw, zwerfster, non en vond het de gewoonste zaak van de wereld. Maar jij wordt ook toneelspeler toch? Dat zei Ton.'

'Zei hij dat?'

'Ja, jij wil toch ook naar de toneelschool?'

'Misschien.'

'Hoezo misschien?'

'Ik weet nog niet zo goed wat ik wil. Kinderachtig hè? Ik wil zoveel. Ik twijfel.'

'Echt? Of durf je niet?'

'Waarom zou ik niet durven?'

'Misschien door de les die je net hebt meegemaakt, door faalangst of door je ouders. Sommige ouders vinden toneel een plek voor losgeslagen mensen, viezeriken, blote meisjes, vrije seks, een baan die tot armoede leidt.'

'Wat heeft Ton jou verteld?'

'Niks, Ton heeft helemaal niks verteld, behalve dat je familie van hem bent, graag naar de toneelschool wilt, en of ik je na afloop de stad wilde laten zien. Had ik eigenlijk niet zo'n zin in, maar toen ik je zag, dacht ik, vooruit dan maar!' Ze keek hem aan met een guitige sproetenkop. Vlak boven haar bovenlip zat een sproetje dat gezellig meebewoog als ze sprak en lachte. 'Heb je deze schouwburg weleens vanbinnen gezien?'

Ze liep voor hem de hal in. Hij keek opnieuw naar haar lange benen, ronde billen, elegante figuur. Zwarte strakke broek, zwarte schoenen met een laag hakje, zwarte blouse met een opstaande kraag en daaroverheen een kort zwart jasje, eenvoudiger kon het niet en toch was ze een bezienswaardigheid. Het leek op maat gemaakt. Charisma kan je niet kopen, maar het kan geen kwaad voor een actrice, dacht hij. Ze was mooi, maar had niet de kille schoonheid van modellen die modeshows lopen, die magere meiden die bewegen als een gehandicapte kip met een gezicht alsof ze het liefst dood willen, vandaag nog; zij was mooi door haar energie, door levenslust, innerlijke vreugde. Hij probeerde het voor zichzelf te verklaren. Wanneer is schoonheid, mooi? Ze straalde omdat haar schoonheid vooral vanbinnen zat. Je werd blij als je haar zag, niet jaloers, maar blij.

Er hing een poster met de aankondiging van *Dood van een handelsreiziger* met Ko van Dijk en Enny Meunier. Een stuk over illusies, dromen, het tegen beter weten in geloven in het onmogelijke. Was het dat, zag hij in haar zijn eigen wensen weerspiegeld? Hij had over het stuk van Arthur Miller gehoord.

'Dat zou ik graag willen zien,' zei hij en wees op het affiche.

'Dan gaan we samen! Ik heb het ook nog nooit gezien. Afgesproken? Wanneer kun je?' Ze gaf hem een por in zijn zij. 'Ik meen het! Als je me doorgeeft wanneer je kunt, zorg ik voor de kaartjes. Dan blijf je daarna bij mij slapen…nou ja, in het huis van mijn hospita. Keurig op een andere etage! Ik ben heel netjes opgevoed hoor! Vindt ze prima. Het kan nooit kwaad vriendjes te zijn met een familielid van Ton, goed voor mijn carrière.' Ze pauzeerde even om zijn reactie af te wachten. Hij wist niet goed wat hij ervan denken moest. 'Grapje joh!' zei ze, 'lijkt me gewoon leuk. Ik wil ook; met mijn klas ga ik al vaak genoeg naar toneel. En slapen bij mijn hospita kost niks.'

Hij had 'ja' gezegd, met het gevoel alsof hij op een glijbaan van geluk was beland. Ben je even weg uit Nootdorp!

'Wat vonden jouw ouders er eigenlijk van dat je naar de toneelschool ging?'

'Teleurgesteld. Ik weet niet of Ton wat over mij heeft verteld? Niet? Goh, die man is te vertrouwen! Maar ik ben van joodse ouders. Niet dat ze dat belangrijk vinden, mijn broer is met een niet-joodse getrouwd en dat vonden mijn ouders helemaal prima. Ik ben dus een jodin en op de een of andere manier is dat toch bijzonder. Niet dat ik me meer voel of minder, maar, hoe moet ik dat nou zeggen, dat je tot een volk behoort met zo'n enorme geschiedenis. Dat draag je toch een beetje met je mee. Je hoort tot een bijzonder ras, of bijzonder, dat klinkt weer zo arrogant, zo bedoel ik het helemaal niet, maar het is toch speciaal. Je hebt er als kind niks voor gedaan, net zo min als mensen van adel, en toch voelt het bijzonder. Niet superieur, helemaal niet zelfs, maar bijzonder. Alsof je een extra verantwoordelijkheid hebt naar het verleden. Maar wel met grote consequenties soms. Ben ik erg vaag?' Peter schudde alleen maar zijn hoofd. 'Mijn vader en moeder hebben tijdens de oorlog jarenlang ondergedoken gezeten, snap je? Jood zijn heeft gevolgen of je het leuk vindt of niet. Voor de een voelt het als een litteken, voor de ander als een sieraad, maar je bent hoe dan ook jood. Zoals een neger altijd een neger blijft of hij nou in Nederland is geboren of in Afrika. En zij kunnen het al helemaal niet verbergen. Het begint bij jezelf, hoe je het zelf voelt. Als je je schaamt voor je afkomst, straal je dat uit en word je eerder als minderwaardig behandeld. Als je er trots op bent – en dat is in feite net zo gek als je ervoor schamen – oogst je meer respect.' Ze stopte even met praten, terwijl ze nog steeds in de hal van het theater stonden en langs de posters liepen. 'Het heeft mijn ouders wel getekend, de oorlog. Bijna niemand van de familie heeft het overleefd. Ik ben van 1947, net na de oorlog verwekt; ik was de bevrijding!' Ze draaide zich om en liep huppelend de trappen af. 'Ik heb me wel vaak afgevraagd of de oorlog er wat mee te maken had, met dat afwijzen van de toneelschool,' ging ze na een korte pauze verder. Alsof ze blij was er eindelijk eens met iemand over te kunnen praten. 'Ik kan vrij makkelijk leren, al zeg ik het zelf, dus ze wilden dat ik naar de universiteit zou gaan, net als mijn oudere broer. Mijn broer is aan het begin van de oorlog geboren en heeft net zijn studie geneeskunde afgerond. Het leek hun verstandig dat ik rechten ging doen. Toneelspelers verdienen niets, zei mijn vader. Het is een leuke hobby als amateur, maar niet als beroep. Ik wil dat je het erg goed krijgt. Niet dat we het nu niet goed hebben, mijn vader heeft geen topbaan maar we komen niets tekort, maar mijn ouders hebben ook echte armoede en honger gekend. Zullen we zo het plein op?'

Ze slenterden verder en stonden af en toe stil, misschien om letterlijk even stil te staan bij wat net werd gezegd. Sonja praatte makkelijk, open. Hij keek eerst tegen haar op, tweede jaar toneelschool, zij was bijna een idool in zijn ogen, maar haar hele manier van doen was ontwapenend. Haar charme was natuurlijk, oprecht, en ze was heel open over haar gevoelens en visie. Misschien was zij in het begin net zo onzeker ten opzichte van hem als omgekeerd. 'Dus nee, ze vonden het niet leuk dat ik doorzette en hoopten dat ik er na het eerste jaar uit zou vliegen wegens gebrek aan talent. Ook wel omdat ze dachten dat je als meisje alleen maar succes hebt als je met Jan en alleman naar bed gaat. Ze kenden die theaterwereld alleen maar van verhalen. En natuurlijk heb je veel van die vrijgevochten types, maar ik ken er ook genoeg die hun lijf als een poortwachter beschermen. Als je goed bent, heb je die trucjes niet nodig, en je bent er altijd zelf nog bij, toch? Maar ik zit er nog en heb mijn eerste aanbieding om mee te doen in een film al binnen. En daar is nog geen luchtbed aan te pas gekomen! "Doen!" zei Ton, "daar leer je veel van". Dus wie weet valt het allemaal mee en zijn ze over een paar jaar trots op me. Ik hoop het.'

'Welke film?'

'Als je niet verder vertelt: *De vijanden*. Speelt zich af aan het eind van de oorlog en gaat over de vriendschap die zich ontwikkelt tussen een Belgische jongen, een gewonde Duitse soldaat en een Amerikaanse soldaat. Geschreven door Hugo Claus èn door hem geregisseerd. Niet gek toch?'

'Dus als ik het goed begrijp sta ik nu te praten met een filmster?'

'Dat begrijp je inderdaad niet goed. Je praat met iemand die studeert voor actrice en die heel waarschijnlijk een rol in een film krijgt; de opnames zijn nog niet begonnen hè!' Hij voelde een lokroep in zijn buik. Was het haar natuurlijke schoonheid? Haar onbevangenheid? 'Maar ik ben al blij dat ik met zulke grote namen mee mag doen. Interessant thema ook, hoe een Amerikaan, Duitser en Belg – vijanden dus, zeker van de Duitser – door toeval een vriendschap of in elk geval verbondenheid ontwikkelen. Vijanden blijken vaak veel meer met elkaar gemeen te hebben dan ze denken, vind ik. Pas als ze echt kennismaken met de ander, met zijn idealen, opvattingen en wensen, blijkt vaak dat ze hetzelfde nastreven: vrede, liefde, geborgenheid, geluk. Mooi toch? Kom, we gaan even naar de basiliek. Die moet je zien.'

Ze pakte zijn hand en trok hem bijna mee naar het Keizer Karelplein.

'Ik vind het soms wel lekker om even in een kerk te zitten om na te denken' zei ze, 'maar ik geloof niet in God hoor. Ook niet gelovig opgevoed. Mijn ouders zijn wel joods van geboorte, maar geen gelovige joden. Het is meer de stilte, de historie die je proeft, dat geeft me een goed gevoel. Ik ga in het buitenland ook altijd even een kerk in, en soms een moskee of synagoge, gek hè? Ik heb niets met God, maar wel met contemplatie, als kind al. Zit je weer te dromen? zei mijn moeder dan. Alsof ik de behoefte heb me soms terug te trekken in mijn eigen zeepbel. En je hebt hier prachtige kerken. Die Servaas schijnt zo'n beetje de stichter van Maastricht te zijn.'

Ze stonden voor de ingang van het plein. In het midden zag je

Christus met aan de ene kant van hem Sint Petrus en aan de andere kant Sint Servaas. En in de bogen de twaalf apostelen leunend op vier grote profeten uit het Oude Testament. Gek, ook al was hij zelf niet echt gelovig meer, toch voelde hij een afkeer van die protserige sfeer. Het was alsof hij door die beelden heen de brandstapels en heksenverbranding zag. Was hij dan diep vanbinnen toch een Calvinist, met een neiging tot een beeldenstorm? Aan de ene kant vond hij uitbundigheid en de Bourgondische manier van leven heerlijk: kunst, muziek, eten, van het leven genieten, hij vond het veel aangenamer dan de protestantse bekrompenheid, maar aan de andere kant had hij een afkeer van die schijndevotie. Eeuwenlang bouwden mensen grote gebedshuizen op een illusie. De fundamenten kraakten. Hoe kleiner het geloof, hoe groter het gebouw. Hij had liever gehad dat Sonja hem mee naar de kroeg had genomen dan naar een kerk. Hij wilde niet dat kerken nu ook nog tussen Sonja en hem in kwamen, zoals het geloof een wig had gedreven tussen hem en zijn vader.

'Kom, we lopen even naar binnen, naar de Pandhof. Dan waan je je echt in het verleden. Een soort Hof van Eden, wat wil je nog meer?'

Ze pakte weer zijn hand alsof ze elkaar al jaren kenden. Hij volgde haar met een beetje tegenzin. In Delft had hij genoeg historie om zich heen, maar hier voelde hij zich minder op zijn gemak. Alsof hij had gehoopt in Maastricht even helemaal los te zijn van zijn gelovige wortels. Misschien deed het hem ook teveel aan zijn vader denken, die haatte katholieke kerken. Demonenpaleizen noemde hij ze. Hij voelde zich er niet op zijn gemak, werd er misselijk van. 'Die Servaas zou zelfs nog familie van Jezus of Johannes de Doper zijn geweest,' zei Sonja. 'Niet dat het mij iets kan schelen, al was hij familie van Donald Duck, maar wat denk je van arme oude dametjes die op hun knieën smeken of de goede Sint voor hun zielenheil wil bidden? Ik heb vaak geboeid naar die knielende vrouwtjes gekeken. Wat voor leven moet je hebben gehad om zover te komen? En het zijn meestal vrouwtjes hè, mannen zie je niet vaak knielen of in de biechtstoel. Een intrigerend verschijnsel. Er zijn ook veel meer gelovige vrouwen dan gelovige mannen. Heb jij een idee hoe dat komt? Ik denk, omdat vrouwen eeuwen lang zijn onderdrukt. Geloven is hopen. Zij hopen dat het later beter zal worden. Geloof jij in bidden?'

'Blijf jij maar even hier in de wierook van alle heiligen, je bent tenslotte een vrouw. Ik ben mijn levenlang al ondergedompeld in die spiritualiteit. Ik ga alvast naar de overkant een biertje drinken'.

25.

Peter raakte in paniek en liep snel het gebouw uit. Sonja moest er een beetje om lachen, dacht dat hij een grapje maakte. Midden op het Vrijthof hapte hij naar adem en moest even op de grond gaan zitten om niet te vallen. Het bloed trok weg uit zijn gezicht. Wat zou ze in hemelsnaam van die aanstellerij vinden? Hij had dit niet verwacht. Probeerde weer op te staan, maar verloor zijn evenwicht. Hij ging op zijn hurken zitten en klemde zijn hoofd tussen zijn armen in de hoop de doorbloeding te verbeteren. Ze moest hem in elk geval niet zo zien. Misschien had hij nooit aan die scriptie over kerken in de Tweede Wereldoorlog moeten beginnen. Of was het de slechte gezondheid van zijn vader? Het feit dat Sonja joods was. Bijna heel haar familie was omgekomen. Hij kon de gedachte dat zijn vader daar misschien een rol in had gespeeld niet verdragen. Schaamde zich. Voelde zich een huichelaar. Ongemakkelijk in elk geval. Hoe kon je als zoon van een jodenmoordenaar verliefd worden op een jodin? Ook al was hij niet verantwoordelijk voor vaders daden, je draagt als kind, of je het leuk vindt of niet, de besmetting met je mee. Het hoort bij de erfenis. Hoe zou hij haar ooit mee naar huis kunnen nemen? 'Dit is mijn vader, hij heeft in de oorlog een dubieuze rol gespeeld, maar verder is hij wel aardig.' Juist nu hij zich had losgemaakt van zijn strenggelovige wortels, werd hij opnieuw ingesnoerd door vaders oorlogsverleden. Je komt nooit los van je afkomst. Het zit niet alleen in je genen, maar je draagt een hele geschiedenis met je mee. Zijn hoofd tolde. En die vragen over bidden, nog even en ze zou hem met medelijden aankijken.

'Hier schenken ze geen biertjes!'

Ze zat nu naast hem op de grond, dicht tegen hem aan. Een van de mooiste meiden die hij ooit had gezien zat nu naast een zot. Hij voelde zich als een wereldvreemde dorpsjongen.

'Ben je allergisch voor kerken of zo? Of vond je mij daarstraks zo slecht spelen dat je er nu nog beroerd van bent? Kom op, we drinken even een biertje en dan fietsen we terug naar de school, we hebben nog een klein half uur.'

'Ik had even behoefte aan een ander perspectief,' zei hij om zich eruit te redden.

Hij trok haar omhoog. Hij begreep zichzelf niet meer. Had liefde voor toneel, maar was bang dat zijn leven in een wervelstorm terecht zou komen. Het ging ineens zo snel allemaal. Verliefd op een joods meisje, als zoon van een bijna NSB-er. Hij was als de dood dat het ter sprake zou komen, dat ze naar zijn ouders zou vragen. Hij kon haar beter meteen duidelijk maken dat het nooit wat zou worden tussen hen. Een keer zou het misgaan, dan maar liever meteen. Of als vader dood was. Dat duurde niet lang meer. Met hem kon hij zijn protestantse wortels en de hele NSB begraven. Was dit normaal? Hoorde dat bij het volwassen worden?

Ze liepen terug naar de schouwburg, pakten haar fiets en reden naar haar stamkroeg aan de achterkant van Grote Staat. Een bruin café met veel tafeltjes en druk pratende jonge mensen. Op de achtergrond klonk jazzmuziek.

'Hier komen de lui van het conservatorium en de toneelschool het meest. Altijd gezellig! Biertje?' Ze liep naar de bar waar een paar mensen op een kruk zaten en bestelde twee biertjes. Even later liep ze met twee schuimkragen terug naar het grote biervat dat als tafeltje dienst deed. Veel later realiseerde hij zich, dat zij betaald had.

'Je moet een keer een heel weekend komen, misschien als we naar het stuk gaan. Er is hier zoveel moois te zien.' Ze likte het schuim van haar bovenlip.

'Hebben je ouders lang ondergedoken gezeten?' Hij vroeg het om tijd te winnen. Zolang het over haar ging, hoefde hij zijn eigen kaarten niet op tafel te leggen.

'Dat houd je wel bezig hè? Weet je dat bijna nooit iemand daar naar vraagt? Ik weet het niet precies, we hebben het er thuis nooit over. Maar ik denk minstens een paar jaar en op verschillende locaties.' Ze keek naar haar glas alsof daarin de geschiedenis te lezen stond. 'Eerst in Zuid-Holland in een of ander vervallen boerderijtje, als ik het goed heb. Ik weet niet eens in welk gat. En toen in Groningen. Ik weet wel dat ze in die tijd veel hebben gelezen. Gelukkig hadden de mensen waar ze het laatst waren veel boeken in huis. Ik denk dat mijn broer en ik daarom als kind al veel boeken van mijn ouders kregen.'

Ze zat tegenover hem met haar gezicht naar de ingang, knikte even naar iemand en ging, na twee flinke slokken, meteen weer verder. Haar ogen vertelden het verhaal mee. 'En in Zuid-Holland was er een alleenstaande vrouw die voor mijn ouders zorgde en voor mijn broertje die net was geboren. In de oorlog dus en min of meer in een stal, net als Jezus!'

'Was er een dokter bij?'

'Nee, mijn vader heeft geholpen. Het ging heel snel. En daarna heeft hij de buurvrouw geroepen. Een vrouw van hun leeftijd. Ik weet niet eens of er nog een arts aan te pas is gekomen. Stom hè? Ze kregen vaak 's avonds wat toegestopt, die vrouw had een eigen groentetuintje geloof ik, maar zelfs dat weet ik niet zeker. Het is gek, nu je ernaar vraagt besef ik pas dat we het er thuis bijna nooit over hebben. Ik heb ze er ook nooit naar gevraagd. Voor mij is dat onderduiken de gewoonste zaak van de wereld. Pas als anderen erover beginnen, hoor ik ook wat.' Ze staarde even naar de deur. 'Op een bepaald moment moesten ze daar weg omdat er een klopjacht werd gehouden. Zoiets was het. En gelukkig was mijn broertje toen al een paar maanden.' Heel even leek het alsof ze vanuit haar eigen herinnering sprak, ze er bij was geweest. En toen weer tegen hem: 'Die vrouw heeft mijn ouders nog net op tijd kunnen waarschuwen. Anders was ik er misschien helemaal nooit geweest. Ben jij eigenlijk gelovig?'

Hij keek vol bewondering naar haar mond. Lief, zacht, vol. En die charmante lach. Haar lippen waren vol en wat roder dan eerst. Dat optimisme, die energie. Ze kenden elkaar nog maar een uur, iets meer misschien, maar hij had het gevoel of het veel langer was. Verwantschap? Omdat ze zo snel zoveel van zichzelf blootgaf? Ging ze alleen maar met hem mee omdat Ton het gevraagd had? Maar waarom pakte ze zijn hand? Vertelde ze dat verhaal over haar joods zijn aan iedereen? Waarom wilde ze samen naar *Dood van een handelsreiziger*? Hij wist niet goed wat hij met die vraag moest. Het liefst had hij de vraag ontweken. Ook al voelde hij veel meer verwantschap met Nel en Ton dan met zijn eigen ouders, hij kon zijn afkomst niet verloochenen. Zo makkelijk als zij erover sprak jodin te zijn, zo moeilijk vond hij het om over het geloof van zijn ouders te praten. Net alsof hij moest bekennen dat ze thuis nog in klederdracht rondliepen. 'Ik weet het niet,' zei hij uiteindelijk naar waarheid. 'Dat klinkt misschien gek, maar ik ben protestants opgevoed, mijn vader is van de strenge lichting – zeg maar gerust zwarte kousen – ik woon in een katholiek dorp en ik schrijf voor mijn eindexamen een scriptie over de rol van religie in de oorlog.' Hij nam een slok om even na te denken. 'Ik moet even naar de wc,' zei hij, 'sorry, ben zo terug.'

Terwijl hij voor het porseleinen urinoir stond, voelde hij zijn hart kloppen. Er was gelukkig niemand. Hij had er altijd moeite mee te plassen als er anderen omheen stonden. De wc met een deur ervoor was op slot en hij hoorde de bewoner ongeremd zuchten en kreunen. Het was hem vaker opgevallen hoe mannen eenmaal in de publieke wc alle remmen loslieten. Hoe primitiever, hoe mannelijker. Alsof de beschaving in de wc ophield. Mannen onder elkaar, scheten en boeren laten, we zijn geen mietjes. Hij ritste zijn gulp open en dacht na. Hoe kon hij zich hier uit redden? Geloof jij? Hij had hier geen zin in. Niet hier en nu. Er kwamen twee jongens tegelijk binnen. Hij ritste zijn gulp meteen weer dicht alsof de klus was geklaard. De jongen die achter hem stond te wachten nam nu zijn plaats in. Hij kon niet plassen met een wachtende achter hem. Nergens. Hij waste zijn handen, ging de wc weer uit en liep even het gangetje in dat naar de keuken leidde. Onbegrijpelijk eigenlijk, zo'n wc vlak naast de keuken. Even later kwamen de twee weer naar buiten, en glipte Peter opnieuw naar binnen voor een herkansing. Gelukkig was de deur nu open. Naast de pot lag papier. Terwijl hij plaste dacht hij na over de strategie. Het liefst wilde hij het onderwerp vermijden. Misschien kwam ze er niet op terug. Hij waste opnieuw zijn handen, maar droogde ze niet af. Die handdoeken zaten vol met bacteriën, wist zijn moeder. Toen hij naar het tafeltje liep, kwam Sonja er net weer aan. Ze was even aan het babbelen met een paar meiden verderop.

'Zei je nou zwarte kousenkerk? Wist je dat Henk van Ulsen ook uit een heel gelovig nest komt? En Jan Wolkers! Ben je nog steeds gelovig?' Ze leunde wat naar voren. Ging er echt voor zitten. Haar drie armbanden raakten de houten tafel en gaven het geluid dat zijn vader maakte als hij een klap op tafel gaf, na het Bijbellezen. 'Wat was het laatste woord?' Hij had opnieuw het gevoel ter verantwoording te worden geroepen.

'Ik kom steeds meer tot de conclusie dat we het gewoon niet weten. Mensen in de kerken hebben allemaal hun schijnzekerheid: moslims denken de wijsheid in pacht te hebben omdat de Koran de laatste openbaring van Allah zou zijn – van hun mogen we trouwens geen bier drinken! – (hij hief even zijn glas) de katholieken hebben de plaatsvervanger van Christus, joden zeggen dat de Messias nog moet komen en dan heb ik het niet over boeddhisten, hindoes en al die andere visies.' Sla ik niet door? dacht hij intussen, het lijkt wel een college, maar ik moet tijd winnen, zodat ze niet te dichtbij komt. Ze nam opnieuw een slok bier en bleef hem belangstellend aankijken. Zo nu en dan knikte ze. Hij was er niet zeker van of dat een teken van instemming was of dat ze alleen maar wilde duidelijk maken dat ze begreep wat hij zei. 'Wie kan nou met zekerheid zeggen dat God bestaat en dan ook nog zeker weten wie hij is en wat hij wil?' ging hij snel door, 'dus nee, als ik er over nadenk, ik geloof niet in God, niet zoals allerlei kerken hem hebben vormgegeven. Misschien had Kant het bij het rechte eind, dat er wel zoiets bestaat als universele, eeuwige principes. Ach, ik klets ook maar wat, ik weet het gewoon niet. Geloof jij?'

'Kan het je iets schelen?' zei Sonja, 'ik bedoel of God wel of niet bestaat? Vind je dat belangrijk? Mij maakt het niets uit. God roept vooral vragen op. Er zijn nauwelijks antwoorden.' Ze dronk nu haar glas leeg, maar hield het nog even in haar hand. Ook op haar handen zaten sproetjes. 'Ik heb niet om het leven gevraagd en ook niet om de dood. Als God het allemaal zo belangrijk vindt of we wel of niet naar hem luisteren, had hij wel wat duidelijker mogen zijn, toch? We zitten allemaal met dezelfde vragen en niemand heeft exacte antwoorden. Als God al niet duidelijk kan maken wat hij bedoelt!' Ze spreidde haar armen en trok haar schouders op. 'Je komt er toch nooit uit. Je kunt je energie beter geven aan dingen die je wel weet. Hoe denk je over de liefde?' Ze keek hem met een glimlach recht in de ogen. 'Liefde, dat is pas belangrijk. Misschien is dat wel de grootste oerkracht van het universum. *Omnia vincit amor*, zei Vergilius in 70 voor Christus 'Liefde overwint alles!' Ik zie dat als mijn lijfspreuk.'

'Je vergeet voor het gemak het tweede deel,' zei Peter, '*et nos cedamos amori*.'

'Wat betekent dat ook al weer?'

'Alsof jij dat niet weet!'

'Nee, echt, ik ken alleen het eerste deel.'

'*Laten ook wij ons dan aan de liefde overgeven*'. Hij bloosde terwijl hij het zei.

'Daarom ben ik het natuurlijk vergeten.' Ze gaf hem een plagende klap op zijn hand.

'Weet jij wat dat is, liefde?' Hij was blij dat het onderwerp was verschoven.

'Jemig, wil je alles in het leven filosofisch benaderen? Weet ik veel, gewoon, een relatie, elkaar vertrouwen, maatjes zijn, vrienden voor het leven met veel passie. Bij elkaar willen zijn. Niet alles doen uit egoïsme, maar vooral ook voor een ander. Zoiets? Heb je al eens verkering gehad, is dat een betere vraag? Heb je ervaring?'

'Ik sta misschien op het punt enige ervaring op te doen,' zei hij, 'maar moeten we zo langzamerhand niet gaan?'

'Je wilt onder de vraag uit, begrijp ik. Goed, we gaan. Ik hou het antwoord wel tegoed.'

Hij kon haar de hele rit naar huis niet uit zijn hoofd zetten, vroeg Ton honderduit naar haar achtergrond, maar schoot weinig op met zijn antwoorden. Hij wist er niet veel van. Hij vond haar alleen maar leuk en erg getalenteerd.

'Heb je een meisje? Je doet zo gek de laatste tijd. En zo veel ook. Je bent altijd maar op weg. Blijf gewoon eens een tijdje rustig thuis,' zei zijn moeder bezorgd. Voor zijn vader was het duidelijk: als je de Heere in de steek laat, laat de Heere jou ook in de steek. Hij durfde niets te zeggen, darmkanker snoerde zijn mond. Zijn vader had een agressieve vorm, ging naar de dokter omdat hij zich vaak moe en misselijk voelde, en nu dit. Het maakte dat de communicatie met zijn vader nog stroever verliep dan voordien. Hij was graag trots op hem geweest, en zijn vader op hem, maar zij groeiden steeds meer uit elkaar. Tot de dood ons definitief zal scheiden, dacht Peter.

1942

Heydrich voelde zich sterk, onoverwinnelijk. Dankzij zijn benoeming in Tsjecho-Slowakije was hij niet alleen de baas in het land, maar was hij ook gepromoveerd tot SS-Obergruppenführer. Hij had nu vaker rechtstreeks contact met Adolf Hitler. Op 15 februari schrijft Goebbels in zijn dagboek dat het gevaar van Tsjechische zijde was geweken. "Heydrich opereert succesvol. Hij speelt een kat- en muisspel met de bevolking en ze slikken alles wat hij hun voorschotelt."

Reinhard Heydrich was ervan overtuigd dat je slaven, zoals de meeste Tsjechen, geen Germaanse opvoeding kon geven, ook al waren velen van Germaanse afkomst. Ze moesten telkens weer worden gebroken en omgebogen om er wat van te maken. Dat was hem aardig gelukt. Het werd tijd voor een nieuwe uitdaging. Hij zat lekker in zijn vel, de klus was hier bijna geklaard, en een aanstelling als Reichsprotector in Frankrijk was vrijwel zeker.

Zo nu en dan pakte hij weer zijn viool om zich wat te ontspannen. Hij had talent, had dat als kind al. Zijn vader was de oprichter en directeur van het conservatorium in Halle en zong in opera's. Een indrukwekkende man met lange grijze lokken. En moeder Elisabeth gaf pianoles aan hetzelfde conservatorium. Ze noemden hun tweede kind niet voor niets Reinhard Tristan Eugen, naar de opera 'Tristan en Isolde' van Richard Wagner en naar de opera 'Amen' die vader Heydrich zelf had gecomponeerd. Een opera waarin een zekere Reinhard de hoofdfiguur was. En Reinhard zelf ging ook graag en vaak naar het theater. Daar kon hij echt van genieten. Toch was hij bovenal verslaafd aan zijn werk, net als zijn vader die ook zelden tijd voor zijn kinderen had. En misschien had hij meer het karakter van zijn moeder; volgens vrienden van de familie vooral koel, contactarm en met een mate van afstandelijke arrogantie. Maar hij had er veel mee bereikt. Het zuiveren van het Duitse Rijk van joden verliep steeds beter, dankzij zijn ideeën.

Hij dacht met genoegen terug aan de kristalnacht van 9 op 10 november 1938. Winkels, woningen en synagogen van joden werden met succes geplunderd en in brand gestoken, al vond hij het wel nodig om 's nachts nog even een berichtje te sturen aan alle bureaus van de Gestapo en zijn Sicherheitsdienst dat synagogen alleen in brand gestoken mochten worden als er geen gevaar bestond dat het vuur zou overslaan naar omliggende wijken. Maarliefst 101 synagogen in Oostenrijk en Duitsland werden door brand verwoest en 7500 winkels werden vernield, een mooi resultaat. Ook het arresteren van vermogende joden was goed verlopen. Zijn invloed om de joodse kwestie op te lossen werd steeds groter, maar het duurde hem allemaal te lang. Zijn idee om joden een ster te laten dragen, had veel sneller uitgevoerd moeten worden. De meeste collega's misten visie, daadkracht. Hij was nodig, broodnodig. Maar in het algemeen kon hij met plezier op zijn werk terugkijken. Hij kon zichzelf recht in de spiegel aankijken, zijn bijdrage aan het grote rijk was significant. Hoe vaak dacht hij het niet als hij zijn haar kamde en daarna zijn schouders vrijmaakte van een verdwaalde haar. Het was alsof hij zichzelf schouderklopjes gaf. Hij had het getroffen, vooral met zichzelf. Hij mocht dan geen vrienden hebben, met Reinhard kon hij uitstekend opschieten.

Elke dag reed hij in zijn luxe open Mercedes van het slot naar een van zijn kantoren in Praag. Een kostelijke rit van een kilometer of twintig, zonder escorte. 'Die Tsjechen zullen me niets doen, ze eten uit mijn hand,' zei hij tegen zijn chauffeur. 'Ik wil me vrij kunnen bewegen.' Hij bezocht zonder lijfwachten concerten in Praag, al droeg hij meestal wel een kogelwerend vest.

Keihard en meedogenloos optreden combineerde hij met brood en spelen voor het volk. 'We moeten hard als graniet zijn, anders gaat het werk van de Führer ten onder. Op termijn zullen de mensen ons dankbaar zijn,' roept hij, terwijl zijn chauffeur een scherpe bocht maakte.

26.

Hij was geslaagd voor het gym en zijn scriptie leverde hem een negen op. Hij was er nog niet helemaal uit wat hij wilde studeren. Filosofie, kunstgeschiedenis of toch de toneelschool, al was het moeilijk door het toelatingsexamen heen te komen. Van de honderden aanmeldingen gingen er maar een stuk of vijftien door. Dominee zou hij in elk geval niet worden, al had hij er even aan gedacht een studie theologie te beginnen om zijn vader een plezier te doen. Na zijn dood zou hij dan alsnog wijsbegeerte kunnen doen of toch de toneelschool of, nou ja, hij zou wel zien.

Als cadeau voor zijn eindexamen had Nel hem aangeboden samen een reis naar Praag te maken. 'Is niet alleen een mooie stad, maar ik zou het leuk vinden je te laten zien waar ik het eind van de oorlog heb doorgebracht. Ik heb vader gevraagd mee te gaan, maar hij voelt zich te zwak.' Dat laatste had ze niet serieus overwogen. Het voorstel was meer een geschenk aan een stervende, een manier om te zeggen dat hij meetelt. Ze wist dat hij 'nee' zou zeggen. Ze moest er niet aan denken... vond even aan zijn bed zitten al een onaangename verplichting. Deed het meer voor haar eigen gevoel, geweten misschien wel, dan voor hem. Niet dat ze echt een hekel aan hem had, maar er bestond geen band, geen echte vader-dochter relatie. Hij was haar verwekker, daar viel niets aan te veranderen, maar verder was er eerder sprake van gedogen. Ze herkende niets van zichzelf in die man. Aan de andere kant was haar moeder niet verkracht, ze liet zich verleiden, als troostprijs. En zonder hem was Nel er niet geweest. Dat stemde Nel niet dankbaar, wat valt er te bedanken? Moet je een man die zijn eigen begeerte achterna gaat dankbaar zijn? Hij wilde helemaal geen kind verwekken! Schrok! Nee, dankbaar was ze haar moeder, die haar vanaf het begin koesterde in haar buik, die blij was met het onbedoelde wonder. Voor moeder had ze respect, voelde een intense band, alsof de navelstreng nooit helemaal was doorgeknipt.

Peter fietste voor de laatste keer de route van zijn school in Delft naar huis, nu met zijn diploma op zak. 8,2 gemiddeld, hij was tevreden. De hoogste score van de school. Alsof hij de hele rit de wind in de rug had. En met het gevoel of iedereen aan hem kon zien dat hij geslaagd was. Zijn moeder deed in de keuken de afwas. Schort voor, zoals bijna altijd. En bezig, zoals meestal. Het leek wel of moeder zich schuldig voelde, betrapt, als ze overdag een boek las. Dat hoort niet. 'Wie zal een deugdelijke huisvrouw vinden? Zij staat op terwijl het nog nacht is en geeft haar huisgezin spijs,' zei de moeder van Lemuël en Salomo noteerde het gretig. Zouden al die duizend vrouwen zo geweest zijn? Of schreef hij het op om hun een lesje te leren?

'Ik heb al thee gezet, ik kom er zo aan.'

Zo ging het elke dag na schooltijd. Al jaren. De vrolijke pot thee met kipmotief (verjaardagscadeau van de buren, die dat per dozijn als relatiegeschenk hadden ingekocht) stond klaar. Ze dronken samen een kopje – altijd een kopje – omdat dat gezelliger was dan een beker. Hij hoorde op school weleens van sleutelkinderen, maar zijn moeder hield daar niet van. 's Ochtends vroeg 'maakte ze de boel aan kant,' ging daarna de buurvrouw van twee huizen verderop helpen en dan alvast aan het eten beginnen. Tussendoor kwamen de groenteboer en bakker aan de deur. Melkboer was niet nodig, melk kreeg ze rechtstreeks van de boer, en kaas was twee huizen verderop te koop. Eieren kocht ze ook al bij de buren, zo ging dat in een boerendorp. Vroeger moest ze nog wel de kinderen op de fiets naar de kleuterschool brengen, maar dat was jaren terug. Sinds de lage school liepen de kinderen naar het eind van de Veenweg, naar het viaduct, en gingen van daar met de bus naar de basisschool in Delft. Peter kon zich nog goed herinneren hoe hij van het talud afgleed of klaprozen plukte die bij bossen groeide op het grasveld naast het viaduct. Of hoe hij opging in het wegblazen van uitgebloeide paardebloemen, die dan tientallen parachuutjes vrijlieten op zoek naar een nieuwe landingsplaats. Nog even en Peter was het huis uit. Ze zou hem missen. Het praten, theedrinken, zijn gezelligheid. 'Was het leuk?' vroeg ze. 'Laat me het diploma eens zien.' Ze liep nu met de thee de kamer in, op elk schoteltje een plak koek met echte roomboter. Ze was zichtbaar trots. Ging er echt even voor zitten. Haar permanentje was bij beide slapen al een beetje grijs. Was dat van de laatste tijd? Het was hem niet eerder opgevallen. Onder haar ogen kleurde het donkerbruin, ze zag er wat zorgelijker uit dan vroeger en kreeg al een beetje een buikje, zoals oma's hebben. Een korset trok de boel zondags strak, zodat haar kerkjurk mooier uitkwam. Een zieke man in huis, het gaat je niet in de kleren zitten. Oma was al jong weduwe geworden en had zich er kranig doorheen geslagen, het speelde door haar hoofd of ze wilde of niet. En nu ging haar zoon misschien studeren, het huis uit. Ze had zelf graag meer willen leren, maar dat was er in haar tijd niet bij. Geen geld. En opa vond het helemaal niet nodig voor een meisje. Emancipatie, het woord alleen al! Het woord man zit erin, ze maken er manwijven van. Het was opa ontgaan dat Eva mannin werd genoemd. 'We komen uit een familie van werkpaarden,' zei ze, 'maar jij wordt het eerste luxe paard van de familie. Veronachtzaam die gave niet! Laat het diploma ook maar even aan vader zien, hij zal het geweldig vinden. Hij ligt boven.'

Peter deed zijn Bommels uit, liep op zijn sokken voorzichtig de trap op. 's Middags moest vader rusten. Zevenenvijftig was hij nu en hij kon al niet meer werken. Opa was gestorven toen hij negenendertig was, ook aan darmkanker. Hij duwde voorzichtig tegen de deur en zag dat er een ontspannen lach op vaders gezicht kwam. Hij lag, zoals altijd, aan de linkerkant van het tweepersoons bed – aan de kant van het raam – met zijn hoofd op twee kussens. Hij trok zichzelf met moeite op, zette de kussens rechtop en leunde er met zijn rug tegenaan.

'Je hebt het hem mooi geflikt,' zei hij frivool, 'ik ben trots op je jongen.'

Peter was zichtbaar ontroerd. Hij was niet gewend dat vader emoties toonde, maar de laatste weken was hij duidelijk affectiever. Zijn gezicht was smal en wit. Het kunstgebit leek groter en klapte nog vaker naar beneden. Het liefst deed hij het uit, maar ter wille van de kinderen en de visite – vooral op aandringen van zijn vrouw – had hij het overdag soms in. Maar het liefst stopte hij het in een glas water en zette het glas in het nachtkastje. 'Niet op het kastje Jaap, alsjeblieft!' Hij pakte het diploma uit Peters hand en voelde eraan alsof het van stof was.

'Peter Smolders, het staat er echt. Kom, dan geef ik je een zoen'. Hij zoende hem op zijn wang, zoals de laatste tien jaar niet meer was voorgevallen. 'Ga even zitten jongen, ik wil je nog wat zeggen.' Peter schoof de houten keukenstoel wat dichterbij op het kleedje dat naast het bed lag, zodat je niet met je blote voeten op het koude zeil stapte. 'Je gaat met Nel naar Praag. Ze heeft me gevraagd mee te gaan – heel lief van haar – maar dat kan ik natuurlijk niet meer aan. Ik weet ook niet of ik het gedaan zou hebben als ik nog gezond was. Het gras is hier ook groen. Dat reizen, het is allemaal ijdelheid. Jij ben niet zo meer in de Heere, Peter, en dat vind ik heel erg. Misschien heb ik het als vader niet goed gedaan. Ik heb fouten gemaakt, teveel, ik weet het wel, maar ik heb in elk geval mijn best gedaan. Jullie hadden te eten en te drinken, een dak boven je hoofd, en je mocht leren, al was die school duurder dan een gewone school. Ik heb zelf nauwelijks een vader gehad jongen, ik heb mijn best gedaan, net wat ik zeg, maar… hoe moet ik dat nou zeggen… ik zat nooit bij mijn vader op schoot, mijn vader gaf me nooit een complimentje, ik heb dat niet geleerd jongen. Als ik daarin tekort ben geschoten dan spijt me dat, maar ik heb het wel goed bedoeld… dat geloof je toch wel? Ik zou het erg vinden jongen, als wij elkaar later in het huis van onze vader niet tegenkomen, kan je dat begrijpen? Het is iets vreselijks om in de handen van de Almachtige te vallen als je niet zijn kind bent, snap je dat? Nou ja, ik moest het je toch even zeggen. Verwerp de Heere niet jongen, dat kan niet, mag niet. Het eeuwige vuur… Als het nodig is… God is rechtvaardig… Als het nodig is… ik moet daar niet aan denken jongen. Mijn eigen zoon in een eeuwig vuur. Keer terug tot de Heere, voor het te laat is.'

Hij zag er moe uit. Praten kostte hem moeite. Peter wist niet goed hoe hij moest reageren. Hij had medelijden met hem omdat hij ziek was en omdat het geloof vader eerder bang maakte dan troost gaf. Wat kon hij zeggen? Ik zal het doen vader? Een belofte aan een sterfbed is gauw gemaakt, maar hij had zelf een hekel aan huichelarij. Hij gaf vader een slokje water uit het glas dat bij het bed stond. Een glas met een rietje erin, zodat hij makkelijker kon drinken.

'Maakt u zich geen zorgen, het komt allemaal goed,' zei hij.

'Als je nou even de kastdeur daar open doet,' zei vader nadat hij een paar slokken genomen had, 'dan zie je een kistje. Dat kistje is voor jou, maar je mag het pas openmaken als ik er niet meer ben. Je moeder heeft de sleutel, maar ik wil pertinent niet dat ze de inhoud ziet. Het is alleen voor jou bestemd Peter, alleen voor jou. Ik wil ook niet dat mama erbij is als je het opent, het blijft tussen jou en mij. Eigenlijk zou zij de sleutel ook helemaal niet moeten bewaren, niet meer. Maar vroeger zaten er andere spullen in en ik vond het onhebbelijk dat sleuteltje nu terug te vragen. Zie het maar als een geschenk voor je diploma en omdat je mijn jongen bent. Dan kan je later nog eens aan mij denken.'

Peter stond verlegen met het houten kistje in zijn hand en zette het daarna weer terug. 'Dat hoeft nu toch niet? U bent er nog. En denk erom dat u er ook nog bent als ik uit Praag terugkom!' Hij gaf zijn vader een onwennige zoen op zijn koele, slappe wangen. Alsof hij een vreemde een kus gaf. Vader had geen baard, hoefde zich maar eens in de paar dagen te scheren. Zijn huid was zacht als van een baby, maar week, zonder de kracht van een nieuw leven. 'Ik zie u over een week en ik zal Nel de groeten doen. Oké?'

Hij zette de keukenstoel weer in de hoek van de kamer, klaar om weg te gaan. Wat viel er nog te zeggen? Vader keek hem na toen hij nog even bij de deur stond en zwaaide nog met zijn magere hand, waar je de aders doorheen kon zien. Hij zag dat zijn ogen vochtig waren. Ze stonden hol in dat magere hoofd. Doodgaan is afscheid nemen voor het leven. Hij deed voorzichtig de deur dicht en liep eerst naar zijn eigen kamer. Hoopte hij dat hij hem niet levend terug zou zien? Hij moest nu in elk geval zijn spullen pakken. Een half uur later liep hij zachtjes de trap af, met zijn grijze linnen koffer in z'n hand. Hij deed zijn bruine gaatjesschoenen weer aan. Zijn haar was wat langer dan in het dorp gebruikelijk was, hij wilde een combinatie van student en artistiekeling zijn. In zijn koffer had hij nog een sweater in een andere kleur en een grijze ribbelbroek, wat ondergoed, een pyjama, sokken, zakdoeken, een paar extra overhemden en twee boeken. Zijn groene jagersjas hing over zijn arm toen hij zijn moeder een dikke zoen gaf. 'Tot over een paar dagen mam.' Ze gaf hem een zakje mee voor onderweg met Engels drop en een dikke reep chocolade en voor Nel een plak noga. Ze keek hem na toen hij wegfietste. Toen hij al lang onzichtbaar was, vlakbij het viaduct, liep ze terug het erf op. Nog even, en hij zou bijna voor goed haar leven uit fietsen. Studeren in Maastricht of Leiden, het was bijna de wereld uit. Grijsje, haar lievelingspoes, liep meteen op haar af om haar te troosten. Nog even en ze zou bevallen… het zoveelste nestje… er was nog toekomst.

27.

Die nacht sliep hij bij Ton en Nel in Delft. De volgende ochtend al zou hij met Nel vertrekken naar Praag. Ze zouden vroeg naar bed gaan en vroeg op, maar zoals altijd als hij daar logeerde werd het een uur of één 's nachts. Ze luisterden naar muziek, kletsten wat, lazen wat, bekeken kunstboeken uit de enorme verzameling van Ton. Kunstenaars waar Peter nog nooit van had gehoord. Magritte, een Belg nota bene, een kunstenaar van om de hoek, met zijn onwaarschijnlijk knappe surrealistische werken. Elke keer als hij bij Ton kwam, ging er een deurtje open naar een onbekende wereld.

Ze stonden niettemin vroeg op. Nel zou het eerste stuk rijden, op zijn minst tot aan de Duitse grens. Ze reden in de rode Volvo Amazone van Nel. Vorstelijke kar. Een echte Nel-auto: apart, mooi, het leven is een feest. Het regende toen ze uit Delft vertrokken. De stad leek er nog ouder door.

'Weet je dat Sonja nog vaak naar je heeft gevraagd?' zei Nel terwijl ze Arnhem passeerden. 'Volgens Ton is zij wel wat voor jou. Hij vindt haar een schatje met veel talent en een groot gevoel voor humor. Belangrijk in een huwelijk kan ik je verzekeren, humor. Als je samen kan relativeren en goed kan praten ben je al een heel eind. Wat vind je van haar?'

'Een stuk, absoluut een stuk. Nooit eerder zo'n mooie meid gezien. Echt. Gevat ook. Intelligent, lief, heel open. Een joods meisje hè? Waarom komt er nou uitgerekend op mijn pad een joods meisje? Het was zo'n stomme ontmoeting, ik was helemaal in de war toen, heeft Ton je dat niet verteld? Ik was verliefd, ben verliefd, maar een joods meisje… het kan bijna niet. Niet met zo'n vader.'

'Ze trouwt niet met vader!'

Ze passeerden een vrachtauto met de naam 'Cohen & Zn' erop.

'Ton vertelde alleen maar dat ze nog vaak naar je vraagt. Heb je nooit meer wat van je laten horen? Voor een lekker stuk mag je wel wat moeite doen hoor. Hoe lang is het nou geleden? Een maand?'

Nel hield van een directe aanpak. Ze zette de ruitenwissers uit, het was eindelijk droog. Het eerste deel van de reis had ze de radio aangezet om een beetje wakker te worden. Nu de regen ophield, ging ook de muziek uit.

'Misschien doe ik dat wel. Ik weet eigenlijk niet of ik er al aan toe ben.'

'Toe aan wat? Aan een keer uitgaan? Aan een beetje aan elkaar snuffelen om te weten of je haar echt leuk vindt? Je hoeft niet meteen volgende maand te trouwen.'

'Ik ga in elk geval met haar naar de schouwburg. Dat hebben we afgesproken. Over drie weken ben ik er het hele weekeinde.'

'Slaap je bij haar? Gut wat leuk!'

'Nou, bij haar hospita, een etage hoger. Is dat ook goed?'

'Ja, ja. Als haar hospita een weekend weg is zeker.'

Ze had er de vaart goed in.

'Heb jij trouwens nog met vader kunnen praten? Ik durfde er gisteren niet over te beginnen, het was net of hij definitief afscheid wilde nemen. Ik had het gevoel dat hij nu rustig dood wilde gaan. Als wij weg zijn. Gek hè? Het schijnt dat je de dood min of meer kunt plannen. Misschien heeft hij met mama de hele begrafenis al doorgepraat. Aan de ene kant hoop ik dat hij snel doodgaat. Dat lijden, wegkwijnen, verschrompelen. Alsof er een zak met botten in bed ligt. Hij kan nog amper op zijn benen staan. Gisteren zaten er twee ouderlingen aan zijn bed te bidden. In het zwart natuurlijk. Knappe God die het geduld kan opbrengen om naar zoveel onzin te luisteren.'

'Hoe weet jij wat die lui baden?'

'Stiekem geluisterd aan de deur. Gek hè? Ik haat het, en tegelijkertijd moet ik luisteren.'

'Zelfkastijding dus. Je bent nog een echte calvinist! Dat gaat er wel vanaf als je gaat studeren. Wacht even, hier moet ik opletten, anders rij ik fout.'

Peter keek op de kaart. 'Rechts aanhouden. Over vijfhonderd meter moet je er af geloof ik.'

'De dokter geeft hem nog een paar weken,' Nel pakte de draad weer op, 'maar artsen zeggen wel meer. Niemand weet het, je kunt de dood niet plannen. Dat geloof ik niet. Is hij er bang voor denk je?'

'Hij denkt dat hij naar de hemel gaat, in elk geval zegt hij dat, misschien helpt dat. Een amulet helpt ook, net als placebo's. Ben jij bang voor de dood?'

Nel remde af.

'Wacht even, hier is de Duitse grens al. Rij jij het volgende stuk tot voorbij Frankfurt? In Duitsland mag je lekker scheuren. Wat? nee, ik ben niet bang voor de dood. Misschien reïncarneer ik wel in een kakkerlak of in een heilige maagd! Zolang ik maar geen lintworm wordt, dat lijkt me zo akelig. Wat wil jij in je volgende leven het liefst worden?'

Voorbij de douane wisselden ze van plek. Peter had pas twee maanden zijn rijbewijs, maar dat vond Nel geen probleem. Eerder leuk dat haar kleine broertje achter het stuur zat. Hij moest even wennen aan de koppeling, maar reed vervolgens gladjes weg. Hij had gelest in een Opeltje, maar dit was het betere werk; dat stuur, dat dashboard, de vorm van die auto.

'Vroeger was ik wel bang voor de dood,' ging Nel verder, 'met al dat gedoe over hel en vagevuur. Als kind vond ik dat doodeng. Hoe rijdt ie?'

'Een lekker brikkie voor dat geld. Ik geloof dat ik er ook een koop.' Hij reed honderdveertig nu. 'Maar geloof je dat er nog iets is na de dood? Gaat je ziel ergens heen of geloof je echt in reïncarnatie?'

'Welnee joh. Ik geloof helemaal niet dat er nog iets is na de dood. Er is nooit iemand teruggekomen toch? Dood is dood, je weet na je dood net zoveel als voor je geboorte. Daarom is dood zijn ook helemaal niet erg. Doodgaan is vervelend. Shakespeare zegt dat mooi in Hamlet: "Alexander stierf, Alexander werd begraven, Alexander werd stof, stof is aarde, van aarde maakt men klei, dus misschien heeft men met Alexanders klei ergens op aarde een tochtgat dichtgemaakt." Prachtig toch? Zijn we na de dood toch nog nuttig! Wil je overigens een krentenbol om de dood nog wat uit te stellen? Ik heb er twee met en twee zonder ouwe kaas.'

Ze deed dat graag, een beetje voor haar broer zorgen, noem het moederen. Ze hadden geen kinderen. Geen tijd voor. Adopteren misschien, dat hadden ze in elk geval overwogen. Waarom zou je nieuwe kinderen op de wereld zetten, als er al zoveel kansarme sloebers zijn?

Ze waren op het idee gekomen door hun reis naar India. Prachtige bedelkinderen, met mooie gezichten en aandoenlijke donkere kijkers. Zodra je er een iets gaf, had je meteen tientallen achter je aan. Toen zij 's avonds in een luxe restaurant gingen eten, lagen die zwervertjes met hun moeders op een brede strook van de weg terwijl honderden auto's langs stoven. Ze voelden zich schuldig. Maar wat moet je, met zoveel leed? Wat kun je? En dan dat gedoe met adoptieregels. Voorlopig was het bij een vaag plan gebleven.

'Ben jij nog wat te weten gekomen over de oorlog?'

Hij deed de zonneklep naar beneden. Het weer was een stuk opgeknapt.

'Mama heeft geen idee, ik heb het haar pas nog gevraagd. Hij had gezegd dat hij kon regelen dat ik naar Tsjecho-Slowakije kon om aan te sterken, maar niet hoe. Veel later hoorde ze pas dat hij met de Duitsers had samengewerkt of met de NSB. Daar was ze heel kwaad om.'

Het was lekker rustig op de weg. Hij kon met gemak honderdveertig rijden. Ze waren bijna ongemerkt Frankfurt gepasseerd en reden richting Neurenberg met aan alle kanten vrolijke, knalgele velden vol koolzaad, alsof Vincent van Gogh ze hier zelf een kleur had gegeven.

'Zullen we straks wat eten? We moeten toch even tanken. Ik vind één krentenbol wel genoeg, ze worden een beetje weeïg op den duur.'

Ze liepen de trappen van het wegrestaurant op, de hal in, eerst op zoek naar de toiletten. Trappen aan de andere kant weer af. Links de vrouwen, rechts de heren. In de centrale hal beneden zat een toiletjuffrouw met een wit schoteltje op het tafeltje voor haar, met een paar munten erop. Zouden ze dat met opzet doen? Tegen diefstal? Of lagen die munten van een D-mark er om je tot schaamte te bewegen als je minder gaf? Hij keek door de openstaande deur van de heren waar een paar mannen stonden te kletteren in metalen bakken. Het rook er fris gelukkig. 'Moeten we eerst betalen of na afloop?' vroeg hij. 'Na afloop,' zei Nel meteen. 'Eerst kijken wat het waard is. Ik haat vieze wc's.' Hij was eerder klaar en wachtte boven op Nel, in de hoop dat ze voor beiden zou betalen – zij had het Duitse geld – en keek wat rond in het winkeltje. In het restaurant zaten een paar zakenlui die haar met veel belangstelling volgden. Peter vond dat wel mooi. Zouden ze denken dat het zijn moeder was? Achttien jaar is een heel verschil. Nel zag die blikken niet of was er al zo aan gewend dat ze er gewoon geen aandacht aan schonk. Ze had haar haar dit keer met een klassieke rol op haar achterhoofd. Het verleende haar extra charme en waardigheid. Hij had Grace Kelly als zus. Ze namen soep van de dag, aardappelsoep, Duitser kon het niet.

'Ik ben benieuwd of ik het nog herken, de boerderij. Gek idee hoor, na zo'n tijd. Ik heb geen foto's en ik heb ook met niemand van die tijd nog contact. Het was overigens best wel een leuke groep, we hebben echt plezier gehad, maar ik schrok heel erg toen bleek dat al die kinderen van NSB-ers waren. Ik was de enige uitzondering en de leiding van de kolonie ging er als vanzelfsprekend van uit dat mijn ouders ook van de NSB waren. Trouwens, de leiding bestond natuurlijk ook uit foute mensen. Niemand had mij gezegd dat het zo'n kamp zou zijn. Ik heb me daar achteraf, na de oorlog, nog een tijd voor geschaamd, alsof iedereen het aan je kan zien. De meeste ouders van die kinderen zijn na de oorlog ook opgepakt. Van een vriendinnetje is de vader doodgeschoten.' Ze veegde met het servet een druppeltje soep van haar kin. 'Sommige ouders hebben twee jaar vastgezeten en van een aantal werden alle bezittingen in beslag genomen.'

Sommige mensen leunden op hun ellebogen tegen hun kom soep en slurpte het naar binnen, na eerst flink te hebben geblazen. Het deed hem aan vader denken. De eerste keer dat hij bij Ton en Nel at, deed hij hetzelfde, maar hij zag al snel dat het zo niet hoorde. Nel had niets gezegd, maar vanaf dat moment lette hij ongemerkt op hun gewoonten. 'Als je de spelregels kent, kun je je overal makkelijker bewegen,' had Nel een keer gezegd.

'Triest dat kinderen de dupe zijn geworden van de keuze van hun ouders. Velen zitten psychisch in de kreukels terwijl ze zelf niets fout hebben gedaan; toch hebben ze levenslang. Dat had mij ook kunnen overkomen door de actie van jouw vader.' 'Jouw vader is mijn vader, Nel.'

Ze rekende af. Toen ze naar de uitgang liepen zag hij twee mannen omkijken, ze keken duidelijk naar de split in haar rok en vervolgens naar haar benen en billen. Met Nel op pad zijn, gaf hem het gevoel met een filmster uit te zijn, een deel van haar uitstraling werd op hem geprojecteerd. Ze was ingetogen sexy, in niets ordinair, maar toch, je moest naar haar kijken. 'Vind je het niet erg, dat die mannen naar je kijken?' 'Als ze niet kijken, is veel erger,' zei Nel, 'ik ben het inmiddels wel gewend. Ton vindt het altijd prachtig. Jij bent een bewegend kunstvoorwerp, zegt hij dan, en echte kunst mag niemand aanraken, dan gaat het alarm af! Ik ben de enige uitzondering, omdat ik je heb aangekocht.'

Nel reed het laatste stuk via de grens naar Praag. Er werd een tijdje niets gezegd, tot Peter de stilte verbrak. 'Kees vertelde dat je door iemand naar huis bent gebracht en dat die man voor jullie en ons huis stond en vroeg of je rechts of links woonde. Kun je je dat herinneren?'

'Natuurlijk, als de dag van gisteren. Die man stond totaal perplex. Ze hadden Nederlandse NSB-kinderen vanuit Praag met de trein meegenomen en een aantal thuis afgezet. Zo lief. Ze waren zelf jarenlang van huis weggeweest, hadden in kampen gezeten, geleden door Duitsers en NSB-ers en toch brachten ze ons thuis. Ik heb me daar altijd over verbaasd. En het stomme is dat ik die man nooit heb gevraagd waarom hij dat deed. Als hij ergens de pest aan moest hebben waren het NSB-ers. Als kind besef je dat te weinig, ik was toen vijftien, maar later denk je, had ik het maar gevraagd. Ze waren ook onderweg heel bezorgd voor ons. En terwijl we moesten wachten op transport in Praag, en wat rondzwierven in de stad, wees hij ons op mooie gebouwen enzo. En andere gevangenen waren weer wat ouder. Ik kan me een komische Limburger herinneren die het allemaal niet zo nauw nam. Ze mochten blijkbaar ook koffiezetten in dat kasteel bij Heydrich en dan gebruikte hij op een keer zijn vieze pet als zeef omdat ze geen filterdoek hadden, zo'n type. En om zijn eigen kleren te herkennen – ze droegen allemaal dezelfde gevangenispakken – had hij er geen nummer ingenaaid, veel te moeilijk, maar overal een stuk van afgeknipt. Waar een stuk af is, dat is van mij, had hij gezegd. Maar de man die mij thuisbracht, was zelf nog maar een jaar of vijfentwintig, en trok wit weg, nam afscheid en liep meteen terug naar de trein. Hij heeft niet aangebeld, mijn ouders hebben hem niet gezien, gek hè? Ik geloof dat ik hem niet eens heb bedankt! Daar krijg ik het nu nog warm van, weet je dat?'

Bij de grens met Tsjecho-Slowakije stond een enorme rij auto's. Peter zou geld wisselen en Nel zou proberen door de douane te komen. 'Charme maakt ruwe bolsters week, dus ik werp alles in de strijd'. Maar toen ze bijna aan de beurt waren ging het loket dicht en moesten ze in de andere rij weer achteraan sluiten. Welkom in Tsjecho-Slowakije! Het kostte alles bij elkaar een uur oponthoud.

Nadat ze de grens waren gepasseerd, werd pas duidelijk hoe groot het verschil was met Duitsland. Het was een mooi heuvelachtig landschap met grote bossen en veel herten, maar de huizen en andere gebouwen zagen er armoedig en vervallen uit, alsof de oorlog nog maar net was afgelopen. En overal zag je hoerenhuizen langs de weg met van die suikerspinnenverlichting. Een tijd later passeerden ze de Skodafabriek en gingen op zoek naar een hotel in een buitenwijk van Praag. Na lang zoeken vonden ze het sfeerloze Pyramida Hotel, een kolossaal gebouw van negen verdiepingen. In de grote hal hingen mistroostige gordijnen, stond een gokautomaat en was de receptiebalie afgewerkt met namaakhout van het goedkoopste soort. Bij de ingang deed een portier met een soort politiepet op zijn verschrompelde hoofd een poging indruk te maken. Het was hem vaker opgevallen dat Russische en ook Duitse militairen grote, hoge petten droegen om respectabel te lijken. Als het volk je niet respecteert om wat je bent, moet een pet het maar afdwingen. Hoewel het rustig was, kregen ze met moeite een kamer. 'Wat komt u hier eigenlijk doen?' riep het gebouw.

'Laten we het hier maar een nacht proberen,' suggereerde Nel, 'als het niks is zoeken we een ander hotel, maar ik geloof niet dat hier veel fatsoenlijks is. Van toeristen uit het westen hebben ze hier nog nooit gehoord.'

Ze kregen een kamer op de zevende verdieping, maar de lift stopte bij de vijfde. Op de gang zat een vrouw met een jas aan achter een bureautje. Een grote 5 aan de muur maakte nog eens duidelijk dat ze het hoger op moesten zoeken. Terug in de lift en naar de zevende, maar de lift bleef op zijn plek. Ze stapten de gang in. De vrouw achter het houtkleurige bureautje had het te druk met nietsdoen om op te kijken. Bij navraag bleek dat de lift niet hoger kon dan de vijfde. Ze wees onverschillig naar een andere lift die tot bovenaan ging. Ook op de zevende zat een vrouw achter een bureautje. Ze droeg een dik vest en had knalrood haar. Nel gaf haar een bonnetje in ruil voor de kamersleutel. Als ze weggingen moesten ze de sleutel weer inleveren. 'We kennen hier geen werkeloosheid,' zei de portier later trots.

De kamer was sober en een beetje smoezelig. Nel liep meteen naar de badkamer. In het bad zat een scheur, maar het zag er wel schoon uit. Later zouden ze ontdekken dat er geen stop was. Douchen in het bad was de enige optie. Ook het wc-deksel was kapot. Oppassen als je erop ging zitten, anders bleef je er met je vel in vastzitten. Er stond een groot tweepersoons bed, waarop een sprei lag die er beduimeld en troosteloos uitzag. In het gunstigste geval had het zijn kleuren uit schaamte prijsgegeven. Nel tilde het mistroostige ding op om te zien of het daaronder schoon genoeg was. 'Vind je het vervelend, bij je oude zus in bed, het is wel breed in elk geval. Anders nemen we gewoon twee van die ellendige kamers?' 'Ik vind het wel gezellig, kunnen we lekker kletsen. Snurk jij?'

Vlak voor ze in bed stapten, vouwden ze de sprei op en zetten ze beide koffers tegen de deur met een glazen asbak er bovenop. 'Je weet het in dit soort hotels nooit. Die sloten stellen weinig voor. Dan horen we ze in elk geval binnenkomen. Slaap lekker broertje!'

28.

De volgende dag vroegen ze bij de receptie naar het plaatsje Odolena Voda en Maslowitch; in een van de twee had Nel op een boerderij gewerkt. De plaatsjes vonden ze snel, maar de boerderij was onvindbaar. Overal zag je dezelfde vervallen troosteloze huizen met even somber uitziende mensen. Vormloze vrouwen met rommelkleding en uitgegroeide permanentjes, mannen met gore petten en veel te grote, dikke truien in sombere kleuren. De meeste mensen misten een tand, boven een en onder twee, en waren waarschijnlijk niet ouder dan achter in de vijftig. Goedkope drank en tabak waren hun enige vertier, het liefst in een mislukte bar met stapels kratten langs de wand en een schrale, zure lucht. Zou in het Tsjechisch het woord blijheid bestaan?

'Zullen we het maar gewoon aan iemand vragen?'

'Nee joh, we waren met allemaal NSB-kinderen, daar moeten ze niets van hebben. We zoeken wel even door.'

'Dan zeggen we toch gewoon dat we journalisten zijn die op zoek zijn naar een herstellingsoord voor foute kinderen? Ik kan de oorlog sowieso niet hebben meegemaakt.'

'Kinderen van foute ouders bedoel je.'

Ze parkeerden de auto in een rommelig straatje en zagen een man van een jaar of zestig, met een woeste bos haar, die zijn groentetuin aan het omspitten was. Hij droeg een dik geblokt overhemd op een trainingsbroek en daaronder lompe, kapotte sportschoenen zonder veter. Peter vroeg in het Duits of hij wist waar de boerderij was waar in de oorlog kinderen verbleven. De man liep, zonder iets te zeggen, meteen zijn afgebladderde huis in. Hij liep mank, zagen ze nu.

'Verkeerde aanpak,' fluisterde Peter, 'ik had meteen moeten zeggen dat we journalisten zijn. Van welke krant zijn we eigenlijk?'

'Volkskrant,' zei Nel, 'dat klinkt neutraal'.

Ze liepen een stukje verder, tot de man weer naar buiten kwam en 'halt!' riep. 'Ich habe schlussel von Gitter,' en hij hield een bos sleutels omhoog. Zijn vrouw stond bij de deur en droeg een lang bloemetjesschort tot op de knieën met daaroverheen een dik lichtbruin vest tot over haar brede heupen. Onder haar schort zag hij behaarde benen.

Uit haar gestreepte sloffen staken twee witte sportsokken die tot boven haar enkels reikten. Sokken van haar man, zo te zien, waar het elastiek al uit verdwenen was, net als uit haar buik. Zou het ooit een aantrekkelijk meisje zijn geweest? Hij liep naar zijn fiets zonder kettingkast, deed een knijper aan zijn broekspijp, stapte op en maakte het gebaar dat ze hem moesten volgen. Ze twijfelden even of ze de auto zouden pakken, geen idee hoever het zou zijn, maar de man fietste al langzaam vooruit. Ze konden hem makkelijk bijhouden. Na een minuut of vijf kwamen ze bij een hek met een grote binnenplaats, met daaromheen een aantal vervallen gebouwen. Hij maakte het hek open en gebaarde dat ze hem weer moesten volgen. Zelf zette hij zijn fiets tegen het roestige hek.

'Dit is het,' fluisterde ze, 'mijn God, dit is het'. Ze stonden een seconde of vijftien onbewegelijk. 'Daar in die hoek sliep ik.' Ze wees op een stenen gebouw van twee verdiepingen. 'En daar stonden de koeien.'

De man maakte in gebrekkig Duits duidelijk dat hier heel foute kinderen waren van moffen en ander gespuis. 'Die hadden ze allemaal moeten doden' en hij maakte een gebaar van de keel doorsnijden.

'Misschien wisten die kinderen helemaal niet wat hun ouders deden,' probeerde Peter, waarop de man een scheldkanonnade in het Tsjechisch begon.

'Mogen we hier nog even rondkijken?'

De man haalde zijn schouders op, ging op een trapje zitten en draaide een sjekkie.

'Hoe lang heb je hier eigenlijk doorgebracht?'

'Een maand of drie, toen kwamen de Russen. We hebben nog een paar weken in Praag gezworven, maar we waren doodsbang dat de Russen zich aan ons zouden vergrijpen. Jonge meiden van foute ouders, we waren vogelvrij, totdat een groep ex-gevangenen zich over ons ontfermde. Die namen ons in bescherming; ze hadden hun gestreepte concentratiekampkleren nog aan, met een paarse driehoek erop. Dat pak dwong respect af.'

Ze wees naar een grasveld achter een van de gebouwen: 'Goh, en in die weide daar heb ik nog leren paardrijden. In de oorlog!' en terwijl ze het zei maakte een zwart paard een paar gekke sprongen alsof het blij was haar weer te zien. 'Kom, ik wil nog even naar het gebouw waar we sliepen. Maak jij even een paar foto's, dit moet ik Ton laten zien.'

Ze liepen naar een hoek van de kolossale binnenplaats waar een stenen trap met een verbogen leuning te zien was.

'Achttien treden waren het,' zei Nel 'ik weet het nog precies. Ik wil even naar boven om te kijken hoe dat voelt.' Ze huppelde naar boven en telde hardop de treden. De Tsjech keek even hun kant uit en schudde zijn hoofd. 'Achttien!' riep ze toen ze boven stond,' 'hoe is het mogelijk. Kom, we gaan even de kamer in.'

De ruimte was vrij groot, maar veel kleiner dan Nel zich herinnerde en kaal en koud.

'Aan deze kant stonden zes bedden en zes aan de andere kant. En hier sliep ik.'

'Droegen jullie speciale kleding toen? Kinderen van NSB-ers hadden toch een soort padvinderspakjes?'

'Waar zie je me voor aan? Gelukkig niet zeg, ik zou meteen zijn weggerend. Wacht even, ik heb toen nog wat op de muur gekrast, in het geniep. Kijken of het er nog staat.'

Ze liepen naar de uiterste hoek van de slaapzaal. Nel ging op haar hurken zitten. Ze veegde met haar vlakke hand over de onderkant van de muur, net boven de stenen vloer en precies in de hoek. 'Hitler is g,' was er te lezen. 'Kijk!' zei ze, 'dat had ik hier gekrast, maar dat kon je niet zien omdat er een bed voor stond. Ik moest dat gewoon doen, als een protest. Ik durfde niet "gek" te schrijven. Als het ontdekt werd kon ik altijd nog zeggen dat ik 'geniaal' bedoelde. Dus zo moedig was ik niet. Maar het was misschien ook een onbewust protest tegen vader, dat hij dit geflikt had. We moeten in het hotel trouwens even bellen hoe het met hem gaat. Als het misloopt moeten we terug.'

Peter ging op zijn achterwerk zitten om een foto te maken. Gelukkig werkte het flitslampje van de Kodak Klak die Nel altijd in de auto had liggen.

De Tsjech stapte nu ook de kamer binnen, hij had er duidelijk genoeg van. Ze maakten nog een paar foto's. Zodra ze weer beneden aan de trap stonden, posteerde Peter de man naast Nel en maakte opnieuw een kiekje. Hij lachte zowaar, haalde zijn handen door zijn haar en deed zijn borst stoer vooruit. 'Succes met het artikel!' zei hij en fietste traag weg naar saaie ledigheid.

Ze besloten nog even naar het centrum van Praag te rijden. 'Er moet daar ergens een heel oude synagoge zijn, dat is misschien wel aardig'. Ze parkeerden aan de rand van het centrum en zagen, zoals meestal, veel nieuwsgierige blikken op zich gericht. Zulke auto's zag je er zelden, het was duidelijk dat zij mensen uit het rijke westen waren. Soms kwamen ze naar hun toe om te vragen of ze misschien een elektrisch scheerapparaat of panty's te koop hadden. In de kleine Maiselstraat, genoemd naar een puissant rijke joodse bankier, vonden ze een synagoge uit 1270. 'Wist je dat hier al een oude joodse stad was in de tiende eeuw? En ergens rond de tijd dat de synagoge werd ge-bouwd werd het christelijke deel van de stad gescheiden van de oude joodse stad door een muur met poorten die 's nachts dicht gingen. De vorsten bepaalden welke privileges de joden kregen. Ongelooflijk hè? Ik koop hier wel een fotoboek van, dan hoef je zelf geen plaatjes te schieten. Dan hebben we meteen foto's van het interieur.'

Ze liepen naar de souvenirshop aan de overkant en zochten een fraai boekwerkje uit. 'Kijk, hier staat het,' zei Nel, 'zo nu en dan brak er weer een hevige vervolging uit. In Praag niet vaak, maar wel wreed. De echte machthebbers hadden de joden ook nodig als bankiers en daardoor kochten ze weer wat vrijheden. Mordechai Maisel was een van die joden waaraan de joodse gemeenschap veel te danken heeft.' Ze deed het boek weer dicht. 'Ach, jodenvervolging is van alle tijden en heeft overal in de wereld plaatsgevonden. Altijd en overal. Je zult maar uitverkoren zijn! Zullen we even binnen kijken?'

Binnen vertelde een joodse man dat het de oudste synagoge van Midden-Europa was. Peter probeerde wat Hebreeuwse tekens te on-derscheiden. Even later liepen ze naar de joodse begraafplaats met duizenden grafstenen. Het bleek een toeristische attractie, net als het voormalige getto Theresienstadt zo'n zestig kilometer noordelijker. 'Wist je dat er meer dan 140.000 joden naar Theresienstadt zijn getransporteerd, Peet, waaronder vijfduizend Nederlandse joden? Ik kan het me bijna niet voorstellen, zo vreselijk. Van de vele duizenden kinderen, hebben maar honderdveertig het overleefd. De rest is vergast, van de honger omgekomen, doodgeschoten. En dan al die joden die hier in de stad in de loop der eeuwen zijn gedood. Ik kan het niet bevatten. Wie bedenkt zoiets? Weet je dat een groot deel van de joden in fort Theresienstadt, net voor de bevrijding, nog is geëxecuteerd en in massagraven gegooid? Toen was ìk in Praag, Peet, samen met NSB-kinderen! Ik kwam veilig thuis, zij werden vermoord!'

Ze moest even gaan zitten en staarde voor zich uit. Peter ging naast haar zitten, sloeg zijn arm om haar heen en dacht aan Sonja.

'De Duitsers hebben er nog een film gemaakt, tijdens de oorlog. Je gelooft je ogen niet. Een propagandafilm, hoe wreed en duivels kun je zijn? Omdat er ook Denen naar het kamp in Theresienstadt werden gestuurd, stond de Deense regering erop dat het Rode Kruis het kamp mocht inspecteren. Dat mocht in 1944. Intussen hadden de nazi's nepcafés en leuke winkels in de stad gecreëerd. Vlak voor de inspectie werden nog grote groepen joden naar Auschwitz gestuurd, zodat het fort niet propvol zou zitten. Het doorgangskamp leek intussen een gezellig dorp. In die toestand hebben de Duitsers het kamp gefilmd om indruk te maken, om te laten zien hoe goed Hitler het met joden voor had. Je zag mensen sporten en winkelen en het Rode Kruis schreef een heel positief rapport. Na de opnames werden de joodse 'acteurs' en de joodse regisseur naar Auschwitz gestuurd en daar vergast. Ze hebben de première niet bijgewoond. Ik heb die film tijdens mijn studie gezien, hij werd bij de bevrijding in Theresienstadt gevonden. Ik had niet gedacht dat het me zo zou raken, maar nu ik hier ben... het is walgelijk.'

29.

Ze stonden op en hoorden voor een van de gedenkstenen een echtpaar van een jaar of vijftig Nederlands spreken. De vrouw had hun blijkbaar horen praten en knikte Nel begripvol toe, Nel knikte terug met een halve glimlach, nog teveel met haar gedachten bij de film. 'Vindt u het ook zo aangrijpend?' zei de vrouw. Normaal had ze er een hekel aan als Nederlanders haar in het buitenland aanspraken. Het is juist zo heerlijk anoniem te zijn. Ze snapte ook nooit waarom Hollanders elkaar opzoeken, op het strand het liefst bij landgenoten gaan zitten. Met Ton sprak ze vaak met opzet in het Frans of Engels, om de schijn te wekken geen Nederlanders te zijn. Helemaal omdat Ton af en toe werd herkend. Maar dit voelde anders. Wat hen hier bond was niet het land, niet de taal, maar de oorlog. Het leed, de pijn, het verdriet.

Het echtpaar was speciaal naar Praag gekomen om een aantal historische plaatsen te bezoeken en bleef nog een paar dagen. Ze gingen die avond in de stad uit eten, wisten een heel leuk restaurant op het Oude Stadplein, of ze het leuk vonden mee te gaan? Peter en Nel keken elkaar aan, hadden heel andere plannen, maar om de een of andere reden zeiden ze beiden, 'leuk'.

Ze namen een taxi en wilden meebetalen, maar daar was geen sprake van. 'Wij hebben jullie uitgenodigd. Na het eten brengt een taxi jullie wel weer naar jullie auto. Je kunt in het centrum niet zo makkelijk parkeren.'

'Waarom zijn jullie in Praag?' vroeg de man vrijwel meteen. Hij zal zo'n een meter vijfentachtig geweest zijn, had blond achterover gekamd haar met slagen erin en droeg een licht grijs pak met een vrolijk gestreepte das op een gestreept overhemd met dubbele manchetten. Een heer van stand zo te zien en van smaak, met een heel licht Haags accent, althans, dat meende Peter te kunnen horen. Zijn vrouw was kleiner, had donker haar, en droeg een chic mantelpakje, dat eerder elegant dan tuttig stond. Het had een beetje citroengele kleur en rond haar hals droeg ze een lichtgroene sjaal. De revers waren mooi afgerond, het jasje was duidelijk getailleerd en onthulde een slank bovenlijf. Gewaagd, zonder opzichtig te zijn. Haar donkere, mooie ogen deden Peter opnieuw aan Sonja denken. Ze was vast van joodse afkomst. Visser heetten ze. Hij zat voorin, naast de chauffeur en zij zat bij Peter en Nel achterin op de bank met lederen bekleding. Nel schrok van de vraag. Wat moest ze zeggen? Hoe kun je uitleggen dat je hier aan het eind van de oorlog met NSB-kinderen zat, maar zelf geen NSB-kind was? Wie gelooft dat? Ze dacht in een flits aan een meisje uit Nootdorp, dat in het oude deel van het dorp woonde, even voorbij de paardenrenbaan. Haar vader zou ooit lid zijn geweest van de NSB, niet actief, maar toch. Het meisje zelf was vlak na de oorlog geboren, maar niemand wilde met haar spelen, kwam bij haar over de vloer. Ze werden uiteindelijk zelfs uit hun woning gezet en haar vader werd werkeloos. Kinderen met foute ouders verloren hun waardigheid, hun bestaansrecht. Nel had de dochter later nog weleens gesproken; ze had besloten naar het buitenland te gaan. In het dorp had ze geen leven en ook elders in Nederland was het moeilijk. Een paar jaar was ze redelijk gelukkig geweest, vertelde ze, toen ze als verpleegster in een verzorgingstehuis werkte. Maar zodra ze met een van de bewoonsters waarmee ze heel goed kon opschieten haar verdriet probeerde te delen, ging het mis. Ze mocht die vrouw niet meer verzorgen en werd uiteindelijk weggepest. Oorlogsslachtoffers, noemde Nel deze groep, een miskende groep oorlogsslachtoffers. Ze waren net zo verachtelijk als de moffenhoeren, die triomfantelijk met een kaal hoofd op een mestkar werden rondgereden door lafaards. Als er een beeld uit de oorlog was dat Nel haatte, was het dat wel. Gelukkig had Nel er zelf nooit last van gehad, haar moeder had joden geholpen, ze was een heldin, iemand die respect verdiende, en in die heldhaftige zon kon ook Nel gedijen. Maar hoe leg je dat uit aan een echtpaar dat in Praag oorlogsgraven bezoekt? Voor het eerst in zijn leven zag Peter zijn zus blozen.

'Wij zijn hier vanwege de oorlog,' zei Visser toen Nel bleef zwijgen. Hij had ongetwijfeld gezien dat Nel in verlegenheid was gebracht. 'Ik heb hier gevangen gezeten op het landgoed van Heydrich.' De chauffeur keek hem met een ernstige frons op zijn gezicht aan. 'Heydrich?' zei de man en stuurde de auto aan de kant. 'Nein,' zei Visser, 'Häftling,' en hij wees op zichzelf. 'Ich war ein Häftling bei Heydrich'. De man stak zijn duim omhoog. 'Häftling,' herhaalde hij, 'Häftling ist gut!' en hij vervolgde zijn weg. Nel voelde druppels vocht van haar oksels naar haar armen lopen. Ze was even sprakeloos. De man had dus onder Hitlers bewind geleden, en nu zat hij met zoiets als een NSB-dochter in de auto. Ze zou het liefst meteen zijn uitgestapt. En gevangen op het landgoed van Heydrich? Hoeveel gevangenen hebben daar wel niet gewerkt?

'Bent u van joodse afkomst?' probeerde ze.

'Nee, maar het is wel met joden begonnen. Ik zal het straks wel vertellen, in de auto praat zo lastig en ik krijg zo een stijve nek.'

Visser rekende af en de chauffeur schudde hem nog even de hand. 'Häftling ist gut!' zei hij opnieuw en gaf Visser een vriendelijke klap op zijn schouder. Ze liepen het schilderachtige Oude Stadplein op met aan de ene kant het gotische raadhuis uit de veertiende eeuw en aan de andere kant de enorme barokke Sint Nicolaaskerk. 'Aan kerken geen gebrek,' zei Peter. 'En gelukkig ook niet aan eethuizen,' reageerde mevrouw Visser. 'Hier is het,' ze wees op een pand dat zo van de Herengracht in Amsterdam kon zijn geplukt. 'Een prima internationale keuken. We slapen in het hotel daar aan de overkant en hebben al een paar restaurants hier getest.' Ze wees op een luxe uitziend gebouw. Dat had dus ook gekund, dacht Nel, stom.

Het restaurant zag er chique uit. Ruime hal met grote groenbruin geglazuurde tegels en oude kunst aan de muur en een zitje met drie klassieke lichtgele fauteuils en een bankje in de Queen Ann stijl. Aan de zijkant was een grote glazen wand met een glazen deur naar het restaurant. Twee mensen stonden al klaar om de gasten te ontvangen. Ze hadden gereserveerd, maar Visser vroeg of ze nu een tafel voor vier personen konden krijgen in plaats van voor twee. De charmante gastvrouw sprak onberispelijk Engels, keek meteen in het boek en ging hun voor naar een tafeltje in het midden van het restaurant. 'Let tijdens het eten maar op mij,' zei Nel tegen Peter, terwijl ze langs de mooi gedekte tafels liepen. 'Je moet je bestek van buiten naar binnen gebruiken. Dat wat het verst van je bord ligt gebruik je het eerst. Maar als je op mij wacht, en me gewoon nadoet, gaat het goed.' Ze wist dat hij niet eerder in zo'n duur restaurant had gegeten en dacht terug aan de eerste keer dat zij was uitgenodigd door de ouders van Ton. In haar onwetendheid beging ze toen een onvergetelijke blunder. Naast haar bord stond tijdens een gerecht een kommetje water met wat citroen erin. Het leek haar een aangename verfrissing en dus nam ze een slokje. 'Dat is om je vingers in te ontvetten,' fluisterde Ton haar in het oor, maar hij had het nog niet gezegd of ook Tons vader nam een slokje uit zijn eigen kommetje om haar niet in verlegenheid te brengen. Het werd een gevleugelde grap in de familie.

'Zullen we elkaar maar tutoyeren?' zei meneer Visser nadat hun stoelen waren aangeschoven, 'ik heet David en mijn vrouw Anne. En jullie zijn hier op onze uitnodiging. We vieren dit jaar ons vijfentwintigjarig huwelijk, vandaar. Des te leuker dat jullie er bij zijn.' Hij had een beetje hese stem. Ze verdiepten zich even in de kaart die gelukkig in het Engels was opgesteld, wilden allemaal een visgerecht en David bestelde op advies van de sommelier een fles Chablis voor het hoofdgerecht, een onbekende wijn van het huis bij het voorgerecht en voor ieder wat water.

De Vissers bleken in een hofje aan de Kerkstraat in Voorburg te wonen; David doceerde kunstgeschiedenis aan de kunstacademie in Rotterdam en Anne was huisvrouw. Peter en Nel voelden zich ongemakkelijk. Hoe lang konden ze hun eigen familiegeschiedenis verborgen houden? Ze moesten vooral de Vissers maar laten praten, en praten deed David graag. Peter begon al snel over het boek met de schilderijen van Magritte dat hij vlak voor hun vertrek bij Ton had bekeken. David Visser was blij verrast. Hij was een bewonderaar van Magritte, de techniek, de vragen die zijn werken opriepen; filosoof en schilder tegelijk. Iemand die je leert heel anders naar de werkelijkheid te kijken. Is dat niet het geheim van beroemde schilders?

'Is het je opgevallen Peter, dat op een aantal doeken van René Magritte vrouwen zijn geschilderd met een doek over hun hoofd? Vooral in zijn vroege werken? Enig idee waarom?'

'Misschien omdat hij gezichten schilderen moeilijk vond? Ik weet van school dat veel schilders ook handen vermijden.'

'Geestig dat je dat zegt. Er zijn meer mensen die dat beweren, maar als je zijn latere werken ziet, weet je wel beter. De man was geniaal in het schilderen van gezichten. Nee, en dat maakt mijn vak zo mooi, het had vrijwel zeker met zijn jeugd te maken. Zoals schrijvers nooit helemaal loskomen van hun jeugd, zo hebben schilders en in feite alle kunstenaars dat ook. Wij allemaal dragen sporen van onze jeugd, het kan niet anders.'

Peter hing aan zijn lippen. Hij vertelde over de zelfmoord van Magritte's moeder toen de jongen nog maar dertien was. Ze vonden haar in de rivier, naakt, met een doek om haar hoofd. Wist hij van de invloed van de surrealisten op zijn werk en later, heel even, de invloed van Renoir? David wilde zijn studenten vooral leren kijken. De meeste leerlingen van het eerste jaar begonnen met mooi of niet mooi, knap of niet knap, maar kijken, ontdekken wat er misschien werd verteld of verzwegen, dat verandert je leven. Als mensen anders leren kijken, verdwijnt de waas voor hun ogen. Er zijn mensen die naar de dierentuin gaan om een bijzondere vogel te zien, terwijl ze nog nooit een mus of kraai in hun eigen tuin echt hebben bekeken. Kijken en luisteren, daarmee begint waardering voor kunst. Zijn enthousiasme was aanstekelijk. 'Maar even terug naar jouw vraag Nel,' veranderde hij van thema, 'want hiermee kan ik de avond wel vullen: ben ik van joodse komaf? Mijn vader was notaris in Voorburg, in het pand waar we nu nog wonen, en was altijd met kunst en filosofie bezig. Een heel open man, zeer erudiet ook, als ik dat als zoon mag zeggen; ik heb echt geboft dat ik in dat nest geboren ben. En een van zijn klanten, een joodse diamanthandelaar en verzamelaar van kunst, bleek uit de synagoge gegooid te zijn omdat hij christen was geworden. Dat intrigeerde mijn vader, hoewel hij helemaal niet met religie bezig was. Hij was wel goed op de hoogte van joodse kunstenaars, vernieuwers als Victor Brauner, Marcel Janco en Herman Maxy, hij had over veel joodse kunstenaars boeken en ook wel van joodse denkers en dan bedoel ik niet alleen Freud en Einstein, maar waarom werd een jood christen? De joodse religie zit zo diep verankerd in de hele joodse samenleving – ook al verschillen de opvattingen – dat je zelden meemaakt dat iemand zich daarvan losmaakt.'

Een man in een mooi gesneden pak kwam de wensen noteren. Ze

namen allemaal een voorgerecht en gaven de gewenste visgerechten door aan een ober met strak achterover gekamd zwart haar waarin minstens een halve pot brillantine verwerkt was. Zijn dunne snorretje deed Peter aan een filmster denken. Hij voelde zich ongepast gekleed in een sweater zonder colbert. In de hal hoorde hij bij het binnenkomen de gastheer tegen een man in spijkerbroek zeggen: "Sorry, but jeans are not allowed here, sir", en keek meteen naar zijn zwarte ribbelbroek. Nel gaf geen krimp, maar zag er, zoals altijd, stralend uit.

'Je ziet wel vaker dat joden het geloof verlaten, maar christen worden is zo ongeveer het ergste wat je als religieuze jood kan doen,' ging David verder, 'helemaal in die tijd. Alsof een moslim openlijk van zijn geloof valt. Doodgaan is minder erg! Nou ja, mijn vader vond het nogal bijzonder. Had hij ruzie gehad? De boel geflest? Zijn antwoord was verrassend: omdat ik een religie heb gevonden die nergens in de wereld aan oorlog meedoet.' Hij pauzeerde even, zoals een goeie docent doet als hij iets wil duidelijk maken. 'Wij doen niet aan nationalisme, kennen geen rassendiscriminatie en zijn politiek neutraal. Gods koninkrijk kent geen landsgrenzen. Dat zei die man. Het sprak hem als jood enorm aan, het was eind 1938 moet je rekenen. Mijn vader vond die bewering te sprookjesachtig om waar te zijn en ging zich in die religie verdiepen om de onzin aan te tonen. Vader was bovenal een realist, al hield hij van kunst in de brede zin van het woord. Maar uiteindelijk raakte hij overtuigd, hij vond de argumenten redelijk – niet helemaal sluitend, er bleven veel vragen over, vooral vragen over de waarde van de Bijbel – maar de resultaten van de leer vond hij onwaarschijnlijk. De praktijk bewees de waarde van de theorie, zo zag mijn vader dat. Mijn vader had behalve rechten en notariaat, ook zijn kandidaats natuurkunde gehaald, en zag dit als een aanvaardbaar bewijs. Je krijgt geen goede resultaten uit een slechte theorie, daar was hij van overtuigd. En zo ben ik er ook ingerold. Ik was twintig toen en een stuk knapper.'

David bleek een boeiende verteller en een levensgenieter, wat bleek uit de manier waarop hij van wijn genoot en de aandacht waarmee hij zijn amuse at. Hij had blonde, korte maar borstelige wenkbrauwen en kleine, grijsblauwe ogen. Zijn lippen waren niet dik en niet dun, zijn tanden stonden recht.

'Ik probeer te leven alsof ik alles voor het eerst doe,' zei hij na een opmerking van Peter. 'Ik heb geleerd niets als vanzelfsprekend te beschouwen of ben ik nu een ouwe drammerige leraar?'

'Nee, dat vind ik juist mooi,' was Peters reactie.

'Heeft die jood de oorlog overleefd? Was hij getrouwd overigens?' vroeg Nel. 'Wij hadden bij ons thuis namelijk joden ondergedoken zitten, en van hen weet ik niet eens of ze de oorlog hebben overleefd.' Ze had al weer spijt van die opmerking. Dat idee meteen iets positiefs over je familie te noemen, haatte ze eigenlijk van anderen. Dat goede sier maken met de moed van moeder was net zo erg als het schaamtegevoel omdat ze zogenaamd een NSB-dochter was. Het was alsof ze de NSB-kwestie alvast van een fluwelen bedje wilde voorzien om de klap te verzachten.

'Nee, de man is in het kamp gestorven en zijn vrouw ook,' zei Anne nu. 'Hun kinderen leven gelukkig nog, die konden net op tijd onderduiken. Die zijn na de oorlog teruggegaan naar Israël en behoren nu tot een orthodoxe, joodse groepering. Het is misschien wel daarom dat wij nog steeds grote eerbied hebben voor joden. Die begraafplaats moesten we gewoon bezoeken. En kijk, deze ring heb ik van Esther gekregen vlak voordat ze werden weggevoerd.' Ze had slanke handen en haar nagels waren rood gelakt in de kleur van haar lippen. De witgouden alliancering was bezet met briljantjes. 'Ze wisten toen natuurlijk niet dat ze gearresteerd zouden worden. Ik heb de ring later, na de oorlog, aan hun dochter willen schenken, maar die wilde dat onder geen beding. De hele kunstverzameling van hun vader hebben ze nooit teruggezien. De ring is in elk geval een mooie herinnering aan een heel bijzondere vrouw. Maar laat het jullie smaken.'

De voorgerechten waren intussen opgediend door twee mannen in een onberispelijk pak. De gerechten waren bedekt door een zilverkleurig, halfrond deksel met een zilveren knop erop en werden alle vier tegelijk onthuld, alsof het om een goocheltruc ging. Daaronder verschenen vier fraaie kunstwerkjes. Peter wist eerst niet wat hij zou bestellen. De meeste gerechten lustte hij wel, dacht hij, maar hij voelde zich onzeker. En hij wilde al helemaal niet hetzelfde bestellen als Nel, alsof hij alleen maar de schaduw van zijn grote zus was. Hij besloot de suggestie van

Anne op te volgen. David en Anne vroegen of ze een momentje stilte mochten. Peter keek ontroerd toe hoe ze onopvallend hun ogen even sloten. Geloven bestaat dus nog. David had een beetje pokdalige huid, zag hij nu. Zou dat ook door het kamp gekomen zijn? Hij nam, na hun gebed, een paar hapjes van zijn witlofsalade met een dressing van ansjovis en kappertjes. Nel at iets anders, maar hij wachtte even tot iedereen zijn bestek had gepakt om zijn eigen mes en vork te gebruiken. Thuis hield hij niet van witlof, maar dit was rauwe lof. Ansjovis had hij nog nooit geprobeerd, maar hij was blij dat Anne met haar suggestie kwam, kon moeilijk kiezen. De kappertjes liet hij liggen, de zure smaak vond hij niet lekker. Hij prikte een stukje ansjovis aan zijn vork en vroeg: 'Maar hoe bent u hier als gevangene beland? Ik wist helemaal niet dat Heydrich mensen op zijn landgoed gevangen hield.'

'Je mocht tutoyeren hè? Of vind je dat vervelend?'

'Ik ga het proberen.'

'Ik ben me dus door mijn vader met religie gaan bezighouden. Vader leeft gelukkig nog en woont bij ons in de buurt.'

Nel had al een tijdje niets gezegd en keek David nu aan alsof ze een geest zag. Voor het eerst vielen haar nu ook de littekens op zijn gezicht op. 'Wanneer ben je naar Nederland teruggegaan?' vroeg ze aarzelend.

'Poeh, dat is nog een heel verhaal, maar we kwamen op twaalf juni 1945 in Nederland aan.'

'Wie bedoel je met we?'

'Nou ja, we waren met vijftien gevangenen, en drie van ons waren Nederlanders, dus we gingen met zijn drieën naar Nederland, en wij namen ook nog een paar kinderen…

'…van NSB-ers mee,' vulde Nel aan.

'Klopt ja, hoe weet je dat?'

'Ik ben Nel Snel, ik woonde in Nootdorp. Ik ben door een van die gevangenen thuisgebracht. Je bent toch niet… god dat ik me dat niet kon herinneren, ben jij degene die me voor de deur op de Veenweg heeft afgezet?'

De mensen aan de andere tafeltjes in het restaurant keken verbaasd toen Nel opstond en David in de armen vloog. 'Dat je nog leeft! Ik ben zo blij dat je nog leeft! Na al die ellende. Jij vertelde toch dat je ook nog in de ziekenbarak had gelegen door hongeroedeem? Ik kan me nog wel herinneren dat je er goed uitzag toen je me thuisbracht, maar toch, zo'n oorlog. God, hoe is het mogelijk? Ik zou je op straat nooit herkend hebben, kun je nagaan, drieëntwintig jaar geleden.' Ze omarmde nu ook Anne. De brillantineober hield even in, zijn handen vol met grote witte borden. Hij knikte vriendelijk en liep naar de tafel achter hen waaraan twee zeer gedistingeerde bejaarden zaten, Engelsen, zo te zien, met twee van hun kleinkinderen. Peter had altijd de neiging hun hele levensverhaal meteen in te vullen.

30.

'Ik wil nu alles weten. Waarom ben je gearresteerd David, waarom? Waarom zat je toen in Praag? Waarom heb je me thuisgebracht?'

Ook de mensen aan de andere tafels hervatten hun conversatie. Het restaurant was goed gevuld met mannen in het pak en vrouwen in chique jurken. De meeste gasten waren boven de vijftig. Op elke tafel stond een Art Deco lampje in de vorm van een paddestoel met oranje stippen. Ook aan de wanden hingen Art Deco lampen met rood en oranje. Het gaf het restaurant een warme, rustige sfeer. David vond deze kunstuiting echt decorkunst, een beetje een mengelmoes van stijlen, waar hij niet zo van hield. 'Maar de lampen doen het hier goed!'

'Laat ik eerst nog even dit zeggen, het idee dat geen Duitse geloofsgenoot ook maar een bom op Nederland of een ander land zou gooien, vond ik intrigerend, bijna ongelooflijk. Je moet rekenen, toen Hitler in 1933 een concordaat met het Vaticaan sloot, startte hij ook een campagne om al mijn geloofsgenoten in Duitsland uit te roeien. In 1935 werden ze vogelvrij verklaard. Alleen maar omdat ze Hitler niet wilden steunen. In een radiotoespraak zei predikant Otto dat het verbod een mooi resultaat was van de samenwerking tussen de Lutherse kerk en de politiek. We werden, na de communisten, als de grootste staatsvijand gezien.'

'Een reden om u niet met dat geloof in te laten, dus.'

'Idealen zijn wel vaker gevaarlijk, maar moet je ze daarom laten schieten? Waar zou de maatschappij heen moeten zonder mensen met idealen, Peter? Juist jonge mensen zoals jij moeten idealen hebben waarvoor ze willen vechten, en als dat menslievende idealen zijn, wordt de maatschappij een beetje beter.'

Hij zei het ernstig.

'Maar waarom werd je gearresteerd?' Nel herhaalde eenvoudig haar vraag.

'Ik ging met een geloofsgenoot mee naar Nootdorp. Hij had daar afgesproken met een man die meer over de Bijbel wilde weten. Dat was natuurlijk gevaarlijk, want ons werk was verboden, maar goed, we kwamen op zijn verzoek. Vijftien februari 1942 was het, ik weet het als de dag van gisteren, we hadden om zes uur 's avonds afgesproken. Anne en ik waren net drie maanden getrouwd.'

Ze hoorden buiten de sirenes van een politie- of brandweerauto, maar niemand schonk er aandacht aan. Nel hoorde het niet eens. 'Dus, jullie waren met zijn tweeën? Waar in Nootdorp? Jemig David, toch niet op de Veenweg?… vroeg je daarom of ik links of rechts woonde? Was het bij ons thuis? Zijn jullie alle twee gearresteerd?' David knikte en draaide een paar rondjes met de voet van zijn wijn-glas waardoor er een kleine draaikolk in zijn glas ontstond. Hij hield het glas tussen zijn middelvinger en wijsvinger en draaide het met zijn vlakke hand op de tafel rond. Zijn hand steunde op het voetje van het glas. Hij was er duidelijk bedreven in. Peter wist van Nel dat men dat deed om de wijn met zuurstof te mengen en door het walsen kwamen de aroma's vrij. David rook daarna aan de wijn en nam toen pas een flinke slok die hij zichtbaar een rondje in zijn mond liet maken. Alsof de vraag over voetbaluitslagen ging, zei hij eenvoudig: 'Ja, vrijwel met-een nadat we dat huis hadden verlaten. We waren dus verraden. Dat was gelijk duidelijk. Misschien hadden we voorzichtiger moeten zijn. Jongens wat een heerlijke wijn!' Opnieuw passeerde, met grote vaart zo te horen, een auto met sirene.

'Wat is er met die andere man gebeurd? Leeft hij nog?'

'Nee, na de oorlog hoorde ik dat André in een kamp is gestorven.'

Nel schoof haar stoel naar achteren en liep plotseling naar de achter-kant van het restaurant, naar het ongewoon luxe toilet waar zachtjes klassieke muziek uit de luidsprekerboxen klonk, en barstte daar in snikken uit, met *Air* van Bach op de achtergrond. Dus toch, dacht ze. Ik voelde het. Ze voelde haat in zich opwellen, haat ten opzichte van haar vader. Moordenaar, dacht ze, vuile moordenaar! Een vrouw die bezig was haar handen te wassen, deed alsof ze niets zag, droogde haar handen af en gooide het handdoekje in een houten bak. Vervolgens bracht ze wat parfum op en verliet het toilet. Nel probeerde achter gesloten deuren tot zichzelf te komen.

'Nel en ik hebben dezelfde vader,' begon Peter onzeker, 'maar een andere moeder. En waarschijnlijk… ik durf het bijna niet te zeggen want het zou vreselijk zijn, maar misschien… waarschijnlijk, heeft vader u verraden. Ik denk dat u bij vader binnen bent geweest. Dat maakt mijn zus zo van streek denk ik, de gedachte dat uw vriend door hem is gestorven.' Peter staarde even voor zich uit en dacht in een flits aan het kistje van vader. Wat voor geheim zou daar in zitten? 'Vader is net als u een gelovig man, heel gelovig zelfs, het is zo onbegrijpelijk allemaal. En we hebben geen idee waarom hij dat heeft gedaan, hij was niet bij de NSB of zo, tenminste niet dat we weten, want nu begin ik aan alles te twijfelen. Ik snap het niet. Hij regelde dat mijn zus naar Praag kon om aan te sterken. Ze was er slecht aan toe, zou de oorlog misschien niet hebben overleefd. Daarom was ze ook in Praag, maar niet als een NSB-dochter. Nel wist daar niets van.'

Peter ratelde maar door.

'Ik begrijp het,' zei David.

Anne stond op en liep nu ook naar het toilet.

'Het spijt me,' zei David even later, toen Nel en Anne weer aan tafel zaten.

'Deze dag kan geen toeval zijn,' zei Nel, 'dit heeft zo moeten zijn. Ik had nooit gedacht jou ooit nog te zien. Ik heb veel aan jou te danken David en dat terwijl… Het was te zien dat ze had gehuild. Maar haar volle rode lippen trokken weer de aandacht. 'Hoe is dat gesprek bij vader thuis gegaan? Ik wil het allemaal weten, hoe pijnlijk ook. Het moet bij mijn vader thuis zijn geweest. Mijn vader wil er niets over kwijt. Je hebt dus met hem over de Bijbel gepraat, klopt dat? En daarna heeft hij jullie verraden! Hoe dan?'

Peter had hetzelfde gevoel, hij wilde nu alles weten. Ze hadden het erover gehad, de waarheid weten mag dan ondraaglijk zijn, onwetendheid is nog veel slopender. Als zijn vader fout was geweest in de oorlog… hij kon de gedachte nauwelijks verdragen… dacht aan Sonja, haar joodse afkomst, zijn toekomst.

'Het was het linker van de twee huizen waar mijn vriend had afgesproken. Woonde daar jullie vader? Smolders, stond er op de deur, ik heb een geheugen voor namen. We kwamen daar om een uur of zes 's avonds aan. Het was een heel vriendelijke man en hij wist veel van de Bijbel voor een katholiek.'

'Vader was, is, protestant. Was hij alleen of was mijn moeder ook thuis?'

'Oké, vandaar die Bijbelkennis. Ik heb verder niemand in huis gezien. Er stond een Mechelse tafel in de kamer en op de schoorsteenmantel stond een klok met een wat gebogen koperen kast en een vergulde fries, gek, die dingen weet ik nog. We zijn ongeveer twintig minuten binnen geweest, namen vriendelijk afscheid en werden een minuut later gearresteerd, op straat, door een kerel met rijlaarzen. Bleek een Nederlandse SS-er te zijn. "Meelopen, anders schiet ik je neer", zei die. Met de blauwe tram werden we naar het Binnenhof in Den Haag gebracht. Vluchten had geen zin. We werden alle twee, apart van elkaar, verhoord door Engelsmann. Ik zal die naam nooit vergeten. Wat een schurk was dat. Even later zat ik alleen in de cel in Scheveningen, drie maanden getrouwd, net weg bij moeders pappot. De volgende dag kreeg ik gezelschap van ene Willemse, een communist. Aardige vent. Stratenmaker. En tijdens het luchten zag ik Albert Plesman, de latere directeur van de KLM; ook gearresteerd.'

'Was u niet bang?' vroeg Peter. Hij had het laatste deel van Davids verhaal niet eens gehoord. Zag alleen maar het gezicht van vader voor zich terwijl hij met een vrome blik de collectezakken liet rondgaan in de kerk, een gezicht dat even later opging in oranjelicht. Vaders gezicht vatte vlam. Hoe vaak had hij Peter gewaarschuwd voor de wrakende God en nu…

'Natuurlijk was ik bang. Een jonge vent van eenentwintig. Ik dacht, ze pakken mijn hele familie, dat was mijn grootste angst. Maar gelukkig kreeg ik later een brief waarin stond dat de familie het goed maakte. Ach, en ik dacht, in de Bijbel staat dat een engel voor Petrus de deur van de gevangenis opende, wie weet heeft diezelfde engel vandaag dienst. Maar hij had een paar snipperdagen denk ik, in elk geval werd ik na drie weken Scheveningen naar kamp Amersfoort gebracht. Ik had nog nooit zoveel honger gezien.'

David zag het weer helemaal voor zich. Gevangenen die uienschillen uit de open riolering haalden om ze vervolgens op te eten alsof het een traktatie was. Sommigen aten dode muizen. De honger was ondraaglijk. En toch… anderen ruilden hun karige hoeveelheid droog brood voor sigaretten. Verslaving won het van honger. Talloze mensen verloren hun waardigheid. Een vriend verraden voor een sigaret, tot wat is een mens in nood in staat? Er liep in het kamp een dikke beul rond, Berg heette hij, die het leuk vond om peukjes van zijn sigaretten weg te gooien. Gevangen vochten om zo'n peukje, en daar moest Berg om lachen. Het was duidelijk waartoe verslaving kan leiden. En diezelfde Berg sloeg bijna elke avond een Limburgse jongen bijna bewusteloos. Nog nooit had David zulke ontluisterde beelden gezien. Dat mensen daartoe in staat waren, hij wist het, maar om het met eigen ogen te zien. Hij kwam uit een warm nest. Zijn vader had hem nooit geslagen. Het was of hij zelf die klappen kreeg. En het was onduidelijk waarom die jongen telkens het mikpunt was. Niemand van de gevangenen durfde iets te doen, bang om hetzelfde lot te ondergaan. Berg leek er plezier in te hebben. Wat voor persoonlijkheid moet je hebben om zover te komen? Had die Berg zelf kinderen? David voelde zijn maag ineen krimpen toen hij het zag. Het waren beelden die nooit door de tijd werden uitgewist. Ze kwamen terug in nachtmerries, als hij badend in het zweet met een schreeuw wakker werd. Soms moesten ze urenlang op de appèlplaats staan, in het gelid, en strak voor zich uit kijken. Alsof ze meededen aan een circusact moesten ze op bevel hun muts op- en afdoen, gelijktijdig, anders kreeg de hele barak straf. En de straffen waren wreed. Bibberend van honger en kou, mocht je je concentratie niet verliezen. Een moment van onachtzaamheid had gevolgen voor de hele groep. Het was moeilijk je waardigheid te behouden.

'Als een mens de controle over zijn lijf, gedachten en emoties houdt, kan hij overleven,' ging David verder. 'Er waren gevangen die gek werden van het korstje brood dat ze kregen. Die gingen ermee spelen, in plaats van het op te eten. Ik ontmoette in dat kamp gevangenen die er al langer zaten, en die leerden me dat het beter was het gewoon meteen op te eten. Goed en lang kauwen, maar opeten. Anders was je in je hoofd alleen nog maar met eten bezig, tot je er gek van werd. Sommigen werden gek.'

'Zei de man die jullie arresteerde niets over mijn vader, ik bedoel, hoe wist hij wie jullie waren?'

'Dat is toch geen vraag,' zei Peter, 'vader heeft zelf min of meer toegegeven dat hij mensen heeft verraden.'

'Nee, die SS-er zei niets, die had alleen maar een zelfgenoegzame blik.'

'Hoe zag hij er uit?'

'Lang en Dik, hij leek wel een beetje de dikke, die Oliver Hardy'.

'Piet van Raalte, de man die bij vader op de kabelfabriek werkte'. Nel staarde in de verte of ze hem zag binnenkomen. 'Alles valt op zijn plek. Hij was een tijdje daarvoor nog bij vader op visite geweest. Kun je je herinneren dat je me vroeg aan welke kant ik woonde, links of rechts? Ik woonde trouwens rechts, maar je ging er ineens vandoor.'

'Ik had natuurlijk nooit verwacht dat ik op die plek terug zou komen. Voor mij stond ook wel vast dat we in de val waren gelokt. Ik schrok me dood toen je juist voor dat huis stopte.'

'Zou je me ook hebben meegenomen als je het wist. Als je wist dat mijn eigen vader jou verraden had?'

De hoofdgerechten werden geserveerd. Nel en Peter hadden tarbot besteld die helemaal was ingepakt in een dikke laag zeezout en op een klein tafeltje naast hen van de zoutlaag werd ontdaan door er met een lepel op te kloppen. De zoutkorst brak in grote stukken uiteen en werd verwijderd zonder dat de huid van de vis werd beschadigd. 'Zo blijven de vissappen behouden, zonder dat je ook maar iets van het zout proeft. Echt heerlijk. En de vis is gevuld met verse kruiden en schijfjes citroen. Echt een delicatesse,' had Anne gezegd. Zelf nam ze een geroosterde tonijn met een kruidenkorst van verse koriander en basilicum.

'U zat in Amersfoort,' zei Peter nu, die spijt had dat zijn scriptie al was ingeleverd en zijn examen achter de rug. 'Of vindt u het vervelend om het er weer over te hebben?'

'Nee is goed, maar niet te lang. Laten we vooral genieten. Kunst is een mooier onderwerp voor aan tafel of, nog beter, vertel wat meer over jullie zelf. Morgen gaan we naar het landgoed van Heydrich hier in de buurt, waar ik aan het eind van de oorlog heb vastgezeten; als jullie het interessant vinden ga je gewoon mee, en dan hebben we tijd genoeg om verder te praten. Maar om deze vraag nog even te beant-woorden, ik heb er zes weken gezeten, in Amersfoort, en toen moest ik terug naar Scheveningen. Van daaruit werd ik met een luxe auto naar het Binnenhof gebracht en opnieuw door Engelsmann verhoord. Ik mocht een formulier ondertekenen waarin stond dat ik mijn geloof zou verloochenen en iedereen zou aangeven die ik als geloofsgenoot kende, en meer van dat soort dingen. Als ik dat deed, was ik vrij. Maar ik weigerde.'

'Waarom?'

'Een enkeling deed dat wel. Die dacht, dat tekenen stelt niets voor, een afspraak met zulke mensen hoef ik niet serieus te nemen. Maar ik vond dat ik het niet moest doen. Veruit de meesten deden het niet. Ieder maakt zo zijn eigen afweging. Toen werd ik door die Engelsmann alle hoeken van de kamer in geschopt. Niet omdat hij kwaad was, maar om me onder druk te zetten. Het ene moment ben je een gerespecteerde zoon van de notaris en het andere moment word je als oud vuil de hoek in getrapt. Een Nederlandse typiste, nog een mooie meid ook, zat er bij te lachen. Vreselijk, zo vernederend. Maar aan de andere kant gaf het me ook kracht. Voor deze mensen zal ik niet buigen, dacht ik. Mijn principes zijn daar te edel, te hoog voor. Je mag niet verwachten dat je beter wordt behandeld dan de zoon van God. 'Heb je vijanden lief,' staat er geschreven. Er staat niet dat je ze aardig moet vinden, in het Grieks staat er agape, en dat heeft een hogere betekenis. Je mag mensen niet als vijanden behandelen, nooit. Je kunt iemands gedrag verwerpen, niet de persoon. Die visie heeft me enorm geholpen. 'Vader vergeef hun, want ze weten niet wat ze doen.' Dat maakt incasseren makkelijker. En ik moest namen van geloofsgenoten noemen, mensen verraden dus, maar gelukkig vond ik daar wat op, al wist Engelsmann dat niet. Ik noemde de namen van geloofsgenoten die ik in Amersfoort al in het kamp had gezien. Dat scheelde in elk geval een pak slaag.'

De tarbot smaakte hemels, helemaal door de geur en smaak van de verse kruiden. Peter had even gewacht voor hij het bestek pakte en zag dat Nel een soort mes pakte dat aan de rechterkant van haar bord lag en de vork die aan de linkerkant lag. Van buiten naar binnen. Hij was blij met het advies. En gelukkig had hij sinds de Japanner een paar keer wijn gedronken. Deze wijn was een totaal nieuwe ervaring. 'Is een Grand Cru van een kleine chateau uit de Bourgognestreek,' had hij de sommelier horen zeggen. 'U proeft de mineralen uit de kalkrijke grond. Echt heerlijk.' Hij wist niet of het aan het gezelschap, de aangrijpende verhalen of gewoon aan het praatje van de sommelier lag, maar het smaakte bijzonder, al voelde hij een lichte duizeligheid in zijn hoofd.

'Kort daarna werden we op transport gezet,' hoorde hij David zeggen. 'Wij, zwarthandelaren, communisten, joden en verzetstrijders. In kan me een oude joodse man herinneren in traditionele kleding, grote snor, die mijn vader had kunnen zijn. Intens verdrietig. Hoeveel van zijn familieleden waren er al weggevoerd? Op twintig april reden we met de trein Duitsland binnen. Overal zag je vlaggen met hakenkruisen, bleek de verjaardag van Hitler te zijn, begrepen we later. We stopten in Keulen, Hannover, Berlijn en hadden een enorme honger. Uiteindelijk kwamen we in Sachsenhausen. 'Arbeit macht frei' stond er op het hek. Terwijl we het kamp binnenliepen bekeek een hoge SS-er ons alsof we vee waren, afgekeurde mensen. De oude joodse man met de grote snor werd meteen uit de groep gehaald en door twee soldaten zo afschuwelijk geslagen en getrapt dat de arme man niet meer kon opstaan. Ik dacht aan de vriend van mijn vader. Vooral joden werden vernederd en onwaarschijnlijk wreed behandeld. Nadat we waren ingeschreven, werden we naar het ontluizings station geschopt en geslagen. 'Hemelkomieken' noemden ze ons. Ze schreeuwden en lachten ons uit. Het had er alle schijn van dat de militairen de binnenkomst van een nieuwe lichting als een uitje beschouwden, hoe banger de gevangenen, hoe groter de lol. Even later werden we naar onze barak gestuurd en bij de ingang stonden aan beide kanten van de deur opnieuw militairen die ons met stokken naar binnen sloegen, zoals ik boeren had zien doen die hun koeien in veewagens dreven. Misschien om de illusie dat we in een gewoon werkkamp zaten maar meteen de grond in te boren. In die barak zaten Duitse geloofsgenoten, waarvan sommigen al vijf jaar kamp achter de rug hadden; kapot, vermagerd, maar niet gebroken. Een iets oudere Duitser werd door de SS zo hard op zijn hoofd geslagen dat hij zijn bewustzijn verloor. De eerste nacht sliepen we op de grond en de volgende dag was er om 4.15 uur appèl. Dat was mijn kennismaking met Sachsenhausen.'

Tweeëntwintig was hij toen, dacht Peter. Ruim twee jaar ouder dan ik nu ben. Hij had er normaal een hekel aan als mensen hun verhalen te uitgebreid vertelden. Je hebt er van die types bij die kunnen uitweiden over het soort gereedschap, het type schroef of welke bloemetjes er nou precies op het behang zaten. Roosjes, nee toch madeliefjes of, nu ik er over nadenk, waren het toch rozen maar dan zonder stekels, althans met weinig stekels, minder dan normaal. Mensen die nauwelijks pauzeerden of zich geen seconde afvroegen of de luisteraar wel in die onzin was geïnteresseerd. Verhalen met honderd zijwegen. Maar dit was heel anders. Hij had hier veel over gelezen voor zijn scriptie en bovendien raakte die geschiedenis hem nu rechtstreeks, via zijn vader. Hij had gelezen dat het kamp was gebouwd door gevangenen. Terwijl Hiltler goede sier maakte met de Olympische Spelen van 1936 in Berlijn, werd 35 kilometer verderop het kamp opgebouwd. In november 1939 zaten er al elfduizend gevangenen, waaronder joden, homoseksuelen, Getuigen en zigeuners. In 1940 konden de Duitsers vol trots melden dat ze nu een eigen crematorium hadden in het kamp. Reinhard Heydrich bleek een van de bedenkers van de gaskamers. Knappe kop.

Sachsenhausen was ook een uitgelezen plaats voor medische experimenten. Kinderen werden opzettelijk besmet met hepatitis B om het effect daarvan op de lever te bestuderen. In andere kampen deed de farmaceutische industrie onderzoek naar nieuwe medicijnen, met joden als proefkonijn. Dagelijks werden er honderden gevangenen, waaronder ook Russische krijgsgevangenen, doodgeschoten.

'Wat voor werk deed u in het kamp?'
'Ik? Ik mocht er beeldhouwen, schilderen en gaf les in kunstgeschiedenis. Nee serieus, heel verschillend. Veel zwaar werk in elk geval, vaak in het buitencommando. En soms kregen we straf, dan moest je 'sportoefeningen' doen, zo noemde ze dat. Je opdrukken, hardlopen,

over de grond rollen – ook door de modder – onder het genot van trappen met soldatenlaarzen en klappen. Dat duurde soms wel anderhalf uur. Dat is voor een gezond mens al een hele prestatie, maar wij waren natuurlijk wrakken. En de volgende dag moest je met schone kleren op het appèl verschijnen. We hadden natuurlijk heel veel honger. Menigeen is door de honger omgekomen. Ik heb zelf ook een tijd in de ziekenbarak gelegen met hongeroedeem. Als ik met mijn vinger in mijn been drukte, bleef er een put achter. Het was bijna mijn dood.'

David nam een hap van zijn in de braadslee gebakken zalm. De zalm viel in mooie stukjes uiteen en rook heerlijk. 'Smaakt het allemaal? We moeten wel genieten hè. De oorlog is geschiedenis.'

'Ja, hou er nou maar over op. Ik vind dit geen onderwerp voor aan tafel,' zei Anne. Ze had de verhalen al vaak gehoord, kon ze wel dromen. Op de een of andere manier genoot David ook wel van de bewondering die hij oogstte. Mensen die concentratiekampen hebben overleefd, zijn per definitie helden. De ellende van toen werd de trofee van nu. Ze kon zich niet aan de indruk onttrekken dat de verhalen in de loop van de tijd ook wel wat mooier waren geworden, alsof de herinneringen zich gingen vermengen met wat David later zelf op de tv had gezien of had gelezen. En misschien hebben we dat allemaal wel. Zodra je een ervaring navertelt, wordt hij mooier, groter, zoals de vissers de maat van de gevangen vissen weten te overdrijven. Het stoorde haar soms dat er nooit naar haar versie van het verhaal werd gevraagd. Ze waren drie maanden getrouwd toen hij werd gearresteerd. Zij had dan wel niet in het kamp gezeten, maar had iemand zich ooit afgevraagd hoe het was om als net getrouwde vrouw alleen en in onzekerheid achter te blijven? Ook in Nederland was het oorlog. 'Die man zie je nooit meer terug,' zei een Duitse soldaat tegen haar. 'Ze krijgen allemaal de kogel'. En terwijl hij het zei, gaf hij haar een klap op haar billen, alsof ook zij een willoze prooi zou zijn. Het duurde een tijd voor ze hoorde waar hij zat. Vanuit Sachsenhausen kreeg ze zo nu en dan een brief met maximaal vijfentwintig woorden, waarvan ze meteen begreep dat die aan censuur onderhevig was – zo oppervlakkig zou David nooit vrijwillig schrijven – en soms mocht ze hem een pakje sturen. Met boter bijvoorbeeld, zodat ze midden in het pakje boter een briefje kon verstoppen. 'Ik heb genoten van de boter,' schreef David terug. De onzekerheid. Gelukkig werd ze goed opgevangen door de ouders van David en kon ze tijdens de oorlog weer bij haar eigen ouders intrekken.

'Toch wil ik graag weten hoe het was in dat kamp. Gek genoeg is het nu ook een deel van mijn geschiedenis geworden, ik voel me er meer dan ooit schuldig onder,' zei Nel.

'Daar is toch geen enkele reden toe kind,' zei Anne, en legde haar hand op die van Nel. 'Jij hebt toch net zo goed geleden in de oorlog? Ik denk dat de meeste mensen helemaal geen oorlog wilden.'

'Nou, nog heel even dan,' zei David onverstoord, 'daarna moeten we het echt over leuke dingen hebben. Ik ben benieuwd naar wat jullie in het dagelijks leven doen en ik weet niet of jullie al hebben gezien hoe rijk deze stad is aan kunst! Schilderkunst, beeldhouwkunst, er is hier veel te zien.' Hij veegde zijn mond af met een stoffen servet.

'Is alles naar wens?' vroeg de brillantinekelner terwijl hij een lichte buiging maakte met zijn handen op de rug.

'Misschien wilt u nog een fles wijn brengen? Hij is heerlijk, maar ik zag op de kaart ook nog een mooie Chardonnay uit Australië. Of willen jullie nu een andere wijn proberen?'

De kelner knikte weer. 'Heel graag meneer'. Hij liep meteen door naar de tafel verderop. Een van de kleinkinderen had blijkbaar een glas omgegooid. Het werd onopvallend en in stilte opgelost. Terwijl hij het oudere echtpaar en het kind geruststelde, maakte een ander een tafeltje ernaast in orde. De kelner maakte opnieuw een lichte buiging en dekte de tafel ernaast met dezelfde borden en gerechten. De boosdoener, een jongen van een jaar of twaalf, keek een beetje schuldig hun kant uit en ging vervolgens snel zitten op zijn nieuwe plek.

'Goed, je zou vertellen hoe het was in het kamp David,' zei Nel. 'Ik wil het toch graag horen. Misschien zien we elkaar hierna nooit meer.'

'Maar dat is echt het laatste hè? Morgen is er weer een dag,' zei Anne.

De nieuwe fles werd getoond, getest en uitgeschonken. David

draaide zijn glas weer rond, rook eraan met zijn ogen dicht en nam opnieuw een slok van de lichtgele wijn. 'Heerlijk! Moet je echt even bewust proeven. Dat aroma! Eerst even goed ruiken en dan pas een slok.' De ober (of was het de gerant?) schonk nu ook de anderen in.

'We zaten in het begin als geloofsgenoten bij elkaar in dezelfde barakken. We waren, toen ik er zat, zeker met driehonderd man, afkomstig uit allerlei landen. En onze blokoudste droeg een groene driehoek, wij allemaal een paarse. Hij was wat je noemt een beroepsmisdadiger, maar voor ons een prima vent. En op sommige zondagmiddagen hadden we gewoon onze bijeenkomsten. Moet je nagaan, in het hol van de leeuw kwamen we bij elkaar om een spiritueel onderwerp te bespreken, met wel driehonderd man. We zongen zelfs liederen. En op verschillende plekken hield een aantal van ons de wacht. De blokoudste vond dat prima. Maar er ging ook weleens wat mis. Op een keer kreeg een Poolse geloofsgenoot vijfentwintig stokslagen. Dan moest je op de bok liggen en kreeg je van een medegevangene slagen op je achterste. Hij had, zoals wij allemaal, geweigerd werk te verrichten voor de oorlogsindustrie. Die Pool was zevenenzestig, en de medegevangene die hem sloeg kreeg als beloning een extra maaltijd. Geen gebakken zalm, dat geef ik toe en ook geen wijn, maar toch. En de Pool kreeg die dag niets te eten. Althans, niet van het kamp, maar wij deelden ons schamele watersoepje natuurlijk met hem. De actie werd een paar maal herhaald, maar mijn Poolse geloofsgenoot bleef weigeren. Uiteindelijk gaf men de moed op en kreeg hij een baan als tuinman. Soms waren medegevangen nog wreder dan bewakers. Het was voor de meesten ieder voor zich, overleven was belangrijker dan normen en waarden. Aardige mensen kunnen onder druk in beesten veranderen, dat is mij wel duidelijk geworden, tenzij ze het gevoel hadden verantwoording te moeten afleggen aan een hogere macht. De overtuiging dat je je medemensen moet behandelen zoals je zelf behandeld wilt worden, en dat niet alleen uit liefde voor mensen, maar ook uit liefde voor God, dat helpt om ondanks alles je ethiek te behouden. Dat heb ik met eigen ogen gezien en dat is later ook uit psychologisch onderzoek gebleken.' Hij nam nog een slokje wijn. 'Soms werd er een geloofsgenoot opgehangen of er werd mee gedreigd.'

'Moet dat nu David? Kan dat niet morgen?'

'Ik wil het toch wel horen, Anne,' zei Nel, 'sorry, maar dan stoppen we echt. Maar, ik wil alles weten. Of je het terecht vindt of niet, ik voel me toch medeverantwoordelijk voor wat er is gebeurd.' Ze keek Anne aan zoals een kind haar moeder aankijkt als het om een gunst vraagt.

'Maar dat moet dan echt het laatste zijn. Ik vind het een beetje zonde van dat heerlijke eten.'

'Het is inderdaad heerlijk,' zei Peter om Anne een beetje te steunen. Maar het verbaasde hem dat iemand zo makkelijk over zulke dramatische ervaringen kon praten. David leek er bijna luchtig over te doen, alsof hij het over een ander had. Wat is dat in een mens? Die veerkracht, niet alleen om te overleven, maar vooral ook om te blijven geloven, blijven genieten. Zit dat in ons allemaal? Is dat een kwestie van karakter? Waarom plegen mensen die bijna niets hebben meegemaakt zelfmoord en zetten anderen, zoals David, de bloemetjes buiten? Hij keek naar de rimpels op Anne's gezicht, die soms verdrietige, donkere ogen. Zij had minder meegemaakt, althans, voorzover hij wist. Wat had de oorlog met haar gedaan?

'Beloofd!' zei David, en vervolgde met plezier zijn betoog. 'Een man die al lang in het kamp zat vertelde dat een Duitse geloofsgenoot die militaire dienst had geweigerd, in het kamp werd doodgeschoten. Daar moesten alle geloofsgenoten in Sachsenhausen, toen zo'n vierhonderd man, bij aanwezig zijn. Ze moesten vooraan gaan staan, zodat het een diepe indruk zou maken. Daarna vroeg die commandant met nadruk wie bereid was een verklaring te ondertekenen waarin hij zijn geloof zou verloochenen. Niemand reageerde, behalve twee. Die bleken een tijdje daarvoor wel zo'n verklaring ondertekend te hebben, maar vroegen of dat nu ongedaan gemaakt kon worden. En ik herinner me ook een sympathieke dominee die zijn karige maaltijd deelde met een joodse man waarvan een bewaker net zijn bord soep had omgeschopt. Kun je je dat voorstellen? Iemand die nauwelijks te eten krijgt. En gewoon uit pesterij schopte hij het bord om en liep lachend verder. De dominee had veel joden gered in de oorlog en belandde zelf in het kamp. Hij kwam uit Rotterdam en is tijdens de dodenmars doodgeschoten. Door zijn geloof had hij mensen gered en door zijn geloof is hij uiteindelijk zelf doodgeschoten. Maar zonder zijn menswaardigheid te verliezen.'

'Jongens, ik vind echt dat we nou maar moeten stoppen,' zei Anne. 'Er is voor vandaag genoeg gepraat. Anders doet David vannacht geen oog dicht of hij krijgt weer van die nachtmerries. Hij praat er wel gemakkelijk over, maar 's nachts ligt hij daarna te spoken. Zullen we een taxi voor jullie bellen? Ik zou trouwens morgenavond wel naar een concert willen David. Ze hebben hier prachtige theaters.'

31.

Die nacht kon Peter moeilijk in slaap komen, het plafond van de hotelkamer leek te draaien en hij kreeg zijn gedachten niet tot rust. Ze hadden nog even naar huis gebeld om te vragen of het goed ging met vader, en hij kreeg hem zelfs even aan de telefoon. De buren hadden een tijdelijk toestel geregeld, zodat hij zo nu en dan met iemand kon praten. 'We hebben nog een interessant Nederlands echtpaar gesproken,' had Peter gezegd, 'daar zal ik u wel over vertellen als we weer thuis zijn.' Hij durfde het niet door de telefoon. Ook niet aan zijn moeder, want die zou het misschien toch aan vader vertellen.

Nel was snel in slaap gevallen, maar werd om een uur of zes wakker en kon toen niet meer in slaap komen. Ze had gedroomd dat vader voor een vuurpeloton moest staan, met zijn handen omhoog, en dat hij moest vertellen wie hij naar de vakantiekolonie in Tsjecho-Slowakije had gestuurd. Hij noemde geen namen, en werd daarop doodgeschoten. Zijn lichaam plofte bij elk schot iets meer in elkaar, tot hij niet meer bewoog. Behalve zijn rechterarm. Hij zwaaide, of schreeuwde die arm om hulp? Ze wilde naar hem toelopen om zijn hand te pakken, gek, hij was echt helemaal dood, alleen zijn arm leefde nog. Toen ze de hand wilde pakken was hij veranderd in een slang, een enge cobra die zijn gespleten tong naar haar uit stak. Ze was in paniek toen ze wakker werd, kroop heel even tegen Peter aan om weer rustig te worden en stapte vervolgens voorzichtig uit bed om hem niet wakker te maken. Ze noteerde wat vragen die ze vader wilde stellen zodra ze thuis waren. Wist hij wat deze mensen te wachten stond? En waarom, waarom had hij het gedaan? Ineens besefte ze dat ze helemaal niet had gevraagd wat het voor Anne had betekend, die was immers nog maar drie maanden getrouwd en was van de een op de andere dag haar man kwijt. Hadden ze afscheid kunnen nemen? Hoe was ze die bijna drieënhalf jaar doorgekomen? David had daar niets van gezegd. Mijn verblijf in de vakantiekolonie heeft dus ook het leven van Anne verpest, dacht ze.

32.

Ze hadden 's ochtends om half tien afgesproken bij het hotel aan het Oude Stadplein voor een tochtje naar het landgoed van Heydrich. Nel reed in haar eigen Volvo.

'Weten jullie iets van de geschiedenis van Heydrich?' vroeg David onderweg. Hij zat voorin, omdat hij de route nog ongeveer dacht te kennen. Of in elk geval hoopte hij iets van de weg te herkennen.

'Nee, eerlijk gezegd, nauwelijks,' zei Nel, 'en dan heb ik nota bene geschiedenis gestudeerd. Maar de Tweede Wereldoorlog was niet mijn specialisatie.'

'Waar?'

'In Leiden.'

'Wat grappig, ik ben in Leiden geboren,' zei Anne vanuit de achterbank. Ze wisselden meteen straten en leuke winkels uit.

'Goed jongens, even iets over de geschiedenis van Heydrich. Dan begrijp je de rest van het verhaal beter. Kun je me zo horen Peter?' David pakte de draad weer op alsof hij een reisleider was op weg met een groep toeristen. Zou hij straks ook een vlaggetje omhoog houden of een paraplu, zodat ze hem konden volgen? 'Hij wist een deel van het volk hier aan zich te binden door ze extra voedsel en kleding te geven. Schoenen bijvoorbeeld, die waren schaars. Sommige arbeiders mochten met vakantie naar luxe kuurhotels. Dat met de ene hand geven en met de andere moorden, leek zijn motto. Ondertussen bereidde hij een etnische zuivering voor. Bohemen en Moravië, zoals dat gebied toen heette, moesten helemaal Duits worden. Hij werd na Himmler de belangrijkste man van de SS. Zijn opdracht in Tsjecho-Slowakije zat er bijna op. Hitler had hem al een andere functie beloofd als Reichprotector van Frankrijk en België en hij was met zijn hoofd misschien meer met die nieuwe promotie bezig dan met de Tsjechen. Maar de geallieerden wilden hem liquideren. Ze vonden hem levensgevaarlijk.'

Ze draaiden nu een boerenweg op en zagen een haas wegspringen, even daarvoor waren volop fazanten te zien. Zou David in de oorlog hier ook wild hebben gegeten? Nel kon zich die beesten helemaal niet herinneren.

'Ik heb dat natuurlijk ook pas later gelezen, wij wisten toen van niets. Maar Heydrich voelde zich veilig in Praag en op zijn landgoed. De Duitsers hadden dat landgoed van een joodse familie afgenomen. Het moet hier vlakbij zijn. O, wacht, stop even als je wilt.' Nel draaide de berm in. 'Wacht ik zet 'm even iets verderop, dit is te gevaarlijk. Die bocht is te onoverzichtelijk.' Ze stuurde de auto naar een breed stuk gras. David stapte meteen uit en raakte een beetje opgewonden.

'Hier ongeveer moet het gebeurd zijn, in deze bocht of een soortgelijke scherpe bocht. Ik weet niet welke straat het was. Het was eigenlijk wel een drukke straat met trams enzo, ik weet het niet, maar het zou hier geweest kunnen zijn. Ongelooflijk. Ik heb dit natuurlijk ook nooit gezien. Zie je dat Anne? Kun je die foto's nog herinneren die we een tijd geleden zagen? Het moet haast deze plek zijn. Wat denk jij?'

'Ik weet het echt niet,' zei Anne, 'het zou best kunnen.'

'Heydrich reed in een open Mercedes – hij droeg een kogelwerend vest – van zijn landgoed naar Praag om van daaruit naar Berlijn te gaan. Ik zat toen nog maar net in Sachsenhausen.' Ze gingen wat hoger op het talud staan om een beter overzicht te hebben. 'Kijk, vanuit Londen waren drie Tsjechische militairen overgevlogen om een aanslag te plegen. Heydrich reed met zijn chauffeur hier ergens, in zo'n bocht, en plotseling sprong een van de militairen de weg op en opende het vuur. Althans, dat was de bedoeling, maar zijn geweer weigerde. Moet je je voorstellen! Dat zo'n man dat ding eerst had getest... speciaal uit Engeland ingevlogen! Dus de chauffeur van Heydrich trok meteen zijn revolver en wilde het vuur openen, maar uiteindelijk trok een andere militair de pin uit zijn granaat en gooide het ding naar de auto van Heydrich. Zoiets was het. De scherven troffen Heydrich in zijn rug, hij kon nog opstaan, maar moest toch ondersteund worden en iemand, ik geloof een blonde vrouw die hem herkende, hield een voorbijrijdende bestelwagen aan. Die chauffeur had natuurlijk helemaal geen zin om hem weg te brengen, maar goed, Heydrich belandde uiteindelijk toch in het ziekenhuis. Zijn chauffeur, Klein, overleefde het voorval niet, vermoord door een van die militairen geloof ik, al duurde de strijd nog even. Tjonge, dat we nu op die plek staan!'

Anne aaide intussen een grijs gestreepte poes die aan was komen lopen. 'Pas jij een beetje op hier bij de weg. Straks krijg jij ook nog een ongeluk,' zei ze tegen het beestje. Hij duwde zijn kopje tegen haar aan. Op de een of andere manier voelden katten zich tot haar aangetrokken. Bijna alle beesten trouwens. Als kind nam ze al zieke dieren mee naar huis, tot ergernis van haar vader.

'Heydrich werd in een bestelwagen met dozen schoensmeer weggebracht, als ik me goed herinner. Zwaargewond, lag de topman van het Duitse leger in een laadruimte met stinkende schoensmeer, vechtend voor zijn leven. In het ziekenhuis onderzocht eerst een Tsjechische arts hem en vervolgens een Duitse arts. Hij werd met succes geopereerd, maar liep bloedvergiftiging op,' ging David verder, 'er waren haren, waarschijnlijk paardenharen uit zijn eigen paardenstallen of uit de bekleding van de auto, in de wond gekomen en andere ongerechtigheden. Er was geen penicilline voorhanden. Volgens sommigen was alle penicilline in handen van de geallieerden. Tjonge, die aanslag kan heel goed hier gebeurd zijn.'

'Wat gebeurde er met de soldaten die de aanslag pleegden?' vroeg Peter en keek om zich heen of er nog iets van de auto van Heydrich of iets anders te vinden was.

'Gevlucht. Ze verborgen zich in een kerk in Praag maar werden verraden. Er volgde een urenlang vuurgevecht. De drie hebben met hun laatste kogel zelfmoord gepleegd, dat was altijd nog beter dan in handen van de Duitsers te vallen. Ze kwamen waarschijnlijk uit het dorp Lidice en dat is als vergelding vrijwel uitgemoord.'

Ze stapten weer in. Anne waste haar handen met desinfecterend spul dat ze altijd in haar handtasje had. Ze kon niet van dieren afblijven. Zou het liefst een dierenasiel zijn begonnen. Ze reden de historische rit nu in omgekeerde volgorde in de richting van het landgoed.

'Je kunt je voorstellen dat de vrouw van Heydrich zich niet meer veilig voelde,' ging David onderweg verder. 'Wat hem was overkomen, kon ook haar gebeuren. Op haar landgoed werkten, opmerkelijk genoeg, veel joden, maar ze vertrouwde niemand meer. Haar man werd na zijn dood door Hitler geroemd, kreeg een staatsbegrafenis en de hoogste Duitse onderscheiding. Ze kon dus wel een potje breken. Maar ze voelde zich steeds minder veilig in dat grote huis. Misschien was zij de volgende die eraan ging. Dat kon ze de kinderen niet aandoen. In hoeverre kon ze de joden die bij haar werkten vertrouwen? Het was niet onlogisch dat die zich zouden wreken. Zo heb ik het tenminste begrepen; wat weten we van de motieven van mensen? Ze vroeg Himmler om advies. Hoe het precies is gegaan weet ik natuurlijk niet. Ik was niet bij die gesprekken, ik baseer het op wat ze later zelf vertelde, al waren die momenten heel spaarzaam. Himmler selecteerde in Sachsenhausen vijftien gevangenen die op transport moesten. Een criterium was dat je iets van het boerenleven en het werk op de boerderij moest weten, dat was in elk geval een plus. Als jongen had ik vaak de melkboer geholpen en met paarden gewerkt, dus het kan zijn dat dat tot mijn selectie heeft bijgedragen. Zo kwamen we in februari 1944, in de ijskou, op het landgoed aan. Geen behoorlijke schoenen of kleding natuurlijk, maar we waren wel uit het concentratiekamp. Gevangen, maar uit dat verschrikkelijke kamp. We hadden bij het vertrek overigens geen idee waar we heengingen. Moesten we naar een ander kamp? Werden we vermoord? Je weet het niet. We moesten na aankomst naar de paardenstallen om te slapen, maar die zaten vol vlooien. Een van ons had ze geteld: hij had er zesennegentig doodgeslagen. Ja, waarom telt een mens vlooien? Ik weet het ook niet. De een telt zijn geld en de ander zijn vlooien. De volgende dag vroegen we of we de houten stallen met carbolineum mochten insmeren. Was zowaar geen probleem. Nooit meer last van vlooien gehad. Wacht even, volgens mij is het hier. Kijk daar, achter het hek.'

Nel parkeerde de Volvo. Ze liepen naar een hoog toegangshek met links en rechts twee enorme zuilen. Voor die zuilen zag je aan de ene kant iets wat leek op het beeld van een varken en aan de andere kant een onduidelijke hond. Meteen achter het hek was een grote portierswoning met daarachter wat vroeger paardenstallen geweest moeten zijn. In de verte, aan het eind van de oprijlaan, gloorde het landhuis. Peter telde alleen al aan de voorkant meer dan vijfentwintig ramen over twee verdiepingen. Vijfentwintig ramen en vijfentwintig jaar geleden, een gek idee, dacht hij. Anne probeerde of het hek open kon, maar het zat op slot. 'Het slot zit op slot,' zei ze met een glimlach.

In de omgeving van het landgoed spraken ze een man aan die in de buurt bleek te wonen. Hij sprak Engels. Het gebouw werd nu als laboratorium gebruikt. De directeur zou over een paar uur komen, ze konden het beste naar hem vragen. 'Een geschikte vent. Sprenkling heet hij,' zei de man.

Rondom het hoofdgebouw was vroeger een groot park met een eigen groentetuin en zwembad. Het zag er nu vervallen uit. Een klein, oud vrouwtje liep met een bos takken op haar gebogen rug in hun richting. David zag weer voor zich hoe zulke vrouwtjes in de oorlog hout zochten om te kunnen stoken. Hij moest soms dagenlang houthakken en verborg dan onder de takken blokken hout, zodat de mensen hun huis in die barre winter een beetje warm konden krijgen. Heydrich had hout in overvloed. In ruil daarvoor verstopten de dorpsbewoners soms brood voor de gevangenen.

'Zal ik u even helpen?' vroeg Anne in het Duits. Het vrouwtje keek haar aan of ze wel goed bij haar hoofd was. 'Natuurlijk niet. Ik doe dit mijn hele leven al.' Ze sprak onberispelijk Duits. 'Heeft u uw hele leven hier gewoond?' vroeg David. 'Maakt dat wat uit?' zei ze en maakte aanstalten om weer door te lopen. 'Sorry. Ik heb hier als gevangene op het landgoed gewerkt bij mevrouw Heydrich nadat haar man was vermoord. We werden uit Sachsenhausen hierheen gebracht. Het is voor het eerst na vijfentwintig jaar dat ik hier terug ben,' zei David en hij legde zijn hand heel even op haar schouder om zich te verontschuldigen. Het vrouwtje keek hem nu met priemende ogen aan. 'Dat wijf hadden ze ook moeten vermoorden,' zei ze. 'Schoften zijn het!' Ze spuwde op de grond en liep door. Even later draaide ze zich om en liep terug. 'Ik kom uit Lidice meneer. Mijn man is met mijn zoon en nog 183 andere mannen doodgeschoten. De oudste was vierentachtig en de jongste net vijftien. Ze werden in rijtjes van vijf tegen de muur gezet, een muur met matrassen ervoor om de kogels op te vangen.

Dan werden de vijf vermoorde mannen weggesleept en moesten de volgende kinderen en mannen zich opstellen. De rest stond op de dood te wachten. Kunt u zich voorstellen hoe lang dat duurde? En ik werd met mijn dorpsgenoten en kleine kinderen naar Ravensbrück gestuurd. Nou ja, wij vrouwen naar Ravensbrück en die arme kinderen hebben ze in vrachtauto's vergast. Meer dan tachtig kinderen meneer, kinderen die ik bijna allemaal kende. Wat wil je in zo'n dorp? Als varkens zijn ze afgeslacht. Kinderen meneer, kinderen die van niets wisten! Sommigen in pyjama. Bibberend van de kou. Jongens en meisjes met een heel leven voor zich, waaronder mijn eigen dochtertje van zes.' Ze liep weer door, maar kwam opnieuw terug. 'Ze sloegen ons 's nachts met hun geweren de huizen uit, mannen, vrouwen, kinderen. Als vee werden we naar het dorpsplein gedreven. Je had de gezichten van de kinderen moeten zien. Doodsbang. We werden samen met de kinderen in een school opgesloten. Het wachten… uren… de angst. In tussen werden alle huizen geplunderd. Het hele dorp is platgebrand, niets meer van over. Al onze spullen, sieraden, geld, werden in beslag genomen. Boeken en dierbare foto's en schilderijen werden uit het raam gegooid en op het plein verbrand. Ons leven werd verbrand! Honden werden doodgeschoten. Om vijf uur in de ochtend werden we uit de school gehaald en zagen hoe het dorp verwoest was. We werden in vrachtwagens gepropt en naar de dichtstbijzijnde stad gebracht en daar werd ik van mijn dochtertje gescheiden, alle vrouwen werden van hun kinderen gescheiden.' Ze haalde van onder haar rok een mapje te voorschijn, vouwde het open en liet het gekreukte zwartwit foto-tje zien. 'Dit is ze, mijn dochtertje'. Ze streelde de foto en borg het lachende meisje weer op. 'Ik wilde haar niet loslaten meneer, welke moeder wil haar kind nou loslaten? Maar ze sloegen met de kolf van het geweer op mijn arm tot die brak. Wat kon ik doen? Nog bijna elke nacht hoor ik haar in mijn dromen roepen: "Mama!" Ze werd weggerukt, weg uit mijn leven, weg uit haar leven. Ik heb Ravensbrück overleefd meneer, maar ik was duizend keer liever in haar plaats gestorven.' Ze streek ongemerkt met haar linkerhand over haar rechterarm, alsof ze de pijn opnieuw voelde. De fysieke pijn, maar veel meer nog de emotionele kwelling om een dochter van zes weggerukt te zien worden, haar dood tegemoet. Welke moeder krijgt dat beeld ooit uitgewist? 'Zelfs het oude kerkhof met ons familiegraf hebben ze met bulldozers verwoest. En weet u wat ze met de grafstenen hebben gedaan? Daarvan hebben ze een kazerne gebouwd voor Duitse soldaten.' Ze liep door, maar draaide zich nog een keer om. 'En de kosten van die hele operatie werden betaald door de Tsjechen zelf. Het mocht de Duitsers geen cent kosten. En dat allemaal omdat ze dachten dat wij iets met die moord te maken hadden. En dat hadden we niet. Schoften zijn het. Schoften.' Ze slofte verder, haar rug nog meer gebogen dan eerst.

Sprenkling arriveerde niet lang daarna. Hij was een jonge, geschikte vent. Te jong om de oorlog bewust te hebben meegemaakt. Ze wandelden het terrein op, voorbij de portierswoning, naar de paardenstallen. Anne liep met Nel en Sprenkling meteen druk babbelend door naar het hoofdgebouw aan het eind van de oprijlaan. 'Moet je die schitterende oleanders daar zien!' zei Anne. Ze zag er opnieuw chic uit, met een witte lange broek en een knalgroene blouse en schoenen in dezelfde kleur.

Peter bleef bij David in de buurt van de stallen. Het voorste deel van de stal had een plat dak. David staarde door een raam, deed een paar passen achteruit, keek naar het dak en schudde heel even zijn hoofd. Peter liep naar hem toe en zag dat hij geëmotioneerd was. Wat wil je ook? 'Waar denkt u aan?' vroeg hij voorzichtig. David liep nu naar een bankje, ging zitten en verborg even zijn hoofd in zijn handen. Peter ging naast hem zitten. 'Er gaat zoveel door mijn hoofd. Daar bovenop dat platte dak heb ik nog liggen zonnen, kun je je dat voorstellen, als gevangene? Ik had tijdens het houthakken in mijn been gehakt en die wond ging ontsteken. Mevrouw Heydrich zelf heeft die wond toen verbonden en heel goed verzorgd. Ik mocht van haar niet werken, maar moest rust nemen. Dat deed ik dus bovenop dit dak. Het ontroerde me even dat een vrouw die vierkant achter haar man stond en ook na de oorlog altijd haar man heeft verdedigd, toch ook mededogen kende. Ze is voor ons altijd heel goed geweest, ik kan niet anders zeggen. Al hoorde ik wel dat ze gevangenen vóór ons, heel slecht behandelde. Ik kan daar niet over oordelen. Zoals we in Sachsenhausen heel wrede beulen hadden, maar ook bewakers die je een beetje probeerden te helpen. Mensen zijn vaak niet alleen maar goed of slecht, daar moest ik even aan denken. Het is maar goed dat de Grote Baas bepaalt wie er wel of niet gered worden, Peter, mensen zijn niet tot een zuiver oordeel in staat. Ik heb haar, lang na de oorlog, nog even gezien. Ze had een restaurant in Duitsland, vlakbij haar geboortestreek, en daar heb ik met Anne nog een kop koffie gedronken. Een merkwaardige ervaring. Ik werd als ex-gevangene bediend door mevrouw Heydrich zelf. Het was meteen duidelijk dat ze het niet over die tijd in Praag wilde hebben. Snap ik ook. Maar het was ook helder dat ze nog steeds respect voor ons had. Ik heb haar nooit gehaat, al klinkt dat misschien ongeloofwaardig.'

De hal van het landgoed was monumentaal, volop roodbruin marmer en een brede marmeren trap. Nel en Anne kwamen net de trap af. 'Je moet hier even boven kijken David,' zei Anne, 'een prachtige zaal. Waarschijnlijk heb je die nooit gezien.' Ze zei het alsof ze over zijn ouderlijk huis sprak. Het vertrek zag er uit als een balzaal. Deuren van wel drie meter hoog en een fraai versierd plafond van ongekende afmeting. Dit had veel weg van een paleis. Hier zal Heydrich zijn feesten en banketten hebben georganiseerd, terwijl hij ondertussen plannen maakte voor een grootschalige etnische zuivering.

Buiten, vlak naast het landhuis, lag het zwembad er vervallen bij. 'Een heel enkele keer zag ik haar hier een duikje nemen,' zei David, 'ze had een mooi figuur, ik moet het toegeven. Sorry Anne, ik was toen vierentwintig en zij was negen jaar ouder. Ze bezorgde me extra heimwee naar jou,' en hij gaf haar een zoen op haar lippen, terwijl hij haar hoofd in zijn handen nam.

'Aan het eind van de oorlog, toen de Russen steeds dichterbij kwamen, wilde zij met ons vluchten in huifkarren met paarden ervoor. Wij waren niet van plan met haar mee te gaan, maar besloten dat nog niet te zeggen. We moesten zes varkens slachten die ze zou meenemen voor onderweg. Maar de Russen kwamen sneller dan ze had gedacht, en ze ging op de vlucht zonder varkens. Wij bleven met vijftien man achter, en met zes geslachte varkens! Ik kwam dus flink aangesterkt thuis. Dat is nog eens een begin van bevrijding.'

'En zijn jullie daarna naar Praag gegaan?' vroeg Nel.

'Klopt. We konden gaan en staan waar we wilden. En daar zag ik jou met nog een stel jonge meiden lopen. We hadden al gehoord dat de Russen bekend stonden als verkrachters, ze pakten wat ze maar wilden, zelfs vrouwen die in concentratiekampen hadden gezeten werden nog verkracht. Al deed natuurlijk niet elke Rus daaraan mee. We dachten in elk geval, we moeten die kinderen beschermen. Als ze bij ex-gevangenen zijn, zal ze niet snel wat overkomen, en zo was het ook. Maar het duurde nog wel een maand voordat we met de trein naar Nederland konden, we waren met drie gevangenen uit Nederland afkomstig, en de reis duurde ook nog een dag of negen. Twaalf juni 1945 kwamen we in Nootdorp aan. Dat wachten was wel moeilijk, naar huis mogen, maar niet kunnen. Had jij dat ook Nel?'

Ze liepen ondertussen terug naar de auto.

'Hoe was het eigenlijk toen jullie elkaar weer zagen Anne, ik bedoel, hij was drie jaar en vier maanden weggeweest toch? En jullie waren nog maar drie maanden getrouwd. Dat moet voor jou toch ook een verschrikking zijn geweest'.

'Wat vriendelijk dat je dat vraagt,' zei ze, ze was zichtbaar aangedaan. 'Was het ook. Meteen na zijn arrestatie werd ons huis doorzocht en kwamen ze met de boodschap dat ik David nooit meer terug zou zien. Een van die soldaten werd zelfs handtastelijk en zei: "maar ik kan je wel van dienst zijn". Zo vernederend. Maar het gekke is, dat David en ik niet meer zo goed bij elkaar pasten toen hij terugkwam. We hadden natuurlijk totaal verschillende dingen meegemaakt, en waren allebei een kleine drieënhalf jaar ouder, dat is best veel als je nog maar eenentwintig bent als je wordt gescheiden. De eerste dagen van onze hereniging waren dus een feest, maar daarna bleek dat we uit elkaar waren gegroeid. Veel praten en veel geduld heeft ons weer tot een hecht team gemaakt, maar dat heeft zeker een jaar of twee geduurd, toch David?'

1942-1945

Lina zwaaide Reinhard uit. Ze hadden net samen ontbeten, hij had de kranten die elke ochtend werden bezorgd doorgenomen. Het was 27 mei 1942. Hij reed met zijn chauffeur – de boomlange SS-er die de naam Klein droeg – naar Praag om daar het vliegtuig naar Berlijn te nemen. Hitler wilde hem spreken. Hij zou maar twee dagen van huis zijn. De hoogzwangere Lina liep moeizaam de trappen op naar de monumentale hal waar Marta, hun kamermeisje, op haar wachtte. Lina was een sterke vrouw, een die van aanpakken wist, niet bepaald een klaagster. Bezig tot het laatste moment, al moest ze zichzelf in deze fase wel in acht nemen, had de dokter gezegd. Een baby heeft rust nodig, anders groeit het onvoldoende. Zodra ze even op haar rug op de bank lag, streelde ze bijna als vanzelf haar navel die als een kers op haar buik lag, zoals je tong automatisch naar een stukje achterbleven vlees gaat. Wat zou er nu weer in die fraaie verpakking zitten, een jongen of meisje? Twee jongens en twee meisjes, het zou mooi zijn! Zou Reinhard de hele bevalling kunnen meemaken?

Om drie uur 's middags schrok ze wakker van haar middagslaapje. 'Neemt u me niet kwalijk, maar Dr. Horst Böhme wil u dringend spreken,' zei Marta. Haar hart maakte een paar extra slagen. Dit gebeurde nooit, er moest thuis iets gebeurd zijn, papa en mama waren al op leeftijd. 'Uw man is gewond geraakt, hij ligt hier in het ziekenhuis. U mag er even bij als u wilt,' hoorde ze de dokter zeggen. Een aanslag, dacht ze meteen, maar Lina bleef kalm. Op de een of andere manier had ze ook hier rekening mee gehouden. Reinhard was veel te naïef en ze leefden in een gevaarlijke wereld. De kinderen, flitste er door haar hoofd, wat moet ik Klaus, Heider en Silke zeggen? Ondertussen voelde ze de baby schoppen in haar buik.

Ze ging zo snel ze kon naar het ziekenhuis. Onderweg spookte er van alles door haar hoofd. Ze maakte zichzelf niets wijs. Het was ernstig, ze hoorde het aan de stem door de telefoon. Oh, lieve God, als hij maar niet sterft, niet nu. Prof. Gerhardt en prof. Knaus liepen haar al bij de ingang hartelijk tegemoet en begeleidden haar naar Reinhards kamer. Hij was intussen twee keer geopereerd, was uit de narcose, maar kon moeilijk praten. Ze voelde zich opgelucht toen ze hem zag. Ze gaf hem een kus en streek even met haar hand door zijn haar. Hij was blij dat de artsen intussen buiten wachtten. Hij hield niet van tederheid in het openbaar. 'Denk aan onze kinderen,' zei hij. Het kwam er met horten en stoten uit. Ze voelde het bloed uit haar hoofd wegtrekken en ging snel zitten op de stoel naast zijn bed. Waarom zei hij dit? Dacht hij werkelijk dat het nu was afgelopen? 'Het komt allemaal goed Reinhard, we hebben voor hetere vuren gestaan. Het komt allemaal goed.' Ze zei het meer tegen zichzelf dan tegen hem. In een poging hem moed in te spreken, bevestigde ze haar eigen wanhoop.

Ze bracht de avond weer bij de kinderen op het landgoed door. Ze streelde en kuste ze stuk voor stuk, Klaus, Heider, Silke, en ze streelde haar navel. Ze hadden de namen al gekozen, een voor een jongen en een voor een meisje. 'Papa is een beetje ziek – een ongeluk – maar hij komt snel weer thuis. Ga maar lekker slapen.' Aan haar tranen zag Klaus dat het ernst was. Ze trok de dekens strak, rook de buitenlucht van het schone witte laken en gaf Klaus nog een extra kus op zijn voorhoofd. 'Slaap lekker jongen, je bent papa's grote vent.' Ze draaide zich om en deed het licht uit, hij hoefde niet nog meer tranen te zien.

Lina werd elke dag naar het ziekenhuis gereden. Ze had zich de laatste fase van haar zwangerschap anders voorgesteld. Reinhard zou bij de bevalling zijn, zou in elk geval zijn uiterste best doen, en daarna meer tijd met het gezin doorbrengen, daarvan was ze overtuigd. Ze nam zelfgemaakte bouillon mee, hij moest gewoon aansterken, het viel gelukkig allemaal wel mee. Nog een paar dagen en hij zou weer thuis zijn. Reinhard was sterk als een beer en knapte zienderogen op. Hij bofte opnieuw – zijn chauffeur was op slag dood, hadden ze haar verteld, al was dat niet helemaal waar. Maar in de nacht van drie op vier juni werd ze opnieuw uit haar slaap gerukt. Er was een kritieke verandering in zijn situatie, als ze het kon opbrengen moest ze zo snel mogelijk naar het ziekenhuis komen. De stem aan de andere kant van de lijn klonk ernstig. Ze kleedde zich snel aan en liep nog even naar de slapende kinderen. Zou hij ze nog zien? Zouden zij hun vader nog zien? En het kindje in mijn buik dan?

*Hoe moest het verder? Ze smeekte Martha goed op de kinderen te passen
en drukte haar trouwe hulp even tegen zich aan om zichzelf aan te moe-
digen. Ze mocht de moed niet verliezen. Lina stapte in de klaarstaande
auto. Het vroor. Ze zat klappertandend op de fraaie leren achterbank en
haar handen beefden. Haar handtasje gleed uit haar handen en viel voor
haar op de grond. Ze liet hem liggen. Niets leek nog belangrijk. Er schoot
van alles door haar hoofd, maar ze zei geen woord. Keek naar buiten,
zag alleen de duisternis. Zo zou de toekomst zijn. Zwart. Hoe vaak had
ze hem gesmeekt een andere baan te zoeken? Op de een of andere manier
wist zij, wist hij, dat hij niet oud zou worden. Iemand die over het leven
van anderen beschikt, moet daarvoor een keer de rekening betalen. Ze had
het vaak gedacht. Maar hij kon niet anders, wilde niet anders. 'Je begrijpt
het niet,' had hij gezegd, 'ik moet het doen. Alleen ik kan dit, de anderen
zijn niet capabel genoeg.' Even later stond ze aan zijn bed. Reinhard lag
in coma. Ze schrok hevig van dat beeld: haar dynamische krachtpatser, de
vader van haar kinderen, van haar ongeboren kind, leek wel dood! Ze viel
bijna flauw en kon nog net op tijd gaan zitten. Even later ontwaakte hij
heel even uit zijn bewusteloosheid. 'Ach, je bent hier. Kom je vanmiddag
weer? Je komt toch?' Toen hij weer wegzakte bracht een dokter haar de
kamer uit en gaf haar in een ander vertrek een spuitje om te kalmeren. Ze
was volkomen overstuur. Lina's spieren verslapten, ze viel in slaap. Toen
ze weer wakker werd, was Reinhard dood.*

*Tien dagen later werd Lina tweeëndertig. Nog even en ze was de moeder
van vier kinderen. In de nacht van 22 op 23 juli om precies te zijn, an-
derhalve maand na Reinhards dood, werd hun dochter Marte geboren.
Gezond en heel mooi. Het leidde haar heel even af, ze moest door, voor
Marte, voor de anderen. Kinderen die geen vader hebben, verdienen een
extra sterke moeder. Kom op Lina, je hebt al zoveel narigheid overwon-
nen, niemand krijgt het leven cadeau! Er zijn meer Duitse soldaten gestorven, een oorlog eist slachtoffers, dat is de prijs voor een betere wereld.
Hou je rug recht, dat is wat Reinhard van je verwacht: een sterke vrouw,
een Duitse vrouw. Wees blij dat je kinderen hèbt, dat ze gezond zijn! 'In
der Beschränkung zeigt sich der Meister'. Met de wind mee kan iedereen
hard lopen, maar tegen zware stormen in, dat is de kunst. Hoe vaak had*

Reinhard het niet gezegd. Maar wat moest ze doen? Terug naar Berlijn? Hier blijven? Naar haar ouders? Na een tijdje wist ze het zeker. 'Wat heb je het liefst?' vroeg Himmler haar, 'ik zal je wensen graag vervullen.' 'Reichsführer,' zei ze, 'het liefst blijf ik hier wonen. Hier heeft mijn man de mooiste tijd van zijn leven gehad. Hier was hij gelukkig.'

Een paar dagen later kreeg ze te horen dat Hitler haar het landgoed, de landerijen en de inventaris wilde schenken. Ze voelde zich dankbaar. Al was het begin van Reinhards militaire loopbaan moeilijk, de laatste jaren en nu, als weduwe, werd ze met egards behandeld. Himmler was een lieverd. Ze had het gedacht, gehoopt, Duitse officieren waren als een familie; zorgzaam, respectvol. Het waren goede mensen, de meesten toch. Kort daarna bleek dat het landgoed helemaal niet tot de bezittingen van Duitsland behoorde, maar dat het intussen Tsjechisch staatsbezit was. Maar ze mocht er hoe dan ook blijven wonen. De Duitsers wilden het slot graag voor haar opknappen en winterklaar maken. Had ze er bezwaar tegen tijdelijk elders te wonen? Maak je vooral geen zorgen!

Op zeven december 1942 keerde ze met haar kinderen en personeel terug, maar Lina schrok toen ze het fraaie landhuis naderden. Er liepen tal van mannen in rare gestreepte pakken rond, gevangeniskleding! Om de klus te klaren hadden de Duitsers joden uit Theresienstadt in haar huis en tuin aan het werk gezet en in de paardenstallen ondergebracht. De stallen waren intussen deels betegeld en van stromend water voorzien. Het slot was helemaal opgeknapt. Men ging ervan uit dat het werk nog een paar dagen zou duren, maar het werden weken. Soms waren er wel negentig gevangenen aan het werk. Geregeld werd een gevangene door een 'Kapo,' een voormalige gevangene die nu bewaker was, met een zweep afgeranseld. Het werk moest klaar. Zo zat dat. Die vrouw had al genoeg meegemaakt. Het was maar tijdelijk. Ze was opgelucht zodra alles weer normaal was. Rust.

Een tijdje later kwam 'oom' Hilderbrand op bezoek om gezellig een kopje thee te drinken. De kinderen waren blij, mochten hem graag. Maar het noodlot sloeg opnieuw toe. Totaal onverwacht en ongemeen hard. Wat kon een vrouw die net haar man had verloren en zijn kind gebaard, nog verdragen? Hoeveel leed kan een mens aan?

Klaus, Lina's oudste zoon, was blij dat al die arbeiders weg waren en dat er weer eens een bekende op bezoek kwam. Hij was al een uur van te voren uitgelaten, druk, opgewonden. 'Oom Hilderbrand komt, oom Hilderbrand komt!' Hij rende door het huis en liep telkens even naar het bordes om te kijken. 'Daar komt hij!' Hij reed zijn 'oom' dolblij op zijn fiets tegemoet, zo snel hij kon de oprijlaan af, het hek door naar de doorgaande weg. Er lag sneeuw op de straat. Even later hoorde Lina een enorme knal. Klaus werd geschept door een passerende vrachtwagen. Het zag er meteen heel ernstig uit. Hoofden bogen zich over het kind. Hij leefde nog, maar dat was dan ook het enige. Het lichaam streed, maar verloor het gevecht. Een half uur later was hij dood.

Lina zat op het gras van haar prachtige gazon en was totaal overstuur, had het gevoel krankzinnig te worden. Hield de ellende dan nooit op! Waarom moest het haar allemaal treffen? Zo jong, en al zoveel narigheid meegemaakt! Dood, geboorte en nog eens dood in ongeveer zes maanden! Maar ze moest sterk blijven, de moed niet opgeven. Je hebt nog drie kinderen Lina, die hebben je nodig, meer dan ooit! De chauffeur van de vrachtwagen werd gedeporteerd. Hitler stuurde een condoleancebrief. Ze liet haar zoon in het park van het landgoed begraven en plaatste kaarsjes op zijn graf. 'Als het kerst is, krijg je je eigen boom, lieve jongen. En mama is bij je, je blijft gewoon bij ons wonen. Hier, in de prachtige tuin.'
  In de loop van 1943 eiste het Duitse leger de laatste werkpaarden van Lina op. Het kon niet anders, het speet hen enorm, maar het moest echt. De oorlog gaat voor. We hebben geen keuze. Zonder paardenkracht kregen haar medewerkers het werk op de landerijen en bossen niet meer gedaan. 'Zo gaat het niet langer, ik heb hulp nodig,' schreef ze aan Himmler. Die stuurde doodleuk vijftien gevangenen uit Sachsenhausen, Bijbelonderzoekers, die de werkpaarden moesten vervangen: een Pool, een Tsjech, drie Hollanders en tien Duitsers. 'Het zijn allemaal Jehovah's Getuigen, dienstweigeraars,' schreef Himmler, 'een betere garantie voor vrede kun je niet krijgen.' Ze vond het een ramp. 'Ik zie die groep nog

aankomen,' schreef ze later, 'vijftien magere mannen onder bewaking van
een voormalige administrateur van een kleine universiteit die zowaar een
pistool bij zich draagt, maar zonder ook maar één kogel. Een man die
ook nog maagklachten heeft, een halve kracht dus, net wat ik nodig heb.'

    Voor het eerst in haar leven inspecteerde ze een groep mannen die zich
voor haar opstelden. Hoewel, er hadden vaker gevangen voor haar ge-
werkt. Veel gevangenen. En de berichten waren tegenstrijdig. Ze zou bij
vlagen meedogenloos zijn. Hebben rondgelopen met een zweepje in haar
hand en een grijns op haar gezicht.

    Jong en oud liepen door elkaar. Mager. En die moeten als werkpaarden
gaan dienen, dacht ze. Mannen waar ze niets mee had, van een geloof
dat ze nauwelijks kende. Een raar geloof, slecht ook, anders waren ze niet
gearresteerd. 'Ik heb niet om jullie gevraagd,' zei ze tegen de groep, 'en
ik zie ook niet hoe ik jullie kan gebruiken. Ik heb om vier werkpaarden
gevraagd, niet om vijftien mannen, zwakke mannen, uit een kamp.' Ze
was teleurgesteld in Himmler. Was de man gek geworden? Wat moest ze in
hemelsnaam met gevangenen die meer eten nodig hadden dan paarden,
duurder eten ook. De gevangenen zouden onder het buitencommando van
Flossenbürg vallen. De halfbakken bewaker deed een stap in haar rich-
ting en zei: 'Maakt u zich geen zorgen, ik zal u helpen.' De gevangenen
bleven. Het viel mee. Ze waren bereid te werken, gedroegen zich voorbeel-
dig, ze was niet bang. Ze bleven tot het eind van de oorlog bij Lina in
dienst en werden goed behandeld. Ze had zelfs een beetje compassie met
ze. Voor hun was het een verademing vergeleken bij het concentratiekamp.
Himmler wist het. Hij vond die Getuigen een bruikbare groep mensen.
Overwoog ze op grote schaal naar de Sovjetunie te sturen om de Russen
te bekeren. Dat zou rust in het land brengen en het communisme terug-
dringen. Daar waren ze nuttiger dan in de kampen. Hij verplichtte vanaf
begin 1943 vrouwelijke Getuigen ertoe in de huishouding bij SS-ers wer-
ken. Ze wilden onder geen beding meewerken aan het maken of repareren
van oorlogstuig, maar huishoudelijk werk vonden de gevangenen geen
probleem. Zelfs bij zijn eigen staf had Heinrich Himmler Getuigen van
diverse nationaliteiten werken in de huishoudelijke dienst. Ongevaarlijke
werksters. Betrouwbaar ook. Die lui moesten van hun geloof zelfs hun
vijanden liefhebben! Ze vergiftigden geen voedsel, deden nog geen vlieg

kwaad. In het kamp werden Getuigenkappers ook gebruikt om SS-ers te scheren. Je kon er van op aan dat het mes niet uitschoot. Dat kon je van andere gevangenen niet zeggen. Ze zouden ook Lina nooit wat aandoen. Hij wist het zeker.

De oorlog was bijna voorbij. Half april 1945 vluchtte Lina Heydrich, zeer gehaast, van het landgoed naar Duitsland. Ze wilde het liefst dat de gevangenen meegingen, maar die wilden niet, ook al konden ze haar misschien bescherming bieden, een goed woordje voor haar doen. Ze wilden neutraal blijven, geen partij kiezen in de oorlog, juist daarom waren velen gearresteerd. Ze bleven, wachtten af.

In juni 1945 kwamen de drie Hollandse gevangenen met de trein in Nederland aan. Ze hadden de NSB-kinderen meegenomen.

33.

Op de terugweg naar het hotel werd lang nagepraat. Ze beloofden contact te houden: Voorburg en Delft, het was ook nog eens vlakbij elkaar! Vooral Nel was onder de indruk. De plek terug te zien en de ontmoeting met David en Anne, het landgoed en dat arme vrouwtje uit Lidice, het tolde in haar hoofd. Ze zetten David en Anne voor het hotel af en reden meteen door naar hun eigen hotel. Ze belden in hun kamer naar huis om te zien hoe het met vader ging. Ze hadden veel met hem te bepraten, maar wisten niet of hij het nog aankon, en of het wel eerlijk was een man zo kort voor zijn dood met dit verhaal te confronteren. Aan de andere kant kon het de lucht klaren, hoeveel stervenden willen niet schoon schip maken met het verleden?

Uit het telefoontje van Nel bleek dat het erg slecht met hem ging, ze konden maar beter zo snel mogelijk komen. Het was nu een kwestie van dagen. Ze wachtten de nacht niet meer af en vertrokken meteen. Nooit eerder had Peter zo hard gereden. Nel reed het laatste stuk, terwijl Peter in slaap was gevallen, en draaide de Veenweg op. Het was alweer licht. Ze hadden de hele nacht doorgereden. Peter omhelsde zijn moeder, die meteen in tranen uitbarstte. 'Ik ben zo blij dat je er bent. Ik heb de hele nacht bij papa gezeten, maar ik denk dat hij de volgende nacht niet meer haalt. Hij wil niet meer dat ik hem aanraak, zijn lichaam kan het niet meer verdragen, het is op, alsof hij langzaam afsterft. De dokter heeft gezegd dat het beter is hem geen drinken meer te geven, dat versnelt het proces en maakt het sterven zachter. Hij vraagt er ook niet meer om. Maar hij doet nog wel zijn ogen open als ik beweeg of een geluid maak. Hij hoort alles, lijkt het wel. Ga maar even kijken, hij zal blij zijn je te zien.' Hij liep zachtjes met Nel en zijn moeder de trap op en duwde behoedzaam de deur open. Zijn vader zag er uit alsof hij zojuist was overleden. 'Pappa, we zijn weer terug,' fluisterde hij, en er verscheen een flauwe glimlach op vaders gezicht. Heel even keek hij Peter aan, die naast zijn moeder stond, en van Peter naar Nel, en opnieuw verscheen er een voorzichtige glimlach. Meteen daarna veranderde zijn ademhaling in een rare, diepe zucht: hij blies zijn laatste adem uit.

Zijn moeder raakte geen moment in paniek, schrok hoogstens en sloot liefdevol zijn ogen. 'Ik denk dat hij op jullie heeft gewacht. Het is beter zo. Hij had op het laatst echt pijn. Ik heb gebeden of hij snel mocht inslapen. Het is heel erg om iemand waarvan je houdt pijn te zien lijden zonder dat je iets kan doen. Misschien wil jij bij jullie thuis even de begrafenisondernemer bellen, Nel? Je moeder vindt het geen probleem, we hebben de laatste tijd vaker van jullie telefoon gebruik gemaakt. Hier is zijn nummer. Ik heb de man al eerder gesproken. Ik vind het een beetje naar om het in deze kamer te doen, snap je?' Ze gaf haar een briefje. 'Kom, we gaan naar beneden Peet, je zus heeft iets te eten gemaakt, jullie zullen wel honger hebben. Hoe gek het ook klinkt, het is beter zo. Dat lijden heeft geen zin. Papa heeft zijn strijd gestreden.'

Een minuut later kwam ook de buurvrouw achterom om hen te condoleren. 'Wilt u hem nog even zien?' Uit beleefdheid liep de buurvrouw mee naar boven. Als ze ergens een hekel aan had, was het dit wel. Ze hield niet van lijken kijken. Haar man ging altijd, het was bijna zijn hobby. Het was hem opgevallen dat de meeste doden er vredig bij lagen, dat gaf hem troost. Wist hij veel dat het de schmink- en toverdoos van de begrafenisjongens was die de illusie in stand hielden. Ze schrok. De begrafenisondernemer, de professionele visagist, had zijn kunsten nog niet vertoond. Alsof ze een wassenbeeldenmuseum was binnengelopen waar de verf nog niet op de poppen was aangebracht. Tussen dood en leven zit maar een ademtocht, maar het verschil is onbeschrijflijk. 'Hij wordt vandaag nog opgehaald, dat had hij speciaal gevraagd. Nel is immers al aan het bellen? "Ik wil niet als een lijk tentoongesteld worden", had hij gezegd. Als hij eenmaal is opgehaald, houden ze de kist dicht, maar ik dacht, omdat u hem goed heeft gekend... Ze keek de buurvrouw zonder verwijt aan. Twee vrouwen, die met dezelfde man het bed hadden gedeeld. Wat ging er door hen heen? Waaraan denkt iemand op zo'n moment? 'Heel lief van u. En als ik ook maar iets voor u kan doen. U kunt altijd op me rekenen. Ik zal Kees ook even bellen.' Tussen hun was het altijd 'u' gebleven.

Peters moeder kreeg 'jij' met geen mogelijkheid over haar lippen, hoe vriendschappelijk het contact ook was.

De begrafenisondernemer was een joviale man uit Delft die een aantal jaren geleden in Nootdorp was komen wonen. De vroegere begrafenisondernemer was gestorven en had geen opvolgers. Nootdorp was een mooie groeimarkt: er waren nieuwbouwplannen en het bejaardenhuis werd uitgebreid. Potentiële doden genoeg. Vooral een strenge winter en een warme zomer, waren mooie tijden. Oudjes kunnen daar niet tegen. Twee uitvaarten op een dag, het was geen uitzondering. Er zat toekomst in de dood. Jongelui wilden het vak niet in en hij kon nog zeker tien jaar mee. Kon hij eindelijk voor zichzelf beginnen, samen met zijn vrouw en zoon van in de veertig. Hij had geen zin om achter de geraniums te zitten. In zijn vrije tijd had hij de begrafenisondernemer in Delft vaak geholpen als drager. Mooie tijd. Al had je er soms zware jongens bij. En kinderen begraven, dat bleef moeilijk. Licht, maar moeilijk. Maar hij kende de spelregels, en stond zelf een wat luchtiger aanpak voor. Er is al droefheid genoeg. Natuurlijk, bij mensen met wroeging kon je duurdere kisten slijten – die kochten hun nalatigheid gewoon af met pracht en praal, en je zou een dief zijn van je eigen portemonnee als je daar niet aan zou meewerken, zo is het wel; we doen alles voor de klant – maar het kan bij de meeste nabestaanden geen kwaad om de boel een beetje te relativeren.

Hij kwam vrijwel meteen en liep onbevangen met zijn vrouw de kamer binnen en condoleerde bijna vrolijk. 'Mijn zoon is boven, waar ook mijn man ligt,' zei Peters moeder. De man liep de trap op, zijn vrouw er achteraan, en groette Peter hartelijk alsof ze elkaar kenden. 'Ik begreep van uw moeder dat we vader maar het beste meteen kunnen meenemen,' zei hij, en pakte ondertussen een plastic zak met een rits en schoof zijn stijf geworden vader er handig in. 'O sorry, ik had beter kunnen vragen of je even de kamer uit wilde. Voor ons is het routine hè. En doden klagen niet,' zei hij terwijl hij de zak dicht ritste. Misschien was het zijn manier om het verdriet te breken, maar de onverschilligheid waarmee hij het lijk in de zak schoof, maakte het extra pijnlijk. Het is te hopen dat de ziel met meer respect wordt behandeld daarboven, dacht Peter.

Hij bleef in de slaapkamer zitten, terwijl zijn vader in de gesloten zak naar beneden werd gesjouwd door twee begrafenismensen van een jaar of zeventig. Hij hoorde de begrafenisman en zijn vrouw kreunen onder het gewicht en heel even klonk het alsof zij hun evenwicht verloren. Hij keek naar het trapgat en zag dat de man het zweet van zijn voorhoofd veegde. Het lijk was nog heel, gelukkig. Doden kunnen heel kwetsbaar zijn. Maar zodra hij het dacht, gleed de ondernemer van de laatste treden. Zijn vrouw probeerde de zak nog vast te houden, maar bezweek bijna onder het gewicht. Ze liet los uit lijfsbehoud. De ondernemer zelf kreeg het volle gewicht van vader op zich. Gelukkig was vader uitgemergeld de laatste weken, anders zouden de gevolgen nog veel ernstiger zijn geweest. De man vloekte, zijn vrouw daalde af. Moeder en zus kwamen uit de keuken. Zus sloeg haar hand voor haar mond en liep meteen weer terug de keuken in. Het eten stond op. De ondernemers hervonden hun waardigheid en mompelden dat zoiets nooit eerder was gebeurd. Maar het was ook een rot trap. Stijl, smal, dat is vragen om moeilijkheden. Ze hadden vader beter beneden in een kamer kunnen leggen. Maar goed, gedane zaken nemen geen keer. De volgende keer... hij slikte zijn woorden in.

Met zijn moeder, zus, Nel en de buurvrouw volgde Peter de lijkwagen die het erf afreed en op een haar na het paaltje van het ijzeren hek raakte. Als dat maar goed gaat. Gek, maar hij had even het gevoel te moeten zwaaien.

'We zullen jullie maar even alleen laten,' zei de buurvrouw en samen met Nel liep ze het erf af naar hun eigen huis. Nel trok Peter eerst nog even naar zich toe en zei: 'Ik spreek je straks nog. Misschien kun je nu het beste je moeder helpen, ze zal nog van alles moeten regelen en dat valt niet mee als je man net is gestorven.' De begrafenisondernemer had een checklist achtergelaten, hij nam het lijstje met zijn moeder en zus door. Samen bepaalden ze wie wat zou doen.

Later op de dag liep hij opnieuw naar boven en zocht naar het kistje dat hij pas na vaders dood mocht openmaken. Was dit een passend moment of kon hij beter wachten tot na de begrafenis? Na zijn dood is na zijn dood, vader had niet over de begrafenis gesproken. Hij pakte het kistje uit de kast, voelde het gewicht, het was licht. Was het wel verstandig nu aan zijn moeder het sleuteltje te vragen? Hij kon zich voorstellen dat ze er helemaal niet met haar hoofd bij was. Bovendien zou het haar op een idee kunnen brengen. Wat is er dan met dat kistje? Zal ik het even openmaken? Mag dat niet? Hoezo niet? Wat is dat voor geheimzinnig gedoe? Maar misschien was het juist wel een goed plan het haar nu te vragen, juist nu ze met haar hoofd met hele andere dingen bezig was. Ze zou niet op het idee komen om verdere vragen te stellen. Hij kon zijn nieuwsgierigheid niet bedwingen en liep weer de trap af om moeder te vragen waar de sleutel was, maar ze stond buiten met de buren van de overkant te praten. Die hadden de lijkwagen gezien. Hij gaf ze een hand en liep weer de keuken in. Hij kon nu onmogelijk om het sleuteltje vragen: Waarom juist nu? Kan dat niet even wachten? En wat is er dan met dat kistje? Met het gevoel van een klein jongetje dat een pakje op zijn verjaardag mag openmaken, liep hij weer naar boven, pakte het kistje en probeerde het deksel te forceren. In mijn kamer ligt een schroevendraaier, dacht hij, misschien lukt het daarmee. Wat maakt het ook uit? Het kistje is niets waard. Hij duwde de schroevendraaier tegen het slot en wipte het houten kistje open. Voorzichtig deed hij het deksel omhoog, hij had geen idee wat hij kon verwachten. Hij zag vaders gouden horloge met zwarte leren band, het horloge dat hij had gekregen toen hij vijfentwintig jaar bij de kabelfabriek had gewerkt. Moest hij daar nou zo geheimzinnig over doen? Peter pakte het eruit, deed het klokje voorzichtig om zijn pols, legde het vervolgens op een tafeltje naast het bed, ging op vaders bed zitten, maar stond meteen daarna weer op. Het gaf hem een raar gevoel op het bed te zitten dat even daarvoor nog door een dode was bezet. Eng, oneerbiedig, hij wist niet goed hoe hij zijn gevoel moest beschrijven. Maar zoiets doe je niet, is niet gepast. Hij keek opnieuw in het kistje. Onder het doekje waarop het horloge had gelegen, zag hij een envelop met zijn naam erop, geschreven in vaders schoolse handschrift. Hij maakte hem snel open, pakte er een aantal vellen briefpapier uit en vouwde de brief behoedzaam open terwijl hij op de stoel in de hoek van de kamer plaatsnam.

Lieve jongen,

Als je dit leest ben ik dood, hoop ik. Ik wil niet dat je dit leest als ik nog in leven ben. Ik wil ook dat je deze brief verbrandt zodra je hem hebt gelezen. Dit is alleen tussen jou en mij. Ook mama mag hem niet lezen, denk daar goed aan jongen. Mama heeft al genoeg meegemaakt.

Ik schrijf dit, omdat ik niet wil dat je slecht over me denkt, want er wordt zoveel beweerd. Ik weet ook wel dat ik niet de allerbeste vader voor je ben geweest. Het is ook helemaal niet zo eenvoudig om vader te zijn Peter, dat zul je misschien later zelf nog ontdekken. Vader worden is zo moeilijk niet, maar vader zijn, daar zijn heel andere krachten voor nodig. Ik heb zelf nauwelijks een vader gehad. Mijn vader was gewoon een dronkaard, ik kan het niet anders omschrijven. Gelukkig kon ik van de drank afblijven. Daar dank ik de Heere voor.

Ik heb twee mensen verraden, jongen, en ik weet niet of me dat spijt. Ik weet dat dit je bezighoudt, en daarom schrijf ik deze brief. Ik wil niet dat je met vragen blijft zitten. Je hebt recht op de waarheid. Ik wil dat je gelukkig wordt. Maar, verraden heb ik ze niet echt. Ik ben er ingeluisd, en dat spijt me. Ik had het kunnen weten en, als ik heel eerlijk ben, wist ik het ook. Het is allemaal zo dubbel. Die collega van de kabelfabriek deugde niet, zat bij de SS, en hij zei dat ik die lui eens moest uitnodigen, want ze hadden zogenaamd heel veel vragen over het geloof. 'Jij weet veel van de Bijbel Jaap, dus jij moet ze gewoon klemzetten.' Zo is het gekomen. 'En als je dat niet doet,' zei die schoft, 'dan kan ik altijd nog een paar joden oppakken bij jou in de buurt.'

Wat moest ik? We hadden een goed gesprek, ik dacht ze wel even te bekeren, nou ja, te bekeren zijn die lui niet echt, mensen van een sekte kun je niet bekeren, maar ik wilde ze eens goed de waarheid zeggen. Maar toen ik over de drie-eenheid begon, zei een van die mannen hetzelfde als jij had gezegd, 'weet u waar het woord drie-eenheid in de Bijbel staat?' Ik zocht en zocht, en kon het niet vinden. Heb het nooit gevonden, en daarom werd ik zo kwaad toen jij met dezelfde vraag bij me kwam. Het spijt me. Het was niet jouw schuld. Ik had je nooit in het kolenhok mogen opsluiten, maar er kwam weer zoveel los, zoveel haat, onmacht – ik weet het niet goed hoe ik dat zeggen moet – toen je dat zei.

Maar papa was niet fout in de oorlog jongen. Ik mag in alle nederigheid zeggen dat ik veel joden heb gered. Een paar in elk geval. De Heere is mijn getuige. Bij de buren heeft een joods gezin ondergedoken gezeten. Dat had ik voor elkaar gebokst. Ik en de buurvrouw. We hebben voor die mensen geknokt en alles geriskeerd. Ik had zelf gearresteerd kunnen worden, zo zit het wel! Je vader was niet fout jongen! Onthoud dat! Ik was niet goed, niemand is goed, maar echt fout, nee dat was ik niet. Met de hand op mijn hart. Ik zeg dat niet om mijzelf goed te praten, ik weet heus wel dat ik heel veel fouten heb, ik was geen lieverdje, maar ik wil niet dat je denkt dat je een foute vader had in de oorlog. Nou ja, je weet wel wat ik bedoel. Ik kan me soms zo slecht uitdrukken. Jij kan dat veel beter.

Iemand heeft bij de buren een groot extra kippenhok getimmerd, zodat de deur naar het achterste hok niet zichtbaar was. Dat was een paar avonden werk, want het was natuurlijk niet alleen een hok voor die deur, dat zou te veel opvallen, maar iemand, een lieve vrouw, heeft hokken voor die hele wand getimmerd. Dat heeft waarschijnlijk het leven van die mensen gered. Ik heb er met de buurvrouw voor gezorgd dat ze te eten hadden en ze tussentijds nog een keer achter in het weiland verstopt. Dus wat de mensen ook zeggen Peter, ik was niet fout. En toch ook weer wel…

Toen die schoft zei dat hij anders wel een paar joden zou oppakken bij ons in de buurt, kreeg ik het benauwd. We hadden niet zomaar even een ander onderduikadres en blijkbaar wist die schurk ervan. Ik moest tijd winnen en daarom heb ik die mensen laten komen, zoals hij had gezegd. Dan zou hij die joden misschien met rust laten, al was het maar voor even, tot we een andere plek hadden voor die stakkers. Maar ik had niet verwacht dat hij die mensen meteen zou arresteren. Dat wist ik niet. Ik was er, daar ben ik eerlijk in, wel bang voor, maar ik had geen aanwijzingen dat hij meteen zou toeslaan. Maar hij deed het wel. Ze waren nog maar net de deur uit, of hij hield ze al staande. Als ze niet meteen waren meegegaan, had hij ze misschien wel doodgeschoten. Zo'n man was het wel.

Wat er met die mensen is gebeurd, weet ik niet, heb ik nooit willen weten. Ik durf dat niet aan. Maar ik kon niet anders jongen, zelfs al had ik geweten dat hij ze meteen zou oppakken, dan nog had ik hetzelfde gedaan. Had ik de buurvrouw moeten laten arresteren? Die lieve vrouw die het hele hok had getimmerd? Mijzelf? En die joodse familie? En Nel? En... Kees? Wat zou er dan van Kees geworden zijn? Het ventje was nog maar net geboren.

Doordat ik veel met de buurvrouw in contact stond, ben ik in diezelfde oorlog nog een keer fout geweest. Ik vind het moeilijk je dit te schrijven jongen, en je moet me beloven mama hier buiten te laten, echt, maar ik hield van die vrouw, meer dan van welke andere vrouw later ook. Natuurlijk hield ik ook veel van mama, mama is een schat, zorg alsjeblieft goed voor haar, ze verdient het, maar de buurvrouw was, hoe moet ik dat nou zeggen, het was anders. Zij was mijn grote liefde, hoewel, dat klinkt ook weer zo raar naar mama, want ik hou ook veel van mama, maar misschien was ik vooral verliefd of zo, zoals een jongen verliefd kan zijn, snap je wat ik bedoel? En ik weet niet eens of het wederzijds was. Maar ik hield van haar, ben mijn levenlang verliefd op haar gebleven. Als het had gekund was ik met haar getrouwd, maar dat ging natuurlijk niet. Ze was al getrouwd en was katholiek, mijn ouders zouden me vermoord hebben. De schande! En hoe had ik ooit de Heere kunnen dienen als... nou ja.

Door de spanningen van de oorlog, is het opnieuw een keer misgegaan. Heel erg mis. Ik schaam me dood, maar je moet het weten, ik wil niet dat je het via anderen hoort, al geloof ik niet dat iemand het weet. We hadden het idee dat de joodse familie in gevaar was, en hebben ze toen 's nachts naar een andere plek gebracht. We hadden allemaal zwarte kleren aan, om niet ontdekt te worden. Het was doodeng, maar ook wel mooi, spannend. Daarna heb ik met de buurvrouw nog even een afzakkertje genomen om de spanning weg te slikken, dat was mijn idee, ik zeg het eerlijk en toen, ik vind het vreselijk om te schrijven, maar je moet het weten, want, het was fout, maar ik hield van haar en van het een kwam het ander. Door mijn schuld. Ik ben met die hele poespas begonnen. Het is mijn zwak jongen, hoezeer ik er ook tegen heb gevochten, ik was zwak, het vlees is zwak. Misschien heeft de Heere mij deze zwakheid wel gegeven als een doorn in het vlees, wie zal het zeggen? Maar door alle spanningen, de drank, die enorme verliefdheid… ik kon niet van haar afblijven. Ze verzette zich eerst, 'dat kan niet Jaap, dat is niet goed,' maar ik weet niet wat me overkwam, alsof de satan zelf in me was gevaren. Je vader had zichzelf niet meer in de hand. Het was niet de schuld van de buurvrouw. Ik zeg met Paulus, ik deed het niet, maar de zonde die in mij woont. Ellendig mens die ik ben! En toen werd ze opnieuw zwanger. De buurman was al maanden van huis, het moest wel van mij zijn.

Ik zeg het met berouw, Peter, maar als ik eerlijk ben, het was fout, heel erg fout, het had niet mogen gebeuren, maar, het vlees is zwak, dat zei ik al; het is gelukkig maar twee keer gebeurd. En ook al was het een grote zonde, als ik echt oprecht ben, moet ik zeggen dat ik er nog steeds met liefde aan terug denk. Dat is de waarheid. Ik mag er niet om liegen. Zij en haar man hadden niets met elkaar, dus ze was ook wel gevoelig voor wat aandacht en genegenheid, snap je? Al wilde zij eigenlijk niet, ik zeg het eerlijk. Twee keer, Peter, en dat is natuurlijk twee keer te veel. En twee keer werd ze zwanger. Kees is daarom eigenlijk ook jouw broer. Hij is in de oorlog geboren. Ik heb dit nooit aan iemand verteld en nooit laten merken, ik wilde mama geen pijn doen. Niemand mag dit ooit weten. Daarom vond ik het goed dat je met hem sprak en weleens bij de buren ging eten. Dat mocht eigenlijk niet van de dominee, maar ik kon niet anders. Ik was blij dat jij en Kees het goed met elkaar konden vinden.

Ik heb de buurvrouw nooit kunnen loslaten. Mama wilde wel verhuizen, ik begrijp dat wel, maar dan zou ik ook mijn twee andere kinderen en mijn jeugdliefde in de steek hebben gelaten. Dat kon ik niet, al is dat misschien wel egoïstisch. Nou, nu ik het overlees, had ik dat 'misschien' beter kunnen doorkrassen. Natuurlijk was het zelfzuchtig. Maak later niet dezelfde fout jongen.

En die nare NSB-er deed steeds geheimzinniger, maakte opmerkingen over de kippenschuur van de buren, 'mooie jodenstal,' zei hij. Ik wist niet wat hij wist, of hij blufte. En daarom, toen hij zei dat ik die twee mensen eens moest uitnodigen omdat ze vragen over de Bijbel hadden, toen voelde ik wel dat er iets niet klopte, maar wat moest ik? 'Ik zou ze maar snel uitnodigen Jaap, anders gaat dat kippenhok er misschien wel aan.' Was dat een serieus dreigement? Ik kon het risico niet lopen, mijn leven, het leven van de buurvrouw en van die joodse familie stonden op het spel. Daarom heb ik die mensen laten komen, ik kreeg de namen en adressen nota bene van hem. Wat had ik anders moeten doen Peter? Wat zou jij in mijn plaats hebben gedaan? De moeder van Nel, mijn grote liefde, en Kees laten arresteren en vier joden laten vergassen?

Ik heb het later nog wel voor elkaar gekregen om Nel naar een vakantiekolonie in Tsjechië te laten gaan, via diezelfde collega. Daar is ze gelukkig goed van opgeknapt. Ik denk dat Nel de oorlog anders ook niet had overleefd. Misschien heeft Nel haar leven dus wel aan diezelfde NSB-er te danken. Ik hoop dat de Heere God het mij wil vergeven. Wil jij voor me bidden, alsjeblieft?

En toen Kees net geboren was, het was hartje oorlog, toen bleek dat de buurvrouw genoeg moedermelk had om ook een andere baby melk te geven. Ze bracht het in flesjes bij een vrouw en wie weet heeft ook dat kind haar leven te danken aan de geboorte van Kees. Misschien heeft de Heere op die manier mijn daad toch nog ten goede doen keren, zijn wegen zijn soms zo wonderlijk. Werd Jozef niet door zijn broers verkocht, om diezelfde broers later van de hongersdood te redden? En werd Mozes geen herder in Midian, zodat hij later het volk kon leiden? Misschien moest het allemaal zo zijn. Heeft de Heere mij gebruikt om een kind te redden.

Ik hoop dat jij het me wil vergeven, lieve jongen, en laat mama hier buiten. Ze mag dit absoluut niet lezen, denk erom! Ik heb haar, zonder dat ze het weet, genoeg pijn gedaan. Dag lieve jongen! Mag God je zegenen! En bid voor mij, alsjeblieft.

Papa

34.

Peter bleef een paar minuten met de brief in zijn hand in vaders slaapkamer zitten; begon drie keer opnieuw met lezen, kon zijn ogen niet geloven. Wat wist hij werkelijk van zijn vader? Was dit de hele waarheid?

'Peter!' zijn moeder riep hem onderaan de trap. Een van de ouderlingen was gekomen om de dienst te bespreken. Hij liep in trance de trap af en ging met de man in het zwart en zijn moeder in de mooie kamer zitten. Dominee leefde erg mee en was bereid de dienst te leiden, tenzij er werd gekozen voor een crematie, maar dat kon hij zich niet voorstellen. Welke dag was de begrafenis? Dan kon hij kijken of de kerk nog vrij was en of de dominee die dag de dienst kon leiden. En of men een idee had welke liederen het best gezongen konden worden? Dan kon de organist zich voorbereiden, dat vond hij prettiger. Zijn moeder wilde ze het liefst meteen uitzoeken. De liederen, natuurlijk, vader had een paar lievelings psalmen en gezangen. Hij had het weleens laten doorschemeren: 'Dat vind ik nou een mooi gezang voor een begrafenis.' Ze ging de kamer uit om de bundel te halen. Hij had zijn favorieten gezangen van een kruisje voorzien.

'Zet jij intussen even een kop thee, Peet, dat wil de broeder wel.'

Ze lieten de man in het zwart even alleen, Peter liep naar de keuken en zijn moeder ging de trap op om de gezangenbundel te halen. Even later liep Peter de mooie kamer weer binnen met de fraaiste kopjes. De man was aangedaan. 'Het is niet niets, zomaar je vader te verliezen na een lang ziekbed. Maar als de Heere roept... 'Nee, het is niet niets,' herhaalde Peter, 'maar ik heb de Heere niet horen roepen.' Hij had een hekel aan de geprogrammeerde, lege woorden, maar waardeerde het dat de man er in elk geval wàs, helemaal uit Delft; op zijn zwarte hoge fiets met zijtassen en twee stangen. Er vielen lange stiltes.

'Ik mis jou overigens wel geregeld in de kerk,' probeerde de man, zonder Peter echt aan te kijken.

'Ja, u mist mij geregeld,' reageerde Peter. Hij was er met zijn aandacht niet bij, die brief maalde maar door zijn hoofd.

'Mag ik misschien vragen hoe dat komt?'

'Ja, dat mag u vragen.'

Hij was niet trots op dat antwoord, het was ongepast, onbeleefd, maar om de een of andere reden ergerde hij zich aan die vormelijke toon. De man had nooit een woord met hem gewisseld en nu ineens was er, om de tijd te vullen, oprechte belangstelling. Maar misschien was die brief nog wel het meest schuldig aan zijn stugge opstelling. Hier zat hij dan, de rouwdienst te bespreken met een ouderling van een kerk waarin hij niet geloofde, over een vader van wie hij niets begreep. De vrome, werd door de vromen begraven, maar ondertussen. Dat vader voor zijn trouwen vreemd was gegaan, hij had daar wel begrip voor, al had hij het van de buurvrouw nooit verwacht. Hij was blij met Nel, misschien wel het mooiste geschenk. Maar dat hij mama zo beduveld had tijdens hun huwelijk. En was de buurvrouw de enige? Wat was het voor een vader, die vrome, geheimzinnige man? Klopte zijn verhaal over de oorlog wel, over de joden in het kippenhok? Wat kon je nog geloven? Het horloge zou hij nooit dragen, nooit, dat stond wel vast. Weggooien was nog het beste. En waarom die brief? Om voor zijn hemelvaart nog schoon schip te maken? Moest die brief hem voor de hel behoeden? Hoe eerlijk is het om dit allemaal op te biechten, aan je zoon, niet aan je vrouw? Had zij niet het meest recht op die ontboezeming of is zwijgen eerlijker? Had hij het niet veel eerder aan haar moeten zeggen? Of deed hij dat niet uit angst dat ze dan definitief wilde verhuizen zodat hij zijn scharrel kwijt was? Of was het echt om moeder te sparen? Moest hij het mama zeggen? Kees? Nel? Wisten zij het? Had Kees enig idee? Wat idioot om nu ook een broer te hebben die priester is. Hij had nooit iets in die richting gehoord. Terwijl Peter zich afvroeg waar zijn moeder bleef, roerde de zwarte broeder aandachtig in zijn thee, thee zonder suiker.

'Ikzelf ben wel een liefhebber van de bundel van Johannes de Heer,' probeerde hij na een tijdje nog eens, 'maar je moeder zal natuurlijk gewoon kiezen uit de Psalmen Berijming van 1773, zo God het wil.'

Hij nam nog een slokje uit het inmiddels lege kopje. De arme man had het zweet op zijn voorhoofd en wist zich geen houding te geven. Misschien was dit zijn eerste officiële bezoek. Een magere man met een wit gezicht en met zwart peenhaar bovenop zijn hoofd. Het haar aan de zijkanten was bijna helemaal weggeschoren. Het haar bovenop zijn hoofd had hij geprobeerd netjes recht te kammen, maar door het fietsen of door de kruinen op zijn hoofd, piekte het alle kanten uit. In alles ernstig. Zijn zwarte broek glom een beetje bij het zitvlak en ook het jasje vertoonde slijtplekken. 'Uw vader was ten diepste een goed mens,' probeerde hij in zijn wanhoop nog een keer. 'Altijd trouw naar de kerk, weer of geen weer. Maar nergens is het beter dan bij de Heere, daar is hij veilig, dat is het hoogste geluk.' Een wonder dat mensen nog willen leven, dacht Peter, de dood is de snelste weg naar het hemelse paradijs, waar wachten al die mensen nog op? Ziek zijn en een snelle dood, beter kon je niet wensen. Het was hem opgevallen dat de uitdrukking 'ten diepste' door alle mannen in de kerk vaak werd gebruikt. Pas als je ten diepste geloofde, was je een goeie protestant. 'Ik ben er ten diepste van overtuigd'. En ik geloof er ten diepste geen fluit van, dacht hij dan vaak.

Het duurde erg lang voordat moeder weer naar beneden kwam. 'Ik zal even gaan kijken,' zei Peter uiteindelijk; ze hadden zeker een half uur zitten wachten zonder iets zinnigs te zeggen. Hij begreep dat zijn moeder van streek was geraakt door het kijken in vaders bundel, het werd allemaal zo concreet, maar hij wilde haar ook niet opjagen. Vader had in zijn bundel wat gezangen aangekruist die hij altijd 'hemels' noemde. Hij kon zich voorstellen hoe moeder zich voelde bij het zien van de notities van een inmiddels dode echtgenoot. 'Neemt u me niet kwalijk, mama heeft het nu niet makkelijk, dat zult u als geen ander begrijpen,' zei hij, 'ik ga even bij haar kijken, ik ben zo terug.' De man knikte ernstig, sloeg zijn benen over elkaar en legde zijn handen in zijn schoot. Zwarte schoenen en zwarte kousen, maar spierwitte handen en witte benen, dacht Peter terwijl hij de kamer uit liep. Zouden die kuiten ooit het zonlicht zien? Zouden die handen ooit zijn vrouw hebben gestreeld?

Hij liep vanuit de mooie kamer de gang in naar de trap, en zag dat de voordeur openstond. Merkwaardig dat ze niets had gezegd, hij had ook geen bel gehoord. Hij deed een paar passen naar buiten door de voortuin, tot aan het hekje, maar zag niemand, liep weer naar binnen, de trap op naar vaders kamer. Maar ook daar was ze niet. Hij opende het kastje waar vader zijn kerkbijbel en gezangenbundel bewaarde, en zag dat deze er nog onaangeroerd lagen. Moeder had de bundel blijkbaar niet in haar handen gehad. Verbaasd draaide hij zich om. Op vaders bed lag de brief die hij uit het kistje had gehaald. In de haast, omdat hij geroepen werd voor het bezoek van de ouderling, was hij naar beneden gegaan, zonder de brief eerst op te bergen. Zijn hart bonsde in zijn keel. Hoe kon hij zo stom zijn? Ze had hem dus gelezen, hij zag het aan de vorm van het papier. In paniek holde hij weer de trap af naar de voordeur, ze was weggelopen, het huis uit, ge- schrokken, verdrietig, verbolgen, hij had geen idee, maar zoiets moest het zijn. Wat een ongelooflijke stommiteit om die brief daar te laten liggen! Die stomme ouderling ook! Hoewel, ook zij had recht op de waarheid, misschien had hij het haar evengoed laten lezen, ooit, maar niet nu, niet zo.

Hij liep eerst naar de buren om te vragen of ze moeder hadden gezien. Misschien wilde ze de buurvrouw eens goed de waarheid zeg- gen. Nel zag meteen zijn paniek. Waar kan ze zijn, wat zou ze doen? Ze keken even in het kippenhok, maar daar kwam ze eigenlijk nooit. De biljartschuur dan? Ook daar geen spoor. Hij liep naar de achter- kant van het erf, naar het weiland en tuurde het hele land af. Samen met Nel liep hij terug naar de Veenweg. Ze keken de hele Veenweg af, maar zagen niets. Hij liep naar het bruggetje waarop hij ooit als kind bullebakken probeerde te vangen. Hij keek in het donkere water van de sloot. 'Wat is er dan in hemelsnaam aan de hand?' vroeg Nel, maar hij had de rust niet om het uit te leggen. 'Ze heeft vaders brief gelezen,' was zijn reactie, 'een brief die ze niet had mogen lezen, een brief die alleen voor mij bedoeld was. Dit is vreselijk Nel, ze zal toch niet... Hij keek in de richting van het spoor, rende meteen naar de schuur om zijn fiets te pakken, maar bedacht zich halverwege. De fiets van de ouderling stond niet op slot. Nog geen minuut later racete hij de Veenweg af naar het spoor. In godsnaam, laat het niet waar zijn!

'Mama!' Hij schreeuwde het uit, 'mama!'

Het was twee minuten voor vier, over twee minuten zou er een trein langskomen. Hij had het een keer eerder gehoord van een vrouw die zich voor de trein had geworpen, totaal ontredderd. Hij kon het zich van zijn moeder niet voorstellen, zo'n type was ze helemaal niet. En in een flits zag hij de dronken boerenknecht weer voor zich, waarvan Kees heel even dacht dat hij misschien met zijn beschonken kop op het spoor stond. Stond haar fiets nog in de schuur of was ze gaan lopen? Hij had er dom genoeg niet op gelet, was zelfs niet in de schuur geweest omdat de fiets van de ouderling dichterbij stond. Maar als ze was gaan lopen… moest hij haar nog kunnen inhalen.

'Mama!'

Even verderop riep een man hem na: 'Hé, wil je Jan Jansen nadoen? Kan het wat zachter!'

De spoorbomen gingen al dicht. Hij was er bijna. Er stond gelukkig niemand bij het spoor, niet voorzover hij kon zien. Hij hoorde de belletjes rinkelen en de trein in de verte aankomen. Hij haalde opgelucht adem. Dan moest ze ergens anders zijn. Logisch ook. Zelfmoord, het is niks voor mama. Zij had voor hetere vuren gestaan. De oorlog meegemaakt, een nare jeugd gehad. Hij had zijn moeder nooit echt neerslachtig gezien, ze was een sterke vrouw, iemand die overal wel weer lichtpuntjes in zag. Zoals ze reageerde op de dood van vader, zo lief, zo bereid de werkelijkheid te aanvaarden. Ze durfde de dood onder ogen te zien, omdat het niet anders kon. Als de Heere hem nou tot zich wil nemen! Ze had het niet gezegd, niet met die woorden, maar hij wist dat ze zo dacht.

'Mam!'

Er ging van alles door hem heen, het samen thee drinken, de lieve woordjes, het begrip omdat hij niet geloofde, niet meer geloven kòn. Ze zou hem missen nu hij ging studeren. 'Je komt toch nog wel de weekeinden thuis?' Zijn lieve moeder. Meer dan ooit begreep hij dat hij niet zonder haar kon. Het mocht niet! Is de Heere dan helemaal op hol geslagen? Eerst vader en nu…

'Mam!'

Natuurlijk, zijn zus was er nog, die bleef in de buurt wonen, min of meer in de buurt. Maar het botste tussen die twee. Zus was steeds zwaarder op de hand, nog strenger dan vader ooit was geweest. Mama voelde zich door haar veroordeeld. Ze keek op dat lichte gedoe neer. Haar man had veel invloed, zijn familie... dominees, ouderlingen, zwartgrijze streepjes broeken. Gestijfde overhemden, uitgestreken gezichten. Misschien was ze wel naar oma gefietst, natuurlijk dat hij daar niet aan had gedacht. Dan was ze de andere kant uitgegaan, naar Delft. Hij hoorde het gefluit van de trein. Een paar seconden later raasde het gevaarte voorbij.

35.

Voor zijn moeder werd er geen speciale dienst gehouden. Een mens heeft niet het recht het door God gegeven leven te beëindigen. Bij vader zou de dominee de dienst leiden. Aanvankelijk was hij van plan alleen bij moeders begrafenis aanwezig te zijn, maar Nel was er zeker van dat hij er spijt van zou krijgen als hij niet op zijn minst de begrafenis van vader zou bijwonen. Zij wilde graag naar beide begrafenissen gaan om hem te steunen. 'Laat die kerkdienst dan maar schieten, jouw zus en de familie zullen er niets van begrijpen, maar je hoeft in het leven niet alles uit te leggen. Laat die dominee maar kletsen, maar ga wel naar de begrafenis zelf, Peet. Je kunt het later niet overdoen.'

Aan het graf sprak de dominee nog een paar woorden en keek vernietigend in de richting van Peter. Of dacht hij dat alleen maar? Zijn zus stond bij haar schoonfamilie. Hij stond apart, met Nel en de buurvrouw. Een scheiding van schapen en bokken. De begrafenisondernemer had vier helpers ingehuurd om de kist te laten zakken. Bejaarde mannen, zelf al met een been in het graf. Wanneer waren zij aan de beurt? Een van die vier kon maar beter meteen blijven, hij zag er uit alsof hij al overleden wàs, geen levenssap meer in het broodmagere lijf en ogen die eerder naar de dood dan naar het leven verlangden. Zou die man ooit hebben geknikkerd? Ooit hebben gelachen? Wat als hij straks voorover valt, bovenop de kist? Ongewild dacht hij terug aan de scène op de trap, maar vader daalde keurig af. Hij schaamde zich, maar dacht meteen daarna aan de doodgravers scène in 'Hamlet'. Hij had het stuk gezien en op advies van Ton heel 'Hamlet' gelezen. Hij zag het tafereel weer voor zich, Hamlet die met zijn vriend Horatio in gesprek raakt met twee doodgravers die het graf voor Ophelia graven. Precies zoals Nel op weg naar Praag al citeerde: "Alexander stierf, Alexander werd begraven, Alexander verging tot stof, stof is aarde, van aarde maken we leem, en waarom zouden we met dat leem... niet een biervat kunnen stoppen? Wie weet heeft men met Ceasar, dood en verteerd, ergens op aarde een tochtgat dichtgesmeerd. O, dat dit stof, waarvoor de wereld beefde, nu in een muur wintervlagen keert!" Zoiets was het. Wat zou er met vaders stof gebeuren? Zou van vaders stof ooit een Mariabeeld worden gekneed? Hij schrok van die gedachte. Of werd er van vaders stof een steen gebakken die als basis zou dienen voor een nieuwe katholieke kerk? "Want gij zijt stof, en gij zult tot stof wederkeren." Was vaders ziel nu in de hemel? Kon hij van daaruit zijn eigen begrafenis zien? Had hij gezien dat mama...

36.

Bij moeders begrafenis was bijna het hele dorp aanwezig en tot zijn grote verrassing was Sonja er. Op de achtergrond. Lief. Mooi, als altijd. Bij de condoleance stond een lange rij mensen geduldig te wachten. Hij zag meneer Jongejan met zijn vrouw, Ria en Kees, Ton natuurlijk en David en Anne, en een heleboel buren en mensen uit Nootdorp. Veel onbekenden ook. Peters zus was al weg, zij voelde zich schuldig, schaamde zich over moeders daad. Nel stond opnieuw naast hem.

Hij was ontroerd over de tientallen complimenten die hij kreeg over de rol van zijn moeder in de oorlog. Wist hij dat ze zelfs een paar kippenhokken had getimmerd om de achterkamer van het laatste kippenhok te maskeren? Die vrouw was zo handig! Hij moest het maar eens aan de buurvrouw vragen. 'Terwijl jouw vader met de buurvrouw in de voorkamer zat te kaarten om de boel in de gaten te houden, timmerde jouw moeder die hokken in elkaar. Een handig moordmens was het. Ja sorry voor het woord.' Kaarten, dacht Peter. Dat zeiden ze echt. 'En wist je dat daar joden zaten verborgen? In die achterkamer? Jouw moeder zorgde voor kleding, breide truien voor de kinderen. En wat niemand wist, dat hoorden we veel later, ze heeft achter de boerderij naast jullie, ook een tijdje onderduikers gehad. Niemand wist er iets van. Alleen jouw moeder. Een echtpaar met een baby van drie maanden. Ik heb het van die onderduikers zelf gehoord. Je moeder bracht daar moedermelk die ze van jullie buurvrouw kreeg, melk van Kees dus eigenlijk; de buurvrouw had gelukkig genoeg voeding. Die vrouw heeft in stilte meer levens gered, dan al die zogenaamde heldhaftige druktemakers. Na de oorlog was iedereen een held, maar ik weet wel beter. Nou sterkte jongen, je mag trots zijn op zo'n moeder.'

Helemaal achterin de rij, stond een onbekend echtpaar op hun beurt te wachten om te condoleren. Ze waren zo te zien een jaar of tien jonger dan de moeder van Peter. Hij had al wel gezien dat Sonja en Ton met hen stonden te praten. Ze waren de laatsten die hem kwamen condoleren. 'Jouw moeder was echt een geweldig mens, Peter, zij heeft veel mensen het leven gered. Ja, je kent ons niet,' zei de vrouw met zwart haar en grote donkere ogen, 'maar misschien komt daar wel verandering in. Sonja heeft ons over jou verteld en toen we hoorden dat je moeder zo naar gestorven was, schrokken we heel erg, mijn man en ik. Jouw moeder heeft ons leven gered, Peter, en dan moet ze zo aan haar eind komen. Wij realiseerden ons pas dat het jouw moeder was, toen we hoorden dat jullie op de Veenweg wonen.' Ze veegde een paar tranen weg. 'Namens ons allebei gecondoleerd Peter,' vervolgde haar man. 'Misschien weet je het, maar misschien ook niet, maar toen Sonja ons over jou vertelde, dat ze je in Maastricht had ontmoet en dat je in Nootdorp woonde en dat je moeder heel gelovig was, toen vermoedden we het al, maar intussen weten we het zeker, nu we met een paar mensen uit jouw buurt hebben gesproken. Je moeder heeft ons aan het begin van de oorlog verzorgd, toen we in de boerderij naast jullie huis verbleven. Ze bracht ons moedermelk voor ons kleintje, omdat mijn vrouw niet veel voeding had. Onze zoon was nog maar net geboren toen we moesten vluchten. Dankzij jouw moeder leven we nog. We hebben tot op het laatst contact met haar gehouden, schreven elkaar elk jaar rond bevrijdingsdag een briefje. Ze schreef ook hoe blij ze was met jou, hoe trots. Het is wonderlijk dat jij nu net met Sonja in contact moest komen. Sonja heeft dus eigenlijk haar leven aan jouw moeder te danken. Zonder jouw moeder, hadden we de oorlog niet overleefd.'

Sonja kwam er nu even bij staan en gaf Peter een arm. 'Dit zijn mijn ouders Peet, ik hoop dat je het niet erg vindt dat ze zijn meegekomen.'

NASCHRIFT

De meeste personages uit het boek zijn verzonnen. Sommige met name genoemde personen hebben echt bestaan. Het verraad en de arrestatie hebben in werkelijkheid niet in Nootdorp plaatsgevonden, maar in Voorschoten. Ik heb de roman eenvoudig in Nootdorp gesitueerd, omdat ik daar – op de Veenweg – geboren ben. Personen en gebeurtenissen uit Nootdorp die in mijn boek een rol spelen, berusten op fantasie. Wel is de arrestatie (in werkelijkheid in Voorschoten dus) ongeveer gegaan zoals ik in het boek heb beschreven. Over de motieven van de NSB-er tasten we in het duister. Het verhaal van David Visser is grotendeels authentiek, al heette hij in werkelijkheid anders en heb ik een aantal persoonlijke feiten anders weergegeven: de vrijheid van een romanschrijver.

De hele geschiedenis van Reinhard en Lina Heydrich en het overbrengen van gevangenen uit Sachsenhausen naar de omgeving van Praag, berust op feiten. Al heb ik hun doen en laten hier en daar zelf ingevuld. Hoe kun je immers weten wat iemand denkt, voelt?

Ik heb, jaren geleden, uitgebreide interviews gehad met meerdere gevangenen die voor Lina Heydrich op het slot hebben gewerkt en ik sprak met een van de NSB-kinderen die destijds in Praag verbleven om aan te sterken. Het NSB-meisje dat ik sprak (intussen natuurlijk een volwassen vrouw) werd inderdaad door de ex-gevangenen in Praag beschermd en naar Nederland begeleid, samen met andere NSB-kinderen. Bovendien heb ik met één van de ex-gevangene (David in mijn roman) het slot Jungfern-Breschan bezocht en daar een uitgebreide rondleiding gekregen. Daarnaast heb ik het boek dat Lina Heydrich zelf over haar leven heeft geschreven 'Vrouw van een oorlogsmisdadiger' gelezen, inclusief de commentaren daarop van een historicus. Zij verwijst daarin ook naar de gevangenen die op het slot hebben gewerkt. En natuurlijk heb ik vele andere historische bronnen geraadpleegd, waaronder het boek 'Getrouw aan hun geloof,' geschreven door historica Tineke Piersma, uitgegeven in samenwerking met de Stichting 1940-1945.

De verhalen over Rolduc zijn onder andere ontleend aan 'Stroop in de gordijnen' en andere onvergetelijke herinneringen van Rolduciëns, uitgegeven door het Reüniecomité Rolduc 2008. Ik heb de verhalen niet letterlijk overgenomen natuurlijk, maar liet me wel door de humoristische voorvallen inspireren. Studenten vertellen in 'Stroop' openhartig over hun belevenissen. Erg leuk om te lezen!

Bij citaten uit 'De lof de zotheid' van Desiderius Erasmus heb ik gebruikt gemaakt van de vertaling door Mr. Dr. J.B. Kan in een uitgave van de Wereldbibliotheek en die enigszins bewerkt. Aanhalingen uit de Bijbel zijn uit de Statenvertaling afkomstig. En voor citaten uit 'Hamlet' heb ik gebruik gemaakt van de vertaling van Bert Voeten in het boek 'Hamlet, Prins van Denemarken,' uitgegeven door de Bezige Bij en destijds ook gebruikt bij de opvoering van Hamlet. Ik had het genoegen zo'n honderd voorstellingen van het stuk te spelen met het Nieuw Rotterdams Toneel, zij het in onbelangrijke figuraties.

'David' behoorde bij de groep ex-gevangen die de NSB-kinderen in Praag beschermde en meenam naar Nederland. Hij heeft ook na de oorlog vaker contact met het meisje gehad en ook 'Anne' heeft kennis met haar gemaakt. Gegevens over zijn verraad, arrestatie, verhoren en verblijf in Scheveningen, Amersfoort, Sachsenhausen en Praag, en de gevolgen daarvan, zijn zo getrouw mogelijk in dit boek verwerkt. Ik heb de meeste feiten uit zijn eigen mond opgetekend en later een aantal officiële documenten ingezien. Ook met zijn vrouw – Anne in mijn boek – die tijdens de oorlog in Nederland bleef, heb ik uitvoerig gesproken, al heb ik ook haar persoonlijkheid anders ingekleurd. 'Anne' verbleef de laatste twee jaar van haar leven – ze was diep in de zeventig – in een verpleeghuis voor demente mensen, waar 'David' haar vrijwel dagelijks bezocht. Ik ben diverse malen met hem meegegaan. Ze stierf een paar dagen voor ze 77 zou worden. 'David' stierf een paar jaar later aan een slecht behandelde ziekenhuisbacterie. Hij werd 78 jaar en bleef zijn leven lang een optimist. Ze kregen vier kinderen, drie jongens en een meisje.

Ben Bouter